U0566037

绿里

〔美〕斯蒂芬·金 著 张琼 张冲 译

THE GREEN MILE

斯蒂芬·金作品系列

STEPHEN KING

人民文学出版社
PEOPLE'S LITERATURE PUBLISHING HOUSE

著作权合同登记号　图字 01-2018-7068

THE GREEN MILE
by Stephen King

图书在版编目(CIP)数据

绿里 /(美)斯蒂芬·金著;张琼,张冲译. —北京:人民文学出版社,2019(2023.1 重印)
(斯蒂芬·金作品系列)
ISBN 978-7-02-014991-9

Ⅰ.①绿…　Ⅱ.①斯…　②张…　③张…　Ⅲ.①长篇小说-美国-现代　Ⅳ.①I712.45

中国版本图书馆 CIP 数据核字(2019)第 019378 号

出 品 人　**黄育海**
责任编辑　**甘　慧　张玉贞**
封面设计　**陈　晔**

出版发行　**人民文学出版社**
社　　址　**北京市朝内大街 166 号**
邮政编码　**100705**

印　　刷　**上海盛通时代印刷有限公司**
经　　销　**全国新华书店等**

字　　数　**308 千字**
开　　本　**890 毫米×1240 毫米　1/32**
印　　张　**11**
版　　次　**2016 年 10 月北京第 1 版**
印　　次　**2023 年 1 月第 4 次印刷**

书　　号　**978-7-02-014991-9**
定　　价　**69.00 元**

如有印装质量问题,请与本社图书销售中心调换。电话:010－65233595

目录

引　言

我经历了好几夜的失眠——读过拉尔夫·罗伯茨历险小说的人对此不会感到惊讶——所以我试着要把那几夜辗转反侧时构思的故事写下来。躺在黑暗中，我对自己叙述着这些故事，在脑海里创作着，就像在打字机或文字处理器上工作一般，我常常回溯文字，进行修改，做些增删，构筑对话。每晚，我从头再来，每次入睡前都稍有进展。到了第五或第六个晚上，我通常已经记住了整篇创作。这做法也许听来有些疯狂，不过它很有抚慰力……要消磨时间，它可比数羊管用多了。

这些故事最终被消耗殆尽，就像一本书被反复地阅读。（“扔了吧，再买本新的，斯蒂芬，”有时候母亲会这么对我说，一边愠怒地看着我喜欢的漫画书或平装本，“这书都翻烂了。”）于是，得再找个新的了，就在我难以入眠的那几夜，我希望新故事会很快出现，因为无眠时总是长夜漫漫。

在一九九二或一九九三年，我正在构思的长夜故事叫《是什么蒙蔽了你的眼睛》，是关于监狱死囚犯的，他是个大块头黑人，随着刑罚的临近，他逐渐对变戏法有了兴趣。故事是第一人称叙述的，叙述者是一个受优待的老囚犯，他推着装满书的手推车，在监狱各区走动。他也卖香烟，卖点新鲜玩意儿，以及生发油和蜡纸做的飞机等小东西。到了故事尾声，就在大块头犯人要受刑前，我想让此人，卢克·柯菲把自己变没了。

这个构思很不错，可是很难放在故事里。我试了上百次，似乎都不行。我让叙述者养了一只宠物老鼠，让它骑在手推车上，觉得这样也许说得通，可是不行。开头是最棒的："这件事发生在一九三二年，当时的州立监狱还在冷山……当然了，还有电椅，狱中囚犯们管它叫'电伙计'。"在我看来，这样写很棒，别的写法都不行。最后，我放弃了卢克·柯菲，还有他那些消失的硬币，转而构思关于某个星球的故事，到了下雨天，那里的人们不知怎的就会变成食人动物……我一直很喜欢这个故事，你们可不许碰它，听见没？

后来，大概一年半以后，死刑犯的故事又来了，只是这一次有点不一样，假如——我是这样想的——假如这个大块头有治愈病人的本领，而不是一个兴致勃勃的魔术师，他是个被判为杀人犯的傻子，可实际上他不仅没杀过人，还竭力阻止杀人，会怎样？

这故事太棒了，不适合睡觉时琢磨，虽然我已经在黑暗中开始构思了。于是，我决定逐字逐句地重新开头，在开始写作前我脑海里已经想好了第一章。叙述者变成了死囚犯的看守，而不是那个受优待的犯人，卢克·柯菲变成了约翰·柯菲（这是在向威廉·福克纳脱帽致敬，他笔下的基督式的人物叫乔·克里斯姆斯）[①]，而那只老鼠变成了……嗯，叮当先生。

这是个很精彩的故事，我从一开始就知道，不过写起来非常困难。其他故事的创作显然容易得多，如为《闪灵》写电视连续剧剧本。我的手指没离开过《绿里》。我觉得自己仿佛是从头开始构造一个世界，因为我对大萧条时期南部边境的死囚犯生活一无所知。当然，资料研究也许可以有所弥补，但是我觉得这样的研究可能会扼杀故事中所包含的那点脆弱的惊奇感。从一开头，我就有所感觉，觉得自己想要的不是事实而是神话。于是我奋力前行，堆叠着文字，希望灵感突现，产生顿悟，不经意间出现某种奇迹。

奇迹终于在一张来自拉尔夫·维西纳扎，即我的国外版税代理商的传真中出现了。此人一直在和一家英国的出版社谈系列小说事项，这种模式一百多年前查尔斯·狄更斯就使用过。拉尔夫询问时并没指望能有什么结果，口气很随意，他问我是否有兴趣尝试这种模式。好

---

① 约翰和乔在英文中都以"Jo"开头。

家伙，我欣然接受。我突然意识到，如果自己答应了这个项目，就必须得完成《绿里》。于是，我觉得自己就像是一位放火烧桥的罗马勇士，断了自己的退路。我给拉尔夫打电话，让他谈下合约。他照做了，余下的你们也明白了。约翰·柯菲、保罗·埃奇康比、布鲁托尔·豪厄尔、珀西·韦特莫尔……他们出现了，上演着故事。简直棒极了。

《绿里》自有一种魔幻色彩，这是我没料到的；事实上，我以为它不会畅销。读者的反馈很不错，甚至大多数书评者这一次都很捧场。我觉得此书的畅销很大程度上归功于我妻子的敏锐建议，它商业上的成功则主要是因为达顿悉格耐公司工作人员的努力。

然而，创作经历是我独自拥有的。我像个疯子似的写着，要努力赶上疯狂的出版计划，同时竭力构思全书，使每个部分都各有其小高潮，希望一切编排得当，否则我自己都寝食难安。有一两次，我都怀疑查尔斯·狄更斯是否也曾有同样的感觉，希望情节中产生的问题能够自行解决，我想他肯定有过。幸运的是，上帝给老查尔斯的禀赋要多一些。

记得有一两次，我觉得自己肯定犯下了诸多不可饶恕的年代错误，可最后发现其实很少。即便是画着波派和奥利弗·奥依尔的那本小“漫画书”都是完全精确的：第六部出版后不久，有人给我寄了有关这个漫画的选印本，大概是一九二七年版的。其中有一张令人难忘，是温皮一边对付奥利弗，一边吃着汉堡。天呐，人的想象力真是厉害，是吧？

随着《绿里》的成功出版，产生了很多相关的讨论，如它如何，或是否该以整部小说的形式发表等。一部接着一部的出版让我和读者都感到不爽，因为书价很高，买全六部大约要花十九美元（如果在折扣店购买会便宜许多）。因此，精装盒的整套收藏似乎划不来。整卷平装书的价格更为合理，似乎更值得购买。现在平装本出来了，大部分与当初出版时一样（在珀西·韦特莫尔被紧身衣束缚住、抬起一只手擦掉脸上的汗一事上，我改动了时间）。

将来，我愿意彻底修订一下，把它变成不同于这种模式的小说，再次出版。待时机合适，我一定会这么做的。我很高兴读者们喜欢此书。确实，它是一本很不错的睡前读物。

斯蒂芬·金

缅因州，班戈

一九九七年二月六日

前言：致读者信

我亲爱的忠实的读者：

生命如此无常。这本小书中的故事呈现如此模式，起因出自我素未谋面的一位房地产经纪人很偶然的一句话。那是在一年前，在长岛。拉尔夫·维西纳扎，我多年的朋友和商业合作人（他主要是为故事和小说进行国外的版权销售），正好在当地租房子。房地产经纪人形容那房子“像是出自查尔斯·狄更斯的故事”。

拉尔夫在房子里接待第一位访客时，这话还在他脑海盘旋。这位访客是英国出版商马尔科姆·爱德华兹。拉尔夫对爱德华兹重复了此话，于是他们开始谈起狄更斯来。爱德华兹提起狄更斯曾经以分期连载的形式出版过很多小说，它们不是登在杂志上，就是以小册的形式出版（我不知道该词的起源如何，即那种比一般书籍更小的书，不过人们都很喜欢小册所具有的亲切平易感）。爱德华兹还说，有一些小说其实是在出版的影响下创作并修订的；查尔斯·狄更斯显然是个不怕截止催稿的小说家。

狄更斯的系列小说非常畅销；它们很受欢迎，事实上，其中一部还促成了发生在巴尔的摩的一场悲剧。一大群狄更斯的书迷拥挤在水边码头上，期待着英国船只带来《老古玩店》的最后一部。据说，有几位等待的读者被挤落了水，淹死了。

我想马尔科姆和拉尔夫都不希望有人溺水，不过他们很好奇，想知道假如现在尝试系列出版，情况会怎样。他们都没有意识到，这种情况至少发生过两次（天下没有真正新鲜的事）。汤姆·伍尔夫在《滚石》杂志上发表了他的小说《名利的篝火》的第一稿，还有迈克尔·麦克道尔（发表过《护身符》《镀金的针》《基本元素》，以及电影剧本《哗鬼家族》）以系列平装本的形式出版了一本名为《黑水》的小说。这部小说讲的是一户南方家庭的恐怖故事，这家人有一个可怕的特性：会变成鳄鱼；该书并非麦克道尔的最佳作品，不过被亚登书屋出版后，仍然大获成功。

那两人继续探讨着：如果当今的畅销小说作家尝试发表小册版，即在英国售价为一到两英镑，或在美国售价为三美元的小平装书（现在美国的平装本大多价格在 6.99 或 7.99 元），那么情况会怎样。如此尝试，像斯蒂芬·金这样的作家大概会有不错的效果，马尔科姆说道。此后，他们又继续谈了其他话题。

后来，拉尔夫差不多忘了此事，不过到了一九九五年秋天，他从法兰克福书展回来后，这想法又出现了。法兰克福书展是一个国际版权交易展，对于像拉尔夫这样的国外版权代理商，那里每天都像是一场决战。他向我提出了系列 / 小册版的主意，还提到其他一些点子，其中大多数都自行消亡了。

不过，小册版的主意不在自行消亡之列；它不像日本《花花公子》杂志中的访谈，或是波罗的海各国的费用全包之旅，这主意激发了我的想象。我不认为自己是现代狄更斯，假如真有这么个人的话，那也许会是约翰·欧文或萨尔曼·拉什迪，不过我一直很喜欢一集一集讲述的故事。我是在《星期六晚邮报》上初次接触这种形式的，我很喜欢它，因为到了每一集的最后，读者和作者几乎成了平等的参与者，你得花整整一周时间想出另一个高招来。此外，在我看来，故事的阅读和体验也更急切，因为是定量供应的。即便你很有胃口（假如故事不错，你又有兴趣），也没法狼吞虎咽。

首先，我们经常在我的住所大声地朗读作品。有一天晚上，我的兄弟戴维，我本人，还有我母亲就轮流着读。这种享受作品的机会难能可贵，其快乐程度就像大家一同去观看喜爱的电影，一起看电视节目（如《生牛皮》《走鸿运》《66 号公路》等）；这些都是家庭活动。过了若干年，我才发现，当年狄更斯的小说就是以类似的形式被一个个家庭所喜爱，只不过，人们在壁炉边对皮普、奥利弗和大卫·科波菲尔的命运担忧，在当时持续了好几年，而不是几个月（现在，即便是《邮报》上最长的系列都很难超过八期）。

我喜欢这个主意还有一个原因，这大概只有悬念故事和灵异故事的作家才会真正认同，即分期连载的故事会让作家在读者心目中变得越来越重要，而这在其他情况下是很难做到的。换言之，忠实的读者，你没法跳到前面弄明白事态会怎样发展。

我还记得，大概十二岁时，有一次我走进客厅，看见母亲正坐在她喜欢的摇椅里，偷瞥阿加莎·克里斯蒂的平装本小说的最后部分，而她的手指放在实际读到的部分，即五十页左右。我很吃惊，还把这事对她直说了（记得那时我十二岁，男孩子到了那个年龄就开始认为他们无所不知了），说没等看完就跳读推理小说的最后部分，这等于吃掉了奥利奥饼干中间的白馅，而后将饼干扔了。她镇定自若地笑了，说这话说得有理，可是有时候自己就是受不了诱惑。抵挡不了诱惑，对此我能理解；即使到了十二岁，有很多诱惑我也难以抵挡。这个主意总算是对付该诱惑的好办法。不到最后一部书在书店出现，没有人能知道《绿里》的结局会如何……甚至包括我自己。

虽然拉尔夫·维西纳扎不可能知道这些事，但他提到连载小说的主意，正好与我的心思不谋而合。我正在为一个主题构思故事，我一直认为自己迟早会写它的，即电椅。自打我第一次看了詹姆斯·卡格尼[①]的电影，以及首度接触有关死牢的故事后（沃顿·刘易斯·E.劳斯的作品《辛辛监狱的两万年》），就迷上了"电伙计"，我想象力的黑暗角落被点亮了。我常想，知道自己行将死亡，走向电椅的最后四十码路程会怎样？那个用皮带绑住死囚犯……或是合上电闸的人又会怎样？干这种活会有什么感觉？更恐怖的是，这活儿会带来什么后果？

最近二三十年来，在一些不同的故事框架中，我尝试着这些基本

---

① 詹姆斯·卡格尼（James Cagney，1899—1986年），美国男演员，因其在影片中扮演残暴的、作恶多端的角色而出名，如《人民公敌》（1931年）。他因《扬基都德的花花公子》获奥斯卡奖（1942年）。

构思，一直是试探性的。我写过一个成功的中篇小说，故事发生在监狱里（《丽塔·海华丝与肖申克的救赎》），也多少明白大概这就是我要写的故事，这个想法一直都在。我喜欢它有很多原因，不过最重要的是叙述者真挚的声音：低调、诚恳，也许还有一点天真，如果真有斯蒂芬·金的叙述者，那就是他了。于是，我着手工作了，不过一直是犹豫谨慎、停停走走的。第二章的大部分都是在芬威公园[①]避雨时写的！

拉尔夫来访时，我已经在笔记本里潦草地写满了《绿里》，并意识到，等到了该花时间整理书桌以便修订已完成的作品（《绝望》，忠实的读者，你们很快就会看到它）时，我就开始创作这个长篇小说。等到要开始写《绿里》，我一般会有两个选择：要么放掉它（也许不再拿起），要么把一切先搁开，专心写它。

拉尔夫给出了第三种选择：边写边发表，即写成连载。我也喜欢这种高风险的事：要是工作失败了，进行不下去，立刻就会有上百万读者怒吼着要杀了我。对此我比任何人都清楚，除非你是我的秘书朱莉安·尤格丽；我们每周都要收到几十封信，抱怨下一部《黑暗塔》系列怎么还没出（耐心点，罗兰的追随者；我保证，再过一年左右你们的等待就会结束了）。其中一封信还附上了一张宝丽来一次成像的照片，上面是一只被铁链绑住的泰迪熊，还有一句从报纸标题和杂志封面上剪下来的话：**赶紧发表《黑暗塔》作品，否则小熊死定了**。我把照片放在办公室里，提醒自己，一是要有责任心，二是有人真心关注（哪怕是一点点）我虚构的东西，这真是好极了。

总之，我已经决定要以小册版平装书的形式，以十九世纪的风格来出版《绿里》，（a）如果你们喜欢这个故事，（b）如果你们喜欢这种少见的却十分有趣的出版方式，我希望你们能写信告诉我。这当然会激励我的写作，虽然此刻（一九九五年十月的某个雨夜）离完稿——哪怕是初稿——还遥遥无期，而且结局还踌躇未定。这也是令

---

① 芬威公园（Fenway Park），波士顿的一个棒球公园，是世界知名的体育场，也是美国最古老的职业体育球队体育场。

人兴奋的一部分，尽管此时我正奋力穿越迷雾，向着核心挺进。

最重要的是，我想告诉你们，只要你们读作品的乐趣有我写作时的一半，那我们就相安无事了。享受阅读吧……你们干吗不大声读出来，和朋友分享？至少，这样会缩短距离下一部作品出现在报摊或书店的时间。

别忘记，好好珍重，善待彼此。

斯蒂芬·金

一九九五年十月二十七日

第一部　两个死去的女孩

1

这一切发生在一九三二年，当时州立监狱还在冷山。当然了，还有电椅。

狱中囚犯常拿电椅开玩笑，对令人恐惧却又摆脱不掉的东西，大家总喜欢如此地取笑一番。他们管它叫“电伙计”，或者叫“大榨汁机”。大伙谈论电费单，谈论那年秋天监狱长穆尔斯不得不自己做感恩节晚餐，因为他妻子梅琳达病得没法做饭了。

不过，对于那些真的要坐到电椅上的人，这些玩笑很快就不合时宜了。我在冷山那会儿，曾负责过七十八次电刑（这数字我从来不会弄错，我到死都记得清清楚楚）。我觉得，对大部分受刑的人来说，当脚脖子被钳在“电伙计”结实的橡木腿上时，他们就觉得真的完蛋了。接着，他们就意识到（你会看到，他们的眼睛里涌上一种冰凉的惶恐），自己的大腿玩完了。血液还在体内奔流，肌肉也依然强健，大腿却完了，再也不能行走于乡间，不能与大伙一起在建谷仓的庆典上和姑娘跳舞了。从脚踝往上，“电伙计”的主顾明白死亡在即。胡言乱语、支离破碎的临终叨咕结束后，一只黑色的丝绸袋子罩上他们的脑袋。这袋子说是给他们用的，可我总觉得它实际上是为我们备着的，为的是不让我们看到他们屈着膝，知道死亡临近时，眼神里所涌现的畏惧。

在冷山，并没有死囚区，只有一个与其他四幢房子隔开的E号楼，仅其他楼房的四分之一大，不是木结构，而是砖砌的，房顶的金属皮裸露着，在夏日的阳光下，就像一只神色谵妄的眼球，令人胆战。房子里面有六个单间，每边三间，中间隔着一个宽阔的走廊，每个房间几乎都有其他四幢房子里单间的两倍大。它们也是单人使用的，就监狱来说，这样的住宿条件算是很不错了（尤其是在三十年代）。不过，住客宁愿拿它来换其他四幢楼里的任何房间。相信我，要真能换就好了。

谢天谢地，我在那里当看守的几年里，从来没有一次是六个房间都住满的。为这样的小小恩惠，真要感谢上帝。里面最多时住四个人，有白人也有黑人（在冷山，死囚之间是不实行种族隔离的），那里就像是个小型的地狱。其中一个是名叫贝弗莉·麦考尔的女人，她黑得像黑桃A，却漂亮得要命。她忍受丈夫殴打六年了，可要是他在外偷鸡摸狗，那她一天都受不了。有一天夜里，她得知丈夫又在偷情，就站在楼梯口，那是通往他理发店楼上公寓的必经之路，等着那个倒霉的莱斯特·麦考尔，他的老友们（也许还有那个他刚开始交往的情妇）都管他叫“剃刀”。她一直等他把大衣脱到一半，就用“剃刀”自己的一把剃刀，把他偷情的内脏挖出来丢到鞋子上。离坐“电伙计”还有两晚的时候，她把我叫到那个单间，说梦见非洲的灵父来见她，让她放弃奴隶姓，死时用自由身的姓氏玛图奥米。这就是她的遗愿，即死亡执行令上要用贝弗莉·玛图奥米这个姓名。我想她的灵父并没有给她任何名字，或是任何她可以说得出的名字。于是，我就说，可以，行，好的。当四肢发达头脑简单的狱卒的那几年里，我明白，除非我迫不得已，决不能拒绝死刑犯的要求，贝弗莉·玛图奥米这件事也不例外。次日下午三点左右，州长来了，将她减刑为在格拉西山谷女子监狱终身监禁（我们事后常用“睡牢狱不睡老公”来形容它）。实话说，看到贝弗莉朝值班桌走去，丰满的屁股朝左边而不是右边转去时，我很开心。

大概三十五年（至少是三十五年）以后，我在报纸的讣告栏里看到这个名字，上面的照片里是一张黑人女性瘦削的脸，满头白发，架着一副莱茵水晶石的眼镜。正是贝弗莉。讣告上说，她死前的十年是自由身，还差不多单枪匹马拯救了莱因弗尔斯小镇上的一家图书馆。她还在主日学校里教过书，并在这个小小的穷乡僻壤广受爱戴。报纸上的标题是**图书馆馆长死于心脏病**，下面的文字更小些，算是一段补充：曾因谋杀罪服刑二十余年。只有莱茵水晶石镜架底下的那双大大的、热情的眼睛还是老样子。这双眼睛属于这样一个女人，即使到了七十岁，在万不得已的时刻，她也会毫不迟疑地从装消毒剂的蓝色瓶子里拔出安全剃刀。杀人犯，哪怕他们老年时成了乏味小镇的图书馆女馆长，你还是能一眼看出。如果你像我一样花了那么多时间来留意杀人犯，你一定会了解的。我一生中只有一次怀疑过自己这份工作的性质。我想，正因为如此，我才写下这些东西。

通往E区中心的宽阔走廊铺着油毡，颜色就像陈旧的石灰，因此这条在其他监狱里被称为“最后一英里”的路，在冷山就被叫成“绿里”。我估摸着，那条道由南向北、从一头到另一头有六十步路。底端是禁闭室，另一头是个T形的路口。向左走就是活路，如果这指的就是在院子里、在太阳暴晒下操练的话，大部分人都走这条路；很多人这样生活了好几年，也没有落下什么大病。小偷、纵火犯、强奸犯们就是这么各行其是地应付着过下去的。

不过，朝右走就不同了。你首先是进我的办公室（那里的地毯也是绿色的，我一直想换掉它，可总是没空），接着从我的书桌前经过，桌子左边摆着美国国旗，右边是州旗。房间另一侧是两扇门，一扇通往一间小小的厕所，那是我和E区的看守（有时甚至是监狱长穆尔斯）专用的；另一扇门通向一个像储藏室似的房间，你从那里就走上了绿里的尽头。

门很小，走过去时得低下头，而约翰·柯菲就得用坐姿钻过去。穿过门，你会走上一个小小的楼梯平台，接着走下三级水泥阶梯，然后站上木板地。房间没有暖气，很不舒服，屋顶是金属的，就像楼顶的那块，而这块正是那里的一部分。冬天，那里冷得能让你看到自己呼出的气，而夏天又令人觉得憋闷。没错，一九三〇年七月还是八月处决埃尔默·曼弗雷德时，有九个见证人当场昏了过去。

储藏间左边还是生命之路。尽是些工具（都锁在框子里，绑上了链子，好像它们不是铁锹、铁镐，而是卡宾枪）、衣物、一包包春天要在牢房花园里种的种子、几箱卫生纸，储物架上叠放着监狱制板厂要用的纸板……甚至还有几包熟石灰，是用来划棒球和足球场地的。犯人是在被称作“草场”的地方玩球的，在冷山，大家都喜欢秋天的下午。

在右边，又是死亡之路。储藏间的东南角上，“电伙计”安坐在厚木地板的平台上，粗壮的橡木腿，宽阔的橡木扶手，这对扶手可把几十个人临死前最后几分钟吓出的汗都吸收了，还有铁罩子，它一般都得意洋洋地悬在椅背上，就像巴克·罗杰斯[①]连环画里机器人小孩的无檐小帽。有一根绳索通过垫着垫片圈的小洞，从椅子后面的煤渣砖墙上穿过。电椅一侧是电镀的锡皮桶，朝里望，就会看见一卷海绵，大小正好垫进铁罩子里。处决前，得把它浸在盐水里，这样就能让直流电更好地通过电线，通过海绵，进入倒霉鬼的脑袋。

2

一九三二年是属于约翰·柯菲的。报纸上的报道十分详细，对此感兴趣的人（他得比那个在佐治亚某养老院耗尽余生的老头更有精力）仍然可以找到这些报道。我记得，那是个炎热的秋天，真的很热，虽已十月，却还像是八月。当时监狱长的妻子梅琳达就暂住在印第安诺拉的医院里。那个秋天，我得了此生最严重的一次尿路感染，虽然还不至于糟到要住院，但已经难受得让我每次撒尿时都想死了。秋天时，那个半秃的小个子法国佬德拉克罗瓦抓了只老鼠，那东西是夏天进来的，会玩线轴。不过，最重要的是，约翰·柯菲是那个秋天来E区的，他因奸杀了狄特里克双胞胎姐妹而被处以极刑。

每次都有四五个看守轮岗，不过他们很多都是临时工，有迪安·斯坦顿、哈里·特韦立格，还有布鲁特斯·豪厄尔（大伙管他叫“布鲁托尔[②]”，不过这只是个玩笑，虽然他块头很大，但除非迫不得

---

① 巴克·罗杰斯是菲利普·弗朗西斯·诺兰（Philip Francis Nowlan）科幻小说中的主人公，一九二九年初次以漫画形象登上报纸。

② 布鲁托尔，英文有“残酷”之意。

已，他可是连苍蝇都不会伤害的），这些人现在都死了，珀西·韦特莫尔也是，他可真的很残酷……更别提愚蠢了。珀西在E区没什么活。在E区，丑陋本性不仅没用，有时候还很危险，不过他和州长有姻亲关系，所以就留下来了。

正是珀西·韦特莫尔领着柯菲走进大楼的，他一边还照例地喊着：“死鬼来了！死鬼这儿走！”

管它是不是已经到了十月，反正那里还是热得像地狱入口。通往操练场的门开着，晃眼的光线涌了进来，我见到了这个平生所见过的块头最大的男人，除了电视上的某些篮球运动员之外。这里的“资料室”有电视看，就是让这些最终像我这样流着口水的老不死们看的。这人的胳膊和水桶般的胸膛上都捆着铁链，脚上套着脚镣，两个脚踝间拖着链条，他走过牢房间灰绿色的走廊时，链条发出仿佛成串硬币掉下来的声音。珀西·韦特莫尔走在他旁边，瘦削的小个子哈里·特韦立格走在另一侧，两人就像孩子走在被捕获的大熊身旁。在柯菲旁边，布鲁特斯·豪厄尔都像个小孩，而布鲁托尔已是身高超过六英尺，肩宽膀阔，曾经参加过大学橄榄球队比赛，是阻截队员，被球队踢出来后回到了山里老家。

约翰·柯菲皮肤黝黑，就像大多数到E区来住上一阵、最后死在“电伙计”怀里的人一样；他身高六英尺八，但没有电视里的篮球运动员那么苗条。他肩膀宽阔，厚实的胸脯上肌肉条条。他们在仓库里找到了最大号的工装裤让这人穿上，可裤脚翻边处只到小腿的一半，小腿上遍是皱纹伤疤。衬衫敞开着，只到他胸口下面，袖管只盖住前臂的一部分。他用一只巨大的手拿着同样巨大的帽子；如果把帽子套在那光秃的、红褐色的、球一样的脑袋上，就会和街头手风琴师的猴子戴的帽子差不多，只不过它是蓝色的，而不是红色的。他看上去像是能把绑着他的铁链拉断，轻松得如同对待圣诞礼物上的带子，但是只要你注视他的脸，就知道他是不会这么做的。那神情并不呆滞——虽然珀西是这么认为的，他不久就管那人叫“白漆（痴）”——不过他很迷惘。他不停地环顾四周，好像要弄明白自己在哪里，也许还想知道自己是谁。我最初觉得他看上去像一个黑人力士参孙……只是大利拉[①]用她那只背信弃义的小手把他的头发剃光，把他的全部力量都弄没了。

“死鬼来了！”珀西咆哮着，用力拉着这头铐着手铐的熊，仿佛他真的相信，即使柯菲自己不想挪动，他也能拖得动似的。哈里没说什么，但是他看上去很尴尬。“死鬼——”

“够了。”我说。我正在柯菲马上要进的牢房里，坐在他的床铺上。当然，我早知道他要来了，正准备迎接他，负责看管。但直到亲眼目睹，我才知道他是这样的块头。珀西看了我一眼，意思是，我们都晓得你是个卑鄙小人（当然，除了这大块头，他只知道怎么强奸和谋杀小姑娘），不过他什么都没说。

他们三个站在房间外，门开着，我朝哈里点了点头，他对我说：“头，你真的想和他在这里待一会？”我以前从没听到过哈里·特韦立格这么紧张的声音，六七年前的监狱骚乱中，他一直陪我共同经历，甚至有人谣传暴徒们有枪时，他都从没发抖过，可这回他听起来很紧张。

“不会给我找麻烦吧，大块头？”我坐在床铺上问他，尽量不表现出那么难受（我刚才说过，尿路感染起先并没有后来那么糟），不过告诉你，那天可不是海滩假日。

柯菲慢慢地摇着头，先摆到左边，又摆到右边，然后回到原位。他的视线一碰到我，马上又移开了。

哈里的一只手拿着夹有柯菲表格的夹板。“给他吧，”我对哈里说，“交到他手上。”

哈里这么做了，那大块头梦游似的接了过去。

“好了，把它给我，大块头。”我说道。柯菲交了过来，铁链子铮铮作响。他得低下头才能进房间。

我上下打量他，主要是亲眼确定他的身高，弄明白这不是视线的幻觉。是真的，他有六英尺八英寸高，体重二百八十磅，不过我觉得这只是估计，说不定他有三百二，也许是三百五十磅。在登记疤痕和

---

① 参孙是《圣经》中的大力士，大利拉是迷惑大力士参孙的妖妇。

能辨认的身体标记一栏里，钩出的那个词是“许多”，是登记处的老犯人[①]玛格努森写的。

我抬头看，柯菲已经朝一边移了一点，我能看到哈里站在走廊那头德拉克罗瓦的牢房前。柯菲来时，德拉克罗瓦是E区仅有的一个犯人。德尔[②]身材纤细，头顶秃了，长着一张苦脸，就像会计师得知自己的贪污行为即将败露般一脸尴尬。那只宠物老鼠蹲在他肩膀上。

珀西·韦特莫尔斜靠在刚成为约翰·柯菲牢房的门上，从定制的皮套里拿出那根山胡桃木警棍，一只手掌敲打着棍子，就像要拿玩具出来玩似的。我突然觉得没法让他待在这里了。也许是因为不合季节的炎热；也许是尿路感染让我的腹股沟热辣辣的，而法兰绒内裤又让我痒得难以忍受；也许是因为我知道，州里给我派了个几乎像白痴的黑人来处决，而且珀西显然想要先用家伙来教训他。可能是因为所有这些情况。不管原因是什么，我暂时不想管珀西的政治背景。

“珀西，”我说，“医务室正在搬家。”

“比尔·道奇是具体负责的——”

“我知道，”我说，“去帮帮他吧。”

“那不是我的活儿，”珀西说，“这个蠢呆瓜才是我的工作。”珀西管那些大块头叫“蠢呆瓜”，这个词是“蠢”和“呆瓜”的集合。他讨厌大个子的人。他和哈里·特韦立格一样，其实并不瘦，可是他个子不高，像一只小种斗鸡，好挑起争斗，尤其在胜算很大时。而且，他很爱显摆自己那点头发，经常用手在发间梳来理去。

“你这里的工作已经完成了，”我说，“去医务室吧。”

他撅起嘴唇。比尔·道奇和他的伙计们正在搬箱子，搬床单，甚至还有床铺。整个医务室要搬到新楼里去，在监狱的西面。热死人的活，东西又重，珀西·韦特莫尔可不想干。

“他们人手够了。”他说。

---

① 原文用的是trusty，是指因表现好而给予特别优待而使其起示范作用的模范犯人。推食品车的老嘟嘟也是这样的犯人。

② 德尔是德拉克罗瓦的昵称。

“那就去那里监督一下。”我说着抬高了嗓音。我看到哈里退缩着，但我没在意。如果因为我滋事生非，州长命令监狱长穆尔斯炒了我，那哈尔·穆尔斯还能让谁来顶我的位置？珀西吗？开玩笑。“我可不管你干什么，珀西，只要你暂时离开这里一会儿。”

柯菲站着不动，就像世界上最大的一口钟。一时间，我觉得珀西真的要把棍子戳上去，给我找麻烦了。还好，他还是把棍子塞回皮套（真是个蠢透了的好显摆的玩意），昂首沿走廊离开了。我不记得那天是谁值班，可能是个临时工，但珀西肯定不喜欢那人的样子，因为在走过那里时，他皱着眉头说：“瞧你这张蠢脸，别给我堆出傻笑，不然我就一把抹了它们。”随着一阵钥匙作响，从操练场方向瞬间涌进一股热辣辣的太阳光，珀西·韦特莫尔走了，至少当时是这样的。德拉克罗瓦的老鼠在这个小个子法国人的两只肩膀上来回跑动，细细的胡须抽搐着。

“停下，叮当先生。”德拉克罗瓦说道。那只老鼠好像听懂了似的，停在他左侧的肩膀上。“就这样别动，安静点。”德拉克罗瓦用他那卡津人①的轻快口音，把“安静”念得带有异域和外国味道的“俺静”。

“躺下，德尔，”我直截了当地说道，“你休息一下。这也没你什么事。”

他照办了。他强奸了一个年轻姑娘，并杀了她，把尸体丢在她住的公寓后面，泼上煤油，点燃了尸体，希望用这种胡乱的方式来除掉犯罪痕迹。大火蔓延到房子，吞噬了它，又有六个人丧生，其中两个还是小孩。这是他犯过的唯一罪行。现在他可是个举止温和的男人，面带愁容，光秃着脑袋，衬衫领子后面拖着长长的头发。他会在“电伙计”那里坐上一会儿，做个了结……但不管他做了什么，可怕的事情已经结束了，此刻，他躺在床铺上，让那小小的同伴在手心里吱吱地跑着。从某种程度上说，那可是最糟糕的事：“电伙计”没法焚烧他们的内心，而目前注入身体的药物又不能让心麻痹。心跑走了，跳

---

① 卡津人（Cajun），法裔路易斯安那州人，讲旧式法语。

到了其他人身上，而我们所杀死的只是个躯壳，早就没有了生命。

我把注意力移到那个巨人身上。

“如果我让哈里把这些铁链从你身上拿掉，你会好好听话吗？”

他点点头，这和摇头很像：下去，上来，回到原位。他那双奇怪的眼睛看着我，神色中有种安宁的感觉，但不是那种我确信能够信任的眼神。我朝哈里勾勾手指，他走进来，解开铁链。这次，他没有显出害怕的样子，甚至当他跪在柯菲那树干似的双腿之间、解开脚踝上的铁链时，都没有害怕，这让我有些放心了。珀西让哈里很紧张，我相信哈里的直觉。我相信所有在E区日常工作的人的直觉，除了珀西。

对区里新来的人，我都有一小段事先准备好的话，但是对柯菲，我觉得很犹豫，因为他好像有些不正常，还不仅是他的个子。

哈里退了回来（整个解开铁链的过程中，柯菲像雕像似的一动未动），我抬头看看这个新来的人，用拇指敲敲夹纸的板，说：“会说话吧，大块头？”

“会的，先生，长官，我会说。”他说道，声音隆隆，低沉而平静，这让我联想到刚刚调试好的拖拉机了。他的语调并没有南方人那种慢吞吞的味道，他说“我”，不说“俺”，但我后来注意到，他话里面有种南方方言结构，好像他是从南部来的，而不是南方人。他听上去并不像文盲，但也不像受过教育的人。和他其他方面一样，他在语言上也让人费解。最困扰我的是他的眼睛，里面有种安静的空洞，仿佛他漂浮在很遥远的地方。

“你叫约翰·柯菲。”

“是的，先生，长官，像饮料的名字，只是拼法不同。[①]”

“你会拼写，是吗？会读书写字吗？”

“只会名字，长官。”他平静地说。

我叹了口气，于是就开始对他讲那一小段事先准备的话。我早就认为他不会惹什么麻烦了。可对此，我既是正确的，又是错误的。

---

① Coffey（柯菲）的发音与“咖啡”（coffee）很接近。

“我叫保罗·埃奇康比，”我说，“是负责E区的，也就是这里的头儿。你有什么要求的话，叫我名字就行。如果我不在，就找这个人，他叫哈里·特韦立格。你也可以找斯坦顿先生或豪厄尔先生，懂了吗？”

柯菲点点头。

“除非我们觉得你确实需要，别指望能得到其他什么东西，这里可不是旅馆。你在听吗？”

他又点点头。

“这儿得保持安静，大块头，不像监狱的其他地方。这里只有你和那边的德拉克罗瓦。你们不用干活，大部分时间就是坐着。给你们一个机会想想清楚。”对他们大多数人来说，时间太多了，不过我没这么说。“有时候，如果一切正常，我们会放广播，你喜欢听广播吗？”

他点点头，不过很疑惑，好像不太确定什么是广播似的。后来我发现，从某种程度看，这的确是真话；对再次遇见的东西，柯菲能记住，若没再见过，他就会忘掉。他知道“星期天女郎”中的人物，但是对她们上一回的最终结局，他的记忆就非常模糊了。

“如果你守规矩，就能按时吃饭，你就不会去那一头的单人牢房，或是被迫穿上从背后扣扣子的粗帆布外衣。每天下午四点到六点，你可以有两个小时到院子里放风的时间，除了星期六，那天下午，监狱里其他犯人有足球比赛。你可以在星期天下午见客，如果有人想见你的话。有吗，柯菲？”

他摇摇头。“没有，头儿，”他说。

“嗯，还有你的律师呢。”

“我想他不会来了，”他说，“是借来给我的，我不信他还会找到山里来。”

我靠得很近地看看他，想知道他是不是在开玩笑，但好像不是。我也没这么指望过。上诉不是为约翰·柯菲这号人准备的，那时候根本不是；他们在经过法庭审判后，就被世人遗忘了，直到有一天，人们看到报纸里写着几行字，说有人在半夜里给电死了。但是，如果这个犯人在星期天下午有妻子、孩子们，或是朋友等着要见的话，那他就好管理了，如果管理算是件难事的话。目前看来这人不难管，这样很好，因为他个子实在太大了。

我把身子在床铺上移动了一下，然后觉得，如果站起来说话，下面那玩意会舒服点，于是就站起了身。他谦恭地往后一退，把手放在身前紧紧地握着。

“你在这里可以很轻松也可以很痛苦，大块头，全看你的了。我要说的是，你最好还是让我们大伙都好过些，因为结果都一样。你该得什么，我们就给你什么，还有问题吗？”

“睡觉时间到了以后，灯还亮着吗？”他马上问，好像就等着问这个问题。

我吃惊地看着他，曾有很多新来E区的人问我各种古怪问题，有一次还问到我老婆奶子的大小，但从没遇到过这样的问题。

柯菲笑得有点不自然，好像觉着我们会认为他傻，但他没法不问。“因为有时候我怕黑，”他说，“如果是陌生地方的话。”

我看看他，纯粹是看他的体形，觉得有点莫名其妙地感动。你知道，这些人真的会触动你；你没见过他们最糟的样子，那时，他们就像熔炉边的魔鬼一样恐怖。

“是的，这里整夜都很亮，”我说，“沿着绿里，一半的灯从晚上九点到早上五点都亮着。”这时我意识到，他听不懂我说的话，他分不清密西西比泥沼和绿里之间的区别，于是我补充道，“就是走廊里的灯。”

他点点头，放心了。我也不太肯定他理解的走廊是什么，但是他能看见铁丝笼里的二百瓦电灯泡。

接着，我做了一件从未对犯人做过的事：我把手伸给了他。直到现在我也不明白这是为什么。也许，是因为他问了关于电灯的事。这让哈里·特韦立格很是吃惊，千真万确。柯菲拉起我的手，动作温和，让人惊讶。我的手差点消失在他的手掌心里，就这样。我的猎杀瓶里又多了另一只蛾子。我们完事了。

我迈出牢房。哈里把门顺轨道推回关紧，上了两道锁。柯菲在原地又站了一会儿，仿佛不知道接着该干什么，然后就坐到床铺上，双手交叉，抱住膝盖，像一个伤心人或在作祷告的人似的垂下头。他用那怪异的、差不多是南方腔的口音说了点什么，我听得很清楚。尽管在犯人偿还所有的亏欠之前，你还得给他吃穿、给他修整，却不必去了解他做了什么。可是，虽然我不太知道他做了什么，却依然感到一阵寒意。

“我没办法，头儿，”他说，“我想制止的，可来不及了。”

3

“珀西会给你惹麻烦的。”我们一同沿着走廊走回我办公室的时候，哈里这样对我说。迪安·斯坦顿（他算是我们这里的第三把手吧，我们其实不这样论资排辈，这是珀西·韦特莫尔突然搞出来的）正坐在我的书桌前更新文件，这活我好像从来不习惯做。我们进屋的时候，他只是抬头看了一眼，用拇指推了推那副小眼镜，又埋头于文件中了。

“自打那讨厌的啄木鸟来这里后，我就一直麻烦不断。”我边说边缩着身子，小心翼翼地把裤子从胯部拉开。“他带着那个大个子笨蛋走过时，你听到他在喊什么吗？”

“不可能听不到的，”哈里说，“你知道，我当时也在。”

“我当时在厕所，听得很清楚，”迪安说。他抽出一张纸，拿到光线下，我能看见上面有一圈咖啡色的环状物，是印上去的，接着，他就把纸扔进了废纸篓。“‘死鬼来了。’他肯定在他爱看的杂志上读到过这样的话。”

也许是的。珀西·韦特莫尔很喜欢看《大商船》、《男士派对》和《男人历险》等杂志。好像每一期都有关于监狱的故事，珀西读得十分上心，像在做研究似的。可能他觉得这些杂志里有这样的信息，想探寻该怎么表现。他来的时候，我们刚处决了斧头杀手安东尼·雷伊，他还从没真正参与过处刑，尽管他从配电室里目睹过一次。

“他上面有人，”哈里说，“他有关系，要把他从这里开走，你就得有解释，就得好好解释，因为他很可能动真格的。”

“我没这么想，”我说，我真没这么想……但我心里还真怀着希望。比尔·道奇不是那种让人干站着袖手旁观的人。“我现在更感兴趣的是那个大块头，他会给我们惹麻烦吗？”

哈里果断地摇摇头。

“他在特拉平格县法庭上安静得像只绵羊。”迪安说道。他摘掉那副小小的无边眼镜，用背心擦拭起来。“当然，他们拴他用的铁链更多，比斯克鲁奇在玛雷身上看见的都多。① 不过只要他愿意动手，魔鬼都不是他对手。这可是双关②，孩子。”

“我懂。”我答道，其实我并不懂。我只是不愿意让迪安·斯坦顿占了上风。

“他块头很大吧？”迪安说。

“是的，”我应着，“大得吓人。”

“也许得把‘电伙计’推到最高挡来烤他的屁股。”

“别操‘电伙计’的心，”我心不在焉地说，“再大的块头它都能把它变小喽。”

迪安捏了捏鼻子两侧，鼻梁架眼镜的地方两块猩红，然后点点头。“没错，”他说，“这倒是实话，真的。”

我问道：“你们有人知道他在……特夫顿现身前是打哪儿来的？是特夫顿，没错吧？”

“没错，”迪安说，“特夫顿，特拉平格县往南，他在那里犯事和出现前，好像没人知道他。他就是到处流浪吧，我想。真感兴趣的话，你可以从监狱图书馆的报纸里找到点信息。下星期前他们大概还

---

① 斯克鲁奇和玛雷都是一个广泛流传的故事《往昔圣诞的鬼魂》中的人物，前者十分自私贪婪，对后者十分刻薄。后者死后，鬼魂浑身捆绑着铁链出现在斯克鲁奇面前。

② 这里作者用 dickens 来表示魔鬼，该词若用作人名，即表示英国批判现实主义小说家狄更斯（Dickens），因此为双关。

不会搬掉那些报纸。”他咧着嘴笑，“不过，你就得听楼上那小家伙抱怨唠叨了。”

“不管怎么样，我不妨去那里瞧瞧。”我说。当天下午我真去了。

监狱图书馆在大楼后面，那里马上要变成监狱汽车商店了，至少计划是这样的。我想，有人总想往口袋里多赚点口粮，不过大萧条来了，我就没说出这个想法来。同样，对珀西的事，我也本该闭嘴不说的，但有时候人总是没法把嘴巴关紧了。大多数时候，男人的嘴巴总是要比他的鸟惹的麻烦大。反正，汽车商店没弄成，第二年春天，监狱搬到了沿公路往南六十英里的布莱顿。我猜，那里有更多的私下交易，更大桶的口粮吧。我也并非一点没沾光。

行政部门已经搬到院子东面的新大楼里去了，医务室正在搬（是谁出的这么个土点子，要把医务室搬到二楼，这真是另一大不解之谜）。半个图书馆里还塞着书（倒不是说它曾有很多藏书），另一半空荡荡的。老楼像一个火热的隔板箱，隔成A和B两个区。浴室紧贴在后面，整幢大楼总有一股尿骚味，这可能是搬家唯一正当的理由。图书馆是L形的，不比我的办公室大多少。我想找个电扇，可是都不见了。屋子里准有一百度，坐下来的时候，我都能感觉到腹股沟在热辣辣地抽动，有点像烂牙齿的感觉。我知道，这么比喻的确很不妥当，但这是我唯一能做的比喻了。过来前我刚撒了尿，撒尿时和刚撒完尿后的一段时间里，就更难受些。

那里毕竟还有另一个家伙在，他是个瘦得皮包骨头、值得信赖的老头，叫吉本斯，正在角落里打瞌睡，膝盖上放着一本关于西部蛮荒时期的小说，帽子拉下来遮住了眼睛。他倒没受热浪的干扰，也没被楼上医务室里（那里至少得高上十度，我希望珀西·韦特莫尔会很受用）的咕哝声、撞击声，以及间或的骂人声吵醒。我也没叫醒他，只是绕着走到了L形屋子较短的一侧，报纸就放在那里。虽然迪安说报纸还在，但我想它们也许和电扇一起都已经没了。不过，它们真的还在，而且关于狄特里克双胞胎的事件也很容易查找。那是头版新闻，案子是六月犯的，审判是在八月末到九月。

我马上忘记了炎热，忘记了楼上的撞击声，还有老吉本斯气喘吁吁的鼾声。想到那两个九岁的女孩子，想到她们满头蓬松的金发，还有迷人的鲍勃西双胞胎①式的微笑，一旦和柯菲那笨重的黑乎乎的身体联系到一起，我就感到很不舒服，却难以摆脱这种联想。一想到他的体形，就很容易想象着他真的吃掉她们的样子，简直和童话书里的巨人一样。他的所作所为真是太残忍了，他没有在河边马上被处以私刑还真是幸运。就是说，如果你觉得等着走过绿里坐进‘电伙计’的怀里是幸运的话。

4

这一切事情发生前七十年，南方的棉花大王被废除，之后悄无声息。但是，三十年代以来，又出现了一点死灰复燃的现象。棉花种植园已经不存在了，可是我们州的南部地区又有了四五十家兴旺的棉花农场。克劳斯·狄特里克就是其中一家的农场主。按二十世纪五十年代的标准，他的地位不过比赤贫高出一级，可在三十年代，他却被认为是小康，因为在大多数月底，他确实用现金付清店铺的账单；恰逢银行老板从街上经过时，他也敢抬眼正视。他的农场宅屋干净宽敞，除了棉花，他还有两样东西：一群小鸡和一些母牛。他和妻子养了三个孩子，霍华德十二岁上下，还有一对双胞胎女儿柯拉和凯丝。

那年六月一个暖和的夜晚，那对女儿想要在屋边一段围着屏风的侧廊上睡觉，大人应允了，两个女孩开心极了。刚过九点，最后一道光线刚离开天际，母亲向她们道了晚安，吻了吻她们。这是她最后一次见到这两个孩子，除去她们躺在棺材里的那一次。那时，殡仪馆的人已经把她们身上最糟的破损修复过了。

那些日子里，农村家庭上床都挺早的，“饭桌底下变黑后不久，”

---

① “鲍勃西双胞胎”（Bobbsey twins）是一部系列儿童小说中的主人公，小说自一九〇四年发表第一部起到一九七九年止，先后共出版了七十二卷之多。

我妈妈有时就是这样说的，而且还睡得很熟。当然，克劳斯、玛乔丽，还有霍伊[①]·狄特里克在双胞胎遇害的那个晚上也睡得很熟。的确，克劳斯本来差不多肯定会让鲍泽给叫醒的，就是家里的那条又大又老的杂交牧羊犬，如果它真叫了的话，不过鲍泽没叫，而且再也不会叫了。

第一缕曙光亮起，克劳斯起床去挤牛奶。走廊在房子的一侧，离牲畜棚有一点路。克劳斯从没想过去看看女儿。鲍泽没有跟着他，这也没引起他的警觉。母牛和小鸡们在那条狗眼里差不多，它都非常藐视，农场里干杂务时，它经常躲在牲畜棚后面自己的窝里，除非有人喊它……而且还得大声地喊。

克劳斯在储藏室穿上靴子，跺着脚向牲畜棚走去。大约十五分钟后，玛乔丽下楼了。她开始煮咖啡，接着把熏肉放到油锅里。咖啡和肉混合的香味把霍伊从顶楼的房间里勾了下来，不过睡在走廊上的女儿们没过来。母亲边让霍伊出去叫她们过来，边把鸡蛋打在熏肉的油脂上。早饭一吃完，克劳斯就会让女儿们出去拿新鲜的鸡蛋。只是，那天早上狄特里克家没有吃早饭。霍伊从走廊上回来，面色刷白，原本睡眼惺忪的眼睛，此刻瞪得大大的。

“她们不见了。”他说。

玛乔丽来到走廊上，最初她很恼火，倒不太警觉。她后来说，她本以为女儿们准是决定趁曙光去散步摘花了，或诸如此类女孩们会干的其他蠢事。可刚看了一眼，她就明白霍伊为什么脸色惨白了。

她尖声叫唤着克劳斯，是尖叫，克劳斯从崎岖不平的路上拼命跑着赶过来，靴子被装得半满的牛奶桶溅得发白。他在走廊里发现的东西会让最胆大的父母都双腿打战。女孩们本该用来在夜里避寒裹体的毯子被扔在一个角落里，屏风门上部的铰链被拉开了，门向外朝庭院方向悬着，晃晃荡荡的。走廊的木板和被毁坏的屏风门外的阶梯上，满是血迹。

玛乔丽求丈夫别独自一人去寻找女儿，如果非得去，也别带上儿

① 霍伊是霍华德的昵称。

子，可是她说什么都没用了。克劳斯从储藏室里拿出短猎枪（这枪本来搁在很高的地方，以免孩子们拿到），又把本来留着要在霍伊七月生日时给他的点二二口径手枪交给儿子，两人立刻出发，丝毫不理会尖叫哭喊着的女人。那女人担心的是，如果他们遇上一伙游荡的流浪汉，或是一群从拉杜克那边的农场上逃出来的凶恶黑鬼，该如何是好。对此，你也知道，我认为男人们是对的。地上的血不再流淌，但还有些黏，还是殷红的，并没有黑成血干透时的样子。诱拐发生在不久前，克劳斯肯定认为女儿们还有生机，而他就是要抓住这个机会。

他们俩并不擅长追踪，他们是采集人，不是猎手，他们在狩猎季节进入树林跟踪浣熊和鹿，是因为大家都这么干，而不是出于爱好。房子四周的庭院杂乱不堪，满是尘土，遍布着横七竖八的脚印。他们绕着牲畜棚，立刻就明白为什么鲍泽这条不好咬人却好叫的狗没有报警了。狗窝是用造牲畜棚余下的木板做的（上面还有一块标示牌，清清楚楚地写着“鲍泽”，挂在正门弯曲的洞口上，我在其中一张报纸上看到了它的照片），鲍泽半个身子露在窝外，半个身子在里面，脖子上的脑袋被人最大限度地拧折了过来。只有力量巨大无比的男人才能对如此庞大的动物做出这样的举动，这是事后公诉人对约翰·柯菲的陪审团说的……然后，他久久地、意味深长地看着体形笨重的被告，那人正坐在辩护席后面，双眼低垂，穿着一条州里给买的全新的带兜工装裤，连人带裤子都是一副该诅咒的样子。在狗的身旁，克劳斯和霍伊发现了一小块香肠。他们的推论（很合理，对此我毫无疑问）是，柯菲先用吃的来笼络这条狗，当鲍泽开始吃最后一点东西时，他就伸出双手，凭巨大的腕力一拧，折断了狗的脖子。

牲畜棚远处是狄特里克家的北牧场，那天没有奶牛在那里吃草。沿牧场的对角线向西北方向延伸的，是一条被人踩出来的路，它清晰可见，被清晨的露水浸湿了。

即使在几乎要癫狂的状态下，克劳斯·狄特里克最初还是犹豫着，是否要沿这条路追踪下去。这倒不是怕那个或那伙带走女儿的人，而是担心会走上诱拐者的反路……生怕在这节骨眼上恰恰走错了方向。

霍伊从庭院外的灌木丛里拉出一条黄色棉布，了断了他们进退两难的困惑。后来，克劳斯坐在证人席上的时候也看到了这块布，当他一认出是从女儿凯丝短睡裤上扯下的一片时，就哭了起来。二十码开外，在杜松灌木突出的针叶上，他们看到挂着一块褪色的绿布，很像柯拉一直穿的睡衣面料，她就是穿着这样的衣服和父母亲吻道晚安的。

狄特里克父子把枪端在胸前，撒腿跑着离开了，就像士兵在枪林弹雨中穿越战场的样子。如果我对那天发生的事情感到任何惊讶的话，那就是那个男孩，他拼命跟在父亲身后，虽然常陷于完全落后的危险，却从来没有跌倒，也没有把子弹误射进克劳斯·狄特里克的后背。

他们农场宅屋的电话号码登记在总机房。在邻居们看来，这说明狄特里克的家境在艰难时期还是昌盛的，至少是处于小康。玛乔丽给尽可能多的同样是登记了号码的邻居打电话，告诉他们这个晴天霹雳般的大祸。她知道每个电话都会激起层层涟漪，就像鹅卵石掷入平静水塘一般。于是，她最后一次拿起话筒，说了这番话（这些话在当时，至少在南部农村，就像早期电话系统的商标语）："你好，总机，听得到吗？"

是总机，但是有那么一会儿，没做出回答；那个可敬的女人十分焦急，终于，她回答："是的，夫人，狄特里克太太，是我。亲爱的仁慈的耶稣啊，我要祈祷，愿你的小女孩们平平安安的——"

"是呀，谢谢您，"玛乔丽说，"可是请您告诉上帝再多等一会儿，先让您帮我接通在特夫顿的治安官办公室的电话，好吗？"

特拉平格县的治安官是个长着酒糟鼻子的老男人，一个洗衣盆似的肚子，满头白发，均匀得就像烟斗通条上的绒毛。我很了解他，他来过冷山好几趟，是来送被他称作"孩子们"的人去遥远的地方的。见证死刑的人坐在折叠椅上，那椅子和你在葬礼、教堂餐会，或是农庄的宾果游戏场坐过的椅子可能是一样的。事实上，那时候我们的椅子就是从"神秘平局四十四号"农庄俱乐部借来的。每当霍默·克里布斯治安官坐上其中的一把椅子，我就等着听椅子被坐塌时发出的干裂声。我很担心哪天这事真会发生，同时也期待它真能发生，但这一天不会到来了。不久，狄特里克家的女孩被诱拐后不出一个夏天的时间，他就因心脏病突发死在了办公室，显然，他当时正在和一个十七岁的名叫达芙妮·舍特莱夫的黑人姑娘乱搞。大家对此议论纷纷，说他在竞选时期总是带着老婆和六个儿子四处炫耀，一副张扬的样子。那时候，如果你想要竞选什么职位，通常有这么一句很时兴的话："要么是浸信会教徒，要么就滚蛋"。不过，人们都爱伪君子，这你也知道。人们从自己身边找出一个，看到那人没穿裤子，鸡巴翘起，而且那人不是自己，这时，大家都会觉得很爽。

他除了是个伪君子，还很无能，是那种抚摸着女士的小猫让人拍照的家伙，而别人，比如说副治安官罗伯·麦吉，就得真的冒着摔断锁骨的危险爬到树上，把那只小猫给请下来。

麦吉听着玛乔丽·狄特里克喋喋不休地说了大概两分钟，就打断了她的话，问了她四五个问题，都很简短，就像训练有素的斗士往对手脸上的快速击打，出拳又准又狠，对手立刻会鲜血满面。当他得到回答后，就说："我去叫波波·马钱特，他有狗，你待着别动，狄特里克太太，如果你男人和儿子回来，让他们也别动。不管怎样，照我的话做。"

这时，她的男人和儿子正在沿着诱拐者的足迹，朝西北方向跟踪了三英里路。不过，当足迹离开空旷地带、进入茂盛的树林后，他们就没法跟踪了。我说过，他们是农夫，不是猎人，而到那时候，他们明白了，自己跟的是一头野兽。一路上，他们发现了搭配凯丝短裤的黄色上衣，还有柯拉睡衣上的另一块布片。两块面料都被血浸湿了，这时，克劳斯和霍伊都不像最初那么匆忙；他们火热的希望里一定渗入了一股冰凉，它就像冷水一般，往下流着，越来越重，不断沉下去。

他们一头扎进树林里，想寻找一些标记，却什么也没发现，到另一处也是同样的结果，然后又到了第三处。这一次，他们发现了一只浑身是血的扇尾鸽从火炬松顶的针叶上掠过。他们顺着鸟儿似乎在指引的方向走了一小段路，又开始了新一轮搜索。直到上午九点，他们开始听到身后传来了人的喊叫声和狗吠声。罗伯·麦吉只用了克里布斯治安官喝完第一杯加白兰地和糖的咖啡的这点时间，就临时组织了一群人，九点一刻，他们赶到了克劳斯和霍伊·狄特里克那里，两人还在拼命地绕着林边跌跌撞撞地搜寻着。很快，大伙行动起来，由波波的那几条狗引路。麦吉让克劳斯和霍伊也随大伙一起前进，不管他们对结局怀着怎样的恐惧，就算麦吉命令他们，他们也绝不会回去。麦吉准是明白了这一点，不过他让那两人卸下了子弹，他说，别人也是这么做的，这样会更安全些。他没有告诉狄特里克父子的是（他也没对其他任何人说），他们是唯一被要求交出子弹的人。两人心烦意乱，只想赶紧结束这场噩梦，快点了事，就服从了命令。罗伯·麦吉让这对父子卸了子弹并交给他，这也许就给约翰·柯菲留出了苟延残喘的机会。

几条吠叫着、嘶咬着的狗带着大伙在矮松林里一直朝着西北方向走了两英里。然后，他们走出树林到达特拉平格河边，河流宽阔平缓，穿过低矮而丛林茂密的小山坡向东南方向流去。克雷、罗比奈特、还有杜普利塞家族依然在这些山里自己制作曼陀铃琴，还常常一边耕种，一边把烂牙齿吐出来。那是偏僻乡村，每到星期天，那里的男人们总是白天逗弄蛇，晚上会亲热地搂着自己的女儿睡下。我知道这些家族，他们中大多数不时地给“电伙计”送吃的。这群临时组织的人站在河对岸，远远地看见南部铁路支线的铁轨上闪耀着六月的阳光。在他们右侧往下游一英里的地方，有一座高架桥通往威斯特格林煤田。

他们在那里发现，草地和矮灌木丛中有一片宽宽的、被踩踏过的地面，上面血迹斑斑。很多人不得不迅速退回到树林里，把早饭都呕了出来。他们还发现，柯拉睡衣的残余部分掉在这片满是血污的地上，而此前还令人佩服地支撑着的霍伊，这会儿也倒在父亲身上，几乎要昏过去了。

正是在这里，波波·马钱特的几条狗之间出现了它们那天第一次、也是唯一一次分歧。当时一共有六条狗，两条是警犬，两条是蓝斑猎犬，还有一对像小猎犬似的杂交狗（州边境上的南方人管它们叫浣熊猎犬）。这两条浣熊猎犬要朝西北方向，沿着特拉平格河的上游走，余下的却要朝相反的西南方向去。它们陷入了一片混乱，尽管报纸没有报道这个部分，我也能想见波波对这群狗一顿痛骂，一边用手（这肯定也是他身上最有教养的部分）让它们再次秩序井然。我认识一些养猎犬的人，据我的经验，作为一类人，他们有着显著的典型特性。

波波猛地拽住拴在狗脖子上的皮带，把它们拉拢起来，接着把柯拉·狄特里克被撕破的睡衣放在它们鼻子下面，这是为了提醒它们这一天要干的活。在这种日子里，气温到中午就会升到九十五度左右，一群群的小蚊虫早已在大伙脑袋周围纷飞。浣熊猎犬又用力闻了闻，决定投同意票，于是所有的狗都高声吠着，沿着下游出发了。

十分钟过后，这群人停住了，意识到他们听到的不止是狗吠，还有不同于犬吠的号叫声，这种声音狗即使在临死前都是发不出来的。这声音，这些人从来没有听过有任何东西发出过，但是他们每个人马上就明白了，这是一个男人的声音。他们就是这么说的，我也相信他们。我觉得我也能分辨出来。我觉得，我听到过有人这么尖叫，那是在他们走向电椅的时候。这么叫的人不多，大多数人都一声不吭，要么安静地走着，要么讲笑话，好像这是一次班级野餐，不过有少数人会这么叫的。一般来说，都是那些真相信有地狱的人，并且知道地狱正在绿里的尽头等待他们。

波波再次猛地拉了拉拴狗颈的皮带，这些狗都很值钱，他不想让它们丧生在那个正在那里喋喋不休、叽里哇啦地号叫着的变态手里。其他人重新把子弹装上膛，把枪栓咔嗒合拢。那号叫声让大伙打起寒战，使他们腋下出汗，汗水从背后像冰水似的淌了下来。当人们如此打寒战时，他们就需要有人指引着前进，于是副治安官麦吉担起了这个责任。他走到前头，轻快地走到（不过，我敢打赌，他当时可没觉得很轻快）从树林右边探出在外的桤木丛旁，其他人紧张地跟在五步之后。他停了一次脚步，那是在向人群中块头最大的山姆·霍利斯打手势，让他看紧克劳斯·狄特里克。

在桤木丛的另一侧，是更开阔的地面，它从右边伸向树林。左侧是一个长长的、平缓的河岸边的山坡。大家都停在原地，惊得呆若木鸡。我想，为了避免看到眼前的景象，他们多少钱财都愿意付出，而一旦看见过，就谁也无法忘怀。这是一场噩梦，它就发生在热辣辣的、几乎冒烟的烈日下，在这些衣饰整齐的健康生命旁边，在这些吃着教堂圣餐、行走在乡间小路、干着毫不汗颜的工作、在床上亲热接吻的人面前。每个人内心都有一具骷髅，真的，每个人都有。那一天，那群人就见到它了。这些人，他们见到了有时候在笑容后面龇牙咧嘴的那个东西。

一个男人坐在河岸上，穿着褪色的、带着血污的套头衫，这是他们见过的块头最大的男人，他就是约翰·柯菲。他那巨大的、脚趾张开的脚裸露着，头上戴着一块褪色的红头巾，这是农村妇女扎着方巾去教堂的打扮。蚊群像乌云似的绕着他。蜷缩在他每一条胳膊里的，就是赤身裸体的女孩尸体。她们往日卷曲亮泽得像马利筋草的绒毛一般的金发，此时纠结在脑袋上，满是血痕。那个男人抱着她们，坐在那里，对着天空大声叫骂着，就像一头疯牛，他棕黑色的脸颊上淌着泪水。他猛力抽泣着，胸脯起伏，把套头衫的系带绷得紧紧的；猛然抽上来的一大口气，随之在号叫中泄了出去。因此，你经常在报纸上读到的“该杀人犯显得毫无悔恨之意”，对这个人并不合适。约翰·柯菲为自己的所作所为感到撕心裂肺……可他还活着，女孩们就不能了。那两个女孩才是真正意义上的被人撕心裂肺了。

似乎谁都不清楚自己在那里站了多久，大家看着那个号叫的男人，而他的视线则越过了广阔宁静的大河，遥望着对岸的火车，火车沿着铁轨轰隆隆地向横跨河两岸的高架桥跑去。他们仿佛看了有一个钟头，甚至像是看了一生，但火车没有再往前开，它好像就停在一处轰鸣，如同小孩子在发脾气，太阳也不再藏身云朵，这景象从此定格在他们的眼里。它就在眼前，真真切切，就像狗咬的伤口那样。那个黑人来回摇摆着，柯拉和凯丝就像巨人臂弯里的布娃娃一般也随之摇摆。那人裸露而庞大的手臂肌肉上血迹斑斑，胳膊一会儿弯曲，一会儿放松，再弯曲、放松，弯曲、放松。

是克劳斯·狄特里克打破了僵局，他厉声高叫着，猛扑向那个强奸并杀害了女儿的魔鬼。山姆·霍利斯意识到自己的任务，竭力想制止他，可就是做不到。那人比克劳斯高六英寸，起码要重七十磅，但克劳斯好像差点就把那人抱着他女儿的胳膊甩开了。克劳斯跃过中间相隔的空地，飞腿向柯菲的脑袋扫去。克劳斯靴子上溅到的牛奶已结成硬块，在炎热的气温下早已发馊，他一脚踢中柯菲的左太阳穴，但柯菲似乎根本没有感觉，只是坐在那里，哀号着，摇摆着，遥望着河对岸。在我的想象中，他差不多成了在松树林里五旬节布道上的一个画面：基督教的虔诚信徒面朝歌珊地①而坐……要不是那两具尸体在，就真是了。

四个男人一起吼着，才把歇斯底里的克劳斯从约翰·柯菲身边拉开，我不知道他最终狠狠地揍了柯菲几次。不管怎么样，柯菲好像没什么感觉。他只是继续望着对岸，哀恸不已。当狄特里克被最终拖开时，他放弃了所有挣扎，仿佛黑巨人的身体里流着某种奇怪的电流（你们得谅解，我一直倾向于用和电有关的隐喻），当狄特里克和那电源的接触最终断开后，他就像猛地从电流上弹回来一般，浑身软绵绵的。他两腿叉得很开，跪在河岸边，双手捧着脸，哭泣着。霍伊走过来陪着他，他们相互拥抱，脑门对着脑门。

两个男人看着其他人围起一个圈子，站成一个环形步枪阵，围定那个摇晃着身体、哀号不已的黑人。那黑人似乎依然沉浸在自我之中，毫不在乎其他任何人的存在。麦吉走上前去，两只脚紧张地一前一后移动着，然后坐了下来。

“先生，”他平静地说道，柯菲顿时不出声了。麦吉注视着那双因为哭泣而布满血丝的眼睛，它们还在流泪，仿佛有人在里面放了个水龙头。那双眼睛哭泣着，不知怎么的，似乎有些无动于衷……眼神遥远而宁静。我认为那是我有生以来见过的最奇怪的眼神，而麦吉也颇有同感。“就像动物的眼睛，而那双眼以前从没见过人是什么样子的。”在审判之前，他就是这么告诉一位名叫哈默史密斯的记者的。

“先生，你听到我说的话了吗？”麦吉问。

---

①《圣经》中的歌珊地，即出埃及前以色列人住的埃及北部肥沃的牧羊地。

柯菲慢慢地点了点头，他依然弯着胳膊，搂着那两个沉默的娃娃，她们的下巴抵在胸口，脸庞不大看得清楚。上帝见了都会同情感伤的。

“你叫什么名字？”麦吉问。

“约翰·柯菲，”他的声音浑厚，带着哽咽，“柯菲听起来像饮料，只是拼法不一样。”

麦吉点点头，然后用拇指点着柯菲套头衫胸口的口袋，那里鼓鼓的。麦吉觉得它有可能是一把枪，像柯菲这样块头的男人，如果想逃走的话，倒不需要用枪来制造点大麻烦。“那里是什么东西，约翰·柯菲？会不会是个加热器[①]？是手枪？”

“不是的，”柯菲用浑厚的声音回答道，而那双奇怪的眼睛则涌出了泪水，表面是极度的痛苦，眼神底下却有种怪异的宁静，仿佛真实的约翰·柯菲正在别处，看着别的景象，而在那里，被谋杀的女孩不会让人们如此兴师动众，也不会让副治安官麦吉亲自出动。“那只是我的一点午餐。”

“噢，只是一点午餐，是吧？”麦吉问道，柯菲点点头，边用流泪的眼睛回答“是的”，一边淌着清亮的鼻涕。“像你这样的人是在哪里弄到午餐的呢，约翰·柯菲？”麦吉强迫自己保持平静，尽管他那时能闻到女孩子的味道，还能看到苍蝇在那些还没干的部位上起起落落。据他后来说，最可怕的是她们的头发……关于这些，报纸上没有报道，因为太毛骨悚然了。我是从写报道的记者哈默史密斯先生那里听来的。我后来去找了他，因为后来约翰·柯菲成了我的梦魇。麦吉告诉这位哈默史密斯先生，她们的金发已经不再是金色的了，而是变成了红褐色。血从她们的脸颊淌下来，掉在头发上，就像是在进行拙劣的染发。即使你不是医生，也能看出，她们脆弱的脑袋已经被那巨大的胳膊撞在一起，破碎了。也许她们曾经哭过，也许他曾经想让她们停下来不哭，如果这两个女孩幸运的话，这事发生在她们被强奸之前。

---

① 手枪的俚语。

看到这一切，人们很难再进行思考，即使他是像副治安官麦吉这样决心要负责这件事的人。糟糕的思考会导致错误，甚至会引发更多的流血事件。麦吉深深吸了口气，想静下心来，不管怎么说，他努力着。

“唉，我记不清楚了，我可没狗的好记性，”柯菲哽咽着说，“不过是一点点午饭，真是这样的，三明治，我想还有点甜泡菜。”

“我就想亲眼看看，没啥关系吧。”麦吉说，“你别动，约翰·柯菲，别这样，伙计，有好多枪对着你，你要是动一下手指，就让你腰部以上的身子全都消失。”

柯菲望着对岸，没有动，麦吉慢慢地把手伸进他胸部的口袋里，拽出了一个用报纸包着的东西，上面还系着一圈细绳。虽然麦吉很肯定这就是柯菲说的东西，是一点午饭，他还是拉断绳子，打开纸包。是一个火腿西红柿三明治，一块果酱煎饼，还有点泡菜，单独包裹在一页报纸的谐趣版里，上面的谜语什么的，约翰·柯菲自己可绝对想不出答案。没有香肠，准是鲍泽吃掉了约翰·柯菲午饭里的香肠。

麦吉一反手把午饭交给另外一个人，眼睛始终没有离开柯菲。他这样坐着，离柯菲很近，没法让自己的注意力有瞬息的偏离。那顿午餐又重新被包了回去，系得好好的，最后落到波波·马钱特的手里，他把它放进背包里，那里是他放狗粮的地方（还有一些鱼饵，这我不会怀疑的）。这个细节在审判时没人说起（世上的公正是不断变化的，但不会像火腿西红柿一样被转移得如此迅速），不过它的照片被人出示过。

“发生了什么事情，约翰·柯菲？”麦吉用低沉急切的声音问道，“告诉我。”

于是柯菲对麦吉和其他人讲了与对我说过的几乎一模一样的话，这也是在审判柯菲的法庭上，公诉人说给陪审团听的最后一番话。“我没办法，”约翰·柯菲说道，他胳膊搂着那两个被杀害、强暴了的裸体女孩。泪水再次从柯菲的脸颊倾泻而下，“我想制止的，可来不及了。”

“伙计，你犯了谋杀罪，被逮捕了。”麦吉说，接着，他就朝着约翰·柯菲的脸啐了口唾沫。

陪审团离开了四十五分钟，时间正好够他们吃点简便的午餐。我怀疑他们是否还会有胃口。

5

我想，你们应该知道，在十月的那个炎热的下午，在马上要关闭的监狱图书馆里，在那两只画着果树女神的橙色柳条箱里，在那堆旧报纸里，我不会一下子把所有的信息都找全的。不过我读到这些，足以让我当夜难以入眠了。我妻子凌晨两点起床，发现我坐在厨房里，喝着脱脂牛奶，抽着自己卷的烟卷，便问我出了什么事。我撒了个谎，自我们结婚以来相当长的时间里，我极少撒谎。我对她说，我和珀西·韦特莫尔又发生了口角。当然，我是和韦特莫尔吵过，但那不是我坐那么晚的原因。平常我一离开办公室就把和珀西的不愉快全忘了。

“噢，忘了那只烂苹果，到床上去睡吧，”她说，“我有能让你入睡的东西，你尽可享用。”

“真不错，不过我们最好别用，”我说，“我的供水系统出了点问题，我可不想传染给你。”

她扬起一边的眉毛。“哦，供水系统，”她说，“我看是你上次在巴吞鲁日[①]时交上了街角的坏女人吧。”我从没去过巴吞鲁日，也从没勾搭过街头女郎，这我们俩都知道的。

“只是普通的尿路感染，”我说，“我妈曾说，男孩子撒尿时被北风吹到，就会得这种病。”

“你妈把盐弄撒了，还一整天都待着不出门呢，”妻子说道，“塞德勒医生——”

---

① 巴吞鲁日（Baton Rouge）是路易斯安那州的首府。

“别说了，长官，”我说着举起手，“他会让我服用磺胺类药剂，到周末，我会在办公室吐上一地的。让它自然发展吧，不过，这期间，我想我们最好别上游戏场玩了。”

她吻了吻我左眉毛上的额头，这总是让我感到微微戳疼……詹妮丝也很清楚。“可怜的宝贝，好像还不止可恶的珀西·韦特莫尔那点事，快上床睡吧。”

我照办了，不过在上床前，我走到后面的走廊，去方便一下（在方便之前，我用浸湿的手指测了测风向，这是我们还小的时候父母教的，那时很少会忽视父母的话，不管这话有多愚蠢）。在户外撒尿是乡村生活的一大乐趣，这是诗人们从来想不到的，不过那天晚上可没多少乐趣，尿液流出来时像烧着的煤油一样滚烫。不过我觉得那天下午更糟些，而且两三天前的情况还要坏。我心怀希望，觉得也许已经开始好转了。没有哪个希望比它更无凭无据了。没有人告诉过我，有时候病菌钻到里面，那里又温暖又潮湿，病菌会安歇一两天，接着会更加来势汹汹。要是能明白这一点，我可能会很惊讶的。十五或二十年后，我更惊讶地得知，原来可以吃药片，迅速消除感染……这些药片可能会让你觉得胃里有点恶心，或是发生腹泻，但它们几乎不可能像塞德勒医生的磺胺那样让你呕吐。在一九三二年，你束手无策，只能等待，并努力忘掉那种有人把煤油泼到你体内并往上头扔火柴的感觉。

我把烟抽到头，走进卧室，终于睡着了。我梦见了那两个女孩，她们羞涩地笑着，满头金发。

6

第二天早上，我在书桌上看到一张粉红色的便笺纸，让我尽快去监狱长办公室一趟。我知道是怎么回事，这里有虽不成文却很重要的游戏规则，而我昨天有那么一会儿没有照规则办事。于是，我尽量拖着不去。我想，这事就像我不愿意为泌尿毛病去看医生。我总觉得这种“非得把事情了了”的做法被高估了。

不管怎么样，我没有赶紧去监狱长穆尔斯的办公室，而是脱下羊毛制服，把衣服挂在椅背上，打开角落里的电风扇（又是一样发热的东西）。接着，我坐下来，看布鲁特斯留下的夜班记录。没什么值得警惕的事情，德拉克罗瓦睡下后哭了一会儿（他常常这样，更多是为自己哭，而不是为被他活活烧死的人，这我很肯定），接着他从雪茄盒里拿出了叮当先生，就是那只老鼠，它就睡在盒子里。这让德尔安静了下来，余下的夜晚他睡得像个婴儿。叮当先生很可能待在德拉克罗瓦的肚子上，尾巴卷起来盖着爪子，眼睛一眨不眨。好像上帝认为德拉克罗瓦需要一个守护天使，却又凭他的智慧认定，只有老鼠才能守护这位来自路易斯安那州的耗子似的杀人犯朋友。当然，布鲁托尔的记录中并没全部都写。不过，我自己值过很多夜班，足以从字里行间里看出额外的内容。这里还有关于柯菲的简短记录：“他躺在那里没睡着，大多时候很安静，间或有哭泣。我试着找些话题，但听柯菲咕哝着回答了一些之后，我就放弃了。保罗和哈里可能运气会好一些。”

“找些话题”其实是我们工作的核心。我当时还不清楚，但当我在德高望重这个又老又怪的岁数（我觉得对必须要承受衰老的人来说，所有很大的岁数都显得有点古怪）开始回顾往事时，我才明白确实是这样的，也明白了我当时为什么会不清楚，因为这事太重大了，就像呼吸对于生命一样关键。临时工能否“找些话题”倒不重要，但是我、哈里、布鲁托尔、还有迪安会不会找却很关键……而这也是珀西·韦特莫尔之所以成为灾难的原因之一。犯人恨他，看守恨他……大概所有人都恨他，除了和他有政治关系的人，除了他本人，也许（也只是也许罢了）还有他母亲。他就像撒到结婚蛋糕里的一剂砒霜，我想，我当时就知道，他从一开始就惹祸，他本人就是即将临头的事故。对我们其他人来说，我们会自嘲，说自己的职责不是看守犯人，而是当心理医生。我们有些人到今天还会这么自嘲，不过我们当时就明白如何“找些话题”……若没有这些谈话，要上“电伙计”的人迟早会疯了的。

我在布鲁托尔的记录下面写了几句，让他和约翰·柯菲谈话，至少要试着这么做，接着，我跳过去看柯蒂斯·安德森（监狱长的首席助理）留下的话。上面说，他（即安德森）正在等待着很快会到来的关于爱德华·德拉克罗瓦的DOE指示（这里安德森拼错了，那人的名字实际上是埃杜亚德·德拉克罗瓦）。DOE指的是处决日[①]。照柯蒂斯的留言，据确实可靠的消息，他听说这个小个子法国佬要在万圣节前不久上刑场，他觉得很可能是十月二十七日，而柯蒂斯·安德森的猜测也是很有根据的。不过在这之前，我们可能要迎来一个新房客，他叫威廉·沃顿。“他就是那种你会称作‘问题儿童’的人”，这段话柯蒂斯是用他那向右倾斜的字体写的，不知怎么的，他的笔迹总是有些拘谨。“他很狂野，也为此感到骄傲，大概是去年，他在整个州里流窜，终于癫狂之极，在一次拦路抢劫中，杀了三个人，其中一个还是孕妇，又在道口杀了第四个人，是州巡警。他只放过了一个修女和一个盲人。”读到这里，我笑了笑。“沃顿今年十九岁，右前臂上有‘野小子比利’的刺青。我相信，你肯定会煽他一两记耳光的，不过得小心点，这个人压根不在乎。”他加了双划线，然后这样结尾：“他也可能是常在附近出没的人。他正在上诉，事实上他还未成年。”

一个疯狂的孩子，正在上诉，就要来这里了。哦，听上去还真不错。突然，天气似乎更热了，我也不能再拖延不去见监狱长穆尔斯了。

我任冷山看守期间有过三任监狱长，哈尔·穆尔斯是最后一任，也是最好的一任。他平易近人，诚实，直率，甚至缺乏柯蒂斯·安德森的基本才智，但他具备了政治技能，足以在那几年艰难时期维持住自己的位置……他也很正直，经得住诱惑。他不会再提升了，但这样似乎也不错。他那时五十八岁，要不就是五十九岁，脸上的皱纹很深，像条警犬，大概就是波波·马钱特很熟悉的那种。他满头白发，双手因为痉挛之类的原因颤抖着，不过他还是很强壮的。前一年，当

---

① 英文中处决日是date of execution，这里的DOE是英文首字母缩写。

一个监狱犯拿着一根由板条箱的板条削成的棍子向穆尔斯冲来时，他站在那里，抓住那恶棍的手腕，一把折断他的骨头，发出了干树枝着火后断裂的声音。那恶棍忘了所有的愤慨，跪倒在地上，尖声叫娘。“我不是你娘，”穆尔斯用他很有修养的南方口音说道，“不过我要是的话，我会拎起裙子，用生你出来的家伙朝你撒尿的。”

我走进他的办公室，他立刻站了起来，我一摆手让他坐回去，然后在他桌子对面坐下，先从他妻子说起……只不过在我们那里，问候是与别处不同的。“你那漂亮妞怎样了？”我就是这么问的，好像梅琳达才十七芳龄，而不是六十二三岁了。我的关心是真诚的，她是那种我若有缘分自己也会爱上和迎娶的女人，但我也在乎让他从该谈的正事儿上分分心。

他深深叹了口气：“不太好，保罗，确实不太好。”

“头痛更厉害了？”

“这礼拜只痛了一次，不过是最糟糕的一次，前天她基本上整天躺着，现在她右手乏力的情况更严重了——”他举起自己那只满是肝色斑点的右手，我们两人看着它在记事簿上颤抖了一阵子，接着他又把手放下了。我知道，他极其不愿意说出上面这番话，而我宁愿没听见。梅琳达的头疼病是春天开始的，整个夏天医生一直说这是“精神紧张引起的偏头痛，”也许是因为担心哈尔马上要退休。我老婆曾告诉我，偏头痛是年轻人的病，不是老年人常得的，到了梅琳达·穆尔斯的年纪，病情通常会好转，而不是恶化。现在她的手又出现乏力症状，我看这可不像是精神紧张，而像是倒霉的中风。

“哈维斯特罗姆医生想让她去印第安诺拉住院，”穆尔斯说，“做点检查，他的意思是拍X光片，谁知道还有什么，她都怕死了。”他停住了，然后点点头，“说实话，我也很害怕。”

“是啊，可你都看到她的情况了，”我说，“别再等了，如果真有什么的话，X光能照出来的，没准是他们可以治疗的。”

“是的。”他应着。过了一会儿，我们的眼神对视了，并停在那里。据我回想，这也是我们这次见面的唯一一次，那是一种袒露而彻底的相互理解，一切尽在不言中。没错，也许就是中风，也可能是恶性脑瘤，如果真是的话，印第安诺拉的医生也差不多无能为力了。要知道，这是一九三二年，当时就算尿路感染之类相对简单的病症，不是用磺胺类药剂让人恶心，就是忍痛熬着。

“谢谢你这么关心，保罗，现在，让我们谈谈有关珀西·韦特莫尔的事。”

“今天上午我接到州里的电话，”监狱长平静地说，“电话里很生气，我想你也能想象的，保罗。州长有如此的姻亲关系，他没法不感情用事，如果你懂我意思的话。他的妻子有个哥哥，哥哥有一个儿子，那人就是珀西·韦特莫尔。昨晚，珀西给他老爸打电话，而珀西的老爸又打给珀西的姑姑，还要我把下面的事情全讲了吗？”

“不用了，”我说，“珀西告发我，就像学校的孬种告诉老师，说他看见杰克和吉儿在衣帽间里亲嘴。”

“没错，”穆尔斯应道，“差不多就这码事。”

“你也知道，德拉克罗瓦进来的时候，在珀西和他之间发生了什么吧？”我问，“珀西还拿着他那该死的胡桃木警棍？”

“知道，不过——”

“你也知道他有时候是怎么拿着它在监狱里显摆的，他纯粹为了找乐子。他很卑鄙，又愚蠢。说实话，我都不知道还能忍他多久。”

我们彼此认识五年了，对于相处得好的人，这时间算长了，尤其是我们的一部分工作是和死亡打交道。我的意思是，他能理解我。倒不是说我会放弃，大萧条正在监狱外头徘徊，就像危险的罪犯，而且还不受我们掌管，不受牢狱控制。比我更能干的人不是流落街头，就是得逃票乘车。我知道自己算是幸运的，孩子们成年了，还有房贷，那两百磅重的大理石块，两年前也终于不再是胸中块垒。可人总得吃饭，还有老婆要养。而且，只要有能力，我们也习惯了给女儿和女婿寄上个二十块钱（有时候即使一时没钱，如果简写信流露出异常的窘迫，我们也设法寄去）。女婿是失业的中学教师，如果这样的情况在那年头还称不上窘迫的话，窘迫这个词也就没啥意思了。因此，人们绝不会放弃像我这样有稳定收入的工作……绝不会铁着心冷冷地放弃的。不过那年秋天可没那么冷，外面的温度不合季节地高，尿路感染在我体内肆虐，把我身体的温度弄得更高。在这样的情况下，哎，有时候，人的拳头就会只听从本能。一旦你对着像珀西·韦特莫尔这种有后台的出了拳头，你就可能会继续揍下去，因为没有退路了。

"要挺住，"穆尔斯平静地说，"我叫你来就是为了这个。据可靠消息，实际上，今天给我打电话的人告诉我，珀西向布莱亚那边递了申请，而且申请会被接受。"

"布莱亚，"我应道。即荆棘岭，两个州立医院之一。"这家伙在干吗？巡游州立机构吗？"

"是份管理工作，薪水更高，只是催催文件，而不是在大热天整理医院床铺。"他撇着嘴朝我笑笑，"你要晓得，保罗，'酋长'过来的时候，你要是没把他和范哈伊一起派到配电室的话，你可能早就摆脱他了。"

有那么一会儿，他的话让我费解，不知他到底在说什么。也许我也不想听懂。

"我还能把他派到哪里？"我问，"老天，他几乎不知道自己在这里干的是啥！还要让他参与执行队的工作——"我没把话说完，也说不完，头绪乱糟糟的，无从说起。

"不管怎么说，你最好让他接手德拉克罗瓦的事。如果你想摆脱他，就得这样子。"

我垮着脸，看着他。过了一会，我终于收起脸说："你说什么？难道他想亲身经历这个场面，想闻闻别人脑袋烧焦的味道？"

穆尔斯耸耸肩。一谈起妻子，他的眼神曾是那么的温柔，可现在却如此冷酷。"不管韦特莫尔干还是不干，德拉克罗瓦的脑袋终归要烧的，"他说，"对吧？"

"对，不过他会搞砸的，事实上，哈尔，他准得搞砸，在三十个左右的见证人面前……在那些专程从路易斯安那赶来的记者面前……"

"你和布鲁特斯·豪厄尔得保证不让他弄砸了，"穆尔斯说，"如果他还是搞砸了，会被记录在案，就算他州议会的亲戚早不在了，那记录也还会在的。你明白吗？"

我懂。这让我感到恶心，感到担心，但是我懂。

“他想留到执行柯菲。不过，如果我们幸运的话，他从德拉克罗瓦那里能获得满足。你得确保让他参与这一次。”

我本来计划好再让珀西待在配电室，然后让他下隧道，推着安放德拉克罗瓦的滑轮担架，把尸体送到监狱外路对面停着的运尸车那里。但是我想都没再想，就把所有这些计划抛到脑后。我点点头，我有种感觉，觉得这是一场赌博，不过我不在乎。如果这么做能摆脱珀西·韦特莫尔，我连老虎屁股都敢摸。他可以参与处刑，推合上夹钳，朝铁窗望望，告诉范哈尔推到两挡；他还能看着那个小个子法国佬浑身触电，而那电就是他珀西·韦特莫尔从瓶子里放出来的。就让他得到那些恶心的快感吧，如果这就是他所理解的州里对杀人犯的处罚。让他去荆棘岭好了，他会在那里有自己的办公室，还有纳凉的电风扇。如果他姑夫下一次选举失败了，他就会知道，在这个艰难、破旧、酷热的世界里，什么才是工作；他就会明白，在这世上，不是所有的恶棍都会被关监狱，有时候连你自己的脑袋也会挨揍，这样更好。

“行，”我说着站起身，“我会让他参加德拉克罗瓦的处刑的，让他打头阵，同时，我会维持场面。”

“好，”他说着也站了起来，“另外，你自己的情况怎样了？”他悄悄地指指我下身。

“好像好点了。”

“嗯，这样就好。”他目送我到门口，“还有，柯菲怎么样？会惹事吗？”

“我想不会吧，”我说，“他安静得像只死公鸡，真是古怪，古怪的眼神，不过很安静。总之我们会留心的，不用担心。”

“当然，你知道他曾干过什么。”

“那是。”

他看着我走到了办公室外，老小姐汉娜坐在那里，读着她那本丛林故事，好像自上个冰川世纪结束时，她就在读这本书了。能离开那里我很开心，总之，我觉得好像很轻松就脱身了。毕竟，很高兴能知道还有机会摆脱珀西。

“代我向梅琳达致以最真切的问候，”我说，“也别再自寻烦恼，很可能最后诊断结果不过是偏头痛而已。”

“确实。”他说。他心事重重，垂着眼睛，嘴角却露着微笑。两个表情夹杂在一起，可真是惨不忍睹。

我回到E区，开始了新的一天。有文件要看要写，有地板要拖，有饭要做，还要制定出下周的值勤表，一大堆事情呢。不过大部分时间是等待，在监狱里总是有很多等待，从来没完的时候。等着德拉克罗瓦走绿里，等着威廉·沃顿噘着嘴唇、带着野小子比利的刺青来这里，更重要的是，等着珀西·韦特莫尔走出我的生活。

7

德拉克罗瓦的老鼠是上帝带来的神秘物之一。那个夏天之前，我从没在E区见过老鼠，那个秋天之后，我也再没见过老鼠。就是那个秋天，在十月的一个炎热的、电闪雷鸣的晚上，德拉克罗瓦在我们的陪伴下走了，走时的样子令人无法形容，连我都不敢回想。德拉克罗瓦说，是他训练了那只老鼠，让它以汽船威利[①]的身份在我们中间开始了自己的生活。不过，我认为情况其实恰恰相反。迪安·斯坦顿也认同我的观点，布鲁托尔也是。老鼠第一次出现时，他们俩都在那里，正如布鲁托尔所说，“那东西早就受过训练，比那个路易斯安那州的法国佬可聪明多了，那人还自以为是主人呢。”

迪安和我在办公室里，正仔细检查着上一年的记录，准备给五次处决的见证人写后续报告，还要为自一九二九年以来另外六次处决的后续报告写后续报告。我们主要想知道的就是一件事：他们对我们提供的服务是否满意？我知道这听上去很怪异，但这可是一个重要的

① 是当时“米老鼠”的别称。

问题。作为纳税人，他们是我们的顾客，只不过很特殊。一个男人或一个女人，他（她）愿意在午夜出面观看处决，准会有特殊的、迫切的原因，有特殊的需要，如果处决是一种合适的惩罚，那么它就得让人满意。他们曾有过噩梦，处决的目的就是要向他们展示，让他们明白，噩梦已经过去。也许这么做还真有效，有时候真是这样。

“嗨！”布鲁托尔从门外喊着，他正在大厅最前头的桌子前。“嗨，你们俩过来！”

迪安和我对视着，同样警觉。我们觉得准是有人出事了，要么是那个从俄克拉荷马州来的印第安人（他叫阿伦·比特伯克，不过我们管他叫……酋长，照哈里·特韦立格的话讲，叫羊奶酪酋长，因为哈里觉得，比特伯克闻起来就这个味儿），要么就是那个被我们称作总统的家伙。不过布鲁托尔笑了起来，于是我们赶紧去看发生了什么。E 区的笑声就像教堂的一样，是不正常的。

老嘟嘟是那时候推食品车的老犯人，他已经推着一车神气的美食来过了。布鲁托尔囤了一晚上的货：三份三明治，两瓶汽水，还有一些圆馅饼，一盘土豆沙拉（这肯定是嘟嘟从监狱厨房里偷偷拿来的。对他而言，这有点太过分了）。布鲁托尔面前是一本摊开的日志，他居然没把东西洒上去还真算奇迹了。当然了，他才刚开始吃。

“什么？”迪安问道，“这是什么？”

“州议会准是松开了钱袋，今年要再雇个监狱看守了，”布鲁托尔说着，还在笑。“瞧那边。”

他指了指，我们看到了那只老鼠。我也笑了起来，迪安也笑了。确实不由得人不笑，因为那老鼠的样子就像一个得一刻钟巡视一次的看守：这个小小的、毛茸茸的看守正在确保不让任何人逃跑或自杀。它在绿里上朝我们快步走来，脑袋转来转去，好像在监视着牢房，接着它还会往前一冲。实际上，尽管叫喊声和笑声不断，但我们仍然听到那两个现押犯人正在打呼噜，这就更滑稽了。

这纯粹是一只普通的棕色老鼠，除了似乎在巡视牢房的样子。它甚至走进了一两间牢房，敏捷地在低矮的铁栅栏上跳跃着，我想，很多关押犯都会嫉妒它的，无论是过去的还是现在的犯人。当然了，因犯们总是想逃出来的。

那只老鼠没有走进任何一间住人的牢房，它只挑空着的进。最后，它差不多走到我们站的地方，我一直等着它折回去，但是它没回头，它压根不怕我们。

“老鼠这个样子朝人走过来可不正常，”迪安说着，有点紧张。“也许它疯了。”

“哦，老天，”布鲁托尔说着，满嘴的咸牛肉三明治。“这是只老鼠行家，是鼠人，你看它嘴角的白沫，是鼠人吧？”

“我根本看不到它的嘴巴。”迪安说，我们都笑了起来。我也看不到它的嘴巴，不过我能看到它那黑溜溜的小眼珠子，我觉得它们看上去并不疯狂或躁动不安，而是充满了好奇和智慧。我处死过人，处死过据说有着不死的灵魂的人，可是他们看上去比这只老鼠蠢多了。

老鼠急匆匆地沿着绿里跑到离值班桌不到三英尺的地方……那桌子并没有想象中那样特别，不过是那地方中学老师常用的桌子。老鼠就在那里停下，把尾巴卷到爪子周围，样子就像老夫人整裙子一样端庄。

我突然停住不笑了，刹那间，我感到一种渗入骨髓的寒意。我想说，我自己也不知为何会有这种感觉——谁都不愿当众说出会让自己显得荒诞滑稽的话——可事实上我知道。而如果我能把其他真相讲出来，在这一点上也应该说真话：有那么一会儿，我觉得自己就是那只老鼠，觉得自己根本不是看守，只是另一个被定了罪、判了刑的犯人。我依然拼命勇敢地仰望着桌子，那张桌子在那老鼠看来肯定足有几英里高（就像我们总有一天要面对的上帝的审判席），而桌子后面端坐着声音低沉、穿蓝外套的巨人们。那些巨人不是用 BB 枪①射击我们，就是用扫帚打我们，设陷阱害我们。当我们小心翼翼地爬过那个“胜利者”字样，去啃小铜盘上的奶酪时，那些陷阱会让我们把脊梁摔断。

值班桌旁没有扫帚，但有一个滑轮拖把桶，拖把还放在绞干架

---

① 一种射击子弹的直径为 0.18 英寸的散弹猎枪。

上；在和迪安一起坐下来处理那箱记录前，我刚擦洗完那条绿色亚麻油地毡，打扫过所有六间牢房。我看到迪安准备抓起拖把挥一下。就在他手指刚接触细细的木把手时，我碰了碰他的手腕，说：“随它去吧。”

他耸耸肩，把手缩了回去。我觉得他和我一样，并不真想用拖把去打它。

布鲁托尔从咸牛肉三明治上撕下一角，放在桌子前，用两个手指轻轻地夹着。老鼠仰望着，看上去非常兴奋，好像很清楚地知道这是什么东西；也许是的，我能看到它的胡须抽搐着，鼻子扭动着。

“哦，布鲁托尔，别！”迪安喊道，然后看看我，“别让他这么做，保罗！如果他要喂那该死的家伙的话，我们就可以给所有四条腿的东西举欢迎牌了。”

“我只是想看看它会怎么做，”布鲁托尔说，“是出于科学兴趣。”他看着我，我毕竟是头儿，就算在这种小事上。我想了想，耸耸肩，不管怎么说，这不是什么大事。其实，我也有点想看看它究竟会怎么做。

嘿，它吃了，这是天性。毕竟是萧条时期。不过它吃的样子把我们迷住了。它靠近那一小块三明治，绕着食物嗅来嗅去，然后像小狗玩游戏似的端坐在三明治前，一把抓过来，把面包掰开，取出肉。它表现得如此慎重和机警，就像人们在中意的饭馆里就着上好的烤牛肉大餐大快朵颐一样。我从没见过动物如此吃法，甚至连训练有素的家狗都做不到。而且，它吃东西的过程中，眼睛始终没离开我们。

“这只老鼠要么很聪明，要么就是饿疯了。”这是另一个人的声音，是比特伯克，他已经醒了，此时正站在自己牢房的铁栏边，赤裸的身上只穿了条松松垮垮的拳击短裤。他右手中指和食指关节间夹着一根自己卷的香烟，铁灰色的头发编成辫子垂在肩膀上，肩部肌肉以前可能很健壮，现在却开始松垮了。

“你们印第安人关于老鼠有什么至理名言，酋长？”布鲁托尔边问边看着老鼠吃东西。看到老鼠用前爪利落地抓住那点咸牛肉，并不时地把肉翻转着，不时瞥上几眼，似乎对那片肉充满崇敬和欣赏，我们都被迷住了。

“没有，”比特伯克说，“我曾听说有个勇敢的人拥有一副他号称是用老鼠皮做的手套，不过我可不信。”他笑了起来，好像这完全是个笑话，说完就离开了铁栏。他再次躺了下去，床铺随之吱呀作响。

那仿佛是老鼠要离开的信号。它吃完了爪子里的东西，闻了闻剩下来的（基本上是涂了黄色芥末的面包），然后回头看看我们，好像要把我们的脸记住，没准下次会再碰上。接着，它转过身，沿来路匆匆地跑开了，这回可没再去巡视牢房。它的匆忙让我想到了《爱丽丝漫游奇境》里的那只兔子，不禁笑了起来。老鼠没在禁闭室门口停留，就从门沿下消失了。禁闭室的墙是软的，专门关押那些脑袋发软的家伙[①]。在不需要这间屋子发挥它应有功能的日子里，我们就把清洁工具放在那里，那里还有一些书（大多是克莱伦斯·穆尔福德[②]写的西部故事，只有一本书，它只在特殊情况下出借，上面的故事有很多插图，里面有波派、布鲁托，甚至还有汉堡包魔王温皮，他们轮流和奥列弗·奥伊尔[③]搞）。除了这些，还有几样美术用具，包括蜡笔，德拉克罗瓦后来拿它派了很好的用场。他已经不再给我们惹麻烦了，要知道，这是更早一些的事情。禁闭室里还有一件没人想穿的外套，是白色的双层帆布缝制的，背上有纽扣、搭袢，以及扣环。我们都知道该怎样把问题儿童套进那件约束衣。这些迷路的孩子，他们一般不大做出暴力举动，不过一旦做了，伙计，你可来不及扭转局面。

布鲁托尔伸手从书桌抽屉里拿出那个蒙着厚厚皮书套的本子，本子的封面上印着烫金的“访客”二字。通常，这个本子会在抽屉里放上数月。当某个犯人有访客时（除了律师或牧师外），他会到食堂外的那间屋子去，房间就是会客用的，我们称它为“拱廊”。我也不知道为什么取这名字。

“老天，你知道你正在做什么吗？”迪安·斯坦顿问道，他目光

---

① 指脑子出问题（闹事）的犯人。

② 克莱伦斯·穆尔福德（Clarence Mulford，1883—1956），美国作家，大多数作品以西部为背景。

③ 这几个都是当时一部有色情内容的漫画书中人物。

透过眼镜镜片的上沿，注视着布鲁托尔，看他打开了本子，堂而皇之地翻阅着几年来这些已死了的囚犯的访客记录。

“遵守十九号规定。”布鲁托尔说着翻到了当前记录。他拿起笔，舔舔笔尖（这可是他改不了的坏习惯），准备写字了。十九号规定清楚地提到：“每个到E区的访客要出示一张黄色的经行政部门批准的通行证，并务必进行登记。”

“他疯了。”迪安对我说。

“它没有出示通行证。不过，这次我就放过它了，”布鲁托尔说着又舔舔铅笔头，祝自己好运，然后在“入区时间”栏下面填上了“晚上九时四十五分”。

“是啊，干吗不呢，大老板们没准会给老鼠破例的。”我说。

“他们肯定会的，”布鲁托尔应和着，“缺钱呗。”他转身看看书桌后墙上挂着的钟，然后在“出区时间”栏写上“十点零一分”。这两个数字中间的空白留得很多，是“访客姓名”栏。布鲁特斯·豪厄尔使劲想了片刻（也许是在动用他有限的拼写能力，我敢肯定，他脑袋里早有词汇了），认真地写下“汽船威利”。那时候，大多数人都这么称呼米老鼠。这是因为在第一部有声卡通片里，它转动着眼珠子，到处颠着屁股，在轮船的操舵室里拉响了汽笛。

“行了，”布鲁托尔说道，啪地关上了本子，把它放回抽屉。“完事了。”

我笑了，不过迪安对事情总是不免会严肃以待，哪怕他知道这是玩笑。他皱着眉头，生气地擦拭着眼镜片。“如果有人看见，你会有麻烦的。”他再次显出犹豫的样子，眯着近视眼睛四处看看，好像以为会看见墙上长耳朵似的。他说：“像珀西·韦特莫尔这号谁惹了他就让谁死得很难看的家伙就会的。”

“呃，”布鲁托尔说，“等哪天珀西·韦特莫尔把细腿放到这张桌子后头，我就走人。”

“用不着了，”迪安说，“如果珀西把事情向有关人士抖搂了，他们早就拿你在访客登记簿上开玩笑的事把你给炒了。珀西会这么做的，你也知道他会的。”

布鲁托尔恶狠狠地瞪着眼，什么都没说。我猜想，后来，就在那天晚上，他会把写下的东西擦掉的。他不擦，我也会去擦的。

第二天晚上，比特伯克和“总统”先后被带到D区，等那里的普通囚犯进了牢房后，他们就开始洗淋浴。之后，布鲁托尔问我，我们还该不该到禁闭室去找汽船威利。

“我想该去。”我说。前天晚上那只老鼠的确让大伙一顿好乐，不过我明白，如果布鲁托尔和我在禁闭室里找到它的话，尤其是如果发现它用牙齿啃噬填充墙、开始筑窝的话，我们会宰了它的。最好是把这位“侦察兵”除了——不管它有多好玩——也强过和“朝圣者”一同生活。而且，不用我说，人们都知道，我俩谁都不怕杀老鼠。毕竟，州里给我们发薪水，本来就是要我们杀老鼠的。

不过那天晚上我们没找到汽船威利，它后来被叫做叮当先生了。它没有窝在软墙那里，也没有藏在我们拖到走廊的垃圾堆里。禁闭室里有很多垃圾，比我想得还多，因为我们好久没用禁闭室了。等威廉·沃顿来了后，情况就会发生改变，不过当时我们不知道罢了。幸亏如此。

“它去哪儿了呢？”最后，布鲁托尔这样问道，边问边用一块很大的蓝色手帕抹着脖子后面的汗。“既没有洞眼，又没有裂缝……不过——”他指了指地板下的排水管。壁炉下面，也就是老鼠可能会钻的地方，蒙着一张细密的钢丝网，哪怕是苍蝇都休想飞过。“它是怎么进去的？又是怎么出来的呢？”

“我也不知道，”我说。

“它确实是从这里进去的，不是吗？我是说，我们三个都看见的。”

“是啊，就在门底下，它得缩着身子，可还真进去了。”

“哎哟，”布鲁托尔说道，这个字由这么大个子的男人说出来，听上去怪怪的。“幸亏犯人们没法把身子缩这么小，是吧？”

“没错。”我说着最后瞅了一眼帆布墙，想找到洞眼或是裂缝什么的。什么也没有。“行了，我们走吧。”

三个晚上后，汽船威利又出现了。当时哈里·特韦立格正在值班，珀西也在，他们拿着迪安曾经想用的拖把，追着老鼠上了绿里。那只啮齿动物轻轻松松地躲过了珀西，从禁闭室门下的裂缝处溜走了，取得完胜。珀西大声咒骂着，打开门，又把那堆垃圾拖了出来。据哈里说，真是又滑稽又恐怖。珀西发誓一定要抓到那只该死的老鼠，把它那恶心的小脑袋拧下来。当然，他还是没做到。他浑身冒汗，一头乱发，制服衬衫的下摆在背后垂荡着。半小时后，他回到值班桌前，一边把头发从眼睛处拨开，一边告诉哈里（骚动开始时他基本上一直安静地坐在那里看书），说他准备在门底下放一条绝缘带，认为那样就能了结这一祸害。

“你觉得怎么好就怎么做吧，珀西。”哈里边说边翻着那本关于西部传奇的书。他觉得珀西会忘了堵住门下缝隙这件事的。他倒是想对了。

8

那年冬天，这些事情发生过后很久，有天夜里，布鲁托尔到我这里来，当时就我们两个人，E 区暂时空着，其他的看守都临时重新分配任务了。那时珀西已经去了荆棘岭。

“你过来。”布鲁托尔压着声音，听上去很滑稽，我不禁转头猛地盯着他。我刚从外面顶着夜里的寒冷和雨夹雪过来，掸着大衣的肩膀处，准备把它挂起来。

“出什么事了？”我问。

“没有，”他说，“不过，我发现叮当先生藏身的地方了。我是说它刚来的那会儿，德拉克罗瓦还没接手它的时候。你想看看吗？”

我当然想看了，于是就跟着他沿绿里走到了禁闭室。我们之前堆着的东西都放到了大厅里，布鲁托尔显然是利用这段暂时没人进出的日子做了点大扫除。门开着，我看到里面放着拖把桶。地板和绿里一样是令人压抑的暗色，正在逐渐变干。地板中央放着一把四脚梯，它通常是放在储藏间里的，那里正好也是州里死刑犯最后歇脚的地方。靠近梯子后面差不多是顶端的地方，有一条突出的搁板，修理工用它来放工具包，粉刷工则会用来搁漆桶。梯子上还有把手电筒，布鲁托尔把它递给了我。

“到上边去，你比我矮，所以差不多得爬所有的阶梯，不过我会抓住你双腿的。”

“我的腿脚很怕痒，”我说着就往上爬去，“特别是膝盖。”

“我会留心的。”

“好，”我说，“为了发现那只耗子的老窝而把腿给摔断了可划不来。”

“啊？”

“算了。”我的头已经到了天花板中央的灯网下面，我感到梯子在身体的重压下轻轻颤动。我还听到外面寒风呼啸。“抓紧我。”

“抓着呢，别担心。”他紧抓着我的小腿，我又往上爬了一步。我的头离开天花板不到一英尺了，能看到那些勤奋的蜘蛛在屋顶顶梁交叉的地方拉出的蜘蛛网。我拿手电筒四处照了照，没发现任何值得我再冒险爬上去看的东西。

“不对，”布鲁托尔说，“你看得太远了，保罗，往左边看，就在横梁交错的地方，看见没？其中一条有点褪色了。”

“看见了。”

“往连接处照照。”

我照了照，立刻就瞧见了他想让我看的东西。横梁由木钉钉在一起，共有六处，有一个钉子不见了，只留下一个硬币大小的黑洞。我看了看，扭头困惑地瞧着布鲁托尔。“那只老鼠是小，”我说，“可有那么小吗？伙计，我觉得不像。”

“可它就是从这里过去的，”布鲁托尔说，“我能肯定。”

“我不明白你是怎么肯定的。”

“再靠近点，别着急，我抱着呢，歇口气。”

我照他的话做了，用左手摸索着，搭在另外一根横梁上，感觉舒服了一些。外头又是一阵狂风大作，空气从那个洞里穿进来，直冲我的脸。我能闻到南方冬夜的凛冽气息……还带着点其他味道。

薄荷油的味道。

可别惹了叮当先生，我能听到德拉克罗瓦颤抖的声音。我能听到、也能感到那个法国佬把叮当先生递给我的时候我所感到的它的体温。那只是一只小老鼠，却无疑比大多数动物都聪明，可还是一只老鼠而已。别让那坏蛋欺负我的老鼠，他曾这么说，我也答应了；当走上绿里对他们而言不再是神话或假设，而是一种确实要身体力行的过程时，我最后总是会答应他们的。请把这封信寄给我二十年没见的兄弟好吗？我答应了；为我的灵魂念上十五遍圣母玛利亚好吗？我答应了；让我死的时候用本名，把它刻在我的墓碑上好吗？我答应了。这是为了让他们好好走完这条路，让他们能在绿里尽头的电椅上神志清醒。当然，我没法一一兑现所有的诺言，不过我答应了对德拉克罗瓦的承诺。对那个法国佬来说，他可是受了很大的罪。那坏蛋折磨德拉克罗瓦，狠狠地折磨了他。哦，我知道他的罪行，没错，可是当德拉克罗瓦跌入“电伙计”残忍的怀抱中时，可没人像他那么遭罪的。

薄荷油的味道。

还有别的味道，就来自那个洞眼。

我用右手从胸部口袋里拿出一支钢笔，左手仍然抓住那条横梁，不再担心布鲁托尔是否会不小心弄痒了我敏感的膝盖。我一手旋开笔套，把笔尖戳进去，想把里面的东西弄出来。里面是小块的木屑，明黄的颜色，然后我又听到德拉克罗瓦的声音了，这一次非常清楚，可能他的魂灵一直潜伏在这间屋子里，就在我们周围。威廉·沃顿也曾在这里待过很久。

嗨，伙计们！这声音说道，还带着笑，带着惊讶。这是那种忘却、至少是暂时忘却自己身处何地、命运将会如何的人的声音。来瞧瞧叮当先生多有能耐！

“老天……”我喃喃着，觉得风像是要把我击倒了。

“你又发现了一片，是吗？”布鲁托尔问，“我发现了三四片。”

我爬了下来，用手电照着他宽大的、张开的手掌。手心里有一些木头碎片，就像给小精灵玩的抽杆棒。两片是黄色的，和我发现的一样，一片是绿色的，还有一片是红色的。颜色不是漆上去的，而是用蜡笔涂的。

“哦，伙计，”我用低沉而颤抖的声音说，“哦，嘿，是那个线轴上的，是吧？可是为什么呢？为什么会在这里？”

“我小时候可不像现在块头那么大，”布鲁托尔说，“我是在十五到十七岁之间猛长身体的，那之前还是个小个子。我第一次到学校去时，觉得自己小得像……呃，就像小老鼠，我猜你也会这么说的，我那时可怕得要死，你知道我怎么做的吗？”

我摇摇头。外面又是一阵狂风，横梁间的蜘蛛网在气流中摇荡着，就像破烂的花边。我从来没有身处如此鬼魅的境地。正在那时，正当我们站在那里低头看那些从线轴上残留下来的碎片时，我醍醐灌顶地意识到，为什么自打约翰·柯菲走过绿里之后，我就没法再干这活了。不管是不是由于抑郁，反正我受不了再看着别人经过我的办公室走向死亡，再多看一个都不行。

“我向妈妈要了一块手帕，”布鲁托尔说，“每当我想哭、觉得自己很渺小的时候，我就溜出去，闻闻她的香气，然后就不觉得那么糟糕了。”

“什么？难道你认为，这只老鼠是从涂了颜色的线轴上咬下一些碎片，来怀念德拉克罗瓦吗？难道一只老鼠——”

他抬头仰望着。我觉得，有那么一会儿，我看见了他眼里噙着泪水，不过我想可能是我看错了。“我什么也没说，保罗，不过我在上头发现了它们，而且和你一样，我也闻到了薄荷油的味道——你也闻到的。这活我再也不能干了。我决不再干了。再看到有人坐上电椅，我会难受死的。星期一，我打算申请换到少管所去工作，如果能在下一次处刑前换掉就好了。如果换不了，我就辞职，回家种田。”

“除了种石头，你还能种啥？”

“我不在乎。”

“我知道你不在乎，”我说，“我想我也会和你一块去申请的。”

他凝望着我，确定我不是在开玩笑后，点了点头，仿佛这事就这么定了。狂风再次刮起，猛烈得横梁吱呀响着往下沉，我们俩都不安地朝周围的填充墙看看。我觉得，在那一刻，我们能听到威廉·沃顿的声音，不是那野小子比利，不是自第一天到区里来就是“野小子比利”的那家伙的声音，而是威廉·沃顿，他又是尖叫又是狂笑，说看到他死我们会爽死的，还说我们准忘不了他。这些话，他倒是说对了。

至于布鲁托尔和我那天晚上在禁闭室里决意一起做的事，后来真成了。这好像是我们对着那些染色的小木屑许下的一个庄重的誓言。我们俩都没再参与过处刑，约翰·柯菲是最后一个。

第二部　绿里上的老鼠

1

那家养老院叫“佐治亚松林”，我正在那里做着最后的写写画画。养老院离亚特兰大约六十英里，不过距离大多数人、即那些不到八十岁的人的生活，却差不多有两百光年。各位读者，请留心，你未来的生活中可没有这样的地方。这地方并不寒碜，基本上不算；这里能看有线电视，吃得也不错（虽然很少有能让人嚼的东西）。不过从它的特点看，它和冷山的E区一样，同是让人丧命之地。

这里甚至有个家伙能让我依稀想起珀西·韦特莫尔。当年的韦特莫尔因为和州长有点关系，在绿里谋得一份工作。我怀疑此处的这位是否也有某要员撑腰，尽管他常表现得如此。他叫布拉德·多兰，总是在梳理头发，这一点和珀西很像，而且他的后袋里也总是塞着一些读物。珀西当时读的是《大商船》和《男人历险》之类的杂志，而布拉德读的是一些小开本的平装书，如《俗笑话》和《黄色笑话》等。他总爱问别人，为什么那个法国佬要走过那条路，一盏灯下面能搞多少个波兰佬，或者是哈莱姆[①]葬礼上有多少人抬棺材等。和珀西一样，布拉德也是个觉得事物越卑劣才越好笑的蠢蛋。

布拉德有一天说的一句话倒让我觉得很有智慧，不过我并没夸他。俗话说，不走的钟一天也能准两次。“你真算幸运，没得上老年痴呆症，保利[②]。”这就是他的原话。我很讨厌他称我保利，不过反正他一直这么叫我，我也懒得制止他了。还有一些说法，称不上是俗话，倒是很适用于布拉德·多兰，如“能牵马到水边，却没法逼

---

① 纽约的黑人住宅区。

② 保利（Paulie）是保罗（Paul）的别称。

它喝水”，还有“尽可以给他打扮，却不能带他见人”。他和珀西一样蠢。

当他说起老年痴呆症时，他正在日光室[①]里拖地板，我也正好读完自己写的东西。写的内容很多，等我出院时还会更多。“说到老年痴呆症，你知道它究竟是什么吗？”

“不知道，”我说，“不过我想你会告诉我的，布拉德。”

“它相当于老年人的艾滋病。”他说着爆发出一阵笑声来，哈-哈-哈-哈-嚯！就像他说那些白痴笑话时一样。

不过我没笑，因为他的话触动了我的某根神经。倒不是我真有老年痴呆症，虽然在美丽的佐治亚松林能看到很多这样的病人，我自己患的不过是典型的老年记忆障碍。这种病人，忘记的似乎更多是时间而不是事件。从我写的东西来看，我发现自己记得所有发生在一九三二年的事情，倒是对事情的顺序有些混淆。不过，如果用心的话，我想我甚至可以理清头绪，多多少少是行的。

约翰·柯菲到E区和走绿里的时间是那一年的十月，罪行是杀害了狄特里克家九岁的双胞胎。这是我主要的记忆标志，如果仔细回想，往事会历历在目。威廉·“野小子比利”·沃顿是柯菲之后来的，德拉克罗瓦则在柯菲之前，他的老鼠也是，布鲁特斯（大伙称他布鲁托尔）管那只老鼠叫汽船威利，而德拉克罗瓦后来称它为叮当先生。

不管叫它什么，那只老鼠最早来，甚至比德尔更早，它出现时还是夏天，当时住在绿里的是另两个犯人，一个是“酋长”阿伦·比特伯克，还有一个是“总统”亚瑟·弗兰德斯。

那只老鼠，那只该死的老鼠，德拉克罗瓦可喜欢它了，不过珀西·韦特莫尔肯定很讨厌它。

珀西从一开始就讨厌它。

---

① 一般建在屋顶或楼层平台上的玻璃房，供晒日光及休憩用。

2

在珀西沿着绿里第一次追老鼠之后第三天，那只老鼠回来了。当时迪安·斯坦顿和比尔·道奇正在谈论政治……在那些日子里，这就意味着他们正谈论罗斯福和胡佛，是赫伯特[①]，不是约翰·埃德加[②]。他们还吃着乐事牌脆饼干，那盒饼干是迪安约莫一小时之前从老嘟嘟那里买来的。珀西那时正站在办公室门口，边拿着他钟爱的警棍做快速拔出练习，边听着他人的谈论。他把棍子从可笑的皮套里拔出来，挥舞着（或者说是试着挥几下，大多时候警棍都挥脱了手，要不是他手腕上套着生牛皮的环，那棍子准掉下来），接着再把警棍插回皮套。皮套是手工制作，也不知他是从哪里弄来的。事情发生在那天深夜，整个过程我是第二天夜里听迪安讲的。

那只老鼠像以前一样走上绿里，蹦跳着，然后停下来，仿佛在巡视着空牢房。过了一会儿，它就继续蹦跳着，毫不泄气的样子，好像早就知道在绿里上巡逻要走不少的路，而它该担负这个职责。

“总统”这时候醒着，正站在牢房门边。那家伙还真是个人物，即使穿着监狱的蓝囚衣还努力保持整洁。光从他的举止看，我们会觉得他看上去不像是去“电伙计”那里的人。我们没看错，珀西第二次追老鼠之后不到一周的时间，“总统”的死刑就变成无期徒刑，他加入了普通囚犯的行列。

“瞧！”他喊道，“有只老鼠！你们这些家伙怎么管事儿的？”他几乎是笑着说的，不过迪安说他听起来也有点愤怒，好像连死刑都不足以赶跑他的基瓦尼俱乐部精神[③]。他曾经是“中南部房地产协会”

---

① 赫伯特·胡佛（Herbert Hoover），美国第三十一任总统（1929—1933）。

② 约翰·埃德加·胡佛（J. Edgar Hoover），美国律师，一九二四至一九七二年任美国联邦调查局局长。

③ 基瓦尼俱乐部（Kiwanis）是美国工商业人士的一个俱乐部，有偏好娱乐笑闹的特点。

的地区领导，自作聪明地把半老的父亲从三楼窗户推出去，想由此获得终身保单上的双倍赔款。可是他想错了，不过也许是聪明不够。

“闭嘴，你这个蠢蛋。”珀西说，不过这多半是不假思索的话。他的眼睛一直盯着那只老鼠。此前他已经把警棍放回皮套，并拿出了杂志，这时，他把杂志扔到值班桌上，又把警棍拔出皮套。他开始用棍子在左手指关节上轻轻地随意敲打起来。

“狗娘养的，”比尔·道奇说，“我还从没见过这里有老鼠。”

“噢，它可机灵了，”迪安说，“而且根本就不害怕。”

“你怎么知道的？”

“有天晚上它出现过，珀西也看见了，布鲁托尔管它叫汽船威利。”

对此，珀西显出轻蔑的表情，不过没再说什么。他用警棍敲着手背，频率更快了些。

“瞧它，”迪安说，“上次它一直走到值班桌这里，我想看看这回它会不会再过来。”

它又过来了，远远地绕开“总统”，好像不喜欢这个杀父凶手的味道。它巡查了两间空牢房，甚至跑到了其中一张没有铺床垫的帆布床上闻了闻，接着就折回绿里。珀西一直站在那里，不断敲着警棍，也不跟人讲话，他想教训一下那只老鼠，让它不敢再回来。

“好在你们这帮家伙不用让它上‘电伙计’，”比尔也不禁感了兴趣，说道，“否则你们就得费老大的力气去夹住它，给它套盖子了。”

珀西还是没说话，不过他慢慢地将警棍捏在手指间，就像捏着一根香烟似的。

老鼠在上次止步的地方停住了，那里离值班桌不过三英尺，它就像铁栏后的囚犯似的仰头看着迪安。它抬头瞥了比尔一会儿，然后又把注意力转回到迪安身上。它似乎根本没瞧珀西一眼。

“真是个胆大的小杂种，得教训教训它。”比尔说着，把声音又提高了一些，“嗨！嗨！汽船威利！”

那只老鼠稍稍缩回了一些，颤动着耳朵，不过没有跑，甚至丝毫没有要跑的样子。

“瞧好了，”迪安说着，回想起布鲁托尔曾经是怎样拿咸牛肉三明治喂它的，“我不晓得它会不会再那样做，不过——”

他掰碎了一块乐事饼干，放到老鼠面前。它用锐利的目光看了那块橘红色的碎片约摸一两秒钟，纤细的胡子因吸气而抽动着，然后，立刻伸出爪子拿到那片饼干，坐起身子，开始吃起来。

“呃，简直让人不敢相信！”比尔感叹道，“吃相那么干净，就像礼拜六晚上牧师在教区进餐。”

“我看它更像黑鬼吃西瓜。”珀西说道，不过没人理会他，连“酋长”和“总统”也没在意他的话。老鼠吃完饼干，还是坐在那里，似乎靠那条卷起的尾巴维持着平衡，一边抬头看着穿蓝色衣服的巨人们。

“我来试试。”比尔说着把另一片饼干掰碎了，从桌子前倾下身子，把饼干小心地放到地上。老鼠闻了闻，但是没去碰它。

“嗬，”比尔说，“准是吃饱了。”

“不，”迪安说道，“它知道你是临时的，就是这个原因。”

“临时的，我？我像临时的吗！我在这里的时间差不多和哈里·特韦立格一样长！也许还更长些呢！”

“消消气，老前辈，消消气。”迪安说着咧嘴笑了，“你自己看看，看我说错没。”他把另一片饼干扔到一旁。果然，老鼠又捡起来开吃了，根本没瞧比尔·道奇的东西。不过，还没等它咬上一两口，珀西的警棍就砸了过去，像矛尖般直刺老鼠。

老鼠是个很小的靶子，为那个恶棍说句公道话，那一掷还真的又狠又准，要不是老鼠的反应极其敏锐的话，汽船威利的脑袋恐怕都不保了。可它闪开了，没错，就像人一样，丢下了那片碎饼干。那根沉重的山胡桃木棍划过它的脑袋，就刺在它身旁，竟近到把它的皮毛都弄皱了（不管怎样，这是迪安的原话，我只是传声筒，虽然我自己也不是太相信）。警棍砸在暗绿的油毡地上，又反弹在一间空牢房的铁栏上。老鼠没有去确认是不是打偏了，它显然是想起了别处还有急事，一转身沿走廊一溜烟地向禁闭室跑去。

珀西愤怒地咆哮着，他知道自己差点得手，就又追了上去。比尔·道奇抓住他的胳膊，这可能仅仅是出于本能吧，但珀西挣脱了。迪安还是认为，也许正是这一抓，救了汽船威利的命，它仍然在不远处。珀西不仅想杀了那只老鼠，他还想揍扁它，所以大步追着，步子很滑稽，像一头鹿，踩着沉重的黑色工作鞋。那只老鼠先是一转弯，接着再一次转弯，恰好躲开了珀西最后的两步跳跃。接着，它钻到门下面，那粉红色的、长得很怪异的尾巴最后轻轻一拂，消失了。

“他妈的！”珀西骂着，手掌用力拍着门。然后，他开始摸索钥匙，想要进禁闭室去继续追。

迪安沿走廊跟过来了，为了控制情绪，他有意走得很慢。他告诉我，他一方面很想嘲笑珀西一番，一方面又想一把抓住他，拽开他，把他摁在禁闭室门上，灭了他的气焰。当然，这么做很可能带来骚乱。我们在E区的职责就是最大限度地制止喧嚣，而珀西·韦特莫尔本性就爱制造喧嚣，和他一起共事有点像竭力拆除炸药的雷管，而又有人站在你身后，不时地敲锣打鼓。简而言之，就是让你心烦意乱。迪安说他能从阿伦·比特伯克的眼神里看出心烦意乱来……甚至也能在“总统”的眼睛里看到这一点，尽管这位绅士平常一副镇定得坚如磐石的样子。

迪安还有别的想法，从一定程度上说，他早就开始接受那只老鼠了，嗯，不是说把它当朋友看，而是把它看成是区里的一分子。这就使珀西的所作所为很是格格不入。哪怕老鼠的事情不算在内，珀西也是从来不计行为后果的，这正是他为什么如此惹是生非的原因。

迪安走到了走廊尽头，这时，他已经控制了情绪，知道该如何来处理此事了。珀西最不能容忍的事情是丢人现眼，这点大家都明白。

“妈的，又输了。”他说着微微咧嘴笑了，开着珀西的玩笑。

珀西恶狠狠地瞧了他一眼，把头发从眉毛上拂开。“别乱说，四只眼，别惹恼了我，把麻烦搞大了。”

“又到了搬家日了，是吧？”迪安说着收住了笑容……不过眼神里依然带着笑意。“呃，如果你这次又把东西全搬了出来，就麻烦拖拖地板吧。”

珀西看看地板，又看看那串钥匙，想到要是在这间四周是软墙的屋子里再找一遍的话，既费时间，又暑热难堪，还很徒劳，周围又站着旁观者……连“酋长”和“总统”都在。

“该死的，我真不明白有啥好笑的，”他说，“监狱里不能有老鼠——不算老鼠，这里的祸害就已经够多的了。”

“随你怎么办吧，珀西。”迪安举起双手说道。次日晚上他告诉我，当时他觉得珀西一定会和他发生冲突的。

这时，比尔·道奇走上前来打圆场。“是你掉的吧，”他说着把警棍交还给珀西，“再低一英寸，你就能砸烂那小杂种的背脊了。”

珀西舒了口气。“是啊，这一记的确很漂亮。”他说着小心地将那根敲脑袋的家伙放回了丑陋的皮套里，“我读中学时曾经是投球手，投出过两次无安打赛局呢。”

“现在可不还是这样吗！”比尔说道，声音里透着敬佩（虽然当珀西转过脸时，比尔朝迪安眨眨眼），足以制止这场纷争了。

“没错，”珀西应道，“我在诺克斯维尔投过一次，那边城里的男孩子都不知道砸过来的是什么。两次自由上垒。如果裁判员不是个蠢蛋的话，那场比赛简直没得说了。”

迪安本该就这么算了，可是他的资历比珀西深，那时候，位子高些的就好指手画脚，比如在柯菲面前啦，在德拉克罗瓦面前啦。他觉得珀西还是该教训一下的，于是就伸手抓住了那个年轻人的手腕。“你知道刚才自己在做什么吗？”迪安说。后来据他说，他的本意是想表现得严肃点，倒不是真要责骂他，不管怎么说，也不算太严厉。

可珀西偏偏不吃这套，他不会接受教训……尽管我们最终是会接受教训的。

“咋的，四只眼，我知道自己在干什么，我想逮住那只老鼠！那你呢，瞎眼了？”

“你还把比尔吓着了，还有我，还有他们。”迪安说着，朝比特伯克和弗兰德斯那里指指。

“那又怎样？”珀西问道，身子压了过来。“他们又不是摇篮宝宝，难道你没注意到？尽管你们这帮人经常把他们当宝宝对待。”

“呃，我可不喜欢受惊吓，”比尔压低声音说道，“我是在这里工作的，韦特莫尔，除非你没瞧见，我可不是你管的这些蠢蛋。”

珀西斜眼瞥着他，眼神有点捉摸不透。

“我们尽量不去吓着他们，是因为他们承受的压力够大了，”迪安说，他仍然把声音压得很低。“承受很大压力的人会崩溃，会伤害自己，伤害别人，有时候也会给我们带来麻烦。”

珀西的嘴角抽动了一下，他对“带来麻烦”显然有反应，制造麻烦不碍事，陷入麻烦可不行。

“我们的职责是谈话，而不是吆喝，”迪安说，“对犯人吆喝就是没有自控能力。”

珀西明白这是谁的话，是我说的，我是头儿。那时候，珀西·韦特莫尔和保罗·埃奇康比之间还没结怨，我记得，当时是夏天，真正的热闹还远未开场。

迪安说：“你要把这里想成是医院的重症看护病房，这里最需要保持安静——那你就不会这么做了。”

“我看这里就是一桶子用来淹死老鼠的尿，”珀西回应道，“仅此而已，现在让我走吧。”

他挣脱了迪安的手，走到迪安和比尔之间，然后低着头大步沿走廊离去了。他走路时离“总统”这边太靠近了些，近得弗兰德斯都能伸手抓住他，也许都能夺过他那根宝贵的山胡桃木警棍来打他的脑袋了，要是弗兰德斯真是这种人的话。当然，弗兰德斯不会这么做；不过“酋长”也许会。如果“酋长”得到机会的话，他或许就会揍珀西一下，给他点教训。第二天晚上，迪安把整个事件告诉了我，我一直记在了心里，因为这番话最后成了预言。“韦特莫尔不懂，他是无力操控这些犯人的，”迪安说，“无论他做什么，都伤害不了这些人，一次电刑就足矣。不明白这一点，他就会给自己和这里的其他人带来危险。”

珀西走进我的办公室，甩上了身后的门。

“天呐，天呐，”比尔·道奇说，“瞧他那胀烂了的鸟样。”

“你根本不了解事情原委。”迪安说道。

“哦，要往好处想想。”比尔说。他总是告诫人们，凡事要往好处看；每次说这话时，大家都想扁他的鼻子。“至少，那只恶作剧的老鼠跑了。”

“是呀，不过我们不会再见着它了，”迪安说，“我想这次那该死的珀西·韦特莫尔算是把它吓够了。”

3

这话虽符合逻辑，却说错了。次日晚上，那只老鼠就回来了。珀西·韦特莫尔换班去坟场前，休息了两晚，老鼠回来时正好是第一晚。

汽船威利是七点左右来的。我在场见证了它再次出现，迪安也在，还有哈里·特韦立格。哈里正坐在值班桌旁。我是白班，不过那天陪“酋长”多待了一小时，因为他的时日近了。比特伯克外表上态度坚忍，这也是他部落的传统，不过我能看出他对末日的恐惧，这恐惧就像毒草似的在体内生长着。于是我们交谈起来。在那里，你可以在白天和他们交流，但效果不太好，操练场上尽是喊声和谈话声（更别提不时发生的打架了），还有制板厂隆隆的机器的压模声，间或传来看守喊某人放下锄头、抓起锄头，或是哈维你快给我过来等的叫声。四点以后就好多了，六点之后则更加安静。六点到八点是最佳时机，那以后，你能看到悠长的思绪又开始悄悄进入他们的脑海，这能从他们的眼神中察觉到，这些思想就像午后的阴影，这时候，你最好打住。他们依然能听见你在说话，但是不会再有反应了。过了八点，他们就准备守候长夜，想象着电罩子扣在脑袋上会有什么感觉，想象着那个放下来盖住汗涔涔的脸的黑袋子里会有什么味道。

不过，我找“酋长”谈话的时间很不错。他对我讲了他的第一任妻子，讲了他们是怎样在蒙大拿州一起盖房子的。他说那是他一生最快乐的时光，水是那么清冽，每次喝水时嘴巴就像被割到了似的。

“哎，埃奇康比先生，”他说，“你想，是不是人如果真心地为他干的错事忏悔，就能回到最快乐的时光，并在那里永远生活下去呢？这就像是在天堂是吧？”

“我觉得这是真的。”我说。撒这个谎我一点都不内疚。在母亲温暖的膝盖上，我就学到了一些关于永恒的道理，我相信那本好书关于杀人犯所说的话：他们没有永恒生命。我认为他们会直接下地狱，在那里经受烈火煎熬，直到上帝最后允许加百列①吹响裁判的号角。这时，他们的煎熬才会结束……或许才可以欣然去他们要去的地方。不过我从来不会对比特伯克、也不会对其他人说出这些想法。我觉得他们心里其实都明白。上帝对该隐②说过，你的弟弟在哪里，他的血在地里向我呜咽，我很担心这话是不是会让那个乖戾的孩子感到惊讶，我想，他每走一步，都肯定听到了亚伯③的血在地底下向他哀鸣。

我离开的时候，“酋长”微笑着，他也许在想着在蒙大拿州的家，想着妻子裸露着胸脯躺在火光中。他马上要走进更炽热的烈火了，这是毫无疑问的。

我回到走廊，迪安对我讲了头天晚上他和珀西的纠纷。我想，他等在那里就是为了告诉我这事，于是认真倾听着。只要是关于珀西的事，我总会认真听的，因为我完全同意迪安的观点，我也觉得，珀西是那种惹是生非的家伙，无论是给自己惹祸，还是给大伙。

迪安快说完时，老嘟嘟推着他那辆红色的食品车来了，上面盖着手写的《圣经》语录（“忏悔吧，上帝会对人们做出审判的。”申命记④32：36；“我当然会要你拿出你生命的鲜血。”创世记 9：5，都具有类似的欢快而令人升华的情感），他是来卖三明治和汽水的。迪安在口袋里找零钱，一边说我们再也不会见到汽船威利了，说该死的珀西·韦特莫尔已经把它彻底吓跑了，听到这话，老嘟嘟说：“那这又是啥东西呢？”

我们四处看看，就看见那只老鼠来了，还在绿里中央蹦着。它走

---

① 加百列，《圣经》人物，他是七大天使之一，是上帝传送好消息给人类的使者。

② 该隐，《圣经》人物，亚当之子。

③ 亚伯，《旧约》中亚当和夏娃的儿子，后被其兄该隐杀害。

④ 申命记，《圣经》之《旧约》中的一卷，即预言。

了一会儿又停住了，油亮的小眼珠子四处瞧瞧，接着又走了起来。

“嘿，老鼠！”“酋长”开口了，那只老鼠停下来，看看他，胡子抽动着。实话说，它真的好像知道是在叫自己呢。“你真是灵魂引导者吗？”比特伯克丢给老鼠一点晚餐的奶酪，不过汽船威利看都没看一眼，还是沿着绿里继续走，边往空的牢房看看。

“埃奇康比头儿！”“总统”喊道，“你觉得这小杂种是不是知道韦特莫尔不在这儿啊？向上帝保证，我觉得没错！”

我也有同感……不过我不想大声说出来。

哈里提着裤子走到大厅里，每次在厕所里解手后，他总是这个样子。此时，他眼睛瞪得大大的，站在那里。嘟嘟也睁大了眼睛盯着，他那松弛的、嘴里没有牙齿的下巴正做出咧嘴笑的表情，肌肉塌陷，很是难看。

老鼠在它常常停下的地方驻足，尾巴绕着爪子卷起来，看着我们。我再次想起了曾见过的法官给倒霉的犯人判刑的画面……不过，有这么小巧的、毫无畏惧的囚犯吗？当然，它不是真的囚犯，它可以随兴地来来去去。可是这个念头一直盘旋在我脑海里，此时又让我想起，大多数人都会觉得，当我们生命结束、面对上帝的审判时，我们是如此的渺小，不过我们很少有人能如此无畏。

“呃，我敢保证，”老嘟嘟说，“它这会儿坐在那里，就像要挨烤的野小子。”

“你可是没见过呢，嘟嘟，”哈里说，“瞧这个。”他从胸部口袋里掏出一片黄棕色的包裹在蜡纸里的苹果。他把苹果片的一端掰下来扔在地板上。那东西又干又硬，我觉得它会弹起来跃过那只老鼠，不过老鼠伸出一只爪子，就像人在无聊时打苍蝇一样漫不经心，居然一击即中。我们都笑了，又是佩服，又是惊讶，爆发的笑声都能让那只老鼠仓皇而逃。可它居然毫不动容，用爪子捡起那片干苹果，舔了几下，丢开了，还抬头看看我们，好像在说，不错啊，你们还有别的什么吗？

嘟嘟打开食品车，拿出一块三明治，打开包装纸，撕下一小片腊肠。

“别费事了。”迪安说。

“你这是什么意思？”嘟嘟问道，“难道一只活生生的老鼠会拒绝到手的腊肠吗，你真是疯了！”

不过，我知道迪安是对的，而且从哈里的表情看，他也明白这一点。这里有临时工，也有固定工，不知怎么的，那只老鼠好像知道其中的差别。这确实难以相信，不过却是真的。

老嘟嘟把那片腊肠扔下去，果然，老鼠没有任何举动；它闻了闻，接着就退了一步。

“我该死的真算是狗娘养的。”老嘟嘟说着，很是恼火。

我伸出手：“给我。”

“什么，就这片三明治？”

“就这片，我会付钱的。”

嘟嘟把它递给我。我举起面包片的一头，撕下另一片肉，丢在值班桌前面。那只老鼠立刻走上前去，用爪子抓住它，吃了起来。还没等人反应过来，那片腊肠就不见了。

“真他妈的该死！”嘟嘟叫嚷着，“活见鬼了！给我！”

他一把将三明治夺回来，撕下了更大一片肉，这回可不是肉片，应该是肉块了，把它扔到离老鼠很近的位置，近到老鼠都能把肉顶着当帽子了。可这回，老鼠又退后了，它用力闻着（在大萧条期，我肯定没有哪只老鼠会中这样的大奖，至少在我们州里没有），然后抬头看着我们。

“去，去吃吧！”嘟嘟说着，显得更加恼火了。“你这是抽的什么风呀？”

迪安拿起三明治，丢下一片肉。到这时候，这举动就像是奇怪的宗教团体仪式了。那只老鼠立刻捡起肉，一口吞了下去。然后，它转过身，沿着走廊向禁闭室走去，一路停停走走，盯着几间空牢房看看，进行着第三次简短巡视。我再次觉得它是在寻找什么人，而且这一次，这个念头盘旋的时间更长了。

“这事我不会说出去的。”哈里说，听起来既像是玩笑，又像是当真的样子。“首先，没人会在乎这事；其次，就算我说了，也没人相信我。”

“它只吃你们这伙人给的食。”嘟嘟说着，半信半疑地摇着头，接着就费力地弯下身子，捡起了被老鼠所不屑的肉，丢进了自己那没牙齿的嘴巴里，一直研磨到能下咽为止。“可它为什么这么做呢？”

“我还有个更重要的问题，”哈里说，“它怎么知道珀西不在？”

“它并不知道，”我说，“这只是巧合，这只老鼠碰巧今晚出现。”

可是，这事渐渐地更令人费解了，因为老鼠专拣珀西换班不在或在另外监狱区的时候出现。我们，即哈里、迪安、布鲁托尔，还有我，认为它准是辨得出珀西的声音，或是气味。我们小心翼翼地回避着，不去太多地谈论那只老鼠本身——它本人。我们似乎心领神会地有了共识，觉得那样谈论会损坏某种特别的……美好的东西，因为它是如此不可思议又精妙无比。毕竟，威利选择了我们，即使现在我也不知这是为什么。也许哈里是对的，他说过把这事告诉别人没什么好处，不仅是因为他们不会相信，还因为他们也是不会在乎的。

4

到处决阿伦·比特伯克的时候了。事实上，他并不是酋长，而是瓦希塔保留地上他那个部落里最年长的，也是切罗基族[①]议会的成员。他喝醉了酒，杀了个人，实际上，当时两人都喝醉了。“酋长”用水泥板打碎了那人的脑袋，为的就是因一双靴子起的冲突。所以，七月十七日，在那个夏季的一个雨天，我的长者委员会决定，他该走到生命尽头了。

对大多数冷山监狱的囚犯来说，探视时间严格得就像钢铁横梁一般坚定僵硬，不过E区的犯人就不同了。所以，到了十六号，比特伯克就能获准到餐厅旁的长形屋子也就是“拱廊”里去。屋子被交叉

① 切罗基族，北美易洛魁人的一支。

带刺的电线网一分为二。“酋长”要在此会见他的第二任妻子，还有那些依然很难缠的孩子们，这也是告别时刻了。

他被比尔·道奇和其他两个临时工带到那里。我们其他人还有活要干，要在一个小时里做完两次演习，如果可以的话，要做三次。

珀西和杰克·范哈伊被派到配电室执行比特伯克的电刑，珀西对此并没有反对意见；他还太嫩，不知道给自己的任务是好是歹。他只知道可以透过一个长方形的网眼窗来观看，虽然他可能并不介意看到的是椅子的后背而不是正面，好在那里已经近得可以看到火花四溅了。

那个窗户外面就有一架黑色的壁挂电话，上面没有曲柄和拨号盘，只能接听来自一个地方即州长办公室的电话。那些年里，我曾经看过很多监狱电影，影片中，在电闸即将要为那个清白的傻瓜合上时，总会有上面的电话打过来。不过我在E区的这几年里，从没有接到过这种电话，一次都没有。电影里的拯救很廉价，清白也很廉价。你付出二十五美分，能获得的也就是这点价值的回报。真实生活的代价大得多，而大多数的结局也很不相同。

在隧道里，我们有一个裁缝用的人体模特，用来练习把尸体运上卡车，其他部分就用老嘟嘟来充当了。那些年里，嘟嘟不知怎么的成了传统意义上的犯人的替身，长年累月的，他就像圣诞节人们无论喜欢与否都得品尝的鹅肉一样经典。大多数监狱看守都喜欢他，会被他滑稽的腔调逗乐，那是一种法国腔，不过，那不是移居美国路易斯安那州的法国后裔的腔调，而是加拿大法语腔，加之他长年幽居南部，那腔调被软化得有了独特的个性。连布鲁托尔见了老嘟嘟都兴奋。不过我倒没有。我觉得他本质上就是更年老、更糊涂的珀西·韦特莫尔，是一个不敢杀生取肉却偏又喜欢烧烤味的神经质。

演习时我们都在那里，就像正式执行时一样。就像我们所说的，布鲁特斯·豪厄尔被“推到前面”，也就是说他要安放头罩，调试州长电话的线路，一旦需要医生的话就从他站的靠墙位置招呼医生，还有就是等时机到了，发出推到二挡的命令。如果进行顺利的话，人人各尽其职，一切照常。如果不顺利的话，布鲁托尔就会遭到见证人的谴责，而我则得挨监狱长的批评。我们没一个人对此有过抱怨，抱怨也没用的。世道变了，就是这样。你可以顺着潮流随之改变，要么就站起来反抗，逆流而上。

迪安、哈里·特韦立格，还有我，我们一起朝“酋长”的牢房走去，等比尔和他那帮人带着比特伯克离开这里去“拱廊”后，我们要在不到三分钟时间里开始第一次演习。牢房的门开着，老嘟嘟坐在“酋长”的床上，纤细的白发拂动着。

“床单上尽是污迹，”嘟嘟说道，“他准是想趁你们这群家伙把床单退浆前把它给折腾完了。”他咯咯地笑了起来。

“闭嘴，嘟嘟，”迪安说，“严肃点。”

“行。”嘟嘟说着，立刻堆出了肃穆庄重的表情，可眼睛还在眨巴着。老嘟嘟只有在表演死刑的时候才如此富有生气。

我上前一步：“阿伦·比特伯克，我以某某州及法庭官员的身份，被授权执行某事，本次处决将在某日十二时零一分执行，请走上前来。”

嘟嘟下了床。“我这就过来，这就过来，这就过来了。”他说。

“转过身去。”迪安说。等嘟嘟转过身，迪安检查了一下他满是头皮屑的脑袋顶。明天晚上，“酋长”脑袋顶上的头发要被剃了，迪安此时的检查是为了确定对方的头发不需要再修剪了。短茬头发会阻碍导电，增加麻烦。我们今天要做的所有事情就是为了使那活干起来更简便些。

“行了，阿伦，我们走吧。”我对嘟嘟说着，接着我们就开步走了。

“我正沿着走廊走，我正沿着走廊走，我正沿着走廊走。”嘟嘟说着。我走在他左侧，迪安在右侧，哈里则在他正后方。走到走廊尽头，我们向右一拐，离开了反向的表示生存的操练场，走向死亡之地储藏室。我们走进我的办公室，接着，嘟嘟没等下命令就跪倒在地。他清楚地知道台词，可能比谁都清楚。上帝知道，他在那里比谁待得都久。

“我在祷告，我在祷告，我在祷告。”嘟嘟说着举起粗糙的双手。

这双手看上去像是那幅著名的雕版画，或许你明白我指的是什么。“上帝是我的牧羊人，等等等等。”

“比特伯克还有什么人？”哈里问，“我们可不想让什么切罗基族的巫医在这里摇着鸡巴，是吧？”

“实际上——”

“还在祷告，还在祷告，还在和耶稣讲话。”嘟嘟根本没顾到我在讲话。

“闭嘴，你这老家伙。”迪安说。

“我在祷告呢！”

“祷你自己吧。”

“你们这帮家伙怎么这么久？”布鲁托尔在储藏室里大声抱怨着。那里也被腾空了用来演习。于是我们又回到处决区，确实，那里你闻都闻得出来。

“有尿你就忍着吧！”哈里高声喊道，“别他妈的这么不耐烦！”

“祷告呢。”嘟嘟说，他咧嘴笑着，丑陋的下巴塌陷下来。“为耐心祷告，就为了那一点点该死的耐心。”

“实际上，比特伯克是个基督徒，他说的。”我告诉他们，“而且他对那个替蒂尔曼·克拉克来的浸礼会教士很满意，他的名字叫舒斯特。呃，我也很喜欢他。他动作很快，也不会让他们激动起来。站起来吧，嘟嘟，你祷告够了吧。”

“走了，”嘟嘟说，“又在走，又在走，好的，长官，走在绿里上。”

他虽然身材矮小，还是得稍稍低头才能穿过办公室那一头的门。我们其余的人得把头放得更低。这对真正的犯人来说是最让他们胆寒的时刻，当我把视线投向平台上的“电伙计”那里，看到布鲁托尔枪在手中，我满意地点点头。一切正常。

嘟嘟走下台阶，停住脚步。那儿早就备好了大约四十把折叠木椅。为了确保能避开那些就座的见证人，比特伯克将斜穿过去，走到平台处，到时候还要增加五六个看守来维持秩序，由比尔·道奇来负责这些事。虽然，坦白地说，这只是一场预演，我们还从没让一个见证人受到过犯人的威胁……我就是希望能确保这样的效果。

“准备好了，伙计们？”嘟嘟问道，这时，我们已经回到原来的站位，大家都站在楼梯口，我们是从我办公室一直沿阶梯往下到这里的。我点点头，大家就朝平台走去。我常常想，我们当时活像一支没带旗帜的护旗队。

“我该做什么？”珀西从隔开储藏室和配电室的电线网后面喊道。

“好好观察，学着点。”我答复道。

“再就是手别握着肉棍子啦。”哈里咕哝着，不过这话被嘟嘟听到了，他咯咯地笑了起来。

我们领他上了平台，嘟嘟自己转过身来，真是久经沙场了。“坐下，”他说，“坐下，坐下，坐在‘电伙计’怀里。”

我右膝着地，俯在他右脚边。迪安左膝着地，俯在他左脚边。这也是一旦那该死的家伙发飙的话，我们自身最容易受攻击的时候……这事不时会发生。我们把竖着的膝盖稍稍朝里侧，以保护胯部。为了保护脖子，我们得垂下下巴。当然了，我们还移动肢体，直到把脚踝放在安全位置，以在危机发生时能做出最快的反应。在最后走步时，“酋长”会穿拖鞋，但是，他将喉咙撕裂，他将倒在地板上痛得死去活来，他的睾丸将肿得像梅森光口瓶一样大，而那时将有四十个左右见证人（他们很多人是新闻界的绅士）坐在椅子上，目睹整个过程。对这样的人来说，“本来可能更糟糕”这句话是不会有什么安慰作用的。

我们夹上嘟嘟的脚踝，迪安那边的夹子稍大一点，因为是由它传送电流的。等明天晚上比特伯克坐下来后，他那被剃过毛的左边小腿就会被夹紧。一般来说，印第安人很少有体毛，不过我们还是会力求做到万无一失。

当我们夹紧嘟嘟的脚踝时，布鲁托尔固定住他的右手腕。哈里稳步走向前去，夹住了他的左手腕。一切就绪后，哈里朝布鲁托尔点点头，布鲁托尔回头对范哈伊喊道：“开一挡！”

我听见珀西在问杰克·范哈伊这是什么意思（真不敢相信他那么无知，他在E区的这段时间里，几乎没学到什么），而范哈伊则低声解释着。今天，开一挡没有任何意思，不过，到了明天晚上，范哈伊就会按下按钮，而B区后面的监狱专用发电机就会开始转动。见证人会听到发电机发出的稳定而低沉的嗡嗡声，整个监狱的电灯会亮起来。监狱的其他区域里，犯人们就会发现灯光过于明亮，会认为执行已经进行，处决结束了，而事实上，这才是开始。

布鲁托尔走到椅子另一侧，这样嘟嘟就能看见他。“阿伦·比特伯克，你被判处以电刑，该判决经由你的同类组成的陪审团通过，由本州法官依法律程序命令执行。上帝拯救本州人民。处决之前你还有什么话要说吗？”

“有。”嘟嘟说。他眼里闪着光，嘴唇嘟起来，咧嘴开心地笑着，满口没有一颗牙齿。“我想吃一顿炸鸡，土豆上要浇肉汁，我还想在你帽子上拉屎，想在脸上盖件救生背心，因为我死不要脸。”

布鲁托尔拼命想维持严肃的表情，却怎么都做不到。他一仰脑袋，笑了出来。迪安也像是被子弹打中似的，跌倒在平台边缘，还把头埋在膝盖之间，狼嚎一般笑着，一只手拍着额头，似乎要把理智拍回原地；哈里则用脑袋直撞墙，哈哈哈地笑着，仿佛喉咙里卡着一团东西；连杰克·范哈伊这个没什么幽默感的人都笑了起来。我也感到好笑，自然笑出了声，不过多少有点克制。明天晚上就一切成真，确实会有人死在嘟嘟此时坐着的地方。

“闭嘴，布鲁托尔，”我说，“你也一样，迪安，哈里，还有嘟嘟，别再让这种话从你这张嘴跑出来，否则我真会让范哈伊开到二挡的。”

嘟嘟朝我咧嘴笑笑，好像在说这话不错，埃奇康比头儿，确实不错。他看我没有作答，就显出了局促困惑的表情，“这是怎么了？”他问。

“没什么好笑的，”我说，“就这么回事，如果你弄不明白，最好把你的臭嘴闭上。”虽然这场面确实好笑，可也真的让我抓狂。

我环顾四周，看到布鲁托尔正盯着我，还是难掩笑意。

“他妈的，”我说，“看来我老了，不适合这个工作了。”

“不，”布鲁托尔说，“你正当年呢，保罗。”然而我已经不再年轻，他也老了，不再适合干这份该死的工作，这我们俩都明白。不过重要的是，那阵笑声终于停了。这倒不错，因为我最不愿意看到明天晚上有人会想起嘟嘟这段自作聪明的话，再笑出来。你会说，这种事情是不可能的，哪有看守在带着死刑犯经过见证人席走到电椅时会大笑不已呢，不过，人在压力之下，什么事情都可能发生。真要发生类似这样的事情，人们准会议论上二十年。

“这回该安静了吧，嘟嘟？”我问。

“是的。”他说着把脸转开了，还真是一张苍老的、却撅嘴生气的孩子脸。

我朝布鲁托尔点点头，示意他继续演习。他从椅背后的黄铜钩上拿下一张面罩，把它从嘟嘟的头上往下套，拉到他下颚合适的位置，面罩顶部有一个直径尽可能大的洞。接着，布鲁托尔倾过身子，把那圈湿海绵从水桶里拿出来，用一根手指压压它，再舔舔手指。之后，他把海绵放回水桶。明天他不会这么做的，明天他会将把海绵塞进挂在椅子背后的头罩里。不过今天不用了，不必弄湿嘟嘟的脑袋。

罩子是钢做的，两边垂着皮带，看上去有点像步兵的头盔。布鲁托尔把它放在老嘟嘟的头上，对着黑色面罩顶部的开口压下去。

“戴头罩，戴头罩，戴头罩。”嘟嘟说着，此时，他的声音有点沉闷压抑。皮带勒着他的下巴，几乎让他张不开嘴了。我怀疑布鲁托尔勒得太紧了些，这在演习中就有点过了。他退后一步，对着那些空椅子说：“阿伦·比特伯克，根据本州法律，电流马上就穿过你的身体，直到生命结束。愿上帝宽恕你。”

布鲁托尔转身对着电线网上的长方形窗户说：“开二挡。”

老嘟嘟或许是想恢复他早先的滑稽天分，开始在椅子上抽搐身体，好像真地在消受“电伙计”的服务。“我要烤焦了！”他喊着，“烤焦了！烤焦——了！咿——！我要变成烤火鸡了！”

我发现哈里和迪安根本没在看。他们的视线已经从“电伙计”那里移开，正越过那空空的储藏室，朝那扇通往我办公室的门看着。“瞧，真是触霉头，”哈里说，“有个见证人提前一天到了。”

正是那只老鼠。它坐在门廊里，尾巴绕着爪子卷起来，油亮的黑珠子眼睛朝这边凝望着。

5

处决进行得很顺利，如果这件事上还能用“不错”来形容的话（我非常怀疑这样的用语），那么对阿伦·比特伯克，这位瓦希塔河[①]流域切罗基族议会长者的处决就是这样的。他双手抖得厉害，没法把辫子编好，我们就准许他的大女儿，一个三十多岁的妇女，帮他干净利落地打好辫子。她想在辫梢缀上羽毛，即那种老鹰的新生羽毛，老鹰还曾是她父亲养着的，不过我没同意。羽毛会着火烧起来的。当然，我没对她这么说，我只是告诉她，这是违反规定的。她没再坚持，只是低下头，把双手放在太阳穴上，表示失望和不赞同的意思。这女人的举止不失尊严，这确实也让我们颇为放心，觉得她父亲也应该很有尊严。

时间到了，“酋长”没有任何反抗或拖延的举动就走出牢房。有时候，我们得把行刑犯人的手指从铁栏上撬开，在我工作期间，就曾经撬断过一两个人的手指，我无法忘掉那闷钝的断裂声，不过好在“酋长”不是这样的人。他坚定地沿着绿里走到我的办公室，在那里双膝跪地和舒斯特修士一同祈祷。舒斯特修士是从“天堂之光浸礼会教堂”那里开着廉价小车来的。舒斯特为“酋长”念了几首圣诗，当他念到其中一首关于躺在宁静的水边的诗篇时，“酋长”哭了起来。不过，这倒不坏，他没有歇斯底里的表现。我觉得他是想到了宁静之水是那么纯净清冽，每次喝水时，嘴巴就像被割到了一般。

实际上，我宁愿看见他们哭起来，他们要是不哭，我倒要紧张了。

这时候，如果没有人帮忙，很多人跪下后就站不起来了，不过

---

① 瓦希塔河（Washita），位于美国中南部，发源于瓦希塔山脉，东南流向，最后汇入雷德河。

“酋长”没事。他先是晃了一下，好像发飘的感觉，迪安伸出一只手想去扶稳他，但比特伯克早就自己找回了平衡点。于是，我们走出了房间。

几乎所有的椅子上都坐着人，大家静静低语着，就像乡亲们等待着婚礼或葬礼的开始。这时，比特伯克第一次踉跄起来。我不知道是不是有什么特别的人引起了他的惊慌，或者是所有人聚在一起这种情形让他不安，不过我听到他喉咙里传出一声低沉的呻吟。突然，他被我握着的胳膊往后拽了一下，这可是从来没发生过的。我可以从眼角瞥到哈里·特韦立格要走上前来，阻止“酋长”往后退，以防比特伯克在刹那间试图顽抗。

我捏紧了他的肘部，一个手指压了压他的手臂。“安静，酋长，”我只动了动嘴角，嘴唇却没有动，对他说道，“这些人唯一能记住的，就是你是怎么走上去的，好好走给他们看，让他们瞧瞧瓦希塔人是什么样的。”

他斜瞥了我一眼，轻轻点点头。接着，他拿起女儿给他编好的一条辫子，吻了吻它。我朝布鲁托尔看看，他正站在电椅后的检查台上，穿着他最好的蓝制服，一身堂皇，束腰外衣上的纽扣颗颗铮亮，大脑袋上的帽子端正挺括。我朝他微微一点头，他立刻点头回敬，并上前一步，以备比特伯克需要人扶着走上平台，不过“酋长”没有要求帮助。

从比特伯克坐到椅子上，到布鲁托尔轻声向身后喊出“开二挡”，间隔不到一分钟。灯光再次变暗，不过只暗了一点点，如果你不盯着看的话，或许不会注意到。这就意味着，范哈伊已经合上了某个聪明人称之为“梅布尔牌干发器”的开关。头罩里发出了低沉的嗡嗡声，比特伯克身子前倾，把夹子绷得紧紧的，把勒在胸口的皮带拉得紧紧的。在对面的墙边，监狱医生面无表情地看着，他抿紧双唇，嘴巴看上去像一条白缝。比特伯克没有扑腾和抖动，不像老嘟嘟在演习时的样子，只是猛地往前倾，就像男人到达性高潮时臀部拼命向前顶的样子。“酋长”的蓝色衬衫底部绷得紧紧的，那个部位的肌肉拧出了一道道笑纹般的褶皱。

还有那气味。它不那么难闻，不过引发的联想令人很不愉快。后来，我每次去外孙女家时，都不敢进她的地下室，虽然那里只是放着她儿子的莱昂内尔玩具火车，而小家伙也非常喜欢和曾祖父一起玩。我并不讨厌火车，我想你准猜得到，我只是受不了它的变压器，受不了它嗡嗡的声音，还有当它发热时发出的那个气味。即使那么多年过去了，那气味依然能让我想起冷山。

范哈伊给了他三十秒时间，然后关掉电源。医生从原来站的地方走上前去，用听诊器听了听。此刻，见证席上鸦雀无声。医生站直了身体，视线越过那张电网。“机能紊乱了。”他边说边用一根手指做了个转动曲柄的手势。他从比特伯克的胸部听到了几声不规则的心脏搏动，这搏动或许就像被砍了头的小鸡最后的那阵抽搐，不过最好不要冒险。我们可不想看到，当他被抬着走过隧道时，突然从担架床上坐起来，并号叫着说觉得自己像是被火烧着了。

范哈伊打到三挡，酋长的身体再次前倾，在电流的作用下，身子稍稍左右扭动了几下。医生又听了听，点点头。完事了。我们再次成功地毁灭了一样我们无法创造的东西。见证席上又有人开始低声议论了，但大多数人还是低头坐着，看着地板，好像吓蔫了似的，或者是感到羞愧。

哈里和迪安抬着担架过来了，实际上有一头应该是由珀西来抬的，但是他不知情，也没有人费神去告诉他。“酋长”依然戴着那个黑色的丝绸面罩，被布鲁托尔和我抬上了担架，我们迅速移动脚步，虽然还不到奔跑的程度，还是以尽可能快的速度，将他抬出了通往隧道的大门。大团大团的烟雾从面罩上的洞眼里冒出来，还有一股可怕的恶臭。

“噢，见鬼！”珀西叫道，声音颤抖着，“这是什么气味啊？”

“别挡道，给我让开！”布鲁托尔说着，推搡着走到墙边，墙上挂着一个灭火器，是那种老式的用化学剂的型号，得靠人打气的。这当儿，迪安已经摘掉了那个面罩，下面倒还不算太糟糕，比特伯克左边的辫子像一堆潮湿的树叶，正在冒烟。

“别操这个心了。”我告诉布鲁托尔。我可不想在把死人抬到运货车后厢前，还得把那堆化学粘剂从他脸上清理掉。我拍着"酋长"的脑袋（珀西正瞪大了眼睛一直瞧着我）直到上面不再冒烟。然后，我们把尸体抬下了十二级台阶的木头阶梯，进入隧道。那里就像地牢般阴冷潮湿，水不断往下滴着，发出空洞的叮叮声。悬挂着的灯罩着粗糙的马口铁罩子，这些灯都是监狱车间里生产的，灯光照着一条砖砌的通道，它位于高速公路下面，长达三十英尺，顶部弯曲而潮湿。这里每次都让我感觉自己像是埃德加·爱伦·坡故事里的人物。

那里放着一个带轮子的担架，我们把比特伯克的尸体放了上去，我最后检查了一次，确保他头发上的火已经熄灭。那条辫子焦透了，看到他脑袋一侧漂亮的小蝴蝶结此刻变成了焦黑的一团，我觉得很难过。

珀西拍拍死人的脸，手掌的拍击声让我们心惊肉跳。珀西环顾着大家，嘴角露出了得意的笑容，眼睛发亮。接着，他回头又看了看比特伯克，"别了，'酋长'，"他说，"但愿地狱足够火热。"

"别这样，"布鲁托尔说道，在滴水的隧道里，他的声音显得很空洞，有点像在演说。"他已经得到应有的惩罚，没什么亏欠了。你把手拿开。"

"噢，该死的。"珀西说道，不过，当布鲁托尔向他走过去时，他却不安地往后退了，身后的影子就像摩格街[①]故事里大猩猩的影子一样，随之升了起来。不过布鲁托尔并没有去揪珀西，而是抓住了带轮子的担架，开始将阿伦·比特伯克慢慢地向隧道远处的尽头推去。从那里，比特伯克将开始他最后一次旅程，车子正停在高速公路一侧的软基路肩上。担架坚硬的橡胶轮子在地板上发出呻吟般的响声，它的影子在凸起的砖面墙上移动着，时浓时淡；迪安和哈里抓起脚边的床单，把它拉上来盖住"酋长"的脸，那脸庞早已呈现出死人都有的蜡灰色，无论死者是清清白白还是罪恶深重。

---

① 这里是指美国作家埃德加·爱伦·坡推理小说《摩格街凶杀案》里那只大猩猩，根据故事，最后推论发现猩猩就是杀人的罪魁祸首。

6

我十八岁时，叔叔保罗（我就是用了他的名字）死于心脏病。父母带我去芝加哥参加他的葬礼，并拜访父亲一方的亲戚，那里的很多人我从未见过。我们去了差不多有一个月。从某种程度上说，那次旅行还不错，算得上是一次必要而令人兴奋的旅行，不过，从另一个角度看，它又是很可怕的。我那时深深爱上了一位年轻女子，在我十九岁生日过后两周，她就成为我的妻子。有天晚上，我对她的渴望就像烈火一般在身心里燃烧（哦，没错，也在我的下身烧着），这使我无法自控，于是我就给她写了一封信，写得没完没了，把整颗心都掏出来了，而且还不想回头看看自己到底写了点什么，因为我害怕怯懦会让我停笔。我没有停笔，当头脑里有一个声音叫嚷着，说寄出这样的信你简直是疯了的时候，我已经要把心挖出来捧到她手里去了。所以，我像孩子似的冲动得不顾一切后果。我常常想，不知道詹妮丝是否收到了那封信，却总也提不起勇气去问。我只知道，葬礼之后，我翻她的物品，但没有找到那封信。当然了，这事本身并不说明什么。我想，我从没问过她，那是因为我害怕发现，那封滚烫的信对她的意义并没有我自己体会得那么深。

我写了足有四页纸，我觉得自己此生都不会再写更长的东西了。可看看这个，看看所有这些，我都不知道何时会有结尾。如果我早知道故事会拖得这么长，就可能根本不去开头了。我没想到的是，写这件事会开启多少扇门，似乎我父亲的旧钢笔不是真正的钢笔，而是某种奇特的万能钥匙。或许，那只老鼠汽船威利，即叮当先生，也就是绿里上的老鼠，就是最好的例子。在没动笔写之前，我从来没意识到他（的确，我已经把它当作“他”了）有那么重要。比如说，在德拉克罗瓦还没有到来前，它那种好像在寻找德拉克罗瓦的样子，我觉得这事我以前从来没想过，总之，从没用显意识去思考过，直到我开始写作时，我才想起来。

我想我要说的就是，我从前没想过，为了要讲述约翰·柯菲的事情，我该从何开始追溯，或者要把他在牢房里放多久。他真的身材巨大，他的脚不仅要伸出床铺的一头，而且还得一直垂到地面上。的确，我不想让你忘了他。我想让你看到他就坐在那里，抬头看着牢房的天花板，悄无声息地落泪，或是用胳膊遮着脸。我要你听到他的声音，他那颤抖着的、如同抽泣的叹息，还有不时传来的泪水涟涟的呻吟。这些都与我们在E区不时听到的痛苦和悔恨的声音不同，不是那种尖厉刺耳带着懊悔的喊叫声；还有他湿润的眼睛，不知怎的，这双眼睛里并没有我们常见的痛苦。从某种程度上说，我知道这么说很不理智，这我当然明白；可对于触及你心灵的东西，要是不这么写，就没任何感觉了。从某种程度上说，他体会到的，仿佛是整个世界的所有痛苦，是一种太过强烈的痛苦，根本无法彻底消除。有时候，我坐在那里和他谈话，就像我和其他犯人谈话时一样——谈话是我们最重要的、最关键的工作，我记得我曾这么说过——我企图安慰他。我不觉得自己真安慰了他。而你也明白，对他的痛苦，我内心多少有一些快慰，觉得那是他罪有应得。我有时候甚至认为，该打电话给州长（或是让珀西去做这事，该死的，他可是珀西的姑夫，不是我的），请他延迟处决。我们还不该把他给烤了，我会这么说，这事还在痛苦地折磨他，噬咬他，像尖细的棍子一般割绞着他的内脏。再给他九十天时间吧，阁下。让他继续经受我们无法给他的自我煎熬吧。

在我快要结束这段岔开的记忆回到正题前，我想让你记住这个约翰·柯菲，这个躺在床上的约翰·柯菲，这个恐惧黑暗的约翰·柯菲，他怕黑可能有着足够的原因，因为在黑暗中，两个有着卷曲金发的身影（她们不再是小女孩了，而是复仇的女妖）或许在等着他。这个双眼总是流淌泪水的约翰·柯菲，那泪水就像是无法愈合的伤口里淌出的鲜血。

7

就这样，“酋长”被电刑处死，“总统”走了，他去了C区。冷山的一百五十名无期徒刑犯人中，大多数人都待在那里。“总统”在监狱里待了十二年，一九四四年溺死在监狱洗衣房里。不是冷山监狱的洗衣房，冷山一九三三年就关闭了。我想这对犯人们影响并不大，正如囚犯所说的，高墙还是高墙，而且我觉得，不管是在行刑石屋还是在冷山的储藏室里，“电伙计”总是一样地要人性命。

说起“总统”，是有人把他的头推进装着干洗液的大桶里，把他浸在里面。当看守把他拖出来时，脸已经完全变形。他们不得不以他的指纹来判定身份。总之，可能还是用“电伙计”好一些……不过这样的话，他就不会多活这十二年了，不是吗？我怀疑，在生命的最后时刻，他的肺部在碱性洗涤液中憋着时，他是否还能想这么多。

一直没抓到干这事的人。那时我已经不干处决的工作了，不过哈里·特韦立格写信告诉我，“他的减刑是最大的，因为他是白人，”哈里写道，“但他最后还是难逃一死，没什么两样。我觉得这就是一次推迟的处决，最终还是执行了。”

“总统”走后，我们曾经在E区度过了一段平静的时光。哈里和迪安被临时安排到了其他地方，我、布鲁托尔，还有珀西在绿里上待了很短的一阵。实际上，只有我和布鲁托尔，因为珀西独善其身。其实，那年轻人在偷懒不干活方面是个天才。因此，照哈里的话说，我们常和到这里来串门的其他人一起“瞎聊”。当珀西不在的时候。那只老鼠也经常出现。我们就喂它东西，它也会坐在那里吃，庄重得就像所罗门王，还一边用那油亮的小眼睛盯着我们。

那几个礼拜过得很开心，就算珀西不时地要吹毛求疵，日子也还算宁静安逸。不过好景不长。我曾说过那个夏天异常多雨潮湿，就在七月下旬一个下雨的星期一，我坐在一间敞开的牢房里的床铺上，等着德拉克罗瓦到来。

他随着一声意想不到的巨响来了。通向操练场的大门被哐地推开，光线涌了进来，接着是恼人的铁链咔嗒声，一种受了惊吓的声音传过来，喋喋不休的、混杂着英语和路易斯安那州的法国后裔的法语（冷山的犯人们有句行话，管这叫河口方言），我们还听到布鲁托尔的喊叫声："嗨！别这样！看在基督的分上！别这样，珀西！"

我那时坐在德拉克罗瓦的床铺上，正昏昏欲睡，不过我立即清醒过来，心脏怦怦直跳。珀西没来时，E 区几乎是听不到这种噪音的，这噪音就像臭味似的被他带了过来。

"快走，你这他妈的该油炸的法国柴把！"珀西喊着，根本不理会布鲁托尔。他走了过来，一手拽着一个比保龄球柱大不到哪里去的家伙，另一只手捏着那根警棍。他的牙齿因脸部做作的凶狠相而裸露着，脸上还泛着红光。不过这倒不全是愤怒的样子。德拉克罗瓦拼命地跟着他，但腿上绑着的铁链碍了他的事儿；而且不管他的脚动得有多快，珀西还是把他狠命拽着往前赶。我快步走出牢房，赶在他跌倒之前一把拉出他，这也是我和德尔的第一次碰面。

珀西对他破口大骂着，还举着警棍，而我则用一只手把他拖住。布鲁托尔气喘吁吁地跑上来，和我一样感到震惊和不知所措。

"别让他再打我了，拜托，"德拉克罗瓦咕哝着，"拜托了，拜托了！[①]"

"让我揍他，让我揍他！"珀西喊着，身子向前冲。他开始用警棍打德拉克罗瓦的肩膀。德拉克罗瓦则举起双臂，尖叫着，那棍子就"呼呼呼"地打向他蓝色囚衫的袖子。那天晚上，我看到他脱掉衬衫，小伙子浑身乌青，这让我很不好受。他是个杀人犯，没人会心疼他，但这也不是我们在 E 区的作为。总之，珀西没来时，没出现过这种事。

"住手！住手！"我喊着，"别这样！到底怎么回事，啊？"我竭力挡在德拉克罗瓦和珀西中间，不过这法子不太奏效。珀西的棍子继

---

① 原文是法文：S'il vous plaît, s'il vous plaît !

续挥动着，不停地落在我身体两侧。他迟早会失手打在我身上的，那走廊里准会闹起来，谁管他后台有多硬。我是没法控制自己的，到时候布鲁托尔也准会掺和进来。要知道，从某种程度上说，我真希望当时那么做了，这可能会改变一些将来要发生的状况。

“他妈的柴把！我倒要看看你还敢不敢用手碰老子，你这恶心的死鬼！”

呼！呼！呼！这时，德拉克罗瓦的一只耳朵流出血来，他厉声叫了起来。我放弃了阻挡的行为，抓住他一边肩膀，把他拖进牢房，他一头趴在了床上。珀西冲到我旁边，最后一次用棍子的大头重重地打了一下，看得出来，这一击会把事情闹大的。这时，布鲁托尔抓住了他，我是说，抓住了珀西，他抓住珀西的双肩，把他拽到走廊上。

我猛地拉过牢房门，把它沿门轨迅速推上。然后，我转身面对着珀西，情绪中交杂着震惊、不知所措和愤怒。珀西在这里已经干了几个月，足以让我们这里的每个人都讨厌他，不过这是我第一次看到他居然如此没有自控力。

他站在那里盯着我，也不是毫无顾忌的样子。他内心很懦弱，这我从不怀疑，不过他依然很自信，觉得自己的后台会撑腰的。这一点没错。我想，即使我已经说明了原委，还是会有人不理解事情怎会到这个地步，但他们可能是些只从历史书上了解大萧条这个词汇的人。如果你生在当时，那它就远不止书上的一个词汇，而且，兄弟，如果你当时有一份稳定的工作，你准会不惜一切保住它的。

这时候，珀西脸上的红色淡了一些，不过依然泛着激动的表情，他那向来往后梳得铮亮的头发也耷拉在了前额上。

“这到底算什么？”我问道，“我还从没有——还从没有！——见过犯人在我这里挨打的！”

“我从车里把这小杂种拖出来时，他居然想掏我的裤裆，”珀西说，“他要再这样，我还要揍。”

我看着他，震惊得说不出话来。我没法想象，在上帝的这片绿色大地上，这个同性恋嗜肉狂居然真能像珀西刚才所说的那样，做出如此举动。照理说，在绿里上，准备走入牢房的时候，即使是最最变态的犯人都不会有性冲动的。

我回头看看德拉克罗瓦，他正蜷缩在床上，依然举着双手，保护脸部免受伤害。他手腕上戴着手铐，铁链一直垂在脚踝之间。于是我转向珀西。“出去，”我说，“过后我有话对你说。”

“你要把它记入报告？”他语气粗暴地问，“要真是这样，你听着，我也会写份报告的。”

“这事到此为止。”我不想再多说什么了，我也看到布鲁托尔正用不赞同的目光看着我，不过我没在意。“走吧，离开这里。去行政区，告诉他们安排你看信，安排你去包裹房帮忙。”

“好啊。”他又恢复了镇定，或者说是找回了疯狂的傲慢以维持镇定。他用双手把头发从前额捋到后面，那双手白皙柔软娇小，让人觉得就像十岁出头的少女的纤手，然后，他就朝牢房走过去。德拉克罗瓦见了，赶紧朝床铺较远的地方退缩，一边咕哝着，混杂着英语和含混的法语。

“这事没完呢，彼埃尔[①]。”他说着，可布鲁托尔那只巨大的手落到他肩膀上时，又不禁跳了起来。

“没错，”布鲁托尔说，“走吧，去透透气。”

“听着，你吓不了我，”珀西说，“一点都没。”他的眼睛朝我转过来，“你也没。”不过我们的确吓着他了，从他的眼神里能清楚地看到这一点，而这就使他更为危险。像珀西这样的家伙，什么时候会干出什么事情来，连他自己都说不准。

他的即刻反应就是掉头离开我们，迈着傲慢的大步沿走廊走开了。当那个枯瘦如柴半秃顶的小个子法国佬想掏他的裤裆时，他已经向全世界展现了自己的作为，而此时，老天，他正以胜利者的姿态离开战场。

我把事先准备好的演说又讲了一遍，全都是关于我们怎样收听到广播的，是“假面舞厅”和“星期天女郎”这两档节目，还有诸如只要他放规矩了，我们也会好好待他的之类的话。那篇短短的说教稿算

---

① 彼埃尔是常见的法国人名，此时珀西是在嘲讽德拉克罗瓦。

不上是我的伟大功绩，不过他全程都在哭，坐在床脚边，缩着身子，尽量离我远一些，又不至于消失在角落里。每当我移动身体，他就退缩一下，我估计他基本没听到我的话，或许这也没关系，不管怎样，我不觉得那篇特别的说教会有什么功效。

一刻钟后，我回到办公桌边，布鲁特斯·豪厄尔正忧虑重重地坐在那里，咬着铅笔头，那支笔是和访客登记簿配套的。“看在上帝分上，你能不能别咬了，免得中毒啊？”我问道。

“万能的耶稣基督啊，”他说着放下铅笔，“我从没想到会有这样的家伙领着犯人到区上来。”

“我老爸过去总是说，坏事连三。”我说道。

“哦，我希望你老爸他妈的说错了。”布鲁托尔说道。不过老爸肯定说对了。约翰·柯菲来的时候就是一团乱，而“野小子比利”进来时更是掀起风浪——这可真滑稽，不过好像真的是坏事连三。关于野小子比利的故事，关于他是如何在绿里上企图杀人的，事先告知各位，我马上就会讲到。

“德拉克罗瓦要掏他裤裆是怎么回事？”我问。

布鲁托尔鼻子一哼，说：“他脚踝上了铁链，珀西又拖得太快，就这么回事。他趔趄着，在下车的时候，绊了一下，差点倒地，于是和平常人要绊倒时一样，手一伸，其中一只手正好从珀西裤子前头擦过。整件事情就是这样。”

“你觉得珀西知道是这么回事吗？”我问，“他是不是把这事当作借口，因为他就想揍德拉克罗瓦一顿呢？想让人记住谁才是这里的头儿呢？”

布鲁托尔慢慢地点点头：“没错，我觉得很可能就是这样。”

“看来，我们得看着点他，”我说着用手捋捋头发，显出满不在乎的样子。“老天，我真讨厌这样，真讨厌他。”

“我也是，你还想知道别的吗，保罗？我没法理解他，他有后台，这事我清楚，不错，但他干吗用这关系到他妈的绿里来干呢？难道在整个州里就偏偏选了这儿吗？干吗不在州议会里当个听差的，或者在副州长手下找个职位呢？凭他的关系，肯定不难找个更好的活，干吗来这儿呢？”

我摇摇头，我也不知道。有很多事情我都不知道。我想我是太无知了。

8

这以后，事情又恢复了正常……至少正常了一段时间。州上正准备起诉约翰·柯菲，传言说，可能那些主张私刑的人在催促司法部门尽快结案，对此，特拉平格县治安官霍默·克里布斯很是嗤之以鼻。这一切都与我们无关。在E区，谁都不关注新闻。从某种角度看，绿里的生活就像住在隔音室里。你不时能听到一些咕哝声，那可能就是外面世界发生的爆炸，而这就是全部了。他们不会加紧对约翰·柯菲的处理的；他们还想好好了解他。

有那么几次，珀西要欺负德拉克罗瓦，第二次发生这样的事情时，我把他拖开，让他到我办公室来。我已经不是第一次对珀西谈起有关他行为的事，而这也不会是最后一次，不过我觉得，这可能是我对他为人了解得最透彻的一次。这个小伙子心狠手辣，他要是去动物园，决不会是为了了解动物，而是为了能向笼子里扔石块。

“离他远点，听见没？”我说，“别靠近他的牢房，除非有我的特殊命令。”

珀西把头发往后梳了梳，又用那双娇嫩的小手抚了抚。小伙子就是爱抚弄头发。“我没对他怎么样，”他说，“只不过是问他惹毛了我之后感觉如何罢了。”珀西睁圆了眼睛，一脸无辜地盯着我。

“你给我住手，否则我就上报了。”我说。

他笑了起来。“想报告就报告吧，”他说，“我会回去自己也做一份的。他来的时候我就告诉过你的，瞧瞧谁更厉害。”

我身子前倾，双手交叠在办公桌上，用一种我觉得听上去像是推心置腹的语调说：“布鲁特斯·豪厄尔不太喜欢你，”我说道，“要是布鲁托尔不喜欢谁了，大家都知道他会写报告的。他的笔可不饶人。而且他会忍不住要咬铅笔，很可能还会用上拳头，你明白我的意思吧。”

珀西那张得意洋洋的小脸变色了：“你这是什么意思?”

“我可没什么特别的意思，我已经说了呗，如果你对你的……朋友……说了这件事，我就会说是整个事件就是你挑起的。”我睁大眼睛认真地看着他，“还有，我是很想和你做朋友的，珀西，常言道，明白人不用多废话。你干吗一开始就和德拉克罗瓦过不去呢？他不配。”

不消多久，这话就奏效了，一切归于平静。有几次，到德拉克罗瓦冲澡的时候，我甚至会派珀西和迪安或哈里一起去。到了晚上，我们有广播听，德拉克罗瓦开始从 E 区有限的例行程序中稍微找到一点轻松。那时候就是一片安宁了。

接着，有天晚上，我听到了他的笑声。

哈里·特韦立格正坐在桌前，不久，他也笑了起来。我站起身来，走到德拉克罗瓦的牢房，想看看他到底在笑什么。

“瞧，长官！”他看见我，说道，“我在逗老鼠呢！”

正是汽船威利，它在德拉克罗瓦的牢里，不仅如此，它还坐在德拉克罗瓦肩膀上，那对油亮的小眼睛透过铁栏静静地看着我们。它的尾巴在爪子周围圈起来，一副安详宁静的样子，而它的朋友德拉克罗瓦，你根本想不到这就是那个一星期不到之前在床脚边蜷缩着身子浑身发抖的男人。他看上去就像我女儿在圣诞节早晨走下楼梯看到礼物时的样子。

“瞧瞧！”德拉克罗瓦说。那只老鼠端坐在他右肩上，德拉克罗瓦伸直了左胳膊，老鼠就蹿上他的头顶，顺着他的头发（至少，他脑袋后面的头发还足够浓密）往上攀，然后从另一边飞奔下来，老鼠尾巴扫过德拉克罗瓦脖子一侧时，他就咯咯地笑了起来。老鼠沿着他的手臂一路跑到手腕处，然后转过身，又窜上了德拉克罗瓦的左肩膀，依然把尾巴在脚边卷起来。

“简直难以置信。”哈里说。

“是我训练它的，”德拉克罗瓦骄傲地说。我心想，你这蠢蛋还真行，不过没把这话说出口。“它叫叮当先生。”

“不，”哈里和善地说道，“它叫汽船威利，就像动画片里的那位，豪厄尔头儿就这么叫它的。”

“它叫叮当先生。”德拉克罗瓦说道。对其他任何东西，你想说那是什么他都会同意，唯独这老鼠的名字，他完全坚持己见。“是它对着我的耳朵轻轻告诉我的，长官，我能为它要个盒子吗？能为我的老鼠要个盒子吗，那样它就能和我一起睡了？”他语调中重新有了讨好奉承的味道，之前我可是听惯了这种腔调。“我会把它放在床铺下面，它肯定不会惹丁点麻烦，肯定不会的。”

“你想要什么的时候，英语就他妈的好了很多。”我说着，拖延着时间。

“啊噢，”哈里咕哝着，用胳膊肘轻轻地碰碰我。“麻烦来了。”

不过珀西看上去不像要惹麻烦的样子，至少那天晚上不像。他双手并没有捋着头发，也没有摆弄那条警棍，实际上，他制服最上头的那颗纽扣都没扣上。我还是头一次看到他这个样子，还真让人惊讶，一件小小的事情居然会造成这样的变化。不过，最让我吃惊的还是他脸上的表情。他一脸镇定，倒说不上是宁静，我觉得珀西·韦特莫尔骨子里不会有什么宁静，不过他脸上浮现的，就是一个男人等着拿自己想要的东西时才会有的表情。这与我几天前不得不用布鲁托尔·豪厄尔的拳头来威胁的那个人差距很大。

但是德拉克罗瓦没看出这个变化；他往牢房墙边退缩着，膝盖竖到了胸口，眼睛似乎变得越来越大，差不多要占半张脸了。那只老鼠则蹿上他光秃秃的头顶，坐在那里。我不知道它是否还记得，对珀西不能掉以轻心，不过它当然是露出了这种表情。也许它从那小个子法国佬那里也闻出了恐惧的味道，自然地做出了这种反应。

“好呀，好呀，”珀西说，“你好像是找了个伴，埃迪[①]。”

德拉克罗瓦想回答来着，我猜大概是如果珀西伤害了他的新伙伴，就不会有好下场之类的某种空洞的抗议，不过这话并没出口。他

---

① 埃迪是对德拉克罗瓦的名字埃杜亚德的昵称。

的下嘴唇有些颤抖，仅此而已。他头上的叮当先生可没哆嗦，它稳稳地坐着，后爪放在德拉克罗瓦的头发上，前爪撑开放在他秃顶的脑袋上，一边盯着珀西，好像在打量着他，一副打量宿敌的样子。

珀西看看我："这是那只我们追过的老鼠吗？是那只住在禁闭室里的老鼠吗？"

我点点头，暗想，珀西上次追赶老鼠之后，还没见过这只有了叮当先生这个新名字的老鼠，而他这次并没有想追的样子。

"是的，就是这只，"我说，"只不过德拉克罗瓦管它叫叮当先生，而不是汽船威利，他说这名字是老鼠对着他耳朵悄悄告诉的。"

"是吗？"珀西说，"奇迹可真多，是吧？"我以为他会抽出警棍，用它敲打铁栏，告诉德拉克罗瓦谁才是头儿，不过，他只是站在那里，两手搭在臀部，朝里面看着。

也不知道出于什么原因，我开口了："德拉克罗瓦刚才想要个盒子，珀西。我觉得他是想让那只老鼠睡在里面，这样他就可以拿它当宠物养了。"我让自己的声音带着点疑惑的味道，这时，与其说我是看到还不如说是感觉到哈里正惊讶地望着我。"对此，你作何感想？"

"我想，哪天晚上他睡着时，老鼠可能会在他鼻子上拉屎，然后逃开的，"珀西不急不缓地说，"不过我觉得它是为那个法国小伙子放哨的。我有天晚上看到老嘟嘟车上有一个漂亮的雪茄盒子，但不知道他有没有给了别人。也许能拿它换五分钱，没准还能换一毛钱。"

这时，我鼓起精神瞥了一眼哈里，看到他耷拉着张开的嘴巴。这表情变化并不太像圣诞节早晨和鬼魂打过交道后的埃布内泽·斯克鲁奇①，不过还真他妈的有点接近。

珀西向德拉克罗瓦靠得更近了些，脸凑在铁栏中间。德拉克罗瓦则又向后缩了缩身体。我敢对天保证，如果可以的话，他会愿意消融在这堵墙里面。

"嗨，蠢蛋，你有五分钱或者是一毛钱来买个雪茄盒吗？"他问。

---

① 埃布内泽·斯克鲁奇（Ebenezer Scrooge）是狄更斯小说《圣诞颂歌》中的人物，其个性和处事态度在圣诞日早晨发生了突然的变化。

“我有四分钱，”德拉克罗瓦说，“我愿意拿它们换个盒子，如果盒子好的话，如果好的话。①”

“告诉你，”珀西说，“如果那个没牙的老嫖客肯用那‘王冠’烟盒来换你的四分钱，我就答应从医务室里偷点棉絮给你铺盒子。我们来做个标准的老鼠希尔顿酒店吧，如果成的话。”他把视线转向我，“我要写一份处决比特伯克时配电室的情况报告，”他说，“你办公室里有钢笔吗，保罗？”

“当然有了，”我说，“还有表格，就在左手边最上头一格抽屉里。”

“嗯，太好了。”他说着大摇大摆地走了。

哈里和我互相看了看。“你觉得他是不是有病啊？”哈里问，“没准他去看了医生，得知自己只有三个月好活啦？”

我对他说我自己也摸不着头脑。不过没多久我就发现，还真是那么回事。几年以后，我在晚餐桌上和哈尔·穆尔斯进行了一次有趣的谈话。那时，我们谈话已经没什么顾忌，因为他已经退休，而我已在少管所工作。那顿饭我们喝了太多的酒，几乎没吃什么东西，舌头就不大管得住了。哈尔告诉我，珀西曾经向他抱怨过我，抱怨过在绿里上的日子。这正好是德拉克罗瓦刚到区里那会儿，那次珀西把德拉克罗瓦打得半死，而布鲁托尔和我曾出来阻止他。最让珀西恼火的事情，是我让他别在我跟前出现。他觉得我不该对一个和州长有点关系的人这样说话。

穆尔斯还对我说，他尽可能让珀西离我远点，当他意识到珀西准备暗中搞点小动作让我挨批、至少得把我派往监狱其他部门时，就把珀西拖进了自己的办公室，告诉他，如果他不再兴风作浪，就保证让他在处决德拉克罗瓦时担当重任。也就是说，他会真的被派到电椅边上。照常规，我还是担任总负责，不过见证人不会知道；在他们看来，珀西·韦特莫尔先生就像是整场沙龙舞会的导演。除了我们事先早已讨论过的、我也答应的事，穆尔斯没再多应允什么，不过珀西并不知情。他同意不再威胁要让我换岗，因此E区的气氛就平缓宁静

① 最后一句原文是法文：s'il est bon。

了许多。珀西甚至同意让德拉克罗瓦把他的宿敌当作宠物养。合适的激励还真能让有些人发生转变，这的确神奇。对珀西来说，监狱长穆尔斯需要做的，就是把那个处死秃头小个子法国佬的机会交给他。

9

嘟嘟觉得，四分钱换漂亮的王冠雪茄盒有点划不来。他也许是对的，雪茄盒在监狱里可是高价货。那里面可以放上千种不同的小玩意，味道可好闻了，而且多少也能让犯人们回想当自由人的滋味。我想，这是因为监狱里允许抽香烟，但禁止抽雪茄。

那时，迪安·斯坦顿还在区里，他又往罐子里加了一分钱，我也丢了一分钱进去。嘟嘟仍然显得很勉强，布鲁托尔就来劝导他，先告诉他，说他要为这种吝啬鬼的举动感到羞耻，然后向他保证，说等到德拉克罗瓦被处决了，他布鲁托尔·豪厄尔会亲自把那个王冠雪茄盒交还到他手中。“如果是要卖那个雪茄盒，六分钱够不够，我们可以好好商量商量，”布鲁托尔说，“不过你得承认，拿它租一个盒子可是大价钱了。他再有一个月就要上绿里了，充其量不过六个星期。你瞧，没等你意识到，那盒子就会回到你车子下面的搁板上的。”

“他可以找个好心肠的法官，给他缓些日子，让他待在这里唱‘老朋友怎能忘怀’啊。”嘟嘟说，不过他很明事理，布鲁托尔也知道他会的。实际上，自打驿马快信制度①产生以来，老嘟嘟就一直推着那辆破烂的带着《圣经》引文的车子在冷山转悠了，他见多识广……比我们强多了，我那时就是这么认为的。他知道德拉克罗瓦是刚从好心肠法官手里出来的，他唯一剩下的希望就是州长了，可对于这种烧死了他半打选民的人，州长照例是不会发赦免令的。

---

① 驿马快信制度，是一八六〇年四月三日起在密苏里州的圣约瑟夫和加州的萨克拉曼多之间开设的一项邮政服务。

“就算不能缓刑，那只老鼠还得在盒子里拉屎拉到十月份，也许得到感恩节呢。”嘟嘟辩驳着，不过布鲁托尔能看出他的态度软了下来。“谁要买个老鼠拉过屎的雪茄盒呀？”

“哎呀，天呐，”布鲁托尔说，“这可是我听你说过的最愚蠢的话了，嘟嘟，这话真算登峰造极了。首先，德拉克罗瓦会把盒子弄得很干净，足可以用它吃圣餐。他可喜欢那只老鼠了，就算脏了，他也会舔干净的。”

“说得倒轻松。”嘟嘟说着，皱皱鼻子。

“再有，”布鲁托尔继续说道，“不管怎么说，老鼠屎也算不了什么，不过是硬邦邦的小丸子，看上去就像小号铅弹，晃一晃就出来了，没什么的。”

老嘟嘟是明白人，就不再反对了。他在大院里待得长了，知道和风细雨是可以挺住的，但面对飓风暴雨时最好妥协。虽然这件事还算不上飓风，但我们这些老粗都喜欢老鼠，也赞同让德拉克罗瓦养老鼠，这也就意味着，此事至少算是强风了。因此，德拉克罗瓦就得到了那只盒子，而珀西说话也还算话，两天后，盒子底上就铺上了从医务室拿来的柔软棉絮。珀西还亲自把棉絮拿过去，当德拉克罗瓦把手伸出铁栏去拿棉花时，我都能看到他眼神里的恐惧。他是害怕珀西会抓住他的手，折断他的手指。我也有点担心，不过这事没发生。那是我对珀西最近似于好感的一次，但即使在那时，也不难看出他眼里带着一丝残忍的玩弄神情。德拉克罗瓦有了宠物；珀西也有了一个。德拉克罗瓦养着宠物，尽量地爱抚它，疼爱它；珀西则耐心地等待着（无论如何，尽可能地维持着他这类人所能有的耐心），等着去焚毁他的活物。

“老鼠希尔顿酒店开张了，”哈里说，“唯一的问题是，这该死的小东西能消受吗？”

德拉克罗瓦把叮当先生抓在手里，刚把它放到盒子里，这个问题就不言而喻了。那只老鼠蜷伏在白棉花里，好像蜷在比埃大婶牌[①]羊

① “比埃大婶”（Aunt Bea）是当时广受欢迎的一个居家日常生活用品品牌。

毛围巾中，从此那里就是它的家了，直到……呃，到时我会把叮当先生的故事讲完的。

老嘟嘟担心那只雪茄盒子会满是老鼠屎，事实证明这并没有根据。我一次都没见着，而德拉克罗瓦说他也从没见过……牢房里其他地方也没有。直到很久以后，大概是布鲁托尔给我看那个横梁上的洞，在我们发现那些带颜色的碎片的时候，我把椅子从禁闭室的东面角落里搬出来，才发现那里有一堆老鼠屎。看来，它总是回到同一个地方干那号事，而且尽量远离我们。还有件事：我从没见它撒过尿，一般说来，老鼠每两分钟至少得开一次水龙头，尤其是在吃东西的时候。我觉得，那该死的家伙是上帝带来的一个谜。

叮当先生住进雪茄盒子大约一周左右，德拉克罗瓦喊我和布鲁托尔到他的牢房来看看。他老这么做，都让人烦了。在那个半吊子法国佬看来，世上最有趣的事情莫过于叮当先生仰卧着蜷起身体、爪子停在半空中了，不过，这一次他让我们看的东西倒真算是有点意思。

自被定罪以来，德拉克罗瓦已经差不多被世界遗忘了，但他还有个亲戚，我想，应该是姨妈，一位老处女，她每周给他写一封信，并且还给他寄来一个很大的包裹，里面都是薄荷糖。那些日子，这种糖是冠了加拿大薄荷的品名在市场上售卖的。它们看上去像粉红色的大药片。那包裹足有五磅重，当然，我们不许德拉克罗瓦一次把整包都拿走，要不然他准会狼吞虎咽，直到因胃绞痛而不得不去医务室。和绿里上的每一个杀人犯一样，他也完全不理解什么叫适可而止。我们一次只给他六颗，而且只有在他记得问我们要的时候才给。

我们走到那里，德拉克罗瓦正在床上，叮当先生坐在他旁边，爪子里握着一颗粉红色的糖，心满意足地大口嚼着。德拉克罗瓦满心欢喜，就像一位弹古典音乐的钢琴家正看着自己五岁的儿子第一次断断续续地弹奏练习曲。不过别误会，这事确实滑稽，的确如此。那颗糖有叮当先生一半大，而它那白绒毛的肚皮早已鼓胀鼓胀的了。

“把糖拿开，埃迪。”布鲁托尔说，半是好笑半是惊慌的样子。“万能的耶稣基督啊，它会把肚子撑爆的。我都能闻到薄荷味，你让它吃几颗了？”

“这是第二颗。”德拉克罗瓦说着，有点紧张地看了看叮当先生的肚子。“你真的认为它……会撑破肚子吗？”

“有可能。”布鲁托尔说。

这话足以生效，德拉克罗瓦伸手去拿剩下一半的粉红色薄荷糖。我以为老鼠会咬他，可叮当先生放下了薄荷糖，不管怎么说，也是剩下的那一半糖，而且它还很听话。我看看布鲁托尔，布鲁托尔轻轻摇了摇头，好像在说：不，我也不明白。接着，叮当先生扑通一下跳进盒子，侧着身子躺下了，一副疲倦极了的样子，这让我们三个都笑了起来。这以后，我们也都习以为常了，经常看到老鼠坐在德拉克罗瓦身边，拿着一颗薄荷糖，大口嚼着，就像上了年纪的太太在喝下午茶一般优雅。他们俩身边围绕着那股我后来在横梁的洞眼里闻到的味道，那股半带苦涩半带甜蜜的薄荷糖味。

在讲关于威廉·沃顿、即那场真正席卷了E区的飓风之前，我还要说一件和叮当先生有关的事情。自薄荷糖事件、即我们明确告诫德拉克罗瓦不能把老鼠喂得撑死那次过后大约一周的时间，那个法国佬又把我们喊去了牢房。当时正是我当班，布鲁托尔有事在物资供应处那里，照规矩，我是不应该在这种情况下接近犯人的，不过，考虑到我也许一手就能把德拉克罗瓦像掷铅球似的扔出二十码，我决定破例去一趟。

“瞧，埃奇康比头儿，”他说，“你瞧瞧叮当的能耐！”他从雪茄盒后面拿出一个小小的木线轴。

“这你从哪里拿的？”我问他，虽然我也猜得到。他只可能从一个人那里得到这东西。

“老嘟嘟，”他回答，“瞧。”

我早就在看了，而且还看见叮当先生正在盒子里，前爪搭在盒沿，直起了身子，黑眼睛紧盯在那个被握在德拉克罗瓦拇指和食指之间的线轴上。这时，一种滑稽而冰凉的感觉从我背脊后升了起来，我还从没见过老鼠能这样热切、这样理智地关注过一样东西。我倒不是真的相信叮当先生是超自然的生灵，如果我让你有这种想法了，那我很抱歉，但我从没怀疑过，它确实是鼠类里的天才。

德拉克罗瓦弯下身子，把没有绕线的线轴往牢房地板上一抛。线轴很快滚了起来，就像一对连着车轴的轮子。老鼠从盒子里一跃而出，跑过去追线轴，好像小狗追逐棍子似的。我惊讶地感叹起来，德拉克罗瓦开心地咧嘴笑了。

线轴撞到墙上，弹了回来。叮当先生绕过去，又把它推回床铺前，每当线轴看上去要偏离路线时，老鼠就从线轴的一端换到另一端。接着，它抬头看了德拉克罗瓦一会儿，好像在确定主人不会再给它另外的任务了（例如，去解决一些算术难题，或者是分析某些拉丁文之类的）。叮当先生显然对自己的表现很是满意，回到雪茄盒里，又安定了下来。

“是你教的吧。”我说。

“是的，长官，埃奇康比头儿。”德拉克罗瓦说着掩饰不住那丝微笑，“它每次都能做到，聪明极了，是吧？”

“那线轴呢？”我问，“你怎么想到拿这个给它的，埃迪？”

“是它在我耳边说它想要的，”德拉克罗瓦安静地答道，“就像它轻轻告诉我名字一样。”

德拉克罗瓦还向其他所有的人展示了老鼠的技能……除了珀西。对德拉克罗瓦来说，珀西提议用雪茄盒，以及拿来铺盒子的棉絮，这都算不了什么。德拉克罗瓦很像某种狗，你踢他一次，他就永远不再信任你了，无论你对他有多好。

此时，我能听到德拉克罗瓦的喊叫声，嗨，伙计们！来看看叮当先生多有能耐！于是，一帮老粗们就一拥而上，有布鲁托尔、哈里、迪安，甚至还包括比尔·道奇，他们和我一样，全都惊呆了。

叮当先生玩线轴过后大约三四天，哈里·特韦立格在手工艺品堆中翻找着，这些东西都是我们放在禁闭室里的。他发现了蜡笔（克雷奥拉牌的），微笑着把它交给德拉克罗瓦，不过那笑容有些尴尬。“我想你或许可以拿它给线轴涂上不同的颜色，”他说，“那么你的小朋友看上去就会像马戏团的老鼠什么的。”

“马戏团老鼠！”德拉克罗瓦说道，完全是一副狂喜的样子。我想他确实高兴坏了，也许在他整个的悲惨人生中，这还是第一次。“它就该这个样子！马戏团老鼠！等我放出去了，它会让我富起来的，就像在马戏团里一样！你们瞧着好了。”

换作是珀西·韦特莫尔，他准会告诉德拉克罗瓦，离开冷山时，他会躺在救护车里，而那车也没必要打灯或是鸣笛。不过哈里倒没有这样，他只是让德拉克罗瓦尽快把线轴涂得多彩些，因为晚饭后他就要取回蜡笔。

当然，德尔就把它涂成彩色的了。涂好后，线轴的一头是黄色的，另一头是绿色的，中间的圆筒是消防红。我们也听惯了德拉克罗瓦吹喇叭似的叫声：“女士们先生们，请注意了！马戏团现在推出奇妙而神奇的老鼠表演！①”措辞不完全准确，但让人对他那种焖锅似的法语留下了一点印象。说这话时，他从喉咙深处发出声音（我想这是为了产生击鼓的效果），一边将线轴抛出去。叮当先生就会飞快地去追逐它，不是用鼻子把它顶回来就是用爪子推滚回来。我觉得，后者倒的确值得你花钱到马戏团观看。在约翰·柯菲被看守和关押的这段日子里，德拉克罗瓦和他的老鼠，以及老鼠的那只色彩明艳的线轴，都成了我们的主要乐趣，而且这情形维持了一段日子。接着，我那安歇了一阵子的尿路感染又回来了，威廉·沃顿也来了。所有的麻烦开始了。

10

大多数日期我已经毫无记忆了。我想，我可以让外孙女达妮埃尔从旧报纸的卷宗里寻找那些日期，但又有什么意义呢？这段岁月中最重要的日子，例如我们走到德拉克罗瓦牢房去，发现老鼠坐在他肩膀上的那天，或是威廉·沃顿到区里来，迪安·斯坦顿差点被杀死的那

---

① 原文是法文：Maintenant, m’sieurs et mesdames! Le cirque présentement le mous’ amusant et amazeant!

天，不管怎么说，这些都不会出现在报纸里。也许我还是顺其自然的好；我觉得，到头来，那些日期并不重要，只要能按正确的次序记住自己亲历过的事情就行了。

我知道这些事情在记忆中塞得有点挤。当德拉克罗瓦的 DOE 文件最终从柯蒂斯·安德森的办公室到我手里后，我很惊讶地得知，我们的法国裔伙伴与“电伙计”的约会日比我们预计的提早了些。这样的事，即使在那段日子里，在那段无需劳师动众地处决犯人的日子里，都几乎是闻所未闻的。我想，就是那两天，十月二十五日到二十七日。别指望我能说出精确的日期，前后就这几天。我记得自己还想过，嘟嘟能比预期的早一点拿回他那个王冠雪茄盒了。

同时，沃顿来的比我们预期的要晚。首先，他的审判比安德森根据通常都十分可靠的资料所推算的要长一些。后来我们很快发现，凡是涉及野小子比利的事，就没有任何可靠的依据，连我们那套历时长久简单易行的监狱管理办法都无计可施。于是，当他被认定有罪之后（至少，这些大多是根据记录文件得知的），就被带去了印第安诺拉综合医院做检查。在审判过程中，他发了几次病，有两次发作十分厉害，他跌倒在地板上，躺在那里两腿直哆嗦，直扑腾，打鼓似的在木板上拍打着。沃顿的法庭指派律师就宣称，说他患有“间歇性癫痫”，认为他是在非正常精神状态下犯的罪，而公诉人律师则认为这种发作是虚假的表演，是懦弱者在绝望时自救的办法。陪审团在亲眼目睹了所谓的“间歇性癫痫”之后，认定这些发作是表演。法官表示赞同，不过还是裁定，在陪审团的决定下来后，要进行一系列的判刑前体检。只有上帝才知道原委；也许他仅仅是出于好奇吧。

沃顿没从医院逃走，这可真是天大的奇迹。有意思的是，监狱长穆尔斯的妻子梅琳达这时也住在同一家医院。沃顿没逃。我想，他是被看守们围着，也许他依然希望能因为癫痫被判为无行为能力者，如果还真有这样判法的话。

他不是无行为能力。医生发现他的大脑一切正常，至少从生理学角度看是这样。于是野小子比利·沃顿最后就来到了冷山。这大概是在十六号或是十八号；我记得沃顿比约翰·柯菲晚来大约两周。一周或是十天后，德拉克罗瓦就上了绿里。

对我来说，多了这个新来的精神病人可是件重要的大事。那天早晨，我四点就醒了，腹股沟处一阵阵疼，阴茎火辣辣的，又胀又肿。还没等把腿挪下床，我就明白，自己的尿路感染并未如所愿发生任何好转。有那么一阵子缓解过，但仅此而已，到此为止了。

我走到室外无人处去解手（至少三年后我们才安装了第一个抽水马桶），还没走到屋外角落的木料堆，就觉得忍不住了。我拽下睡裤，立刻就撒起尿来，伴随尿液而来的是有生以来最折磨我的疼痛。一九五六年，我发过一次胆结石，我知道，人们都说那是最痛的一种病，但是和这次疼痛相比，胆结石不过是一阵难受的消化不良。

我的膝盖都撑不住了，于是我重重跪倒在地。当我伸开腿以防失去平衡的时候，睡裤的裤裆被撕破了，我嘴啃泥似的一头栽倒在自己的尿水里。要不是我用左手抓住了木料堆里的一根原木，我还会继续栽下去的。不过，这一切也许会在澳大利亚发生，甚至也会在其他星球上发生。当时我唯一感觉到的是那股让我如坐针毡的疼痛；下腹部火烧火燎的，我的阴茎，这个器官除了能让我体会男人特有的最最强烈的生理快感之外，大多数时间是被我忘却的，可此时却让我觉得它仿佛在熔化。我想，要是低下头，准能看见鲜血从龟头处涌出来。但是，好像涌出来的只是最普通不过的尿液。

我一只手靠在木料堆上，另一只手捂住嘴巴，竭力让嘴巴闭着。我不想让自己的尖叫声把妻子吓醒了。似乎尿得没完没了，好在最后它终于停止了。这时，那股疼痛渗透进了我的胃里和睾丸里，像粗钝的牙齿在噬咬着我。有好长一会儿，大概有一分钟吧，我根本没有力气站起身。最终，疼痛缓和下来，我挣扎着站了起来。我看看自己的尿液，它们早已渗进了地面，所以我思忖着，难道有哪位明智的上帝会创造出这样一个世界，在那里，为了一丁点的潮湿，都要付出如此令人战栗的疼痛。

我想去打电话请病假，去见塞德勒医生。我不想用塞德勒医生那又臭又恶心的磺胺类药片，可是如果跪在木料堆旁边，觉得明明就是煤焦油浇在阴茎上，那东西仿佛燃烧起来，自己却还要竭力不叫出声来，这种感觉可比什么都糟糕。

正当我在厨房里吞着阿司匹林，一边听着詹妮丝在另一间屋子里轻轻打鼾的时候，我想起来，今天按计划是威廉·沃顿来区里的日子，而布鲁托尔又不在。根据值勤表，他是在监狱的另一头轮班，协助把图书室里剩下的书以及医务室的剩余器材搬到新大楼去。虽然我身患病痛，可有件事我觉得不妥当，即不该把沃顿交给迪安和哈里负责。他们确实不错，但是柯蒂斯·安德森的报告曾提到，威廉·沃顿是个极其难搞的家伙。这个男人什么都不在乎，他是这么写的，还在下面加了横线强调。

这时，疼痛轻缓了些，我也能思考了。在我看来，最好的办法就是早点到监狱去。我可以在六点时到那里，这是监狱长穆尔斯平常到达的时间。他可以把布鲁特斯·豪厄尔重新分配到 E 区，时间足以办完沃顿的入区程序，这样我就可以去看医生了，已经拖得太久了。冷山确实妨害了我的健康。

在驱车前往监狱的二十英里路上，我有两次突然感到想撒尿，每次我都是把车开到路边，不至于太尴尬地解决了难题，因为这个时候的乡村公路上差不多没什么车子。这两次放空都不像前次我跑去室外解手时那么痛，不过两次我都不得不抓住我那辆小福特车乘客座一边的门把手，支撑着身体，而且，我能感觉汗珠子从滚烫的脸上滑下来。我病了，确实，真真切切地病了。

不过，我还是到达了监狱，从南门开车进去的，停在老地方，径直走去见监狱长。这时已快到六点了。汉娜小姐的办公室空无一人，她要到七点正常的上班时间才来，但穆尔斯办公室的灯亮着，灯光从毛玻璃处透出来。我照例敲敲门，然后把门推开。穆尔斯抬头一看，很惊讶有人会在这个时间出现。见他那个样子，我也觉得很是尴尬，恨不能回避这样的状况。他的脸上没有任何修饰，毫无顾忌的样子，平常梳得服服帖帖的白发此时蓬松凌乱地竖着。我走进去的时候，他的双手正插在头发里，又拉又扯的。他的眼睛毫无神气，眼皮膨胀松弛。这是我见过他最憔悴的样子，他看上去就像是一个刚刚在寒风凛冽的夜里长途跋涉过的人。

“哈尔，对不起，我等会再来——”我开口说道。

“不，”他答着，“请进，保罗，进来，把门关了，进来吧。我现在正需要人，我这辈子还没这样子需要过。把门关上，进来。”

我照他的话做了。从早上醒来后，这还是我第一次忘掉了自己的疼痛。

“是脑瘤，”穆尔斯说，“他们拍了X光片。他们似乎真的对片子很满意，其中有一个人说，这些片子是所有拍过的片子中最清楚的，至少是迄今为止最好的。他们还说要把片子在新英格兰的某家自视很高的医学杂志登出来。他们说那个瘤有柠檬那么大，已经长得很深，没法动手术了。他们说她活不过圣诞节。我还没告诉她。我现在没法思考，我没法想象我的生活会怎样。”

接着，他哭了起来，哭声很大，大口大口地抽泣着，让我充满了怜悯和某种恐惧，像哈尔·穆尔斯这样有着强烈自控能力的男人都会这样崩溃，这情形太吓人了。我在那里站了一会儿，然后走过去，用手搂住他的肩膀。他双手摸索着伸向我，仿佛溺水的人一般，接着就头顶着我的胃部开始抽泣，把压抑的情绪都倒了出来。恢复自控后，他向我道歉。说话的时候他没怎么与我对视，像是很尴尬，有些无地自容的样子。任何恨他的男人见了他这个样子，都会放弃仇恨的。我觉得监狱长穆尔斯会更坚强些，不过我完全打消了到这里来的初衷。离开他的办公室时，我走向了E区，而不是回自己的车。阿司匹林这会儿起效了，我上腹部的疼痛也缓解成为轻微的阵痛。我想，无论如何我得把这一天应付过去，把沃顿安顿好，下午再和哈尔·穆尔斯一起落实一下，明天再请病假。我以为最糟糕的状况已经过去，却丝毫没料到，这天最麻烦棘手的事根本还没开始。

11

“我们以为他还没从体检时的麻醉状态中醒过来。”那天下午较晚的时候迪安这么说道。他的声音又低沉又粗犷，几乎像在咆哮，脖子上还有些青紫的淤伤。我明白，他讲话的时候会觉得很疼，想让他别说了，但有时候保持沉默会更疼，据我判断，这次就是如此，于是就闭上嘴。“我们都觉得他给麻醉过了，是吧？”

哈里·特韦立格点点头，连独自闷闷不乐地坐在远处的珀西都点头了。

布鲁托尔瞥了我一眼，我也迎住他的目光，俩人对视了一会儿。我们都在努力思考同一件事，觉得事情往往会是这样的。当你在巡视的时候，一切正常，这时，你出了个差错，于是“砰”一声巨响，天就塌了下来。他们觉得他接受过麻醉，这个猜测也不无道理，但是谁都没问过是否的确如此。我觉得从布鲁托尔的目光里看出了其他的信息：哈里和迪安会从错误中接受教训的。尤其是迪安，他完全可能回家时就是死人一个。珀西不会接受教训，他或许没这样的能力。珀西唯一能做的就是坐在角落里生闷气，因为他又惹上麻烦了。

一共有七个人去印第安诺拉接管野小子比利·沃顿的事，他们是：哈里、迪安、珀西，另外两名看守押后（我忘了他们的名字，虽然我确定我曾经记得的），另两个人打头。他们乘坐的是我们称为客货两用车的福特小卡，车子用钢板加固过，还装有据说能防弹的玻璃，这车看上去间乎于运牛奶的货车和装甲车。

从原则上说，是哈里·特韦立格负责整个任务，他把文件递给县里的治安官（我猜应该不是霍默·克里布斯，而是另一位类似的选举出来的乡下人），而那人就把威廉·沃顿交给了他们，这家伙，德拉克罗瓦也许会称之为“该死的地狱恶魔”。我们已经事先把一套冷山的监狱服送了过去，但治安官和他的手下并没费心让犯人穿上它，他们把这活留给了我们的这些小伙子们。他们在综合医院二楼第一次见到沃顿时，他穿着一身全棉的短袖无领病号服，趿着一双便宜的拖鞋，一副瘦骨嶙峋的样子，脸形窄小，还长满了疙瘩，满头是长长的、纠结缠绕在一起的金发。他臀部很狭窄，布满了疙瘩，突在短袖无领衫下摆后。这就是哈里和其他人对他的第一印象，因为他们走进去时，沃顿正站在窗边望着停车场。他没有转身，依然站在那里，一只手把窗帘往后拉，安静得像只木偶。这时，哈里对治安官抱怨着，说他们太懒了，都没给沃顿穿上监狱的蓝囚服，而那个治安官则长篇大论地就他的职责范围问题辩解开了。我遇到过的任何乡下官员都一个样。

哈里对此失去了耐心（我想这耽误了他很多时间），就告诉沃顿，让他转过来。沃顿照办了。后来，迪安用他那粗糙刺耳、憋气的咆哮声告诉我们，他长得和穷乡僻壤里成百上千挤进冷山的流窜犯里的任何一个人没什么两样。要再精确点概括的话，他就是个生性残酷的蠢蛋。有时候，当他们背靠墙壁的时候，你也会发现这些犯人都有点懦弱，不过他们更多的是打架斗殴，接着是更恶劣的打架斗殴。也有人从比利·沃顿这群人身上看出点高贵气质，不过我可没有。惹火了，连耗子都会打架的。据迪安说，跟他长满痤疮的臀部相比，这个男人的脸似乎更没有个性。他下巴松弛，眼神冷漠，肩膀耷拉，胳膊晃荡着。他看上去被注射了吗啡，准是这样，浑身上下都是司空见惯的吸毒成瘾者的窝囊样。

听到这里，珀西又闷闷不乐地点点头。

“穿上这个。”哈里说道，边示意着床脚的衣服。衣服是从牛皮纸包里取出来的，不过还没人碰过它，依然叠得好好的，像摆放在监狱洗衣房里似的，一条白色的全棉拳击短裤从衬衫的一只袖口处露出来，另一只袖口处是一双白色短袜。

沃顿显得很配合，不过得有人帮着穿。他试着穿上拳击短裤，可是穿的时候却把两条腿都放进了同一个裤腿。最后，迪安帮了他，让他把腿伸到该去的位置，然后把裤子拽上来，把纽扣盖翻好，接着把腰带系好。沃顿只是站在那里，看着迪安帮他穿，一点都不插手。他的视线茫然地扫过房间，垂着双手，没人会想到他是假装的，大家都觉得他没抱什么逃跑的想法（至少我这么认为），觉得他只是想在适当的时机到来之前尽可能地给人惹点麻烦。

文件已经签好了，威廉·沃顿在被捕时归县里管，现在则交给了州上。他被带下后楼梯，穿过厨房，被一群穿蓝制服的人围着。他低头走着，两只胳膊悬荡着，手指很长。当他的帽子第一次掉下来时，迪安帮他戴了回去。帽子第二次掉落时，他就把它折起来放进自己背后的口袋里。

在客货两用车后面，大家要给他铐上镣铐，此时他又有了一次可以惹麻烦的机会，不过他没这么做。如果他真有过这个想法（即使到现在，我都不能肯定他有过，也不能肯定若有这念头的话，能有多少），那他一定觉得空间太小，人太多，没法顺利办到。于是，他就被铐住了，一条铁链在脚踝之间，另一条太长，就缠在手腕上。

开车前往冷山花了一个小时，在整段时间里，沃顿端坐在驾驶室左边的座位上，低着头，戴着手铐的双手垂在膝盖之间。据哈里说，他还不时地哼哼几声，而珀西则从惊魂未定中缓过神来，说那傻瓜松弛的下嘴唇还流着口水，一滴一滴地淌下来，在脚下滴成一摊，好像狗在夏天舌尖淌汗似的。

我想，他们是从南门进来的，经过了我的车子。南门的看守跑到空地和操练场之间的大门处，让客货两用车开了过去。这会儿是休息时间，操练场那里没多少人，大多数人都在花园里锄地，准是到了种南瓜的时节。于是他们径直开到E区，停了下来。司机打开车门，告诉大家他要把车开到车辆调配场去换润滑油，还说和他们一起干事很开心。接着，多余的看守就随车走了，其中两个坐在车厢后部吃着苹果，车门也开着。

剩下来的是迪安、哈里，还有珀西和一个铐着镣铐的囚犯。人手应该是够了，也该够了，如果他们没被那个瘦得像竹竿、低头站在尘土中的、手腕和膝盖都戴着镣铐的农村小伙子给蒙蔽的话。他们让他往前走了大约十二步，走到了通往E区的大门口，这时的队形和往常带犯人走绿里时是一样的，哈里走在犯人左边，迪安在右边，珀西在后面，手里还拿着警棍。这点没人告诉过我，不过我非常清楚地知道他准会带着，珀西很喜欢那根山胡桃木棍子。我这时正坐在沃顿走向那烤人的家伙之前要住的牢房里，那是从走廊走向禁闭室的右边第一间。我手里拿着夹着纸的记录板，脑子里没别的念头，只是在准备那一小段陈词滥调，准备完事了赶紧走。腹股沟处的疼痛又开始厉害起来，我只想回到办公室，把痛给忍过去。

迪安走在前头，准备开门。他从挂在皮带上的那串钥匙里挑出那把合适的钥匙，把它插进锁眼。正当迪安转动钥匙要拉把手时，沃顿突然活跃起来。他发出一声尖叫，一串叽里咕噜的喊叫声，像叛乱的高喊。霎时间，哈里愣住了，珀西·韦特莫尔也完全愣了。我从半开的门缝处听到了这声尖叫，最初没想到这居然是人发出来的声音，还以为是一条狗进了操练场，受了什么伤害，也许是某个坏脾气的犯人在用锄头打它。

沃顿扬起胳膊，手腕之间的铁链砸在迪安的脑袋上，并用链子勒住他的喉咙。迪安发出了一声压抑的喊声，身子前倾，跌进了我们这小小世界冰冷的灯光之中。沃顿很开心地跟着他进来了，还猛推了他一下，一直喊着，咕哝着，甚至大笑着。他前臂直竖起来，拳头伸到迪安眼睛的位置，拼命把铁链拽紧了，用它前前后后地击打着。

哈里一步到了沃顿背后，一只手拉住这新来的小子油腻腻的金发，另一只手的拳头朝沃顿的脸部狠命地砸去。他不仅带着一根警棍，还随身佩戴着手枪，但惊慌之下，他哪一样都没使上。我们以前也有犯人惹过这样的麻烦，这是肯定的，但从没犯人像沃顿那样让我们如此吃惊。那家伙的狡猾超乎我们的经验，我还是头一遭遇上，后来也再没遇到过。

而且他力气极大，所有的懒散松弛都不见了。后来据哈里说，这就像是跳上了成盘的钢丝弹簧，莫名其妙地把它给激活了。此刻沃顿已经进了区，就在值班桌附近，他一下子转到左边，把哈里甩开了。哈里撞在桌子上，趴倒了。

“嚯嗬，伙计们！”沃顿笑着说，“这会儿是在开晚会吧，对吧？没错，是吧？”

沃顿依然尖叫着，笑着，他回身过来又用铁链勒迪安。干吗不呢？谁都知道的事沃顿也知道：要烤也只能烤一次。

“揍他，珀西，揍他！”哈里厉声叫着，竭力站起身来。但珀西只是站在那里，手里拿着那根山胡桃木棍子，眼睛瞪得像汤盘一般圆。你或许会说，这可是他一直在寻觅的好机会，这是他好好使用一回那重击武器的最佳时机，可他却吓得一塌糊涂，根本没法出手。这可不是那仿佛与他毫不相关的某个受惊吓的小个子法国佬，或是黝黑皮肤的巨人，而是一个旋风恶魔。

我从沃顿的牢房里走出来，丢开了写字板，拔出点三八口径的手枪。我已经第二次忘了自己身体中部烧灼着的感染部位。对于事后别人告诉我的关于沃顿茫然的脸部和空洞的眼睛等话，我并不怀疑，不过我所看到的沃顿却不是这个样子。我看到的是一张野兽的脸，这野兽并不聪明，却充满了狡诈……卑鄙……与喜悦。没错，他正在做的事情合乎他的本性，与地点和环境没什么关系。我还看到迪安·斯坦顿那张通红肿胀的脸，他正在我面前垂死挣扎。沃顿看到了手枪，就推着迪安对准它，这样，要朝他开枪就必然会击中迪安。从迪安的肩膀处望过去，我看到一道炽热的蓝色目光，它在向我挑衅，看我是否有胆子放枪。

第三部　柯菲的双手

1

回顾我所写的一切，我发现自己把佐治亚松林，即我现在居住的地方，称为养老院。这地方的经营者准会不开心的！根据他们放在大厅里并派发给未来客户的宣传册，这是一家“专为老年人开设的一流水准退休疗养中心”。据宣传册所说，这里居然还设有资料中心。住在这里的人（宣传册上不会称我们为“住院者”，不过我会这么叫的）管它叫电视房。

大家都觉得我很孤僻，因为我一天当中很少去电视房，不过，我受不了的是电视节目，倒不是那里的人。奥普拉、里奇·莱克、卡尼·威尔逊、罗兰达等等①，整个世界仿佛在我们耳边坍塌，这些人尽喜欢和那些穿短裙的女人和衬衫敞开的男人谈性交。嗯，他妈的——不要评判别人，免得被别人评判，这是《圣经》上说的，所以，我还是继续写吧。只不过，要是愿意在这种垃圾上浪费时间的话，还不如去两英里外的“快乐车轮赛车场”，好像每个礼拜五和礼拜六都有警车拉着警笛，闪着蓝光，朝那里开去。我有个特殊的朋友伊莱恩·康奈利，她和我有同感。伊莱恩有八十岁了，又高又瘦，身板依然笔挺，眼力也不错，而且聪明优雅。她走起路来很慢，因为臀部有点毛病，我知道她手上还有关节炎，很折磨她，不过她有一个修长美丽的头颈，像天鹅一般的脖子，还有一头长长的秀发，垂下来可以一直到肩膀。

她最好的地方在于，她不觉得我有什么特别的，也不认为我孤僻。伊莱恩和我有很多时间是在一起的。如果我不是这个古怪年纪的

---

① 都是颇受观众欢迎的美国电视节目主持人。

话，我想自己没准会把她当作女朋友。毕竟，有个特别的朋友，像她这样的，没什么不好，从某种方面看，甚至很不错。年轻男女朋友之间的很多棘手和头疼的问题，在我们之间不会存在。虽然我知道，五十岁以下的人不会相信这个，但有时候星火胜于烈焰。听上去很怪，但确实如此。

我白天不看电视，有时候会去散步，有时候就看点书，大概上个月以来，我大多数时间就待在日光室的植物之间，写写回忆录。我觉得那里的氧气更充足，这有助于回忆，能把陈年烂谷子的事情一股脑儿地倒出来，真的。能想起的事情简直太多了。

不过有时候，我无法入睡，就蹑手蹑脚走下楼梯，打开电视。在佐治亚松林，没有"家庭影院"①之类的节目，我想，这类节目对我们的资料中心来说稍微贵了点，不过我们这里有基本的有线电视服务，这就意味着我们能有"美国电影"频道。如果你家里没有基本的有线电视服务，没看过这个台的话，那么我告诉你，它的大多数电影都是黑白片，也没有女人脱衣服。这对像我这样的迂老头来说是一种抚慰。有很多个夜晚，我刚脱了衣服，要倒在电视机前面那张难看的绿沙发上睡觉时，会说话的驴子弗兰西斯又一次把唐纳德·奥康纳的长柄锅从火上拿开，或是约翰·韦恩擦干净了道奇，或是吉米·卡格尼管某个人叫肮脏的老鼠，接着就拔出了手枪。有些电影是我和妻子詹妮丝一起看过的，她不只是我的女朋友，还是我最好的朋友。它们使我感到安宁。这些人穿的衣服，走路和说话的方式，甚至是电影的配乐，这一切都让我觉得心静。我想，它们让我回想起了我还是个初识世面的男人的时光，而不是现在这个样子的我，这个破旧的古物，这个在老年人之家不断衰亡的老头，和我住一起的许多人都垫着尿布，穿着橡胶裤。

不过，今天早晨我所看到的一切，没有一件让我舒心。都让人心烦。

---

① 家庭影院，即HBO，美国一付费电视频道，以播放电影为主。

有时候，伊莱恩陪我一起看 AMC 频道[1]所谓“早间音乐会”节目，它是从清晨四点开始的。她很少抱怨，不过我知道她的关节炎有时会犯得很厉害，而且给她配的药都没什么效果。

今天早晨她来的时候，穿着白色的厚绒布袍，像幽灵一般悄无声息。她看到我坐在笨重的沙发上，弯曲着两条曾经还算是腿的枯瘦如柴的棍子，双膝并拢，可身子仍然像有寒风穿透似的哆嗦着。我浑身发冷，除了腹股沟，那里像是在灼烧，仿佛被尿路感染的幽灵占据了。一九三二年秋年，也就是约翰·柯菲、珀西·韦特莫尔，还有叮当先生即那只受过训练的老鼠到来的那个秋天，这毛病可把我折磨坏了。

威廉·沃顿也是那个秋天来的。

“保罗！”伊莱恩喊道，急忙朝我走来。她臀部里面打着钉子，嵌着玻璃碎片，这已经是她的最快速度了。“保罗，你怎么了？”

“我没事。”我说道，不过语气不那么令人信服，我的声音很不稳定，它们是从上下打颤的牙齿缝里跑出来的。“给我一两分钟时间，就会好的。”

她坐在我身旁，抱住我的肩膀。“我相信会的，”她说，“不过是怎么回事？看在上帝分上，保罗，你像是见了鬼似的。”

我想，*还确实如此*，直到她的眼睛睁得圆圆的，我才意识到要把话大声说出来。

“真的没事。”我说着拍拍她的手（拍得很温柔，相当温柔！），“不过得等一会儿，伊莱恩，老天！”

“这是你在监狱当看守时就犯下的病吧？”她问，“就是你在日光室里所写的那段时间吧？”

我点点头：“我就是在我们所谓的死亡线上工作——”

“我明白——”

“不过我们管它叫绿里，因为铺地板的油毡的缘故。一九三二年秋天，这个家伙来到那里，这个野蛮人，他叫威廉·沃顿，他很喜欢

---

① 即“美国电影”频道（American Movie Channel）。

把自己想成野小子比利，甚至把它刺青在自己的胳膊上。他还是个孩子，却是个危险人物。我依然记得柯蒂斯·安德森（他那时候是副监狱长）是这么描写他的：‘沃顿疯狂、野蛮，而且骄傲，他十九岁，什么都不在乎。’他还在那句话下加了横线。”

那只搂着我肩膀的手此刻在抚摸我的背，我渐渐平静下来。这一刻，我是爱伊莱恩·康奈利的，正像我对她所说，我都能吻遍她的整张脸。也许我应该这么做的。孤单很可怕，任何年龄的孤独都令人恐惧，不过我觉得，人一衰老，这感觉就更糟糕。但我脑子里想着别的事情，那些沉甸甸的往事，那些依然未完成的事情。

“不管怎样，”我说，“你是对的，我正在写沃顿是怎么来到区里的，刚到的时候，他差点把迪安·斯坦顿给弄死，迪安是我那时的同事。”

“这怎么可能？”伊莱恩问。

“因为卑鄙，因为疏忽大意。”我冷冷地说，“沃顿很卑鄙，而带他来的看守则疏忽大意。罪魁祸首是沃顿手腕上的铁链，它太长了。当迪安打开通往 E 区的大门时，沃顿就在他身后。他两边还有看守，不过安德森说得没错，野小子比利对这些毫不在乎。他把手腕上的铁链砸向迪安的脑袋，并用链子勒他的脖子。”

伊莱恩战栗起来。

“不管怎么说，我尽想着这件事，没法入睡，所以就下楼来到这里。我打开 AMC 频道，想着你也会下来，我们可以小聚片刻——”

她笑了起来，吻了吻我眉毛上的额头。以前詹妮丝这么做的时候，我常常觉得浑身针刺，今天早晨伊莱恩这么做时，我还是浑身刺痛。我想，有些事是永远无法改变的。

“——这会儿放的是四十年代的黑帮电影，是老的黑白片，叫《死之吻》。”

我觉得自己又要哆嗦了，就竭力克制着。

“里面有理查德·维德马克，”我说，“这是他第一个大角色，我想，我从没和詹妮丝一起看过这片子，我们一般都有意避开警匪电影，不过我记得在哪里读到过，说维德马克演小流氓演得最好。绝对没错。他很苍白……说他走路，还不如说他是在飘……常常把别人称作‘喷水器’……那是在他说起那些尖声大叫的人的时候……他可恨那些尖叫的人了……”

尽管竭力克制，我又开始发抖了，就是控制不了。

“金发，”我呢喃着，“笔直的金发，我一直看到他把这个坐轮椅的老女人从楼梯上推下去，就赶紧把电视关了。”

“他让你想起沃顿了？”

“他*就是*沃顿，”我说道，“活脱活像。”

“保罗——”她想说什么，却打住了。她看着电视机空白的屏幕（电视机上的机顶盒还在，红色的数字还显示着10，这是AMC频道），然后转过来看着我。

“怎么了？”我问，“怎么了，伊莱恩？”我暗想，*她是要告诉我，说我应该放弃写作，应该把写好的纸张都撕了，就此停笔。*

可她说的是：“别让这事妨碍了你。”

我直瞪瞪地看着她。

“把嘴闭上，保罗，有苍蝇飞过来了。”

“抱歉，这只是……呃……”

“你以为我说的会是完全相反的话，是吧？”

“是的。”

她握住我的手。那动作十分温柔，十分温柔。她的手指修长美丽，关节却起皱而丑陋。她身子向前倾，淡褐色的眸子（左边瞳孔因为白内障而有点暗淡）盯住我蓝色的眼睛。“也许我太老，太衰弱，没多久好活了，”她说，“但我还没老到不能思考的地步。我们这个年纪，有几夜失眠又怎么了？就算在电视上见到鬼又怎样？难道你要告诉我这是你唯一一次见鬼吗？”

我想到了监狱长穆尔斯，还有哈里·特韦立格和布鲁特斯·豪厄尔，我想到自己的母亲，还有詹妮丝，我的妻子，她死在亚拉巴马。我知道幽灵的事，真的。

“不，”我说，“这不是我见过唯一的幽灵，可是伊莱恩，它确实吓人，因为是他。”

她又吻了我一下，然后站起身，边往后退，边用手掌抚摩着臀部，好像很怕自己一不小心就真的会使它皮开肉绽似的。

“我觉得我已经改变了对电视的看法，”她说，“雨天……或是晚上，我一直都要多服一片药的。我想我得去服药，然后回去睡觉了。也许你也该这么做。”

“是的，”我说，“是该这样。”有那么一个冲动的片刻，我想提议两人一同去睡，可接着我看见她眼神里流露出隐隐的疼痛，就打消了这个念头。因为她没准会同意的，她同意也只是为了我。这么做不太好。

我们肩并肩地离开了电视房（我不想用其他名称来抬举它，甚至不想讽刺它），我配合着她的步子，她走得很慢，因为疼痛而小心翼翼。除了某扇紧闭的门后面有人因为噩梦而发出呻吟声外，楼里面静悄悄的。

“你觉得自己睡得着吗？”她问。

“我想能睡着。”我说道，不过我肯定做不到；我躺在床上想着《死之吻》，一直到日出时分。我看见理查德·维德马克，他发疯似的哈哈笑着，把老妇人绑在轮椅上，然后将她推下楼——“我们就是这么对付爱尖叫的人的。”他告诉她，接着，他的脸就不知不觉中变成了威廉·沃顿的脸，沃顿到E区来走上绿里的那天就是这副表情，也像维德马克那样哈哈大笑着，尖声叫着，这会儿是在开晚会吧，对吧？没错，是吧？我没心情去吃早餐，想到这个之后我吃不下去；我下楼走到了日光室，开始写作了。

幽灵吗？没错。

关于幽灵，我什么都知道。

2

“嚯嗬，伙计们！”沃顿笑着说，“这会儿是在开晚会吧，对吧？

没错，是吧？”

沃顿依然尖声叫着、笑着，他回身过去又用铁链勒迪安。干吗不呢？沃顿明白一件事，而这件事迪安、哈里，以及我的朋友布鲁特斯·豪厄尔都知道：要烤也只能烤一次。

“揍他，珀西，揍他！”哈里厉声叫道。他和沃顿扭打起来，试图制止事态，以免不可收拾。但沃顿已把他掀翻在地，而他正竭尽全力地想站起身来。“珀西，揍他！”

可珀西只是站在那里，手里握着山胡桃木警棍，眼睛瞪得像汤盘。他爱自己那根该死的警棍，你或许会说，这可是自打他来到冷山监狱后一直渴望能用上警棍的好机会……可机会真的来了，他却吓得没了主意。这可不是某个受了惊吓的像德拉克罗瓦似的小个子法国佬，也不是约翰·柯菲那样魂不守舍的黑皮肤巨人，而是一个旋风恶魔。

我从沃顿的牢房里出来，丢开写字板，拔出点三八口径的手枪。我已经第二次忘记了在我身体中部烧灼着的感染部位。对于事后别人告诉我的关于沃顿茫然的脸部和空洞的眼睛等话，我并不怀疑，不过我所看到的沃顿却不是这个样子。我看到的是一张野兽的脸，这野兽并不聪明，却充满了狡诈……卑鄙……与喜悦。没错，他正在做的事情合乎他的本性，与地点和环境没什么关系。我还看到迪安·斯坦顿那张通红肿胀的脸，他正在我面前垂死挣扎。沃顿看到了手枪，就推着迪安对准它，这样，要朝他开枪就必然会击中迪安。我从迪安的肩膀处望过去，看到一道炽热的蓝色目光，它在向我挑衅，看我是否有胆子放枪。沃顿的另一只眼睛被迪安的头发挡住了，透过头发我还看到珀西正犹豫不决地站在那里，一手半举着警棍。在通往监狱庭院的大门处，还站着个活生生的人，他就是布鲁特斯·豪厄尔，这可真是奇迹。在搬完医务室最后一点设备之后，他居然想到过来看看谁还需要咖啡。

布鲁特斯没有丝毫迟疑，立刻采取行动。他先是咬着牙使劲把珀西推到一旁，然后冲了进来，拔出警棍，挥起粗壮的右臂，朝沃顿的后脑勺拼命地砸下去，那一声“砰”响几乎带着空洞感，仿佛沃顿的脑壳下面根本没大脑似的。随着这单调的声音，那根绕着迪安脖子的铁链终于松了下来。沃顿像面粉袋子似的塌陷下去，而迪安则慢慢爬开了，他拼命地干咳着，一只手抓着自己的喉咙，眼睛暴突。

我蹲在他身边，他猛烈地晃着脑袋。“好了，”他粗声粗气地说，“小心点……他！”他指指沃顿，“锁住他！带进牢房！”

我认为他不需要牢房了，瞧布鲁托尔把他打得那么厉害，我想他该要个棺材。不过，可没那么好的运气。沃顿被打昏了，可离死还远着呢。他侧卧着，一只胳膊伸了出来，手指碰到了绿里上的油毡布。他闭着眼睛，呼吸缓慢却有规律，脸上居然还有一丝安宁的微笑，好像在听着动听的摇篮曲入睡。一条细细的血水从他的头发间渗出来，染红了他新囚服的领子。情况就是这样。

“珀西，”我说，“帮我一下！”

珀西没有动，他只是靠着墙壁站着，眼睛瞪得圆圆的，一副吓傻了的样子。我想他都找不着北了。

“珀西，该死的，抓住他！”

这时他才挪了窝，哈里也上来协助他。于是，我们三个人一起把神志不清的沃顿先生拖进牢房，布鲁托尔还把迪安扶了起来，像母亲一般温柔地轻轻撑着他，而迪安则俯下身子，猛力吸着气。

我们这位新来的问题少年差不多昏迷了三个小时，不过当他醒来时，布鲁托尔那一记猛打看起来没有对他造成任何不良影响。他很快就恢复了原样，一会儿躺在床铺上，纹丝不动，一会儿又站在铁栏旁，安静得像只小猫，注视着铁栏外的我。我正坐在值班桌旁，写着关于这次事件的报告。我感觉到有人在看我，就抬头望了望，看到他站在那里，咧嘴笑着，露出了一口黑黑的、烂光了的牙齿，牙齿之间已经有了很大的缝隙。看到他这个样子着实让我吓了一跳。我竭力不显出吃惊的表情，但我想他是知道的。“嗨，混蛋，”他说，“下次就轮到你了，我不会错过的。”

“你好，沃顿，”我说道，尽量保持平静，“在这种情况下，我想我可以跳过这段演说和欢迎词了，你觉得呢？”

他的笑容僵住了，这不是他所期待的反应，也许这也不是那种情形下我该做出的反应。不过在他神志不清的时候，发生过某件事情。我想，这是我辛苦地写了那么多页纸想要告诉你们的重要事件之一。那么，现在就看你们信不信了。

3

除了对德拉克罗瓦大声呵斥过一次之外，这场纷乱过后，珀西一直闭着嘴。与其说这靠的是圆滑，还不如说这或许是震惊造成的（在我看来，关于圆滑，珀西·韦特莫尔的熟悉程度和我对黑非洲的土著部落的了解程度相当），反正两个结果都不错，完全是一样的。如果他要抱怨，说布鲁托尔是如何把他推到墙上，或是怀疑，为什么没有人告诉过他像野小子比利·沃顿这种恶心的男人有时也会在E区出现，那我们准会把他给宰了。这样我们或许就能把绿里带上新的征程了。一想起这个念头，就觉得它很好笑。我失去了卡格尼在《白热》中的机会[①]。

不管怎样，等我们确信迪安已恢复呼吸，不会当场昏过去了，哈里和布鲁托尔就陪他一起去医务室。德拉克罗瓦在整场混战中一直沉默不语。他在监狱里待过许多次，对这种事，他知道什么时候该明智地闭嘴不要胡说，什么时候相对安全些，可以再次开口说话。见哈里和布鲁托尔正扶着迪安出去，他就开始朝走廊大声嚷嚷起来。德拉克罗瓦是想知道发生了什么事，但嚷嚷的样子却让人以为是他的合法权益遭到了损害。

“闭嘴，你这个小怪物！”珀西回头喊道，一副怒不可遏的样子，脖子上的青筋都暴了出来。我用手摸摸他的胳膊，感到衣袖下的胳膊在颤抖。当然，他多少有些心有余悸。我得不时地提醒自己，珀西的

---

① 《白热》（*White Heat*），是一九四九年上映的一部电影，詹姆斯·卡格尼（James Cagney）是主角的扮演者。

问题在于他毕竟只有二十一岁，不比沃顿大多少。但我觉得他更多的是愤怒。他恨德拉克罗瓦。我不知道是什么原因，但他确实恨德拉克罗瓦。

“去看看监狱长穆尔斯是不是还在，”我对珀西说道，“如果他在的话，向他口头详细汇报一下所发生的事情，告诉他我明天就会递交书面报告，我会尽量完成的。”

能得到这样的任务，珀西显得很骄傲。有那么一个可恶的片刻，我真觉得他会行礼致敬，回答：“是，长官，我会的。”

“先告诉他 E 区一切正常，不要把它当故事讲，监狱长是不会喜欢你把事情拖长、制造紧张悬念的。”

“我不会的。”

“好的，去吧。”

他朝门口走去，接着又回过身来。对他，你能料到的就只有执拗。我拼命地想让他离开，我的腹股沟灼烧着，可现在他好像还不想走。

“你没事吧，保罗？”他问，“在发烧吧，没准？得了流感了吧？你脸上可全是汗啊。”

“可能有点不舒服，不过还可以。”我说，“去吧，珀西，去向监狱长报告。”

他点点头，走了。真是谢天谢地。门一关上，我就猛冲进办公室。值班桌上不留人是违反规矩的，可我管不了那么多了。又痛起来了，和早晨差不多。

我费力地走进办公桌后面的小卫生间，把那家伙从裤子里掏出来，尿差点要喷出来了，还好没有。我得用一只手捂住嘴巴，遏制住小便时的喊叫声，还得用另一只手摸索着抓住盥洗盆。这里可不像我的家，我不能跪倒在地上，在木料堆旁洒下一摊水洼。如果我跌倒在地上，尿就会在地板上流得到处都是的。

我竭力支撑住身体，尽量不叫出来，但差点坚持不住了。我的尿里好像尽是些细长的碎玻璃片。小便盆里发出像沼泽地似的令人讨厌的气味，我还能看到有白色的东西，我觉得是脓液，它们漂浮在液体的表面。

我从架子上拿下一条毛巾，擦擦脸。脸上全是汗，确实是汗，正不断流淌着。我朝镜子看去，看到一张发着高烧涨红了的男人脸正对着我。有一百零三度吧？还是一百零四度？还是不知道的好。我把毛巾放回架子，放水冲了便池，慢慢地经过我的办公室，走回牢房的大门。我担心比尔·道奇或是其他什么人也许会进来，发现三个囚犯没人看管，不过那里没人。沃顿依然昏昏然地躺在床上，德拉克罗瓦也恢复了平静，我突然意识到，约翰·柯菲根本连一声都没响过，甚至连看都没看一眼，这倒是令人担心的。

我走下绿里，看了看柯菲的牢房，倒有些希望发现他已经自杀了，死刑犯人关押区有两种自杀办法，不是用裤子吊死自己，就是咬手腕。不过，并没有发生这样的事。柯菲只是坐在他床铺的一头，双手放在膝盖上，这个我有生以来见过的块头最大的男人，正用他那双奇怪而湿润的眼睛看着我。

“长官？”他说。

“怎么了，大个子？”

“我想看看你。”

“你不是正在看着我吗，约翰·柯菲？”

他没有说话，只是继续用那怪异的、迷蒙的眼神盯着我看。我叹了口气。

“稍等，大个子。”

我朝德拉克罗瓦看过去，他正站在牢房的铁栏旁。叮当先生，即那只宠物鼠，正不知疲倦地从德尔伸出的一只手跳到另一只手上，像杂技演员在台上从中央的环圈上跳过。德拉克罗瓦会告诉你们，是他训练叮当先生耍把戏的，可是我们这些在绿里上工作的人都一致认为，是叮当先生自我训练而成的。老鼠的眼睛瞪得大大的，耳朵向后耷拉在光滑的棕色脑袋上。我丝毫不怀疑，那只老鼠正对德拉克罗瓦的鼓励做出反应。正在我观看的时候，它从德拉克罗瓦的裤子上滑下来，穿过牢房，跑到墙边那只被涂得很亮丽的线轴处。它把线轴推回到德拉克罗瓦脚边，抬头热切地看着他，但那个小个子法国佬没理会自己的朋友，至少在那个片刻没理它。

“怎么了，头儿？”德拉克罗瓦问，“有人受伤了？”

“一切正常，”我说，“新来的小子像头狮子，不过现在他像只羔羊似的昏死过去了，皆大欢喜。”

“还没完呢。”德拉克罗瓦说道，他的目光顺着绿里往关押沃顿的牢房看去，“坏人，没错！[①]”

“行了，”我说，“别沮丧了，德尔，没人会让你和他在院子玩跳绳的。”

我身后传来一阵吱吱嘎嘎的响声，柯菲下床了。“埃奇康比头儿！”他又说话了。这一次他显得很急迫，“我需要和你谈谈！”

我转向他，心想，好吧，没问题，谈话可是我在行的。我一直在努力克制着不发抖，因为烧已经退下去了，有时候就是这样的。除了我的腹股沟，那里还是让我感觉像是被撕裂了似的，好像放着烧红了的煤块，要再次发动袭击。

“谈吧，约翰·柯菲。”我说着，把声音放得轻松而平静。从柯菲来到 E 区之后，他还是第一次让人觉得真实存在，真的在我们中间了。他那眼角几乎没有停歇的泪水也止住了，至少此刻是停住了，我知道他正在凝望着视线中的东西，盯着保罗·埃奇康比先生，E 区壮实憨傻的看守，而不是注视着他希望能够返回去、把自己犯下的罪恶一笔抹杀的地方。

“不，”他说，“你得进来。”

“好了，你也知道我不能进去。”我说着，依然尽量把语气放轻松。“至少不是现在。现在我一个人，而你可要比我重上一吨半呢。今天下午我们有过麻烦，够了。所以我们还是隔着铁栏聊吧，如果你还是想聊的话，那么……”

“拜托！”他紧紧地抓住铁栏，抓得指关节和指甲都发白了。他的脸因为忧伤而拉得很长，那双奇怪的眼睛因为某种我无法理解的渴望而显得目光尖锐。我记得自己想过，若不是自己生病了，说不定我

---

① 原文是法文：L’homme mauvais, c’est vrai!

还能理解，同时觉得，这样也许可以让我有办法帮他度过余下的日子。当你明白一个人需要什么时，你就会了解这个人，常常是这样的。“拜托了，埃奇康比头儿！你得进来！”

我觉得，这可是我听过的最疯狂的话了，可接着我就意识到，还有比这个更疯狂的呢：我真打算这么做了。我从裤腰上取出钥匙，想找到打开约翰·柯菲牢房的那一把。即使我没生病、感觉也很不错的时候，他都能把我举起来，像干柴似的在他膝盖上一折，何况情况不同于那时的今天呢。可不管怎样，我还是决定这么做。在与被判死刑的杀人犯打交道的时候，麻痹和粗心会导致什么样的后果，刚才那个活生生的事例已经很说明问题了，可事情发生过后不到半个小时，我竟打算独自一人打开那个黑巨人的牢房，走进去，和他坐一块了。如果被人发现了，即使他什么疯狂的举动都没做，我也很可能会丢掉工作的，不过我还是决定要这么做。

别去，我暗想，你别去，保罗。可我没这么做。我用一把钥匙开了上锁，又用另一把开了下锁，然后把门顺着门轨往边上推去。

“头儿，这也许不是个好主意。”德拉克罗瓦的声音听上去很紧张，非常小心谨慎，换了其他场合，我没准会笑出来。

“你管好自己的事，我有数。”我说话时没有往四周看。我一直盯着约翰·柯菲的眼睛，死死地注视着他，视线像是钉在那里。这就像是催眠，在我的耳朵听来，我自己的声音就像是从狭长的山谷里传来的回声。该死的，也许是我被催眠了。“你躺下歇着好了。”

“老天，这儿可真疯狂，”德拉克罗瓦的声音颤抖着，“叮当先生，我真希望他们赶紧把我油煎，就这么玩完算了！”

我走进柯菲的牢房。我向前迈着步子，他移开了身子，当他背靠着床铺时，小腿就顶在床沿，可见他的个头有多高。随后他坐了下来。拍拍身旁的床垫，眼睛始终没有离开过我。我就在他旁边坐下。然后，他一只胳膊抱住我的肩膀，好像我们是坐着看电影，而我是他女友似的。

“你想干什么，约翰·柯菲？”我问道，一边盯着他的眼睛，那双忧伤而平静的眼睛。

“就是想帮你。”他说。他叹息着，好像一个男人在面对自己不情愿干的活时的神情，然后把手放到我的裤裆处，就在我肚脐下一英尺左右的那块骨头上。

“咳！”我叫道，“把你那该死的手——”

我浑身感到猛地一震，觉得像是挨了一记没有痛感的重击，一下子倒向床铺，弯下身体，这让我想起老嘟嘟大声喊着他给烤了，给烤了，要变成一只烤火鸡时的情形。我不觉得热，也没有通电的感觉，不过有那么一会儿，这种感觉就像是猛地跳了出来，仿佛整个世界都不知怎么地被紧紧捏住，被捏得直冒汗水。我能看见约翰·柯菲脸上的每一个毛孔，看见他那双困惑的眼睛里布满的血丝，还有他下巴上很小一块正在愈合的擦痕。我清楚地知道，自己弯曲得像爪子一般的手指在稀薄的空气中抓摸着，而我的双腿像打鼓似的敲击着柯菲牢房的地板。

接着，这阵感觉过去了，而我的尿路感染竟消失了。裤裆里的灼热感和难受的抽痛没有了，头部的发烧感觉也一样消失了。我依然能感到汗水从皮肤上流出来，而且可以闻到汗味，不过那阵感觉过去了，没事了。

“怎么了？”德拉克罗瓦哆嗦着喊道，我觉得他的声音还是来自很远的地方，不过当约翰·柯菲身子前倾、把目光从我那里移开时，那小个子法国佬的声音突然清楚起来，就好像有人把棉花团或是射击手用的那对耳塞从我耳朵里拿掉了似的。“他对你怎么了？”

我没有回答。柯菲的身体朝自己的膝盖倾去，脸部抽动，两眼鼓突。他看上去就像一个鸡骨头卡在喉咙的人。

“约翰！”我叫他，轻轻拍打他的后背，我当时能想到的就是这个动作。“约翰，你怎么了？”

我的手感觉到他猛一抽，然后发出一阵很难受的哽咽和干呕声。他嘴巴张开，就像有时候马张着大口让人上马嚼子一般，一副很不情愿的样子，嘴唇向牙齿后面绷着，露出一种像是绝望的嘲笑表情。接着，他松开了紧咬的牙关，吐出一团小小的黑虫子，看上去好像是蚊子或小飞虫。它们在他的膝盖之间疯狂地盘旋着，渐渐变成白色，随之消失了。

突然，我身体中间部位的所有力气都丧失了，仿佛那里的肌肉变成了水。我向后瘫倒在柯菲牢房的石头墙上。我记得当时还想到过救世主的名字，耶稣基督、耶稣基督、耶稣基督，一遍又一遍地想着，而且我也记得自己想过，一定是高烧让我神志昏迷了。就是这些。

然后，我就听到德拉克罗瓦在喊救命。他在用尽全身的力气高喊，在告诉全世界，说约翰·柯菲要杀了我。柯菲朝我俯下身子，确实如此，不过他只是想弄清楚我是否还行。

“闭嘴，德尔。”我说道，然后站起身来。我等着疼痛撕裂我的内脏，不过这并没有发生。我好多了，真的。有一阵子，我觉得晕乎乎的，但还没等我为维持身体平衡而伸手去抓柯菲牢房大门上的栏杆，那阵晕眩就过去了。“我完全好了。”

“你快从那里出来。”德拉克罗瓦说着，就像个紧张的老太太让小孩子从苹果树上爬下来似的。“没别人在区上，你可不能待在那里。”

我看看约翰·柯菲，他坐在床上，两只巨大的手放在树桩似的膝盖上。约翰·柯菲也看看我。他把头抬高了一点，不过不多。

“你干了什么，大个子？”我用低沉的声音问，“你对我做了什么？”

“帮你，”他说，“我帮了你，不是吗？”

“没错，我想是的，可怎么做的呢？你怎么做到的呢？”

他摇摇头，摇到右边，左边，后面，然后回到中间。他不知道自己是怎么帮的（他怎么治好我的），而他那一脸的平静也说明，他根本不在意是怎么治好的我，就像我参加独立日两英里跑时，决不会在意自己的两条腿是怎么跑过最后五十码的那样。我想问他，他是怎么知道我病了的，可他无疑还是会一阵摇头。我从什么地方读到过一个词，而且我从没忘掉过，那词语大概是“谜中之谜”。约翰·柯菲就是谜中之谜，我想，他能在晚上睡着的唯一原因就是因为他不在乎。珀西称他为“白漆（痴）”，这么说有点冷酷，但又不太过分。这个大块头知道自己的名字，也知道它的拼法和那种饮料不同，而这就是他唯一想弄明白的事情。

他好像要向我强调这一点，又一次有意地摇了摇头，然后躺倒在床上，双手合掌，像枕头似的放在左脸颊下面，脸朝着墙壁。他的双腿从胫骨开始就垂在床头外面，不过他好像一点都没觉得不适。他背后的衬衫卷了上来，我能看见他皮肤上的伤疤阡陌纵横。

我离开牢房，把锁锁上，然后面对着德拉克罗瓦。他正站在对面，双手抱着牢房的铁栏，急切地看着我，甚至还有点焦虑。叮当先生停在他肩膀上，纤细的胡子像丝线般颤抖着。“那个黑家伙对你做了什么？”德拉克罗瓦问，“他下咒[①]了？朝你下咒了？”在这个法国佬的口音里，下咒听上去像小便。

“我不知道你在说些什么，德尔。”

“什么，你不知道！瞧瞧你！完全变了！连走路都不一样了，头儿！”

我可能确实走路都不同了，还真是的。我的裤裆处有一种很舒服的感觉，一种安宁的感觉，这感觉如此明显，简直是爽透了，任何经历过痛苦煎熬的人，在恢复之后都会明白我的意思。

“一切都很好，德尔，”我强调着，“约翰·柯菲做了个噩梦，就这些。”

“他是个下咒的家伙！”德拉克罗瓦激动地说。他的上嘴唇上面是一排汗珠子。他没看到多少，可这已足以把他吓得半死了。“他是个倒霉鬼！”

“你为什么这么说？”

德拉克罗瓦伸出一只手，抓到老鼠，用手掌捂住它，并把它举到眼前。他又从口袋里拿出一块粉红色的东西，是那些薄荷糖中的一颗。他拿出糖来，不过一开始那老鼠并没注意到，它只是向主人伸出脖子，闻闻他呼出的气，就像人在闻着一束花似的。它那油亮的小眼睛眯缝着，完全是一副狂喜的表情。德拉克罗瓦吻了吻它的鼻子，而老鼠也任他吻着。接着，它就抓到了给它的那块糖，咀嚼起来。德拉克罗瓦看着它，看了好一会儿，然后看看我。我突然明白了他的

---

① 原文为 gris-gris。

意思。

“是老鼠告诉你的，”我说，“对吧？”

“对。”

“就像它对你轻轻地说它的名字一样吧。”

“是的，它对着我耳朵说的。”

“躺下，德尔，”我说，“休息一会儿，这些耳语准是把你累坏了。”

他又说了些别的话，我想，就是怪我不相信他之类的，他的声音好像是从很远的地方传来的。在我走回值班桌时，我几乎不像是在走路，更像是飘过去的，甚至不是在移动，牢房从我身体两侧漂流过去，像支在隐形轮子上的电影屏幕一般。

我像往常一样开始往下坐，但刚到一半，膝盖一松，我就一跌，坐到了蓝色的椅垫上，这垫子是哈里年前从家里拿来放在椅座上的。如果不是椅子在那里，我想我会扑通一声直接跌到地板上的。

我坐在那里，觉得十分钟前曾经像森林大火般熊熊燃烧的裤裆部位此时没有了感觉。*我帮了你，不是吗？*约翰·柯菲这么说，从我的身体感觉看，这是事实，虽然内心的安宁是另一回事。对此，他可帮不了任何忙。

我的目光落到了放在桌角的锡制烟灰缸下的一沓表格上。表格最上方印着“区报告”，下面空开一些的地方印着“异常事件报告”。我会在这空白处写上今天的报告，记录威廉·沃顿到这里来时所发生的丰富而充满动作的事件。不过，我会把约翰·柯菲牢房里发生在我身上的一幕写进去吗？我意识到自己拿起了铅笔（布鲁托尔常常舔这支笔的笔尖），然后用大写字母写下了一个词：**奇迹**。

这可能很好笑，但我不仅没笑，反而顿时很肯定地觉得自己要哭了。我用双手捂住脸，手掌蒙住嘴巴，抑制住抽泣声，我不想再吓着德尔，因为他刚刚要安静下来。还好，我没哭出来，也没流泪。过了片刻，我把手放回桌上，交叉叠着，不知道是什么感觉，脑海里唯一清晰的想法就是，但愿在我能稍稍控制自己情绪之前，别有人回到区上来，我担心别人会从我的表情中看出点什么。

我抽出一张“区报告”，想等着心情安静一些后再写关于新来的问题少年差一点勒死迪安·斯坦顿的事情，不过与此同时，我可以把剩下的那些愚蠢的常规信息填写好。我以为自己的笔迹会很滑稽，有点抖，不过事实上，它看上去和平时差不多。

我动笔五分钟后就放下铅笔，走进办公室旁边的厕所去解手。我想，这次还会痛，但至少我可以从中了解病情。我站在那里，等着小便出来。很快我就确信，这回的痛肯定和早上的差不多，就像是在排放破碎玻璃渣似的；他对我所做的只是催眠而已，而尽管疼，我也会觉得释然。

只不过，一点也不疼，排出的小便也是清的，没有了脓液。我扣好裤子，系上皮带，放水冲掉，回到值班桌，又坐了下来。

我明白发生了什么。我想，即使在我企图说服自己的确是被催眠的时候，我也是明白这一点的。我接受了一次治疗，是最正宗的**赞美耶稣，上帝万能**的那种治疗。孩提时，我母亲和她的姐妹们喜欢在特定日子去教堂，参加诸如施洗会或是五旬节等活动，在这样的环境中长大的我，听过很多次关于**赞美耶稣，上帝万能**的奇迹故事。这些故事我并不完全相信，但有很多我还是信的。其中一则是一个名叫罗伊·德尔法因斯的人的故事，他和家人住在离我家大约两英里路的地方，当时我六岁左右。德尔法因斯的斧头砍掉了他儿子的一个小手指，当时那小男孩正在后院帮忙拿着一段原木，让父亲去劈，不料他不小心把手放了上去。罗伊·德尔法因斯说，那年秋天和冬天，他的膝盖几乎把地毯都跪破了，到了春天，男孩的手指就长好了，甚至连指甲都长了回来。星期四晚上的欣喜分享会上罗伊·德尔法因斯说起这件事，我很相信他的话。他说的话质朴诚实；他站在那里，两手深深地插在工作服口袋里，让人没法不相信他。“手指开始长出来时，他有点痒，痒得晚上睡不着觉，”罗伊·德尔法因斯说道，“不过他知道这是上帝让他痒的，就顺其自然了。”**赞美耶稣，上帝万能**。

罗伊·德尔法因斯只是很多故事里的其中一则。我成长在一个相信奇迹和康复的传统中。我历来也相信符咒（不过，在山区，我们为了押韵，管它叫亲亲[①]），如树桩里残余的雨水能治疣，枕头下的苔藓能除掉失恋的痛苦，当然，我们通常管这叫心魔。不过，我不相信约翰·柯菲是个能下符咒的人。我凝视过他的眼睛，更重要的是，我感受过他的抚摸，被他抚摸就像是被某个怪异神奇的医生摸过似的。

我帮了你，不是吗？

这话在我脑海里反复着，就像一段令人无法摆脱的歌曲或施咒时说的话一样。

我帮了你，不是吗？

只是，施行治疗的不是他，是上帝。约翰·柯菲用了“我”，这可以被认为是出于无知，而不是骄傲，不过我知道——至少是相信——我在**赞美耶稣，上帝万能**教堂里、在我那二十二岁的母亲和我的阿姨们深爱的松木祷告室里所了解的关于康复的秘密：康复无关被治愈的人和施与治疗的人，它只代表了上帝的意志。为疾病治愈而感到欣喜是正常的，合乎人之常情，但人们也有义务询问原委，去沉思上帝的意愿，去思考更多的关于上帝是如何实现意愿的问题。

那么，在这件事情上，上帝要我做什么呢？他把治疗的神力放在一个残杀孩子的犯人手里，他迫切的愿望又是什么呢？他为什么要让我在区上被治愈，而不是在家里，在疼痛万分、在床上发抖、让磺胺类药剂的臭味从我的毛孔里渗出来的时候呢？也许是吧，要我待在这里，而不是在家里，也许是以防野小子比利·沃顿搅出更大的祸水，是为了确保珀西·韦特莫尔不采取愚蠢的、具有潜在破坏性的举动。那么，就算是吧，这样也行。我会把眼睛擦亮的……会闭上嘴，尤其是不会透露这次神奇的康复。

没人会怀疑我看上去和听上去好多了。我都告诉了全世界，说我好多了，直到那天之前，我一直打心里相信这一点。我甚至告诉监狱长穆尔斯，说我有了好转。德拉克罗瓦看出了点什么，不过我想，他也会闭嘴的，也许是害怕约翰·柯菲也对他下符咒。至于柯菲本人，

---

① 符咒英文为gris-gris，和kiss-kiss读音相仿，kiss在英文中为亲吻之意，故做此翻译。

他也许早就忘了这件事。毕竟，他只不过是载体，雨一停，世界上没有哪条下水管还会惦记着曾经流过它那里的水。因此，我决定什么都不说，也从没想到过我多久才会把故事说出来，又说给谁听。

但是，不得不承认，我对那个大块头产生了好奇。自打在他牢房里发生了这样的事，我比以前更好奇了。

4

那天晚上离开前，我安排好，如果第二天我来晚了一点，就让布鲁托尔先代我一下。次日早晨，我一起床就出发，去了特拉平格县的特夫顿。

"我不知道你这样担心那个叫柯菲的好不好。"我妻子说着把做好的午饭交给我，詹妮丝从不相信那些路边的汉堡摊，她常常说，吃了那些你就等着肚子疼吧。"这可不像你，保罗。"

"我不是担心他，"我说，"我很好奇，仅此而已。"

"根据我的经验，有一就会有二，"詹妮丝尖刻地说着，狠狠地吻了吻我的嘴。"至少得承认，你看上去好多了。有那么一阵子，你可让我担心了。供水系统都恢复正常了？"

"都正常了。"说完，我就上路了，还哼着"来吧，约瑟芬，上我的飞机"和"我们发财了"之类的歌解闷。

我先来到了特夫顿的《情况报》编辑部，他们告诉我，我要找的那个叫伯特·哈默史密斯的家伙，很可能就在县法院。到了县法院，他们告诉我哈默史密斯曾去过那里，为的是一桩强奸案。当时的《情况报》把这样的案件称为"对女性的攻击"，他们早在里奇·莱克和卡尼·威尔逊之前就这么称呼了。但因为水管爆裂，这桩强奸案的主要诉讼程序被迫停止，他就走了。他们认为他很可能已经回家去了。在一条土路上，我四下打听方向，路又烂又窄，我都不敢把福特车开上去，不过我最终遇到了要找的人。关于柯菲的案子，哈默史密斯写了大量报道，我正是从他那里得知柯菲第一次被抓时的主要追捕细节。当然，我指的是《情况报》认为过于可怕而没有刊登的内容。

哈默史密斯的太太是个年轻的女人，面孔虽带倦色却不乏美丽，双手因常用碱性肥皂而有些发红。她没问我什么，就带我穿过一间弥漫着烘培香气的小房子，走进后廊，她的丈夫正坐在那里，手里拿着瓶汽水，膝盖上放着一本未打开的《自由》杂志。那是一个小小的、地面有些下倾的后院，墙角里有两个小孩子正在秋千上斗嘴笑闹。从走廊望去，我没法分辨孩子们的性别，不过我觉得一个是男孩一个是女孩，也许还是双胞胎，因为有他们在身边，父亲在写关于柯菲一案时就有了某种有趣的视角。在我旁边，有一片散落着狗屎的破旧空地，空地中间有一个岛屿似的东西，那是一间狗窝。狗不见踪影；天热得有点不合季节，我想它大概在窝里打瞌睡吧。

"伯特，有人找你。"哈默史密斯太太说道。

"噢。"他回答着，朝我瞥了一眼，又看看妻子，接着回头望望孩子。显然，那里才是他的牵挂所在。他很瘦，几乎瘦骨嶙峋，好像大病初愈的样子，头发往后翻倒。他妻子用一只红通通的、因经常洗衣服而发肿的手小心翼翼地拍拍他的肩膀。他没有看那只手，也没有伸手去摸它，过了一会儿，妻子就把手拿了回来。一个念头从我心头一闪而过，我觉得他们更像是兄妹，而不是夫妻。他有头脑，她有长相，可是两人都逃脱不了某种潜在的相似，一种无法回避的遗传特征。后来，在返回的途中，我意识到，他们根本不像，让他们看似相像的是压力与长期痛苦所导致的。好奇怪，痛苦会刻画人们的脸庞，让人们看似一家。

她说话了："要喝点冷饮料吗，先生？"

"我叫埃奇康比，"我说道，"保罗·埃奇康比，谢谢了，就来点冷饮料吧，夫人。"

她回过身进屋。我把手伸给哈默史密斯，他轻轻地握了握，手又软又冷。他的视线一直没有离开院角落里的孩子们。

"哈默史密斯先生，我是冷山州立监狱 E 区的主管。那是……"

"我知道。"他说着，稍微带点兴趣地看看我。"看来，绿里的看守就站在我的后廊，活生生地站在这里。什么事让你赶上五十英里路，专程到这里来和当地小小的专职记者谈话呢？”

“是关于约翰·柯菲。”我说。

我认为会看到某种剧烈的反应（我脑海里想着，那对孩子没准是双胞胎……也许还有那个狗窝；狄特里克家也养了一条狗），但哈默史密斯只抬了抬眉毛，呷了一口饮料。“柯菲现在很棘手，是吧？”哈默史密斯问。

“他还好，”我说，“他怕黑，还哭了好几次，不过没给我们的工作惹过什么麻烦，我们见过更糟糕的呢。”

“哭了好几次，是吗？”哈默史密斯问，“嗯，他是有很多事情要哭，想想他都干了什么。你想知道些什么？”

“只要你能告诉我的，都行。我曾经在报纸上读过你写的东西，我觉得我要的东西没登在上头。”

他敏感而冷静地看看我：“比如说，那对小女孩长什么样啊？他具体是怎么对待她们的啊？这就是你感兴趣的东西吧，埃奇康比先生？”

“不，”我说着，尽量把声音放得柔和些。“我感兴趣的不是狄特里克家的女孩子，先生，可怜的小家伙们已经死了。但柯菲没有，还没有，我对他很好奇。”

“行，”他说，“拿把椅子过来坐下，埃奇康比先生，如果我刚才的语气有点尖刻的话，请原谅，我只是在工作中见过太多到处打探私密的人，该死的，我自己也被人指责是那一类人，我只是想确证一下你是不是。”

“你放心了？”

“放心了，我想。”他说着，一副漠然的表情。他讲的事情和我早先想的差不多，狄特里克太太怎么发现走廊空着，屏风门上面的铰链拉开了，毯子丢在角落里，台阶上有血迹；还有她的儿子和丈夫怎样跟踪诱拐女孩的人；一伙人先是如何赶上他们，之后不久又是如何追上约翰·柯菲的；柯菲是怎样坐在河岸边哭泣，他巨大的双臂中蜷缩着两个大洋娃娃似的尸体。这位记者穿着白衬衫，领口敞开，外裤是灰色的，枯瘦如柴的样子，他的声音低沉而没有情绪……但他的眼睛从没离开过自己的两个孩子，他们正在吵闹欢笑着，在院子低处的阴凉角落里轮流玩着秋千。故事讲到一半时，哈默史密斯太太拿着一瓶自产的根汁汽水走过来，那汽水冰凉浓烈又可口。她站着听了一会儿，接着朝孩子们喊着，让他们赶快过来，说她有刚烤好的饼干。“马上就来，妈妈！”一个小女孩的声音应道，然后这个女人就又走进屋里去了。

哈默史密斯讲完后问道：“你为什么想要知道这些呢？从没有大监狱的看守来访过呢，这可是第一次。”

“实话说……”

“是好奇吧，准是。我明白，人都有好奇心，为此我要感谢上帝，否则我就要失业了，可能真的要不干这一行了。不过赶上五十英里的路，仅仅为了满足好奇心，尤其最后二十英里路还很难走……你干吗不告诉我实话，埃奇康比？我让你满足了，现在轮到你满足我了。”

行，我可以这么说，我得了尿路感染，于是约翰·柯菲把手放在我身上，治好了我。这个强奸和杀害两个小女孩的人真的治好了我的病。所以，我当然对他很好奇，是人都会的。我甚至觉得，也许霍默·克里布斯和副治安官罗伯·麦吉抓错了人。虽然证据确凿，我还是这么怀疑，因为这个人的手具有这样的神力，你一般不会把他想成是那种强奸犯和杀害小孩的人。

不行，也许这么说不行。

“我对两件事疑惑不解，”我说道，“第一，他是否有前科。”

哈默史密斯转过头看着我，他的目光突然锐利起来，因为感兴趣而闪亮着，我发现他确实是个很聪明的家伙，没准还很睿智，是个处事冷静的人。“为什么？”他问，“你知道了些什么，埃奇康比？他说过什么吗？”

“没有，不过干这种事的人一般有前科，他们会有这种癖好。”

“没错，”他说，“他们是有这样的癖好。他们当然有。”

“所以，我想到去追溯一下他的历史，想发现点什么。一个他这样个子的人，又是个黑人，不会那么难查的。”

“你可以这么想，但你想错了，”他说，“总之，关于柯菲的案子，你想错了。我知道的。”

“你试过？”

“是的，什么结果也没有。有两个在铁路上工作的家伙，他们说，在狄特里克家女孩被杀前两天，他们曾在诺克斯维尔调度场见过他。这并不奇怪，逮捕他的时候，他刚从南方大铁路那里跨河过来，也许他就是这么从田纳西过来的。我收到过一个男子写来的信，信中说他今年初春时曾雇过一个大块头的光头黑人，帮他搬运箱子，这是在肯塔基的事了。我给他寄了一张柯菲的照片，他说正是这人。不过，此外……”哈默史密斯耸耸肩，摇了摇头。

“你是否觉得这事有点怪？”

“我觉得很蹊跷，埃奇康比先生，这家伙像是从天而降的，而且帮不上什么忙，他今天记不得昨天的事。”

“是的，他好忘事。”我说，“那你怎么解释这事呢？”

“现在是大萧条时期，”他说，“这就是我的解释。路上尽是人。俄克拉荷马州的人想到加州采桃子，北方的穷白人坐着大旅行车，想到底特律去造汽车，密西西比河上的黑人又想到新英格兰去，去那里的鞋厂或纺织厂工作。每个人，无论是白人还是黑人，都觉得再往前走一点就会好一些，这就是他妈的美国方式，连柯菲这样的巨人都到处不受人注意……直到，也就是说，直到他决定杀两个小女孩的时候，而且还是白人小姑娘。”

“你相信这事吗？”我问。

他茫然地看看我，脸部显得异常瘦削。“我有时是相信的。”他说。

他妻子斜倚在厨房的窗口，就像火车驾驶室里的司机似的，她喊道：“孩子们！饼干好了！”接着，她转向我，“你愿意尝尝葡萄干燕麦饼干吗，埃奇康比先生？”

“我想一定很好吃，夫人，不过这次我就不吃了。”

“好的。”她说着把头收了回去。

“你见过他身上的伤疤吗？”哈默史密斯突然问我。他依然望着孩子们，他们玩得正开心，并没有马上把秋千停下来，连葡萄干燕麦饼干都不足以吸引他们。

“见过。”不过我很惊讶他也见过。

看到我如此反应，他笑了：“辩护律师干得很漂亮的一件事，就是让柯菲把衬衫给脱了，让他给陪审团看这些伤疤。公诉人乔治·彼德森对此非常反对，但法官允许这么做。老乔治本该不做声的，因为在场的陪审员可不吃这一套心理战术，即那些被虐待过的人是如何地不可自控之类的。他们相信人是能够自控的。对此，我也颇有同感……但那些伤疤还是很吓人。你注意过它们吗，埃奇康比？”

我曾经见过柯菲裸体淋浴，当然注意过，我完全明白他说的话。“都是裂开的，几乎是纵横交错。”

“你知道这是怎么回事吗？”

“他小时候被人狠命地揍过，”我说，“是在成年前吧。”

“不过他们可没把他身体里的魔鬼赶出来，是吧，埃奇康比？要不就会不用棍棒，而是直接把他像流浪猫似的淹死在河里了，对吧？”

我觉得，若要精明圆滑的话，我应该表示完全同意，然后离开，但是我做不到。我见过他身上的伤疤。我也感受过他。感受过他的双手。

“他很……怪异，”我说，“不过看上去并不真的很暴力。我知道他是怎么被发现的，可我也很难对自己亲眼目睹的事情一笑了之，毕竟在区上我是天天看到的。我知道暴力的男人是什么样的，哈默史密斯先生。”当然，我脑海里还出现了沃顿，想到沃顿用皮带勒迪安·斯坦顿脖子，咆哮着“嚯嗬，伙计们！这会儿是在开晚会吧？”

此时，他正仔细地注视着我，带着微笑，那种怀疑的笑容我不太喜欢。“你到这里来不会是为了了解他是不是真在某处杀过某些小女孩的吧？”他说道，“你到这里是来看看我是否相信他真这么做了，是这样，没错吧？说实话吧，埃奇康比。”

我喝完最后一口冰饮料，把瓶子放在小茶几上，说道：“那么，你相信吗？”

"孩子们！"他身体在椅子上微微前倾，朝土坡下面喊道，"你们快点过来吃饼干！"然后，他又坐回原样，看着我。那抹微笑，那个我并不太喜欢的笑容，又出现了。

"实话说，"他开口了，"你得听仔细了，因为这大概正是你想知道的。"

"我听着呢。"

"我们有条狗叫加拉哈德先生，"他说着，抬起大拇指朝狗窝示意，"是条不错的狗，虽不是什么特殊的品种，但很温顺，很安静，总爱舔你的手或是帮你衔根棍子。有很多类似的杂种狗，是吧？"

我耸耸肩膀，点点头。

"从很多方面看，一条好的杂种狗就像是你的黑奴，"他说道，"你会了解它，常常会慢慢喜欢上它。它并没什么特殊的用处，但是你让它生活在周围，因为你觉得它喜欢你。幸运的话，埃奇康比先生，你不会发现事实与你所想有出入。可辛西娅和我并不幸运。"他叹了口气，发出一声长长的、仿佛骨头在碰撞似的声音，就像风儿摩挲着落叶一般。他又指指狗窝，我正迷惑着，觉得自己早先怎么会没感到那里有一种被遗弃的味道，没注意到很多粪便顶部已经发白了，变成了粉末状。

"我以前常常清扫狗窝，"哈默史密斯说，"为了防雨，也会把它的房顶重修一下。在这方面，加拉哈德先生也像是南方黑奴，它自己不会干这些事。现在我不再碰狗窝了，自从那桩事故发生后……如果你能称其为事故的话。我带着枪走过去，把狗打死了，从此我再也没过去过，我没法靠近它。我想，我有一天会过去的。我会把那些粪便清理了，把窝给拆了。"

孩子们走过来了，突然，我不希望他们靠近；突然，这成了我在世上最不愿意看到的事。那个小女孩很正常，可是那个男孩子——

他们大步走过来，看着我，咯咯笑着，接着就走到厨房门口。

"卡莱伯，"哈默史密斯说，"过来，就一会儿。"

小女孩（他们一看就是双胞胎，岁数一般大）走进了厨房。小男孩走到父亲这里，低头看着脚。他知道自己很丑，我猜他大概四岁上下，不过四岁已经足够大到明白美丑了。他父亲把两个手指放到男孩的下巴下面，想抬起他的脸庞。最先，那男孩有些抵抗，不过当父亲用和蔼、平静、疼爱的口气说“拜托了，儿子”时，他听话地抬起脸来。

他头发间露出一块巨大的圆形伤疤，疤痕穿过一只瞎了的、呆板而斜着的眼睛，一直延伸到前额，他的嘴角扭曲变形，就像赌徒故意做出恶狠狠的样子，或者说像嫖客色迷迷的表情。他的一边脸颊光滑漂亮，可另一边就像树桩似的盘踞成一团。我猜想那里曾经有过伤口空洞，不过至少现在已经愈合了。

“他还留下了一只眼睛，”哈默史密斯说着，疼爱地用手指抚摸着男孩团起来的脸颊。“我想，他幸亏没有全瞎，我们真得双膝跪地感谢上帝，是吧，卡莱伯？”

“是的，爸爸。”男孩害羞地说道。那孩子在未来可悲的学校生活中，会在操场上被人无情地嘲笑、谩骂，他也从不会被邀请参加“转瓶子”或是“邮局”游戏，等他长大成人，有了男人的需求时，不是花钱买人，是不会有女人愿意和他睡觉的，他永远会被温暖欢快的同伴圈子抛弃，在以后的五十年、六十年、甚至是七十年中，每次看镜子，他都会想到这个词：丑陋、丑陋、丑陋。

“去吧，去吃饼干。”父亲说着，吻了吻儿子歪斜的嘴巴。

“好的，爸爸。”卡莱伯应着，就跑进去了。

哈默史密斯从背后的口袋里拿出一块手帕，擦擦眼睛，他的眼睛是干涩的，但是我想，他已经习惯里面流出泪水了。

“他们出生时，那狗还在这里，”他说，“我把狗带进屋，让它闻闻他们，当时辛西娅刚带着他们出院，加拉哈德先生舔了舔他们的手，他们的小手。”他点点头，好像要让自己确信一下似的。“它和孩子们玩，常常舔亚登的脸，直到她咯咯笑出来。卡莱伯经常拉它的耳朵，他刚学走路的时候，有时会抓着加拉哈德的尾巴绕着院子走。那狗连吼都不会对他吼，它对两个孩子都不会凶的。”

这时，眼泪终于流出来了，他机械地擦着泪水，就像一个经常有此实践的人一般。

“没任何理由，”他说，“卡莱伯没有伤害它，也没有对它大声喊。我知道的。我当时是在场的，如果我不在的话，他早就被弄死了。埃奇康比先生，当时并没什么特别的，他只是正好和狗面对面，而这恰好让加拉哈德闪过了一个念头（不管狗有着怎样的脑子），就是扑上去咬人，如果行的话，就把人咬死。小男孩就在它面前，那狗就咬下去了。这也是发生在柯菲身上的事。他就在那里，他看到了门廊上的孩子，他劫了她们，强奸了她们，然后杀了她们。你说他在做这种事情之前应该会有迹象的，我也明白你的意思，可是或许他从前没干过。我的狗过去也从没咬过人，就这一次。也许，如果柯菲被释放了，他也不会再干这样的事了。也许我的狗也不会再咬人了。但是要知道，我关心的不是这个。我拿了枪走出来，抓住它的头颈，一枪把它的脑袋打飞了。”

他的呼吸局促起来。

“我和其他人一样开明，埃奇康比先生，我在鲍林格林上了大学，主修历史和新闻，还学了哲学。我认为自己是开明的，我想北方人可不会这么认为，不过我觉得自己是开明的。不管怎么样，我都不愿意恢复奴隶制，一直认为我们应该仁慈宽厚，去努力解决种族问题。但我们也必须记住，黑奴如果得了机会，是会咬人的，就像杂种狗有了机会有了念头就会咬人一样。你想知道他是否真干了那事，你那个眼泪汪汪、伤痕累累的柯菲先生？”

我点点头。

“噢，是的，”哈默史密斯说，“他确实干了。你别怀疑这件事，也别轻视他。你可以侥幸逃过一次或是一百次……甚至一千次……可是最终——”他在我面前抬起一只手，迅速地把手指对着大拇指噼啪作响，用手做出嘴巴噬咬的形状。“你明白吗？”

我又点了点头。

“他强奸了她们，杀了她们，之后，他就后悔了……可小女孩还是被凌辱了，还是死了。你们会惩罚他的，是吗，埃奇康比？几个星期后，你们就会惩罚他，让他再也干不成坏事。”他站起身，走到门廊的围栏处，目光模糊地看看狗窝，它就在狗被击毙的那块空地中央，在那些经年未扫的粪堆当中。“我得说抱歉了，”他说，“既然下午不必在法庭上工作了，我认为应该稍稍和家人多聚聚，孩子们转眼就长大了。”

“你去吧。”我说道，同时觉得双唇麻木冰凉。“谢谢了，占用了你那么多时间。”

“没事的。”他说。

我从哈默史密斯的家直接开车前往监狱。要开好长一段时间，而这次我没法哼歌来排遣。我觉得所有的歌曲都消失了，至少暂时消失了。我眼前不断浮现可怜的小男孩那变形的脸，还有哈默史密斯的手：食指从上面对着拇指压下去，做出噬咬的样子。

5

次日，野小子比利·沃顿第一次进禁闭室。整个上午和下午他都安静温顺得像圣母玛利亚的小羔羊，我们很快就发现，他这种情形可不正常，没准会有麻烦。那天晚上七点半，哈里觉得自己当天刚洗好的制服裤子翻边的地方有热的东西溅上来，原来是尿。威廉·沃顿正站在自己的牢房里，咧嘴笑着，露出了满口的黑牙，朝着哈里·特韦立格的裤子和皮鞋撒尿。

“这肮脏的狗娘养的家伙伪装了一天就为这个。”哈里事后这么说道，依然觉得恶心和愤怒。

咳，就是这样，是该让敢在E区惹事的威廉·沃顿瞧瞧了。哈里找来布鲁托尔和我，然后我又通知了迪安和珀西，他们也正当班。要记得，那时我们共有三个犯人，因此我们要从晚上七点到凌晨三点满员值班，这个时段最容易出事，余下时间由另外两个人值勤。那两人大多是临时工，比尔·道奇经常是其中一员。总之，这样的部署还不错，而且我觉得，要是能把珀西换成白班，日子就更好过了。不过，我一直没机会做成。有时候我都怀疑，如果真成了，事态也许真会有所变化。

总之，储藏室里有个很大的总水管，它安在远离“电伙计”的那一边，迪安和珀西把很长的一段帆布灭火水龙带挂在上头。紧急时刻，他们就会站到阀门开关旁边。

布鲁托尔和我很快赶到沃顿的牢房，他正站在那里，还在咧嘴笑，那家伙仍然垂在裤子外。我已经从禁闭室拿出了给犯人穿的约束衣，昨天夜里回家前，我最后做的一件事就是把它挂在我办公室的架子上，觉得我们在对付这个问题少年时也许用得着。现在，我一手拿着它，食指钩在其中的一条帆布带子上。哈里走过来站在我们背后，拖着灭火水龙带的喷口，那条水龙带穿过我的办公室，沿着储藏室的楼梯，一直到迪安和珀西所站的鼓形水龙架那里，他们正在尽快地把水龙带放出来。

“嗨，你们都想试试吗？”野小子比利问。他像狂欢节上的孩子似的笑起来，笑得连话都说不出来，大滴大滴的泪水滚下脸颊。“来得真快啊，我猜你们是被逼无奈吧。我这会儿正要给你们熬点大粪呢，可软可好了。明天我会送给你们的……”

他发现我正打开他牢房的门锁，眼睛眯缝了起来。又看到布鲁托尔一手正拿着左轮手枪，另一手拿着警棍，他的眼睛就眯得更细了。

“你们可以站着进来，不过出去时就得躺着了，野小子比利可丑话在先。”他这样对我们说着，眼睛朝我这边转过来，“如果你要让我把那件傻冒衣服穿上的话，老东西，你想好了再来。”

“到了这里，你可不是想来就来，想溜就溜的，”我对他说道，“这你该明白，不过我想，你太蠢了，非得让我们教教你，否则就理解不了。”

我打开门锁，把门沿轨道推开。沃顿退回到床边，鸡巴还挂在裤子外。他双手朝我伸过来，手掌向上翻着，接着又用手指示意。“来呀，你这不要脸的丑八怪，”他说，“要教教我，好啊，瞧这老头端得正经八百地要当老师了。”他转开视线，咧嘴笑着，露着黑牙对着布鲁托尔，“来呀，大块头，你先上。这次你可不能从背后偷袭我了。把枪放下，反正你不会开枪的，你不会，我们来一对一肉搏，看看谁厉害——”

布鲁托尔走进牢房，但没有朝着沃顿走过去。他一进门就向左边走，沃顿看到灭火水龙对着自己，眯缝着的眼睛张开了。

“不，你可别，”他说，“哦，不，你可……”

“迪安！”我叫道，“开闸！听到没！”

沃顿往前一跳，布鲁托尔立刻就给了他迅速而漂亮的一击，那一下子保证会让珀西羡慕不已。棍子越过沃顿的前额，正好落在眉心。沃顿原先还以为见到他我们就会倒霉的，此刻已经跪倒在地上，眼睛茫然地圆睁着。这时，水管出水了，在水的冲力下，哈里踉跄地后退一步，他随即握稳管子，像拿枪似的把喷口牢牢地抓在手里。水流恰好射在野小子比利·沃顿胸口上，几乎让他旋转起来，把他逼到了床底下。德拉克罗瓦在前面的牢房里单脚交叉地跳着，尖声大笑，一边咒骂约翰·柯菲，逼着柯菲告诉他发生了什么事情，到底是谁赢了，还问他那个了不得的新来的小子是不是喜欢被冰凉的水冲。约翰没说话，他只是安静地站在那里，穿着那条过短的裤子，趿着监狱的拖鞋。我很快地瞟了他一眼，不过这足以让我看到他那固定不变的表情，一副忧伤安静的样子，仿佛他早就目睹过整个事情，而且见了不止一两次，而是上千次了。

“把水关了！”布鲁托尔回过头大叫着，然后冲进了牢房。他把手放到不省人事的沃顿的腋下，把他从床底下拖出来。沃顿咳嗽着，不断地发出咳咳的声音，鲜血从他眉毛处流进晕眩的双眼，之前布鲁托尔那一棍子把那里打出了一道血口。

在给犯人穿紧身约束衣方面，布鲁特斯·豪厄尔和我可是行家里手，我们曾像一对职业舞蹈家排练新舞步似的练习过。这种练习让我们时时受益。比如说此刻，布鲁托尔就把沃顿的身子支起来，把他的手拉到我的面前，像小孩子把玩偶娃娃的手伸出去一样。看沃顿的眼神，他正在慢慢地恢复知觉，快要明白如果不马上反抗，就会为时已晚，不过他的大脑和肌肉还没反应过来。没等他恢复，我就已经把他的两个胳膊硬塞进上衣的袖子里，而布鲁托尔正把他背后的扣子扣起来。在布鲁托尔忙活的时候，我抓住袖口的带子，把沃顿的胳膊拽到两侧，穿过另一根帆布带，把他的两个手腕捆到一起。最后，他看上去就像是在紧紧地抱着自己。

“该死的，大笨蛋，他们对你怎么样啊？”德拉克罗瓦高声叫道。我听到叮当先生在吱吱地叫，好像它也想了解这事似的。

珀西来了，他的衬衫湿了，因为竭力摆弄着水管，衣服都贴到了身体上，他满脸的兴奋。迪安也跟着过来了，他脖子上有一圈淤紫色，看上去远没有珀西那么激动。

“起来，快点，野小子比利。”我说着，把沃顿猛地拉了起来。“小乖乖。”

“别这么喊我！”沃顿尖声高叫着，我想大家还是第一次看到他流露真性情，就算他再狡猾，这也不是能伪装出来的情绪。“野小子比利可不是流浪汉！他从不和不带刀的人斗！那家伙不过是一个警察暗探罢了！那狗娘养的笨蛋背靠门坐着，让醉鬼杀了！”

“哦，这可真是一个天大的教训啊！”布鲁托尔边喊边将沃顿推出牢房。“进这地方来的家伙从来不知道会有怎样的下场，只要表现乖点就行，不过这里有这么多像你一样的好家伙，可让你有得好想了，是吧？很快你也就成历史了，野小子比利。你明白吗？现在，你给我走过去，那里有间屋子等你用呢。到那里让你冷静冷静。”

沃顿愤怒而含混地高声叫着，尽管他被严严实实地扣在衣服里，双臂也反绑在背后，他还是用身体朝布鲁托尔撞去。珀西拿起警棍（这可是韦特莫尔解决所有难题的法宝），但迪安一把压住他的手腕。珀西觉得疑惑不解，又有点愤愤不平，他看了看迪安，好像在说，既然沃顿揍过迪安，迪安是最不应该制止他的。

布鲁托尔把沃顿往后一推，我抓住他，又把他向哈里推，哈里就赶着他沿绿里走去，经过乐滋滋的德拉克罗瓦和表情漠然的柯菲。沃顿竭力不让自己嘴啃泥地扑倒在地上，一路上骂骂咧咧的，脏话就像焊工的电焊般火花四射。我们把他砰地推进右边最后一间牢房，这时，迪安、哈里和珀西（他只有这一次没抱怨工作过量待遇不公）把所有的废弃物从禁闭室里拖出来。趁他们在忙的时候，我和沃顿进行了一次简短的谈话。

“你觉得你很强悍，”我说，“也许没错，小家伙，可在这里强悍没用。你的流窜生涯已经结束，如果你和我们好好配合，我们也会和善地对待你。如果你态度强硬，到头来还是难逃一死，只不过这之前我们也不会给你好日子过的。”

“你们看我完蛋很过瘾吧。”沃顿用粗哑的声音说道。即使知道挣扎无济于事，他还是在约束衣里拼命挣扎，脸红得像只西红柿。“除非我死了，我要让你们过得很悲惨。”他像愤怒的狒狒一样朝我龇牙咧嘴。

“如果你只想这样，只想让我们日子难过的话，你这会儿就可以打住，因为你已经做到了，”布鲁托尔说，“不过沃顿，你在绿里上的这段日子里，如果你想整日整夜待在禁闭室里，我们随你。你还可以穿着那该死的傻冒衣服，直到胳膊因血液循环不足而坏死长蛆，最后断掉。”他停顿了一下，“要知道，很少有人到这里来，如果你觉得我是在开玩笑糊弄你，那你就好好瞧着吧。总而言之，你反正早就是死了的犯人了。”

沃顿仔细地端量着布鲁托尔，脸上的愤怒慢慢消退了。“放我出去，”他的语气缓和下来，那声音清醒而理智得令人没法相信。“我会乖乖的，我保证。”

哈里出现在牢房门口。走廊尽头像个杂物甩卖摊，不过我们一旦干起来，会很快就把东西整理好的。我们从前也这么干过，大家都知道该怎么做。“一切就绪。”哈里说道。

布鲁托尔抓住套着沃顿右胳膊肘的帆布约束衣的突起，拉着他站起身。“快点，野小子比利，想开点吧，你至少有二十四个小时，足可以提醒自己别把背靠着门坐，打牌时也别捏一手 A 和 8①。”

“让我出去。”沃顿说着把视线从布鲁托尔移到我这里，脸上又开始泛红了。“我会好好表现的，听我说，我已经接受教训了。我……我……唔唔唔唔嗯嗯嗯——”

---

① 据说真实的“野小子比利”被打死时手里捏着一把 A 和 8，这在“四明一暗”牌戏中被称为“死人手”。

他突然崩溃了，身体半倒在牢房里，半倒在磨得破旧的绿里地毯上，两条腿不停地踢着，身子扑棱着。

“老天啊，他痉挛发作了。”珀西低声说道。

“没错，那我姐姐就是巴比伦的妓女了，”布鲁托尔说，“周六晚戴上长长的白色面纱，为有头有脸的人跳胡奇库奇舞[①]。”他俯下身子，一只手钩在沃顿腋下，我的一只手则放在他另一边腋下。沃顿像一条上钩的鱼一样在我们之间颠摆着。我们抬着他痉挛的身体，听着他这头咕哝，那头放屁，这滋味可真不好受。

我抬起头，接触到约翰·柯菲的目光，我们对视了一秒钟。他的双眼布满血丝，黝黑的脸颊湿漉漉的。他又哭了。我想起哈默史密斯那个用手做出来的噬咬动作，浑身颤抖了一下。然后，我又把注意力转到沃顿身上。

我们把他像货物似的扔进了禁闭室，看着他躺在地板上，身裹约束衣，在排水沟旁边痉挛着，我们曾在那里找过那只老鼠，它是以汽船威利的身份开始在E区生活的。

“我可不管他会不会咬了自己的舌头或是什么的送了命，”迪安说着，他的声音粗哑而刺耳。“不过这样一来该怎么写书面报告啊，伙计们！可没完了。”

“别管报告了，想想听证会吧，”哈里沮丧地说，“我们会丢了这该死的工作，会去密西西比河那里摘豌豆，你们知道密西西比河是什么意思，是吧？用印第安人的话来说，就是屁眼。”

“他死不了，也不会咬舌头，”布鲁托尔说，“等我们明天开了门，他就没事了，听我的。”

事实也确实如此。第二天晚上九点我们把他带回牢房时，他又安静又软弱，看上去很乖的样子。他低头走着，脱去约束衣后，也没有企图去攻击谁，只是无精打采地看着我，我那时正在对他说，如果下次再犯，就老样子处罚他，说他最好是问问自己愿意花多久时间，让尿撒在裤子里，一调羹一调羹地吃婴儿食品。

---

① 胡奇库奇舞是一种色情的女子舞蹈。

“我会听话的，头儿，我接受教训了。”他低声下气地说着。我们让他进了自己的牢房。布鲁托尔看着我，眨眨眼睛。

后来，到了第二天，威廉·沃顿（他对待自己从来是比利小子，而不是偷袭警察的野小子）从老嘟嘟那里买了块圆馅饼。这里曾下过禁令，不许沃顿买任何东西，但那天下午的执勤人员都是临时工，因此买卖就做成了。我想，这情况我曾说起过。嘟嘟自己无疑是知道规矩的，可是对他来说，食品车总是要毫厘必赚的，我想和他理论，可就是没时间。

那天晚上，在布鲁托尔巡视的时候，沃顿正站在牢房门口。他等着，一直等到布鲁托尔看见他，就猛地将手掌砸向自己鼓起的脸颊，把一道黏乎乎、长度吓人的巧克力浓汁喷到布鲁托尔脸上。原来，他把整个馅饼都塞进嘴里，等它融化，然后把它当咀嚼烟草派用场。

沃顿躺倒在床上，脸上还留着一条巧克力山羊胡。他踢着脚，尖声笑着，一边指着布鲁托尔。布鲁托尔的山羊胡可比他多多了。“小黑鬼杂种，是的长官，头儿，是的长官，你好吗？”沃顿捧着肚子嚎笑着，“天哪，这不正是黑鹦鹉嘛！准是的！如果我能有几只该多好——”

“你才是黑鹦鹉，”布鲁托尔吼着，“赶快打点行装吧，你又得去那可爱的盥洗室了。”

于是，沃顿再一次被捆进约束衣，又被我们塞进那个有填充墙的房间。这次我们关了他两天。我们有时能听到他在里面咆哮，有时能听见他向我们保证会听话，会醒悟过来，会乖乖的，有时，我们还听到他高声喊着要医生，说他要死了。不过，大部分时间，他是安静的。我们再次将他带出来时，他也很安静，低头走回自己的牢房。当哈里对他说“记住，好坏取决于你自己”时，他眼神发呆。他老是一会儿好好的，然后又试图惹事。他那些把戏都是老一套，呃，也许除了那个馅饼诡计，连布鲁托尔都承认那点子颇有创意，但他的锲而不舍实在令人害怕。我担心迟早会有人受不了，会有大麻烦的。这情形会持续一阵子，因为他有个律师正在四处周旋，在告诉人们，说把这乳臭未干的家伙毙了是件多么错误的事……而且，他恰好和老杰夫·戴维斯[①]的皮肤一般白。你怎么抱怨都没用，因为律师的职责就是要让沃顿不坐上那张椅子。我们的职责就是把他安全地关押起来。反正到头来，“电伙计”准得把他抱在怀里，管他有没有律师。

6

那一周，监狱长的妻子梅琳达·穆尔斯从印第安诺拉回到家中。医生对她尽了全力，给她头部肿瘤拍了当时还是有趣新发明的 X 光片，并确证了一直不断困扰她的双手无力、麻痹、疼痛的原因。此外，他们也没辙了。他们交给她丈夫一堆含有吗啡的药片，让梅琳达回家等死。哈尔·穆尔斯已积下了一些假日，但不多。在那些日子里是开不出很多假条的，不过他对妻子已经尽心尽力了。

她回家后大概第三天，我和妻子前去探望。我事先打了电话，哈尔同意了，说这样做很不错，梅琳达会很高兴见到我们，那一天会过得开心的。

“我讨厌这样的拜访。”我边开车前往穆尔斯夫妇婚后常住的小屋，边这样对詹妮丝说道。

“谁都不愿意，亲爱的，”她回答着，拍拍我的手。“我们得忍受，她也得忍。”

“希望如此。”

我们在客厅里见到了梅琳达，她坐在斜射进屋的阳光中，十月的太阳热得有些不合时宜。我最初的震惊是，她像是掉了九十磅重量。当然，这不会是真的，如果真掉那么多的话，她就根本不可能还在这里，这不过是我的大脑对视觉感受做出的第一反应罢了。她脸庞瘦削，颧骨几乎要突出来，皮肤白得像纸，眼睛下面尽是黑眼圈。这

---

① 杰夫·戴维斯（Jeff Davis）曾任阿肯萨斯州的州长，是被之前白人农民的人民党党员们推选出来的。

是我第一次见她坐在摇椅里，没有满膝盖的缝纫活，没有毛毯碎料或旧布头等着编织成小毯。她只是坐在那里，像坐在火车站里等车的旅客。

"梅琳达。"我妻子亲切地喊着她。我想她也和我一样震惊吧，也许更甚，不过她很会掩藏，有些女人就有这个本事。她朝梅琳达走过去，在监狱长妻子坐着的摇椅边单膝跪地，拉起她的一只手。正当詹妮丝这么做的时候，我恰好看见了壁炉旁那块蓝色的炉前地毯，顿时想到，这完全可能是破旧地毡上的一块，因为这个房间简直就是另一条绿里。

"我给你带了点茶过来，"詹妮丝说，"这个品种我自己也喝的，有助于睡眠，我放在厨房里了。"

"太感谢你了，亲爱的。"梅琳达说着，她的声音苍老而沙哑。

"感觉怎么样，亲爱的？"我妻子问。

"好些了，"梅琳达用沙哑刺耳的声音答道，"虽然没好到可以去跳谷仓舞，不过至少今天没觉得疼。他们给了我一些治头疼的药片，有时候还真管用。"

"这很不错，是吧？"

"不过我还是握不了东西，出毛病了……我的手。"她抬起一只手，看着它，好像以前从没看过似的，然后把手放回膝盖。"出毛病了……我全身都出了毛病。"她开始无声地哭了起来，这让我想起约翰·柯菲，脑子里又有了那种反复的声音，那是他在对我说：*我帮了你，不是吗？我帮了你，不是吗？*这声音就像旋律似的摆脱不了。

哈尔进来了，给我来了个半路打岔，如果我说我很乐意被他半路打岔，你可不要不相信。我们走进厨房，他给我倒了半杯白色威士忌，这是从乡下人酒窖里新鲜出窖的烈酒。我们碰碰杯，喝了下去。那烈酒像煤焦油似的滑下去，可到了胃里，那感觉就像到了天堂。当穆尔斯向我倾着有金属盖的玻璃瓶，默默地示意我要不要再来点时，我摇摇头，摆手谢绝了。不管怎么说，野小子比利·沃顿这会儿正在发飙呢，醉醺醺地走近他可不安全，哪怕我们之间隔着铁栏。

"我不知道自己还能撑多久，保罗。"他低声说，"每天上午会有个姑娘来帮我照顾她，可医生说她会大小便失禁的，这样……这样的话……”他停住了，喉咙哽咽着，想尽力不在我面前哭出来。

“尽力而为吧。”我说着把手伸过桌子，紧紧握了握他那颤抖而色斑点点的手。“过一天是一天，其他的就由上帝决定了。你已经尽力了，不是吗？”

“我觉得也是，可这让人难受，保罗，我想你没法想象这有多让人难受。”

他竭力控制住自己。

“好了，告诉我新发生的事情，你们是怎么处理威廉·沃顿的？怎么应付珀西·韦特莫尔的？”

谈了一会儿工作后，我结束了拜访。回家路上，妻子坐在我身旁，大部分时间都没有说话。她眼睛湿润，一副若有所思的样子，这时，柯菲的话又出现在我脑海里，就像叮当先生在德拉克罗瓦牢房里不停转着圈跑动似的：我帮了你，不是吗？

“太可怕了，”妻子突然呆呆地说，“而且也没人能帮她。”

我点头同意，一边思考着，我帮了你，不是吗？这可真让人疯狂，于是我竭力地想摆脱这句话。

当我们开车进入自家的庭院时，她终于第二次开口了，这次倒没提起老朋友梅琳达，而是说起了我的尿路感染。她想知道我是不是真好了。我告诉她，我确实好了。

“那就好。”她说着，吻了吻我的眉梢，就是老让我打战的地方。“也许我们应该……你知道的，我们该干点什么。我是说，如果你有时间，而且也愿意的话。”

我很愿意，而且恰好时间也够了。于是，我拉起她的手，带她走进后面的卧室，把她的衣服脱了，而她则抚摸着我那胀大的、抽动着的部位，那里已经不再痛了。接着，我进入了她温柔芬芳的身体。我以她喜欢的方式（也是我们俩都喜欢的）慢慢滑入时，又想到了约翰·柯菲，听到他说他帮了我，他帮了我，不是吗？就像一段歌曲似的盘旋不去，直到变得异常清晰和确定为止。

后来，我在开车去监狱的路上想到，我们很快就得为德拉克罗瓦的处决进行演习了。这个念头让我又想起，珀西这回也要上阵，便觉得一阵恐惧和颤抖。我暗想，就走着看吧，反正只是一次处决，然后，我们很可能就永远摆脱珀西·韦特莫尔了……但我还是浑身发抖，好像之前的尿路感染根本没好，只不过换了个位置，从灼热的腹股沟转到了冰入骨髓的脊梁。

7

“快点，”第二天晚上，布鲁托尔对德拉克罗瓦说，“我们去走走，你，我，还有叮当先生。”

德拉克罗瓦不信任地看看他，然后伸手进雪茄盒拿老鼠。他一只手掌捧着老鼠，一边眯着眼睛瞧着布鲁托尔。

“你在说啥？”他问。

“这对你和叮当先生可是个重要的夜晚。”迪安说着和哈里一起站到布鲁托尔身边。迪安脖子上的那圈淤紫已经消退，变成了很难看的黄色，不过至少他又能好好说话，不再像狗冲着猫吠叫时的声音。他看着布鲁托尔，“你觉得我们该不该给他戴镣铐，布鲁特[①]？”

布鲁托尔一副思考的样子。“不了，”他最后说，“他会乖乖的，是吧，德尔？你和那只老鼠都会乖的。毕竟你们今晚是要见一位非常重要的人物。”

珀西和我正站在值班桌旁，看着这一幕。珀西双臂交叉抱在胸前，嘴角挂着一丝淡淡的、轻蔑的微笑。过了一会儿，他拿出自己的那把牛角梳，开始弄起头发来。约翰·柯菲也在看着，他安静地站在牢房的铁栏后面。沃顿则躺在床上，盯着天花板看，对周围毫不关注。他仍然“很乖”，虽然他所谓的乖就是荆棘岭那里的医生所说的紧张性精神症。还有一个人在场，他不在大家的视线中，而是在我办

---

① 布鲁特是布鲁特斯的昵称。

公室里，不过他那瘦削的身影投在门外的绿里上。

“要我去干什么，你这大傻帽?”德尔疑虑重重地问着，边把腿拽到床铺上。这时，布鲁托尔打开了牢房的第二道锁，正把门推开。于是德尔的眼光就在三名看守身上扫来扫去的。

“好吧，听着，”布鲁托尔说道，“穆尔斯先生要离开一阵子，他的妻子生病了，这你或许也听说了，所以这里由安德森先生来接手，即柯蒂斯·安德森先生。”

“是吗？这与我有什么关系?”

“嗯，”哈里说，“安德森头儿听说了你的老鼠，德尔，他想看看它的表演。他和另外大概六个人在行政楼那里，正等着你去展示一下呢。他们可不是普通的穿蓝制服的看守，就像布鲁特所说，都是些大家伙。我想，其中一位还是州府来的政客。”

德拉克罗瓦显得很得意，我发现他脸上连最后一丝疑虑都消失了。他们当然想见叮当先生了，谁不想呢?

他四处翻找，先是在床下，接着在枕头下搜寻，终于，他找到了一颗粉红色薄荷糖，还有那个色彩涂得很浓重的线轴。他疑惑地看看布鲁托尔，布鲁托尔点点头。

“是的，我想他们真的非常想看线轴戏，不过它吃薄荷糖的样子也好玩极了，别忘了那只雪茄盒，你会把它放里面带去的，对吧?”

德拉克罗瓦拿起盒子，把叮当先生的道具放进去，但依然让那只老鼠停在他衬衫肩头。然后，他迈步出了牢房，趾高气扬地带头走着。这时，他想到了迪安和哈里，“你们去吗?”

“不了，”迪安说，“我们还有别的事，不过你要让他们开开眼界，德尔，让他们瞧瞧路易斯安那小伙子的能耐。”

“那是。”他脸上泛着笑容，那快乐是如此突然，又是如此单纯，有那么一会儿，我都为他感到心碎，虽然他曾干过那样的坏事。这世界真奇怪——真奇怪啊!

德拉克罗瓦转身朝约翰·柯菲看去，他对柯菲产生了一种特殊的友情，这和我曾见过的成百的其他死刑犯都差不多。

“你要让他们开开眼界，德尔，”柯菲严肃地说，“让他们瞧瞧所有的把戏。”

德拉克罗瓦点点头，把手放到肩膀上，叮当先生走到上面，好像他的手是平台似的，而德拉克罗瓦则把手伸向柯菲的牢房。约翰·柯菲就把一根巨大的手指伸出来，果然不出我所料，那只老鼠伸长了脖子，像狗一样舔舔他的手指头。

“快点，德尔，别拖延了，”布鲁托尔说，“那些人为了要看你这只老鼠蹦蹦跳跳，都还没回家吃饭呢。”当然，这不是真话，安德森每个晚上八点以前都会在的，而且，他硬拉着去看德拉克罗瓦“作秀”的那些看守也要在那里待到十一二点，时间完全看他们换班的安排。州府来的政客也很可能不过是借了条领带戴着的办公室工作人员。但是德拉克罗瓦是没法了解这些的。

“我准备好了。”德拉克罗瓦说道，口吻完全就像是一位巨星不知怎么地想要保持平易态度似的。“走吧。”布鲁托尔带他走上了绿里，而叮当先生就停在这个小个子的肩头，这时，德拉克罗瓦又一次开始大肆宣扬了：“女士们、先生们！欢迎来到老鼠马戏团！[①]”不过，虽然他深深地沉浸在自己这个虚幻的世界中，他还是记得尽量离珀西远一些，而且很不信任地瞥了珀西一眼。

哈里和迪安经过沃顿（这家伙依然一副无动于衷的样子）时，在他对面的空牢房前停下来。大家都看着布鲁托尔打开通往操练场的大门，那里有两名看守等着把德拉克罗瓦带出去，领他到那位高高在上的冷山监狱要人面前去完成指定的表演。我们一直等到大门被再次锁上，然后，我朝办公室看了看。那个身影还在地板上，瘦得像个女人，我庆幸德拉克罗瓦刚才因为过分兴奋而没有看到他。

“出来吧，”我说，“大家都快点，我想做两次演习，时间也不多了。”

老嘟嘟和往常一样，眼睛亮亮的，一头浓密的头发。他从办公室走出来，朝德拉克罗瓦的牢房走去，漫步进入敞开的牢门。“坐下，”他说，“我坐下了，坐下了，坐下了。”

---

① 原文是法文：Messieurs et mesdames! Bienvenue au cirque de mousie！

这才是真正的马戏团，我想着，闭了一秒钟眼睛。这里才是真正的马戏团，而我们全都是训练有素的老鼠。随后，我把这个念头抛到脑后，大家开始演习了。

8

第一遍演习很顺利，第二遍也一样。珀西的表现好得我连想都不敢想。这并不意味着在这个法国佬真走上绿里时一切就会很顺利，不过事情还是朝好的方向迈进了一步。我当时有个念头，觉得演习顺利，是因为珀西等了那么久终于要做他自己在意的事情了。对此，我觉得一阵鄙夷，接着就摆脱了这个想法。这有什么关系呢？他会把罩子盖在德拉克罗瓦头上，会命令推上电闸。之后，他们俩都会离开的。如果这还不是个好结局，那什么才是呢？而且正如穆尔斯所说，不管谁上阵，德拉克罗瓦的脑袋都会被烤掉的。

而且珀西在新角色中表现相当出色，他自己也很清楚这一点。我们都是。对于我，我放心到不再讨厌他，至少这会儿不讨厌了。事情似乎进展得十分顺利。更令我放心的是，我发现，在我们建议珀西怎样做会更好，或至少可以减少犯错误的可能性的时候，他确实认真听取了。说实话，我们对此非常积极热心，甚至包括迪安，这个往日总是避着珀西的人……过去，他不仅在行动上尽量躲着他，心理上也一直尽量回避。不过，这也没什么好奇怪的——对多数人来说再没什么比有个年轻人真的把自己的建议当回事儿再满足虚荣心的了。在这一点上，我们都一样。结果是，我们谁都没有注意到，野小子比利·沃顿不再看天花板了。我也没注意到，不过我知道他没盯着天花板看。他正看着我们，当时我们站在值班桌旁，正围着珀西给他出点子。给他出点子！而他也假装在倾听！一想起这些事情，就让人觉得真好笑！

通往操练场的大门上响起了一阵钥匙开锁的声音，我们演习后的讨论就此打住。迪安警告地看了珀西一眼。“别透露一个字，表情也别露馅，”他说，“我们不想让他知道我们刚才做的事。这对他们不好，会吓着他们。”

珀西点点头，拿手指放在嘴唇上，做出别做声的手势，这动作原本很滑稽，现在却一点都不可笑。操练场的大门打开了，德拉克罗瓦走了进来，布鲁托尔走在他旁边，带着那个雪茄盒，盒子里装着线轴，他一副魔术师助手的样子，像在杂耍表演最后要帮老板把道具搬下舞台似的。叮当先生停在德拉克罗瓦的肩头上，而德拉克罗瓦本人呢？说真的，连兰特里[①]在白宫表演后都没有这么得意。“他们可喜欢叮当先生了！”德拉克罗瓦大声说道，“他们又是笑，又是叫，又是拍手！”

“嗯，很不错嘛。”珀西说道，他的语气宽容温和，带着一种大人对孩子说话的口吻，一点都不像往日的珀西。“快点回牢房去，老油子。”

德拉克罗瓦露出一脸怀疑，表情很滑稽，这把珀西立刻打回了原形。他龇牙咧嘴地佯装要咆哮的样子，好像要去抓德拉克罗瓦。当然，这是开玩笑，珀西这会儿很开心，根本做不出真要抓人的架势，但德拉克罗瓦并不知情。他满脸惊慌恐惧，猛地闪开，还绊到了布鲁托尔的一只大脚上。他猛地跌倒，后脑勺着地，撞在油毡上。叮当先生赶紧跳开去，避免压到自己，吱吱叫着，沿绿里跑向德拉克罗瓦的牢房。

德拉克罗瓦站起身，朝吃吃笑着的珀西充满怨恨地瞥了一眼，然后跟随着他的宠物匆匆跑开了，边叫唤着老鼠，边抚摸着自己的后脑勺。布鲁托尔并不知道珀西已经表现出了向善改变的可喜潜力，他默然而轻蔑地看看珀西，追着德尔去了，一边摸索着掏出了钥匙。

我觉得，之所以发生了随后的事情，是因为珀西确实起了道歉的诚心，我知道这令人难以置信，但他那天的情绪特别好。如果真是这样，这也证实了我曾经听到过的一句愤世嫉俗的老话，是关于好心不

---

① 莉莉·兰特里（Lillie Langtry，1853—1929），英国著名女演员。

得好报的。还记得我告诉过你们的那件事吗？就是德拉克罗瓦来我们这里之前，那只老鼠两次跑进禁闭室，其中有一次珀西一路追着它，没注意到自己离“总统”的牢房太近。这么做是很危险的，这也是绿里之所以那么宽的原因，因为如果你沿着正中间的路线径直走下去，你就不会被牢房里的犯人够到。当时“总统”并没有对珀西出手，不过我记得当时我觉得，如果珀西离阿伦·比特伯克太近的话，也许就会出事。那次就会给他一个教训。

唉，“总统”和“酋长”都走了，可野小子比利·沃顿住了进来。他比“总统”和“酋长”的脾气都要坏得多，没法比，而且他也见识了整个过程，正希望有机会自己也登台亮相。托珀西·韦特莫尔的福，这机会正中他下怀。

“嗨，德尔！”珀西喊着，似笑非笑的样子，一边也走上绿里，跟在布鲁托尔和德拉克罗瓦后面，走得离沃顿这一边非常近，而且自己都没意识到。“嗨，你这个蠢蛋狗屎，我是开玩笑的！你们这全是在——”

沃顿起身下床，一步窜闪到牢房铁栏边，我当看守以来还从没见过如此迅速的动作，甚至布鲁托尔和我后来在少管所里工作时所见的那些运动型年轻人都不如他。他的胳膊倏地伸出铁栏，一把抓住珀西。他先是抓到宽松制服的肩部，接着就扼住珀西的喉咙。沃顿把他朝自己牢房门边拽，而珀西则像屠宰场的猪一样发出长长的尖嚎，我还从他的眼里看到了人之将死的绝望神情。

“乖一点好吗？”沃顿低声说道，他一只手松开珀西的脖子，在珀西的头发间摩挲着。“真软！”他皮笑肉不笑地说着，“就像女孩的头发。实话说，我宁愿操你而不操你的妹子。”他还真的吻了吻珀西的耳朵。

珀西曾经因为德拉克罗瓦不小心碰到了他的裤裆而把这名犯人一路打到区上来，这件事大家还记得吧。我想，这时珀西肯定清楚地明白发生了什么事。我觉得他并不希望发生这样的事，但他绝对明白发生了什么。他的脸色完全阴沉下来，脸颊上的疤痕像胎记似的暴突着，眼睛瞪得老大，眼眶湿润了，他抽搐着的嘴角边还淌下了一行唾沫。这一切发生得非常快，我敢说，发生和结束总共不到十秒钟时间。

哈里和我走上前去，两人都举起了警棍。迪安还拔出了手枪。但是，事态没有再发展下去，沃顿放开珀西，往后退下，一边把双手举过肩膀，咧嘴冷冷地笑着。“我放手了，我们只是闹着玩，我已经松开了，”他说道，“我没伤着那小伙子头上的一根毛发，所以你们别再把我赶去那间该死的软扑扑的房间。”

珀西·韦特莫尔飞奔着跑过绿里，蜷缩到另一边那间紧锁的空牢房大门边，急促而大声地呼吸着，听上去就像在抽泣。他终于尝到了教训，知道要走在绿里中央，避免被犯人抓着，要躲开那噬人的嘴巴和善于攫取的爪子。我想，这个教训会比我们在演习之后给他提出的建议更长久地刻在他的记忆中。他一脸吓呆了的表情，宝贝头发凌乱地竖着，自打认识他以来，我还是第一次见到他这样的头发，完全是刺拉拉的，纠缠在一起。他看上去像被人奸污后刚挣脱身子的样子。

有那么一会儿，一切都停止了，一片沉寂，只有珀西抽泣般的呼吸声。打破僵局的是一阵咯咯的笑声，它如此突兀，又那么疯狂，完全把人给镇住了。我脑海里的第一个反应就是沃顿，但不是他。是德拉克罗瓦，他站在牢房敞开的门口，手指着珀西，那只老鼠站在他的肩头，德拉克罗瓦看上去就像是一个小小的却又很邪恶的男巫，满心的鬼点子。

“瞧瞧他啊，尿裤子喽！”德拉克罗瓦号叫道，“瞧瞧这大块头干的好事！老用警棍打其他人，是啊，是有些坏人①，可只要有人碰碰他，他就会像小毛头一样尿裤子的！”

他笑着，用手指着，把他对珀西的所有恐惧和仇恨都通过嘲弄的大笑发泄了出来。珀西瞪着他，好像没法移动身子、没法说话的样子。沃顿走回牢房的铁栏旁，低头看着珀西裤子下面的一小摊暗迹，虽然面积不大，不过确实在那里，这无疑就是了。沃顿咧嘴笑了：“得有人给这倒霉的孩子买块尿布。”说完，他开怀地笑着回到床边。

---

① 此句中英法文混杂：mais oui some mauvais homme。

布鲁托尔走到德拉克罗瓦的牢房，可是那个法国佬已经躲了进去，没等布鲁托尔走到那里，他就倒在了床上。

我伸手抓住珀西的肩膀。“珀西——”我开了口，却没法继续说下去。他回过神来，甩掉我的手，低头看看裤子前面，也看见了那圈正在扩展的痕迹，脸刷地绯红发紫起来。他又抬头看看我，接着看看哈里和迪安。我记得当时自己很庆幸老嘟嘟已经走了，如果他在的话，这事不消一天就能在整个监狱传开。而且在这种情形下，依照珀西的姓[①]，这个故事可得被津津有味、兴致勃勃地谈上好几年。

“你们要是敢把这事给说出去，一个礼拜后就等着丢饭碗吧。”他恶狠狠地低声说道。要是在其他场合听到这种话，我没准会上前揍他一顿，可是这会儿，我对他只有怜悯。我想他也明白我们可怜他，这就让他更不好受了，就像往伤口上撒盐巴一样。

“这事到此为止，”迪安平静地说，“你不用担心。”

珀西回头朝自己肩膀后德拉克罗瓦的牢房看了看。布鲁托尔正在锁门，在牢房里面，我们仍然可以清楚地听到德拉克罗瓦的咯咯笑声。珀西脸上一片乌云密布。我想告诉他，你这是种瓜得瓜，可又觉得这不是说教的好时机。

“至于他——”他开口了，可没把话说完就离开了，他低着头，走进储藏室，去找干净的裤子。

“他可真漂亮啊。”沃顿的声音飘忽不定。哈里让沃顿闭上臭嘴，不然非得按那些该死的规矩让他去禁闭室了。沃顿把胳膊交叉在胸前，闭上眼睛，像是要睡着的样子。

9

处决德拉克罗瓦的前一天夜里，天气分外炎热潮闷，我六点来上

---

① 韦特莫尔在英文中有“更加潮湿”（wet more）的意思。

班时，行政楼预备室窗外的温度计显示的是八十一度。简直令人难以想象，十月末还有八十一度，而且西边天空闷雷滚滚，就像七月似的。那天下午我在镇上遇到教会的一个成员，他一脸严肃地问我，是否觉得这个不合时宜的天气就是末日来临的迹象。我说我觉得肯定不是，不过我脑海里闪过的是，这是德拉克罗瓦的末日。的确是，真的是。

比尔·道奇正站在通往操练场的门口，喝着咖啡，还抽了一会儿烟。他朝四周看看，瞥见了我，说道："瞧，往这里看。保罗·埃奇康比，和真的一个样，不过可丑多了。"

"情况怎样啊，比尔？"

"还行。"

"德拉克罗瓦呢？"

"不错，他好像知道就是明天了，不过又像是不明白的样子。你知道最后一天来临前，他们大多数人是什么样子的吧。"

我点点头："沃顿呢？"

比尔笑了："真是个滑稽人物，和他相比，杰克·贝尼[1]就像个教友派信徒了。他告诉罗尔夫·韦特马克，说他从老婆下身吸到了草莓酱。"

"那罗尔夫怎么说？"

"说他又没结过婚，沃顿脑子想的准是他老娘。"

我也忍俊不禁，大笑起来。确实好笑，有点下流。能笑出来，还不感到有人在我下身点火柴，就不错喽。比尔也和我一起笑着，还把剩下的咖啡都倒在了操练场上，那里除了有几个正慢吞吞走着的熟人外没其他人，那几个家伙，大多在那里都待了有上千年了。

远处雷声滚滚，闪电胡乱地划过阴沉的天际，比尔不安地仰头望了望，停住了笑声。

"不过，说真的，"他说，"我不太喜欢这样的天气，总感觉有什

---

① 杰克·贝尼（Jack Benny, 1894—1974），美国著名喜剧演员，曾长期在广播和电视上主持节目。

么事要发生了，不好的事情。”

他没说错，那天晚上十点一刻左右，坏事发生了：珀西杀了叮当先生。

10

开始时，除了炎热外，那天夜里似乎一切都很不错，约翰·柯菲和往常一样安静，野小子比利也表现得像是乖小子比利，而德拉克罗瓦，虽然他和“电伙计”在二十四小时之后不久就有一约，但他的情绪也不错。

他明白即将发生在自己身上的事，至少具有最基本的理解。他最后一顿饭点了辣肉酱，还特意让我通知厨房。“告诉他们浇点辣汁，”他说，“告诉他们是那种真的能让你喉咙打战、直喊痛快的东西，是绿色的，不是那种淡巴巴的玩意。那东西可他妈的真叫爽，第二天我都离不了厕所。不过我想这次不成问题，不是吗？①”

大多数人都担心死后的灵魂会去哪里，担心得愚蠢而狂热。可是在我问德拉克罗瓦关于最后一段时间里需要什么样的精神抚慰时，他根本没加理会。德尔想，如果舒斯特“那个家伙”对大酋长比特伯克还不错的话，那他对自己也不会差太多。不，我想你早就猜到了吧，他关心的是，是当他德拉克罗瓦离开后，叮当会怎样。死刑犯最后征程的前一天夜里，我一般会长时间地和他们相处，不过这还是我第一次在这段漫长的时间里尽想着一只老鼠的命运。

德尔一幕接一幕地设想着，凭自己迟钝的思维耐心地想着各种可能。他自言自语，为自己的宠物老鼠设计将来，好像它是要去上大学的孩子，还不停地把那只涂成彩色的线轴朝墙上扔去。每次扔过去，叮当先生就会跳起来追过去，追上线轴，并把它推着滚回德尔的

---

① 原文为法文：n’est-ce pas?

脚下。过了一会儿，我开始感到不安了，先是那个线轴砸向墙壁的声音，接着是叮当先生的爪子发出来的细碎声。虽然这只是个有趣的把戏，可它持续了九十多分钟，而且叮当先生一副不知疲倦的样子。它间或停一下，喝点水恢复体力（德拉克罗瓦专门为此准备了一个咖啡杯的杯盘），或是嚼嚼粉红色的薄荷糖碎块，接着就又开始了。有几次，我想叫德拉克罗瓦让老鼠休息一下，话到嘴边，还是没说。每次我都提醒自己，他只有这一个晚上和明天与叮当玩线轴游戏，没别的时间了。不过，到快结束时，我几乎坚持不住这个想法了。你也知道原因的，要一遍一遍地反复听这种噪音，过不多久精神就会崩溃。所以我还是开口了。这时，我总觉得有什么事情似的，就回头往牢房门外看了看，约翰·柯菲站在绿里对面他的牢房门口，对我摇着头：向右，向左，再回到原位，好像他看透了我的心思，在提醒我要三思。

我想，可以把叮当先生送给德尔的那位老处女姨妈，就是那个给他寄来大包糖果的人。把那个彩色的线轴也送过去，甚至包括那个“房子”，我们会为此募捐的，这样嘟嘟就可以放弃那只王冠牌雪茄盒。不，这样不行，德拉克罗瓦想了片刻（期间他已经至少有五次把线轴扔到墙上，而叮当先生就把它用鼻子拱着或是用爪子推着送回来），做出了如此的回答。赫米温妮姨妈太老了，她没法欣赏叮当先生的活泼，而且，如果叮当先生比她长命呢？那时该怎么办？不，不行，不能给赫米温妮姨妈。

好吧，我问，那么，假如我们当中有人接管它呢？我们这些看守？我们可以把它养在 E 区里。不，德拉克罗瓦说。对我的这个想法，他和善地表示了感谢，这是当然，可叮当先生是一只渴望自由的老鼠。他，德拉克罗瓦，明白这一点，因为叮当先生已经（你也猜到了吧）在他耳边轻轻地说过这个意思了。

“行，”我答道，“我们当中会有一个人把它带回家，德尔，也许是迪安吧，他家有个小男孩，准会喜欢宠物老鼠的，我想。”

听到这个，德拉克罗瓦的脸色就真的吓得惨白了。让一个小孩来照顾像叮当先生这样的啮齿类天才？上帝啊，凭什么能指望一个孩子来训练老鼠呢，更别说教它新本事了！假如孩子没了兴趣，连着两三天忘记喂它了怎么办？德拉克罗瓦，这个为了掩盖自己最初的罪行而烧死了六个人的家伙，居然像狂热的反活体解剖者一样，有着如此敏感的厌恶情绪，并为之战栗不安。

好吧，我说，我自己来照料它（要答应他们所有事情，切记，在他们最后的四十八小时里，要答应一切）。怎么样？

“不，长官，埃奇康比头儿。”德尔很抱歉地说。他又把线轴扔出去，它撞到墙上弹了回来，打着转，接着，叮当先生就立即轻快地跳了上去，用鼻子把它拱回德拉克罗瓦那里。“非常感谢，非常感谢，可是你生活在树林里，而叮当先生害怕住在树林里，我知道的，因为——”

“我想我明白你是怎么知道的，德尔。”我说。

德拉克罗瓦点点头，微笑着：“不过我们会想出法子来的，准会的！”他把线轴扔出去，叮当先生切切索索地追过去。我尽力忍着。

最后，布鲁托尔救了场。他已经在值班桌那里，正在和迪安与哈里打牌。珀西也在那里，布鲁托尔不停地试着找话题和他聊天，可得到的回答总是闷闷不乐的咕哝声。布鲁托尔终于不耐烦了，就闲逛到我这里来，我正坐在德拉克罗瓦牢房外面的凳子上，他就站在那里抱着胳膊听我们讲话。

“去老鼠庄园怎样？”布鲁托尔插话了，那时，由于我那令人恐惧的树林老房子，德尔刚回绝了我的好意。布鲁托尔的语调很随意，是那种本建议仅供参考的口吻。

“老鼠庄园？”德拉克罗瓦问。他惊讶而颇有兴趣地看了看布鲁托尔，“什么老鼠庄园？”

“就是佛罗里达的一处旅游胜地，”他说，“叫塔拉哈西，我想，对吗，保罗？塔拉哈西？”

“没错，”我毫不迟疑地说着，一边想着，上帝保佑布鲁托尔·豪厄尔。“就是塔拉哈西，沿公路下去，离小狗大学不远。”布鲁托尔撇撇嘴，我想他要笑出来了，要稳不住腔调了，不过他还是控制住了，还点了点头。我暗想，事后我会听到那个小狗大学的故事的。

这次德尔没再扔线轴，尽管叮当先生站在德尔的一只拖鞋上，前爪都抬了起来，显然是在等着再次追上去。那个法国佬看了看布鲁托尔，接着把视线转到我身上，又转回布鲁托尔那里。“老鼠庄园里有什么？”他问。

“你以为他们会收叮当先生吗？”布鲁托尔问我，毫不理会德尔，但还是把他的注意力吸引住了。“你觉得它有资格吗，保罗？”

我尽量表现出深思熟虑的样子。“你知道，”我说，“我越是想吧，就越觉得这似乎是个很不错的主意。”我从眼角瞥到珀西正沿着绿里走过来（他避开沃顿的牢房有好大的距离）。他站住脚，一边肩膀倚在空牢房一侧，听着我们说话，嘴角露出一丝隐约的、轻蔑的微笑。

“什么是老鼠庄园？”德尔问，急切想知道的样子。

“我说过了，是一个旅游胜地，”布鲁托尔说，“那里有，哦，我也不清楚，大概有一百只老鼠吧，你说是吗，保罗？”

“这些天大概有一百五十只了吧，”我说道，“那里可真红火啊，我想他们会考虑在加州再开一家的，就取名西部老鼠庄园，事业就是这么发展起来的啊。我觉得，受训的老鼠会成为这家创智产业的抢手货，对此，我自己都没弄明白呢。”

德尔手拿彩色线轴，坐在那里看着我们，一副入神的样子。

“他们只接收最聪明的老鼠，”布鲁托尔告诫道，“那种能表演把戏的老鼠，它们不能是白色的，因为白的就像是宠物店买来的。”

“宠物店老鼠，没错，当然了！”德拉克罗瓦激动地说，“我讨厌宠物店老鼠！”

“他们还有，”布鲁托尔说着，像在望着遥远的地方，一边遐想着，“那种可以走进去的帐篷——”

“对，对，就像是在内场里！进去要花钱吗？”

“开什么玩笑？当然要付钱了。每人一角钱，小孩两分钱。而且那里，嗯，整个城都是由胶木箱子和卫生纸卷搭成的，窗子是明胶的，你可以观看它们在里面的活动——”

“太好了！太好了！”德拉克罗瓦一阵狂喜，然后他对着我，“什么是面（明）胶？”

“就是炉子正面的那种东西，你可以通过它看到里面。”我说。

“噢！这样！真他妈的不错！”他对着布鲁托尔，手指朝里钩了钩，示意对方继续讲下去，而叮当先生油亮的小眼睛也正在眼眶里打转，想一直盯着那只线轴，样子非常滑稽。珀西靠得更近了些，似乎想看得更真切点。我看见约翰·柯菲对他皱着眉头，但此时我完全沉浸在布鲁托尔的幻想中，因此没太在意这事。这当口，犯人想听更刺激的东西，说真的，我也对布鲁托尔钦佩不已。

“嗯，”布鲁托尔说，“那里有老鼠城，可孩子们真正喜欢的是老鼠庄园的明星马戏团，那里的老鼠能荡秋千，能滚小圆桶，还有叠硬币的——”

“对了，太好了！叮当先生就该去那种地方！”德拉克罗瓦说。他两眼放光，脸颊泛红，我真觉得布鲁特斯·豪厄尔聪明绝顶了。“你终究会成为马戏团老鼠的，叮当先生！你会在佛罗里达的老鼠城里生活！到处是面胶的窗户！嚯呵！”

他越发用力地扔出了线轴，它撞在了较低的墙面上，狠狠地弹回来，飞出了牢房的铁栏，掉到了绿里上。叮当先生急忙追上去，这时，珀西看到机会来了。

“不，你这傻瓜！”布鲁托尔喊着，可是珀西毫不理会。叮当先生刚抓到线轴（它太关注线轴了，没注意到自己的宿敌正在边上），珀西抬起穿着硬邦邦的黑色工作鞋的脚，向老鼠踩下去。顿时，传来了老鼠背脊断裂的劈啪声，鲜血从它嘴里涌出来，黑黑的小眼睛暴突着，我从中看到又惊又痛的表情，这和人实在太像了。

德拉克罗瓦惊恐而痛苦地尖叫着，他冲到牢房的门边，把两只手臂猛地伸出铁栏，尽力朝外伸着，一遍又一遍地喊着老鼠的名字。

珀西转过来对着他，笑着。“怎么样，”他对着我们三个人说道，“我知道它会落在我手里，这是迟早的，只是时间问题罢了，真的。”他转过身，沿绿里走了回去，一副不急不慢的样子，而叮当先生就躺在绿里上，躺在自己那摊漾开的血泊中。

第四部　德拉克罗瓦惨死

1

自打我住进佐治亚松林后，除了这些东西，我还写了点日记——不是什么了不得的东西，只是每天写上一两段话，大多是关于天气之类的，我昨晚还从头浏览了一下。我想看看，自从我外孙克里斯托弗和达妮埃尔或多或少有些强迫地逼我住进了佐治亚松林，到底过了多长时间。“这是为了你好，外公。”他们这样说。那是当然了。当人们千方百计摆脱纠缠他们的困难时，大多不都会这么说吗?

已经有两年多一点的时间了。奇怪的是，我不知道自己是否觉得像是有两年的时间，或是更长一些，抑或是更短一些。我的时间概念似乎在消融，就像一月份融雪时孩子的雪人一样。过去一直就有的时间，如东部标准时间、夏季时、劳动时间等，现在好像都不存在了。这里只有佐治亚松林时间，也就是老男人时间、老女人时间，还有尿床时间，其他的……都消失了。

这是个危险的、倒霉的地方。起初你并不知道。起初，你只是觉得这里令人厌烦，至于危险程度，就像午休时分的幼儿园一样。不过这里真的很危险，确实如此。自打我到这里后，我曾经见过很多人不知不觉地就衰老了，有时候还不光不知不觉，他们甚至是以潜水艇俯冲入水的速度顿时衰老了。他们来这里的时候大多还健康，不过是眼花了，要拄拐杖了，也许膀胱有点松弛了，但其他都正常。到这里之后，事情就来了。一个月之后，他们就整天坐在电视室里，目光呆滞地盯着电视机里的奥普拉，下巴耷拉着，手里拿着杯子，里面是倾斜着的、忘了喝的橙汁，汁水都流到手上了。一个月后，等孩子们来看望他们时，你就得报上孩子们的大名来提醒他们了。再过一个月，你要提醒的就是他们自己的大名了。他们身上准发生了什么事情，真的：是佐治亚松林时间。这里的时间就像剂量很小的迷幻药，它先是抹掉了你的记忆，接着就会消磨你继续生活下去的渴望。

你得和它抗争。我就是这么告诉伊莱恩·康奈利，我这位特殊朋友的。自从我开始写一九三二年，即约翰·柯菲来绿里的那一年我所亲历的事情，一切就好多了。有的回忆很可怕，但是我觉得它们能像小刀削铅笔似的让我的思维和意识敏锐起来，虽然这同时也伴随着疼痛。不过，仅有写作和回忆是不够的。我还有一副皮囊，虽然现在衰老变形，但我还是尽量多锻炼。最初，这么做很难，像我这样的老朽，在为锻炼而锻炼时，是没法多动弹的，不过，现在好多了，我的散步有了目的性。

早餐前，我就开始第一次散步，这大多是在天刚放亮的时候。今天早上下雨了，潮气让我感到关节疼，不过我从厨房门的架子上拿了件雨披下来，还是出发了。有了事情，就得去做完它，但如果这事伤了身子，那就太糟糕了。不过，这是有补偿的。主要的补偿就是，这样做能使人重新获得真实的时间概念，可以用来抗衡佐治亚松林时间。而且，我喜欢下雨，不管身上疼不疼；我尤其喜欢清晨的雨，这时一天刚开始，仿佛充满了各种可能性，即使对像我这样不中用了的老男人。

我穿过厨房，停下来，从其中一位睡眼惺忪的厨师那里讨了两片吐司面包，出发了。我走过草皮槌球场，再穿过青草丛生的高尔夫练习场，再走下去就是一片小小的树林，里面有一条窄窄的蜿蜒小径，沿路有两幢小木屋，已经不再有人住了，房子默默地腐烂着。我沿着小径慢慢地走下去，聆听着晶莹的雨水悄悄地打在松树上，一边用所剩无几的牙齿嚼着吐司面包。我的腿很疼，但这种疼痛不太厉害，可以忍受。我大体上感觉不错，用力吸着潮湿而暗淡的空气，就像吞咽食品似的。

走到第二幢小木屋时，我进去了待一会儿，在那里办完了自己的事。

二十分钟后，我沿着那条小径往回走，能感觉到肚子里的馋虫开始蠕动，觉得自己还能再吃一点比吐司面包更实在的东西，比如一盘麦片粥，甚至也许是炒蛋香肠。我爱吃香肠，一直都是，不过，这些天如果吃得多过一根的话，我就会拉肚子。当然，只吃一根是没事的。吃完后，肚子感到很满意，潮湿的空气一直振奋着我的大脑（我希望如此），我就朝日光室折去，准备写对德拉克罗瓦的处决。我要尽快地写，免得失去勇气。

我走过槌球草场，朝厨房大门走去，这时我想到叮当先生，想到珀西·韦特莫尔踩了它，踩断了它的脊梁骨，又想到当德拉克罗瓦意识到敌人的行径后，是怎样地尖叫着……这样想着，我就没留心布拉德·多兰就站在那里，半个身子藏在大垃圾箱后。他一把伸出手，抓住我的手腕。

“到外头散了会儿步吗，保利？”他问。

我一哆嗦，把手腕从他手里挣脱出来。我多少有点吃惊，任何人在吃惊的时候都会哆嗦的，不过不全是因为这个。还记得吗，我当时正想着珀西·韦特莫尔，而布拉德总是让我想起珀西。也许是因为布拉德总是要在口袋里塞本平装书四处走动（珀西总是带本关于冒险的杂志；布拉德则是笑话书，而且是那种愚蠢而刻薄的人才会觉着好笑的书），也许是因为他的举止就像自己是什么了不起的大人物，不过最重要的原因是，他老是鬼鬼祟祟的，喜欢欺负人。

我知道，他刚开始工作，甚至还没换上白色工作服。他穿着牛仔裤和一件低劣的西部风格的衬衫，一只手抓着从厨房里拿出来的丹麦馅饼，已经吃掉了一部分。他站在屋檐下啃着馅饼，那里不会淋着雨，而且也能观察我，对此，我很是肯定。我还很肯定另外一件事：我必须得提防着布拉德·多兰先生。他不太喜欢我，我也不知道为什么，不过我也从来不知道为什么珀西·韦特莫尔不喜欢德拉克罗瓦。不喜欢这个词还太弱了，自打这个小个子法国佬来绿里开始，珀西就对德尔恨之入骨了。

“你穿的是啥雨披啊，保利？”他问道，轻轻地拍着领子。“这不是你的。”

“我在厨房外头的厅里拿的。”我说。我讨厌他管我叫保利，而且我觉得他也是知道的，可要是被他看出来并因此得意洋洋的话，我死都不愿意。“那里挂着一排雨衣，反正我没弄坏它，不是吗？再说外面又在下雨。”

“可这不是你的，保利，”他说着又拍拍雨衣，“也就是说，这些雨衣是给工作人员穿的，不是给住客的。”

“我还是不明白这碍着什么了？”

他似笑非笑地看着我：“不是碍事的问题，是规矩，要是没了规矩可怎么办？保利，保利，保利。”他摇着头，好像光是看着我他就会觉得痛苦似的。“也许你觉得像你这样的老头是不用再有什么规矩了，这样可不对，保利。”

他朝我微笑着，他讨厌我，也许还恨我，可为什么呢？我不明白。有时候，事情就是没有答案，这就是可怕的所在。

“好吧，就算我坏了规矩，我很抱歉。”我说着，声音听起来很烦躁，有点刺耳，而且我恨我自己发出这种声音，不过我老了，老人容易发牢骚，老人也容易受惊。

布拉德点点头：“我接受你的道歉，现在就把它挂回去吧。总之，雨天没事就别出去了，尤其是别去那些林子里。如果你滑倒了，摔跤了，跌断了那倒霉的屁股该怎么办？呃？你想想谁又得抬着你这把老骨头上坡啊？”

“我不知道。”我说。我只想离开他，我越听越觉得他像珀西。威廉·沃顿，这个一九三二年来绿里的疯子，曾经抓着珀西，把珀西都吓得尿裤子了。你们要是敢把这事给说出去，珀西后来是这样告诫我们的，一个礼拜后就等着丢饭碗吧。现在，这么多年过去了，我几乎能从布拉德·多兰那里听到同样的话、同样的语调。写着这些往事，我仿佛是推开了某扇不可言说的大门，这扇门把过去和现在连接在了一起，把珀西·韦特莫尔和布拉德·多兰连了起来，把詹妮丝·埃奇康比和伊莱恩·康奈利连了起来，把冷山监狱和佐治亚松林养老院连了起来。没有比这个想法更让我今天整晚都无法入睡的了。

我想穿过厨房大门，而布拉德再次抓住了我的手腕。第一次怎样我不知道，可这次他是故意的，他捏得很紧，让我很是疼痛。他的视线左右移动着，确定在这样一个下雨的清晨，四周没有别人，确定没有人看见他正在欺负一个他本该照顾的老人。

“你到那条小径上是去干什么？”他问，“我知道你不是要逃走，你这年龄也干不了这种事了，那么你想干吗呢？”

“没想干吗。”我说着，一边告诫自己要冷静，不要让他看出他有多折磨我，要冷静，要知道，他只提到了小径，可他并不知道小木屋。“我只是走走，理理思绪。”

“太晚了，保利，你的思绪清晰不了了。”他又紧紧地捏着我那条瘦削的老手腕，折磨着我那把脆弱的老骨头，眼光不断地移来移去，生怕被人瞧见。布拉德可不怕破了规矩，他只是担心没守规矩时被人逮住。在这一点上，他也很像珀西·韦特莫尔，珀西从不会让人忘记他是州长的侄子。“你都老成这样了，居然能记得自己是谁，还真是奇迹。你真的太老了，连放进我们这样的古董馆都嫌太老。保利，你真他妈的让我恶心。”

“放开我。”我说道，尽力克制不发出呻吟。这也不仅仅是自尊问题。我觉得，如果被他听出来，就会助长他的气焰，就像汗骚味有时候能刺激坏脾气的狗，使原本最多吼两下的狗会咬人。这让我想起了一位对约翰·柯菲的审判进行报道的记者。那是个可怕的家伙，名叫哈默史密斯，最可怕的是，他自己都不知道自己是可怕的。

多兰没有松手，反而更捏紧了我的手腕。我呻吟起来，我不想呻吟，但忍不住了，痛楚直往关节里钻。

“你去那里干什么，保利？告诉我。”

“没干什么！”我说。我没喊出声，还没有，不过我很担心，如果他继续捏下去的话，我马上就会喊出来的。“没干什么，我只是散步，我喜欢散步，放开我！”

他放手了，不过只是放了一会儿，是为了要抓我的另一只手。我把那只拳头握了起来。“放开，”他说，“让老子瞧瞧。”

我松开了拳头，于是他恶心地咕哝起来。我手里不过是吃剩下的第二片吐司面包。他开始捏我左手腕时，我就把它握在右手里，那上头还有黄油，哦，是人造黄油，他们这里当然不会有真的黄油。黄油全沾在手指上。

“进去，把你该死的手洗了。”他说着，后退了一步，又咬了口馅饼。“老天呐。”

我走上了楼梯，两腿直哆嗦，心脏跳得就像是漏了阀门、松了活塞的发动机。等我抓住通向厨房、也就是获得安全的门把手时，多兰说话了：“你要是告诉别人，我就捏碎你这把老骨头手腕，保利。我会告诉他们你这是幻觉，很可能是老年痴呆症发作了。你也知道他们会相信我的。如果你有淤伤，他们会以为是你自己弄的。”

没错，这些事都是真的，而且珀西·韦特莫尔也会说这种话，他是不知怎么的没有变老、依然卑鄙的珀西，而我却老了，不中用了。

“我不会对别人说的，”我低声说道，“没什么要说的。”

“这就对了，你这老甜心。”他的声音轻柔起来，带着嘲弄的口吻，就像以为自己会永远年轻的傻帽（照珀西的话讲）。“我会弄清楚你想干什么的，我会留意的。听到了没？”

我听到了，当然听到了，不过我可不会告诉他，免得他得意。我走进门，穿过厨房。这会儿我能闻到炒鸡蛋和香肠的味道，不过我不想再吃了。我把雨披挂在钩子上，随后上楼回房间去。我每走一步都休息一下，让心脏跳得稳定一些，然后把写作材料都放到一起。

我下楼来到日光室，刚在靠窗的小桌子旁坐下，我的朋友伊莱恩就探进了脑袋。她看上去很疲倦，而且我觉得是一副病恹恹的样子。她已经梳过头发，但还穿着睡袍。我们这些老家伙们都不太注重礼仪，大多数时候，我们是没法注重。

“我不会打扰你的，”她说道，“我想你正准备开始写作吧——”

“别傻了，”我说，“我的时间比卡特的保肝药片可多多了。过来坐吧。”

她走了过来，但在了大门旁边停住了。“我只是又睡不着了，碰巧刚才站在窗口……接着……”

“接着就看到多兰先生和我正愉快地聊天。”我说道。我希望她仅仅是看了看，而且她的窗户是关着的，也没听见我气冲冲地让他放开我。

“看上去并不愉快，而且也不友好。”她说，“保罗，多兰先生到处在打听你的事。他也向我问起过你，那是上星期，没错。我没想太多，觉得他只是多管闲事罢了，可现在我怀疑了。”

“问起我的事？”我希望自己的声音听起来不像自己真感觉的那么不安，“问了什么？”

“问你去哪里散步，这是其中一个问题，还有你为什么要散步。”

我努力摆出笑容：“显然，有人不相信别人会早锻炼。”

“他觉得你有秘密，”她停了停，“我也这么认为。”

我张开嘴巴，却不知该说什么，不过，没等我说话，伊莱恩就抬起一只瘦骨嶙峋却美丽得有些古怪的手。“如果你真有秘密，我也不想知道是什么，保罗。这是你的私事，我一直是这么认为的，不过不是每个人都这样。小心点，这就是我想说的一切了。现在，你忙你的吧。”

她转身走了，可没等她出门，我喊了她的名字。她回过头来，一脸的疑惑。

“等我把手头正在写的东西完成了——”我开口了，接着又轻轻地摇了摇头，这么说不对，“*如果我把手头的东西完成了*，你愿意读吗？”

她好像在思考，接着就朝我笑了笑，是那种让男人、哪怕是我这样的老男人很容易倾心的微笑。“这将是我的荣幸。”

“你最好等读过后再说荣幸。”我说道，我正想着德拉克罗瓦的死。

“反正我会读的，”她说，“读每个字，我保证。不过你得先写完。”

她走开了，让我继续写作。不过好长时间我什么都没写。我坐着，凝望着窗外，差不多望了有一个小时。我用钢笔敲打着桌沿，看着灰暗的天色一点点地亮起来，想着布拉德·多兰，他叫我保利，而且不厌其烦地说着那些关于中国佬、越南佬、南美佬、爱尔兰佬的笑话，我还想着伊莱恩·康奈利告诉我的话，*他觉得你有秘密，我也这么认为*。

也许吧。是的，也许我真有。布拉德·多兰当然想知道了，倒不是因为他觉得这很重要（我想，除了我以外，它对其他人都不重要），而是因为他觉得像我这么老的人是不该有秘密的。不该从厨房外头的钩子上拿雨披，也不该有秘密。不该觉得我们这样的人还是人。可我们干吗就不该是人呢？他并不明白。就在这一点上，他也像珀西。

因此，我的思绪就像河流似的，打了个U字形的弯，终于转到了厨房屋檐下布拉德·多兰伸手抓住我手腕的地方，然后又想起了珀西，那个卑鄙的珀西·韦特莫尔，回到他如何报复嘲笑过他的人。当时德拉克罗瓦正在扔那只彩色线轴，那只叮当先生会去抓的线轴，线轴弹出牢房，滚到走廊上，事情就是这样。珀西逮着了机会。

2

“不，你这傻瓜！”布鲁托尔喊着，可是珀西毫不理会。叮当先生刚抓到线轴（它太关注线轴了，没注意到自己的宿敌正在边上），珀西抬起穿着硬邦邦的黑色工作鞋的脚，向老鼠踩下去。顿时，传来了老鼠背脊断裂的劈啪声，鲜血从它嘴里涌出来，黑黑的小眼睛暴突着，我从中看到又惊又痛的表情，这和人实在太像了。

德拉克罗瓦惊恐而痛苦地尖叫着，他冲到牢房的门边，把两只手臂猛地伸出铁栏，尽力朝外伸着，一遍又一遍地喊着老鼠的名字。

珀西转过来对着他，笑着。“怎么样，”他对着我和布鲁托尔说，“我知道它会落在我手里，这是迟早的，只是时间问题罢了，真的。”他转过身，沿绿里走了回去，一副不急不慢的样子，而叮当先生就躺在绿里上，躺在自己那摊漾开的血泊中。

迪安从值班桌旁站起来，膝盖撞到了桌沿，玩牌的木板随之掉在地板上，上面的木钉子从洞眼里颠了出来，四处滚散着。迪安和哈里刚要走出去，他们一点都没注意到牌局的结果。“你这回又干吗了？”迪安朝着珀西大叫，“你他妈的干了什么，你这混账东西？”

珀西没回答。他大步走过桌子，没说一句话，一边用手指抚着头发。他穿过我的办公室，走进储藏室。威廉·沃顿替他回答道：“迪安头儿，我想他是想教训那个法国炸薯条，嘲笑他可不是件好事。”他说着自己也笑了起来。是那种开怀大笑，乡下人的笑，爽朗而彻底。那段时间我遇到过一些人（他们大多令人恐怖），他们只有在笑的时候才显得正常。野小子比利·沃顿就是其中之一。

我又低头看看那只老鼠，我自己也吓住了。它还有气，但小滴的鲜血挂在它纤细的胡须上，原先那对油亮的眼睛蒙上了一层黯淡的膜。布鲁托尔把那只彩色线轴捡起来，看了看，然后望着我。他和我同样惊讶得愣住了。在我们身后，德拉克罗瓦继续痛苦而恐惧地尖叫着。当然，这不仅仅是因为老鼠；珀西把德拉克罗瓦的防御砸出了个洞，后者的恐惧奔涌而出。不过，叮当先生是这些爆发出来的情绪的关键所在。听他这么喊可真让人难受。

“哦，别，”在这个法国后裔的尖叫、哀求和祈祷声中，他还一遍一遍地喊着，“哦，别，哦，别，可怜的叮当先生，可怜的老叮当先生，哦，别。”

“把它给我。”

这个低沉的声音让我怔住了。我抬起头。最初，我并不确定这是谁的声音，接着就看见了约翰·柯菲。和德拉克罗瓦一样，他也把胳膊伸在牢房铁栏外，不过和德尔不同的是，他没有把胳膊四处晃动，只是尽量伸得远一些，手指张开着。这个动作是有目的的，差不多是一种迫切的姿势。他的声音也同样很迫切，我想，这就是为什么我最初没听出这声音是柯菲发出来的原因。他完全不同于最近几个星期来的那个失魂落魄、哭哭啼啼的人了。

“把它给我，埃奇康比先生！趁还来得及！”

我这才想起他曾经对我做过的事，开始明白了。我想，他不会伤害它的，不过我觉得不会有什么效果。我把老鼠捡起来，那种触感让我一阵哆嗦，叮当先生有多处断裂的骨头，从不同方向戳在皮毛上，我就像是捡起了一个毛皮针垫子。这可不是尿路感染，再说——

“你这是在干吗？”当我把叮当先生放到柯菲那巨大的右手上的时候，布鲁托尔问道，“他妈的这是干吗？”

柯菲把老鼠拿进铁栏，那家伙软绵绵地躺在柯菲的手掌上，尾巴弯曲地垂在柯菲的大拇指和食指之间，尾尖无力地微颤着。接着，柯菲用左手盖住右手，做成杯状，里面躺着那只老鼠。我们再也看不到叮当先生，只见到下垂的尾巴，尾尖颤抖着，就像是快要停下来的钟摆。柯菲把双手朝脸部举过来，一边把右手手指张开，手指和手指之间就像是监狱的铁栏。这会儿，老鼠的尾巴从他双手的一侧垂下来，正好对着我们。

布鲁托尔走到我边上，手上还是抓着那只彩色线轴。"他到底在干什么？"

"嘘。"我说。

德拉克罗瓦也停止了尖叫。"拜托了，约翰，"他低声说，"哦，约翰，救救它，拜托你救救它！拜托了。"

迪安和哈里也走过来了，哈里一只手还拿着那沓很旧的飞机纸牌，"怎么了？"迪安问，但我只是摇摇头。我又一次感到被催眠了，真的是这样。

柯菲把嘴放在两根手指之间，猛地吸气。在这一刻，大伙都悬着心。接着，他抬起头，挪开了双手。我看到了一张极其痛苦的脸，或者说是痛得厉害的脸。他的眼神锐利而灼热，上排牙齿咬着整个下嘴唇，黝黑的脸颊显出晦气的脸色，看上去就像是烂泥里夹杂着灰烬。他的喉咙深处发出一声哽咽。

"耶稣基督救世主啊。"布鲁托尔呢喃着，他的眼睛仿佛快要从脸上掉出来了。

"什么？"哈里差点没吼出来，"什么？"

"那尾巴！看到没？那尾巴！"

叮当先生的尾巴不再像快要停住的钟摆，它正轻快地左右摆动着，就像抓鸟时的猫似的。接着，从柯菲合拢的手掌之间传来了我们完全熟悉的吱吱声。

柯菲又发出了哽咽和打嗝的声音，然后他把头转到一边，像是咳出了一口痰，准备要吐出来的样子。可是，他吐出来的却是一团黑虫子，我当时觉得它们是虫子，而且其他人也这么认为，不过现在我不肯定了，它们是从他嘴里和鼻孔里出来的，在他周围翻飞着，就像一团黑云，暂时把他的身体遮住了。

“老天，这是什么呀？”迪安尖着嗓门恐慌地问道。

“没事的，”我听见自己这么回答，“别害怕，没事的，几秒钟它们就会消失的。”

与柯菲治好我的尿路感染时一样，这团“小虫子”变成了白色，然后不见了。

“他妈的。”哈里咕哝着。

“保罗？”布鲁托尔用一种颤巍巍的声音问，“保罗？”

柯菲又恢复了正常，就像是一个人把卡在喉咙里的肉块成功地咳了出来似的。他俯下身子，把合拢的双手放在地板上，朝指缝间瞥了瞥，把手掌打开了。叮当先生完全好了，它的脊梁骨一点都没折断，毛皮上也没有一点戳起的地方，它又跑了出来。它在柯菲的牢房门边停了一会儿，然后穿过绿里跑到德拉克罗瓦牢里。在它跑的时候，我发现它胡须上依然有血滴。

德拉克罗瓦把它捧起来，一边笑着，喊着，一边毫无顾忌地“咂咂”亲着老鼠。迪安、哈里，还有布鲁托尔都静静地看着，一脸的惊讶。然后，布鲁托尔走上前去，把彩色线轴递过铁栏。德拉克罗瓦最初没注意线轴，他整颗心都在叮当先生身上，就像一位父亲看到溺水的儿子得救了一般。布鲁托尔用线轴拍拍他的肩膀。德拉克罗瓦看了看，注意到了线轴，把它拿过来，又朝叮当先生走了过去，抚摸着它的皮毛，凝望着老鼠，像是要把它吞了似的，一边需要不断地提醒自己，让自己意识到，没错，老鼠全好了，老鼠安然无恙，完好无损了。

“把线轴丢出去，”布鲁托尔说，“我想看看它跑得怎么样。”

“它没事了，豪厄尔头儿，他没事了，感谢上帝——”

“丢出去，”布鲁托尔重复着，“听我的，德尔。”

德拉克罗瓦俯下身子，很不情愿的样子，显然不想让叮当先生再从手里出去，至少这会儿不想。他很轻柔地把线轴丢了出去。线轴滚过牢房，经过王冠牌雪茄盒，滚到墙边。叮当先生追着它，不过速度不如先前了。它的左后腿稍稍有些跛，这是最让我吃惊的。我觉得，这就更有了真实性，那略微有些跛的样子。

它还是追到了线轴，动作很不错，还以同样的热忱用鼻子把线轴顶回德拉克罗瓦那里。我转向约翰·柯菲，他正站在牢房的门边上，微笑着。他的笑容很疲惫，不是我认为的那种真正的快乐。在他央求把老鼠给他时，我曾在他脸上看到过一种强烈而急切的表情，但是现在，那神情已经消失了，他那仿佛要窒息般的痛苦和恐惧的表情也没有了。他又恢复了约翰·柯菲的老样子，一脸的魂不守舍和怪异，目光飘忽而遥远。

“你救了它，”我说，“是吧，大块头？”

“没错。”柯菲说道。他的笑容开朗了一些，可只有片刻算得上是快乐。“我救了它，我救了德尔的老鼠，我救了……”他的声音轻了下来，因为忘记了那个名字。

“叮当先生。”迪安说。他正认真而好奇地盯着牢房里的约翰·柯菲看，好像等着柯菲立时激动起来，或者是得意起来。

“没错，”柯菲说，“叮当先生，他是只马戏团老鼠，就要去有面胶玻璃窗的房子了。”

“那是当然了。”哈里说着，也走过来看着约翰·柯菲。在我们身后，德拉克罗瓦躺在床上，叮当先生就停在他的胸脯上。德尔正在对老鼠低声吟唱，唱着某支法语歌曲，听起来就像催眠曲。

柯菲抬起头，视线沿着绿里停在了值班桌和一旁的大门上，那门是通往我办公室及后面的储藏室的。“珀西头儿很坏，”他说，“珀西头儿很刻薄。他踩了德尔的老鼠，踩了叮当先生。”

然后，没等我们对他开口（假如我们真能想到说什么的话），约翰·柯菲就走到床边，躺了下来。他侧过身子，面朝着墙壁。

3

大约二十分钟后，我和布鲁托尔走进储藏室，珀西正背对着我们站着。他在我们放脏制服（有时候我们也把日常衣服混进去，监狱洗衣房才不管洗些啥呢）的大盖篮上的架子里找到了一罐家具清漆，正在给电椅的橡木扶手和腿上光。这事你听了也许会觉得怪异，甚至有点毛骨悚然，但在布鲁托尔和我看来，这却是珀西整晚所做的最正常的事情了。“电伙计”明天要见人，而珀西至少还要表现得像管事儿的样子。

“珀西。”我悄悄叫了一声。

他转过身，正哼着的小调卡在了嗓子眼里。他看看我们。我没看见我所期待的恐惧，至少一开始没有。我发现珀西显得有点上岁数了。我想，柯菲没说错。他看上去很刻薄。刻薄像是能让人上瘾的药，而这世界上最有资格这么说的就是我了。我想，经过一段时间试验之后，珀西已经上瘾了。他迷上了自己对德拉克罗瓦的老鼠所干的事情，而更令他着迷的就是听德拉克罗瓦悲伤的尖叫。

“别冲我发火，”他声音里几乎带着几分快乐，“我的意思是，嘿，不就是一只老鼠嘛。它本来就不属于这地方，你们都清楚的。”

“老鼠没事，”我说道。我的心跳得很重，但说话的语调尽量柔和，几乎有点事不关己的味道。“没事的，它又跑又叫的，正追着线轴玩呢。这里的活你什么都干不好，连杀老鼠都不行。”

他看着我，有点吃惊，不敢相信我说的话。“你要我相信你说的话？那他妈的玩意儿给碾碎了！我听见声音的！你就……”

“闭嘴。”

他盯着我，两眼溜圆：“什么？你对我说什么？”

我朝他走近一步。我能感觉到额头上青筋在暴跳。我不记得最近一次如此愤怒是什么时候的事了。“叮当先生没事了，你难道不高兴吗？我们谈了那么长的时间，说我们的责任就是让囚犯保持冷静，特别是那些快走到头的人。我以为你会开心，会松口气的。德尔明天要上路了，就这样。”

珀西的目光从我移到了布鲁托尔，他那故意装出来的安详消失了，变成了犹豫不定。“你们两个家伙在玩他妈的什么把戏啊？”他问道。

“朋友，这不是把戏，”布鲁托尔说，“你以为这是……好吧，这就是不能信任你的原因之一。你想听真话？我觉得你可真是个可怜虫呢。”

“你们当心点儿，”珀西说道。这时，他声音里有一丝粗哑。终于，恐惧悄悄地回来了，他是怕我们可能问他要什么，怕我们也许会对他干些什么。发现这一点我觉得很开心，这会使他好打交道些。“我认识人的，重要人士。”

“你就是说说而已，还真会做梦。”布鲁托尔一副忍俊不禁的样子。

珀西把油漆布扔到电椅座位上，电椅的扶手和腿上有几个夹子。“我弄死了那只老鼠。”他的语调已不那么平稳了。

“你自己去看看吧，”我说道，“这里是自由国家啊。”

“会去的，”他说道，“会去的。”

他大步从我们身边走过，嘴角紧闭，两只小手（沃顿没说错，那双手的确挺好看）反复摆弄着他的梳子。他走上阶梯，大步走进我的办公室。布鲁托尔和我站在“电伙计”一边，一言不发，等着他回来。我不知道布鲁托尔怎样，反正我是想不出一句要说的话来。我甚至不知道该怎么想我们刚才看见的那一幕。

三分钟过去了。布鲁托尔拿起珀西的擦布，开始给电椅厚厚的背条上漆。他漆完一条，才开始漆第二条，珀西就回来了。他在从办公室下到储藏室的楼梯上绊了一下，差点没跌倒，踉跄地迈着大步朝我们走来，一脸的惊诧和不可思议。

“你们把它给换了，”他厉声斥责道，“你们这些混账，偷偷把老鼠换掉了。你们在耍我呢。要是再耍下去，你们他妈的等着瞧吧！你们要是不住手，就等着去排队领救济面包吧！你们以为自己是什么人？”

他停下不说了，大口大口喘着气，拳头捏得紧紧的。

“我来告诉你我们是什么人，”我说道，“珀西，我们是和你一起干活的人……但也干不了多久了。”我伸出手去，紧紧钳住他的肩膀。没那么紧，但是钳住了，没错。

珀西的胳膊往上一扬，想挣脱开去。“把你的……”

布鲁托尔抓住他的右手，那整只手，小小的、软软的、白白的手，一下消失在布鲁托尔硕大黝黑的拳握里。“乖儿子，给我闭上你的臭嘴。你要是还知道好歹，就抓紧这最后时机，给我好好听着。”

我把他拧过身来，拎上平台，然后推着他，直到他后膝抵住电椅的座位，不得不往下一坐。他平静的神色不见了，刻薄和傲慢也不见了。那些东西倒是真的，但别忘了，珀西还年轻。在他这个年龄，那些东西还只是薄薄的一层装饰，就像一层难看的彩绘，让人一眼就看透了。我断定珀西现在愿意听人说话了。

“我要你保证。”我说。

“要我保证什么？”他语气中还想嘲讽一番，但眼神里却透出恐惧。配电房里的电源是关了的，但“电伙计”的木质坐椅却自有威慑力。我敢说，此刻的珀西正在感受这样的力量。

“要你保证，如果明天晚上我们让你上前台，你就得真的去荆棘岭，别来碍我们的事，”布鲁托尔说话时口气很重，我还从来没听他这么说过话。“保证你第二天就调离。”

“我要是不干呢？我要是去喊上几个人，说你们在恐吓我、威胁我、欺负我呢？”

“如果你的后台真像你说的那么硬，我们也许会让人给扔出这里，”我说，“但我们肯定也会让你在地板上留下该流的血，珀西。”

“就为了那只老鼠？哼！我踩了判了死罪的杀人犯的宠物老鼠，你们以为会有人在意吗？除了这疯人院，外面人会在意吗？”

“不。可是有三个人看见，野小子比利·沃顿想用腕链勒死迪安·斯坦顿时，你在一边吓得屁滚尿流。人们对这可是会在意的，珀西，我告诉你。对这个，就连你那个不知哪档子的州长姑父也会在意的。”

珀西的脸和额头红一块白一块的。“你以为他们会相信你？”他问道，但他的声音里已经没有了怒气。显然，他觉得会有人相信我们的话，而他也不愿惹麻烦。犯规不会有事，犯规时被证人逮个正着才会有事。

“听着，我有几张迪安脖子的照片，是淤伤没消下去之前拍的。”布鲁托尔说道。我不知道这话是真是假，但肯定有效。“你知道那些照片说明什么？说明沃顿是打够了人才被拖开的，而你是在场的，在他的盲区里。有你要回答的问题了，不是吗？这东西就像符咒，得缠上人好一阵子呢。也许等他的亲戚出了州监狱，回家在前门廊上喝着冰镇薄荷酒时，那玩意还在。人干活留下的记录可是件有趣的东西，而且一辈子会有很多人有机会看看呢。”

珀西看看他，看看我，似乎不太相信。他举起左手梳理着头发，一言不发，但我觉得我们降住他了。

“好啦，到此为止吧，”我说，“你不想在这里待着，我们也不想你待在这里，不是吗？”

“我最讨厌这地方了！”他爆发了，“我讨厌你们这样对我，讨厌你们从来不给我机会！”

这话可太不符合事实了，但我觉得此时不是争论这种事情的时候。

“我也不愿让人到处支使。我爸告诉我，一旦让人支使，就很可能一辈子都受人支使。”他的眼睛里闪起了亮光，这对眼睛虽不如他的手漂亮，但也还凑合。“我特别不喜欢受这种大个子的支使。”他瞥了一眼我的老朋友，咕哝了一句，“布鲁托尔，至少你这绰号是取对了。”

“珀西，有些事情你得明白，”我说道，“照我们看，是你在支使我们。我们一直对你说，这里办事得讲规矩，可你偏要自行其是，等出事了，就往你的政治关系背后一躲。还去踩德拉克罗瓦的老鼠……”布鲁托尔的目光和我一交会，我赶紧顺着话往回抽，“企图踩德拉克罗瓦的老鼠就是个很好的例子，你就是把我们逼啊逼啊逼啊，逼得我们只好反扑了，就这么回事。但是你听着，如果你该干什么干什么，就会安然无事，像个前途光明的小伙子，像一朵正在盛开的玫瑰花。谁都不会知道我们在这里的悄悄话。好，你说怎么办？拿出点成年人的样子来。答应我们你会在德尔完事之后离开。”

他思考良久。之后，他眼睛里现出一种神色，那种人们想出了好主意时常有的神色。我不太喜欢，因为任何对珀西有利的主意对我们都不会是啥好事。

“不说别的，”布鲁托尔说，“就想想你能躲开沃顿那脓球，该多好啊。”

珀西点点头，我让他从椅子上站起身来。他整整制服衬衫，把背部的衬衫往裤腰里塞了塞，用梳子把头发梳了一遍，朝我们看看。“好吧，我同意。明天晚上我上场主了德尔的事，第二天就去荆棘岭，立马洗手不干，行了吧？”

“行。”我说。那神色依然在他眼睛里闪着，但此时我已经松了口气，没顾上太多。

他伸出手来：“握个手吧？”

我握了握他的手，布鲁托尔也是。

这家伙把我们给耍了。

4

第二天是十月的最后一天。这十月热得古怪，那一天又闷得尤为厉害。我去上班时，西边天际滚动着隆隆的闷雷，涌现出团团乌云。天黑时分，乌云移得更近了些，我们可以看见云隙间不时爆出蓝白色的闪电。晚上十点左右，在特拉平格县有一场龙卷风，特夫顿有四人丧生，一些马棚顶都被掀翻了，冷山地区还有强烈的雷暴雨和肆虐的暴风。后来，我觉得老天爷似乎都在为埃杜亚德·德拉克罗瓦的惨死鸣不平。

开始一切顺利。德尔在牢房里安静地过了一天，有时和叮当先生玩，但大部分时间里就躺在板床上抚弄着它。沃顿试图挑了好几次事，有一次他甚至朝德拉克罗瓦大声嚷着，说等幸运的老彼埃尔在地狱里跳二步舞时，他们要吃老鼠汉堡包什么的，但这小个子法国佬没答理他，而沃顿似乎觉得已想不出更好的法子了，便就此作罢。

十点过一刻，舒斯特露了面，说他要用卡津法语和德尔一起念主祷词，这让我们很是开心。这似乎是个好兆头。当然，我们想错了。

十一点光景，见证人陆续到达，大多数人都悄声议论着天气趋势，谈论着是否会停电，从而推迟执行电椅死刑。看来他们谁都不知道，“电伙计”是由发电机供电的，除非发电机直接挨雷击，否则这场表演总要进行的。当晚，哈里在配电房，所以他、比尔·道奇和珀西·韦特莫尔就当引座员，把每位见证人带到自己的座位上去，问他们是否需要来杯凉水。到场的还有两位女性：德尔强奸并杀害的那个女孩的姐姐，以及火灾受害者中一位的母亲。那位母亲身材硕大，脸色苍白，意志坚定。她告诉哈里·特韦立格，说希望看见那个男人被吓得半死，希望那男人明白，炼狱之火已经准备就绪，撒旦的魔鬼正等着他呢。说完，她哭了起来，把脸埋在一块镶蕾丝的手帕里，手帕足有一幅枕巾大小。

雷声并没有被铁皮屋顶遮挡得沉闷一些，照样把它砸得砰砰直响。人们不安地抬头看看。这么晚了还得系领带的男人们感觉很不舒服，擦拭着他们潮红的面孔。那里简直比储藏棚里的蓝色火焰还要热。而且，当然啦，他们都不时地朝“电伙计”转过目光。也许本周早些时候，他们还对这次苦差开开玩笑，可到了那晚的十一点三十左右，笑话早已没了踪影。我告诉你，对必须得坐进那张橡木椅的人来说，幽默早已匆匆离去，但事到临头，脸上失去笑容的人并非只有死囚。那东西看上去如此直白，它蹲在平台上，腿上的夹子向两边伸出，像得了小儿麻痹症的人身上穿的东西。屋子里谁都不说话。当雷声又一次炸响，尖利的声音像是劈开了人们身旁的一棵树，德拉克罗瓦的受害者的姐姐轻轻发出一声喊叫。最后一个在见证人席位上坐下的是柯蒂斯·安德森，是替监狱长穆尔斯来的。

十一点半，我来到德尔的牢房，布鲁托尔和迪安在我身后稍远一点跟着。德尔正坐在板床上，叮当先生蹲在他的膝盖上。老鼠朝这死囚伸出头，那对油亮的小眼睛全神贯注地盯着德尔的脸。德尔轻轻抚摩着叮当先生两耳间的头顶，大颗的、默默无声的泪珠从脸上滚落，而老鼠似乎就一直凝视着它们。德尔听到我们的脚步声，抬起头。他满脸苍白。我虽没看见，却能感觉到：约翰·柯菲正站在自己牢房的门边，站在我身后，观察着这一切。

德尔听见我钥匙发出的金属撞击声，一挤眼睛，但神色依然平静，继续抚摩着叮当先生的脑袋。我转开锁，推开牢门。

“嗨，来啦，埃奇康比头儿，”他说道，“嗨，来啦，伙计们。给打个招呼，叮当先生。”但叮当先生依然全神贯注地看着这头发日见稀疏的小个子男人的脸，好像在纳闷，眼泪到底是从哪里流出来的。彩色的线轴被好好地放在一边的雪茄盒里。最后一次放在那里了，我暗想，不由得心头一紧。

“埃杜亚德·德拉克罗瓦，我以法庭官员的身份……”

“埃奇康比头儿？”

我很想就这样把套话说完，但又改了主意。“怎么啦，德尔？”

他把老鼠举到我面前：“就这个，别伤害它。”

“德尔，我想它不会到我这儿来的。它并不是……”

“会的①，它说它会的，它说它很了解你，头儿，你得把它带到佛罗里达的那个地方去，老鼠在那里想干啥就干啥。它说它信任你。”他的手向前伸了伸，那老鼠竟跨过他的手掌，爬到我肩膀上来了。老鼠很轻，隔着这身制服我几乎感觉不到它，但我还是觉察到了那一点小小的热量。“头儿？别让那坏家伙再靠近他，别让那坏蛋伤害我的老鼠。”

“不会的，德尔，我不会的。”可问题是，这时候我该怎么处理？总不能让老鼠蹲在我肩膀上，再赶着德拉克罗瓦从见证人身边走过吧。

“头儿，我拿着。”从我身后传来一个低沉的声音，是约翰·柯菲，这时候听到这样的声音让人感觉有点怪异，好像他读出了我的心思。“就一会儿，如果德尔不介意的话。”

德尔点点头，松了口气。“好的，约翰，你拿着吧，直到这蠢事干完……好！然后……”他的目光又回到布鲁托尔和我身上，“你们

---

① 原文是法语：Mais oui。

得把他带到佛罗里达去，到那个老鼠庄园什么的地方去。”

“好的，很可能保罗会和我一起去。”布鲁托尔说着用不安的眼神看着叮当先生从我肩头爬上柯菲伸出的巨大手掌。叮当先生十分情愿这么做，丝毫没有要逃跑的样子。它就像刚才很情愿地跳上我的肩膀一样，一溜小跑爬上了柯菲的手臂。“保罗，我们得找个时间休假，是吗？”

我点点头。德尔也点点头，眼睛一亮，嘴唇间透出一丝微笑：“大家付一角钱来看他一次，孩子们是两分钱。是吧，豪厄尔头儿？”

“没错，德尔。”

“你是个好人，豪厄尔头儿，”德尔说道，“你也是，埃奇康比头儿。你有时候冲我叫喊，是的，但也是把你逼得没法子了才这样。你们都是好人，除了那个珀西。真想换个地方和你们见面啊。可这不是时间，也不是机会啊。①”

“我得对你说几句话，德尔，”我对他说，“凡是要送人上路时我都得说的话。没什么大不了的，但那是我的工作，行吗？”

“好的，先生。②”他说着，最后看了一眼蹲在柯菲宽大肩膀上的叮当先生，“再见了，我心爱的，③”他说着说着，哭声响起来了，“我爱你，小家伙。④”他朝老鼠飞去一个吻。这种飞吻本来十分有趣或古怪，但这个吻却不是。我和迪安的眼神碰了一下，不得不赶紧移开。迪安盯着通向拘押室的走廊，脸上浮出异样的笑容。我肯定他快哭出来了。就我而言，我说了该说的话，以我是法庭官员这样的内容开始，等我说完后，德拉克罗瓦最后一次迈出了囚牢。

“头儿，再等一下。”布鲁托尔说着检查了德尔的头顶，罩子是要扣在那里的。他朝我点点头，一拍德尔的肩，“一切正常。我们上路吧。”

就这样，埃杜亚德·德拉克罗瓦在一英里绿道上走起了最后一

---

① 原文是法文：mauvais temps, mauvaise chance。

② 原文是法文：Oui, monsieur。

③ 原文是法文：Au revoir, mon ami。

④ 原文是法文：Je t’aime, mon petit。

程，泪水汗水汇成细细的水流，顺着面颊淌下来，头顶的雷声轰鸣。布鲁托尔走在死囚左边，我走在右边，迪安走在后面。

舒斯特在我的办公室里，警卫林戈德和巴特尔则戒备地站在房间角落里。舒斯特抬头看看德尔，笑了笑，便用法语和他说起话来。我听着觉得有点故弄玄虚，但这番话却有着意想不到的结果。德尔也朝他笑笑，然后走上前去，拥抱了一下舒斯特。林戈德和巴特尔立刻警觉起来，我举起手摇摇头，让他们别紧张。

舒斯特听着德尔掺着泪水、用法语倾倒出来的哽咽哭诉，不时点点头，好像全听懂了似的，拍拍他的背。他的视线越过这个小个子的肩膀，朝着我，说道："他说的什么我有一大半听不懂。"

"别当真。"布鲁托尔咕哝着。

"我也没当真，孩子。"舒斯特咧嘴一笑。他是这行里最好的，可现在我意识到，自己根本不知道他后来怎么样了。我希望不管发生什么，他都能坚持自己的信仰。

他催促德拉克罗瓦屈膝跪下，然后合上自己的手掌。德拉克罗瓦也合上手掌。

"我们的在天之父，①"舒斯特开始了，德拉克罗瓦也和声念着。他们用流水般的卡津法语念着主祷词，一直念到"愿您将我们拯救出罪恶，阿门。②"这时，德尔的眼泪已基本止住了，神色看上去很平静。接着他们又念了几句《圣经》诗行（英语的）。一切念完，舒斯特准备起身，但德尔抓住他的衣袖用法语说了句什么。舒斯特仔细听着，皱起眉头。他做了回应。德尔又说了几句，然后满怀希望地看着他。

舒斯特朝我转过身来说道："他还有点事要做，埃奇康比先生。有几句祷词，由于我的信仰，我无法帮助他。行吗？"

我看看墙上的钟，午夜差十七分。"好吧，"我说，"但得快一点。我得按时间表办事，你知道的。"

---

① 原文为法文：Not'Père, qui êtes aux cieux。

② 原文为法文：mais déliverez-nous du mal, ainsi soit-il。

“我知道。”他转身朝德尔一点头。

德尔闭上眼睛，好像在祈祷，但沉默了一会儿。一道皱纹爬上他的额头，我感觉他是在向心里深处探寻什么，就像在小阁楼里寻找着久已不用（或不需要了）的东西那样。我又瞥了一眼时钟，几乎要开口说话，差一点就说了，但布鲁托尔扯了扯我的衬衫袖子，摇摇头。

这时，德尔开始说话了，语调迅速而柔和，那口卡津法语圆润温柔，像少女的乳房充满肉感：“玛利亚，我向您致敬，玛利亚，您万般慈惠；上帝与您同在；您是所有女人中的有福之人，我亲爱的耶稣，您腹中之果，也是有福之人。①”他又哭了起来，但我觉得他自己并没有感觉到。“圣母玛利亚，啊，我的母亲，神的母亲，请为我祈祷，请为我们祈祷，我们是可怜的罪人，此时此刻……我们将死之时，我将死之时。②”他颤抖着深深吸了一口气，“阿门。”

德拉克罗瓦站起身来时，恰好房间的一扇窗外划过一道闪电，投下短暂的蓝白亮色。所有的人都跳将起来，一阵哆嗦，只有德尔本人除外；他似乎依然沉浸在古老的祷词之中。他伸出一只手，却并不看看到底伸向了哪里。布鲁托尔抓住他的手掐了一下。德拉克罗瓦朝他看看，略微一笑。“我们走吧③……”他刚开口就停下了，然后努力改用英语说：“现在我们走吧，豪厄尔头儿，埃奇康比头儿。我已与上帝同在。”

“很好。”我说着暗想道，二十分钟后，当他站在电流的另一边时，还不知道会怎样感觉与上帝同在呢。我希望他最后的祈祷能被听见，希望圣母玛利亚会全心全意地为他祈祷，因为德拉克罗瓦，这个强奸杀人犯，现在正需要一切能够得到的祈祷。室外，炸雷又一次滚过天际。“来吧，德尔，不远了。”

---

① 原文为法文：Marie! Je vous salue, Marie, oui, pleine de grâce; le Seigneur est avec vous; vous êtes bénie entre toutes les femmes, et mon cher Jésus, le fruit de vos entrailles, est béni。

② 原文为法文：Sainte Marie, ô ma mère, Mère de Dieu, priez pour moi, priez pour nous, pauv'péc-heurs, maint'ant et à l'heure... l'heure de notre mort. L'heure de mon mort。

③ 原文为法文：Nous voyons。

“好的，头儿，很好。因为我再也不害怕了。”他是这么说的，但是我从他眼神里可以看出，管他圣父与否，管他圣母与否，他没说实话。等他们走完绿色地毯的剩余部分，穿过那道小门，几乎所有的人都吓坏了。

“德尔，在尽头处停下。”他穿过小门时我低声命令道，可是我根本没必要如此命令他。他在楼梯底部停下脚步，浑身发冷，而使他停下来的原因，是他看见珀西·韦特莫尔站在平台上，一条腿边放着海绵桶，右边屁股旁可隐约看见那部直通州长的电话。

“不，”德尔声音低沉，充满恐惧，“不，不，不要他！”

“往前走，”布鲁托尔说道，“你的眼睛只看着我和保罗就行了，就当他没在这里。”

“但……”

人们开始转身来看我们，但我身子稍微侧一下，还是能抓紧了德拉克罗瓦的右肘，同时让其他人无法看见。“走稳了，”我说话的声音只有德尔、或许还有布鲁托尔能听见，“这里大多数人会记得的事情，就是你走出去时的样子，给他们留点好印象。”

就在这时候，到此时为止最响的一个炸雷在头顶上空轰然响起，把储藏室的屋顶震得直颤。珀西像是有人在他屁股上戳了一下似的跳将起来，德尔轻轻哼了一声，不屑地笑了笑。“还会再响些呐，他又得尿裤子啦。”他说着挺了挺肩膀，其实那肩膀已经够挺的了。“走吧。快把活干完。”

我们朝平台走去。德拉克罗瓦略带惊慌地朝见证人席位扫了一眼，这次有二十五人左右，但布鲁托尔、迪安和我的眼睛却紧盯着那张椅子。我觉得一切就绪，就冲珀西竖起拇指，一挑眉毛，意思是问他是否一切正常，而他则嘴往一边一咧，似乎在说，*你什么意思，是否一切正常？当然一切正常啦*。

但愿他没说错。

德拉克罗瓦跨上平台时，布鲁托尔和我下意识地伸出手去抓住他的胳膊肘。尽管平台离地面不过八英寸左右，可是让人惊奇的是，许多人，即使是再粗壮不过的汉子，都得让人扶上这生命的最后一级台阶。

不过德尔很顺利地走了上去。他在椅子前面站了一小会（坚决不朝珀西看），然后居然像是自我介绍似的对它说起话来："是我。①"他说道。珀西伸出手去，但德拉克罗瓦自己一转身，坐下了。我在他左边，布鲁托尔在他右边，都跪下身子。我小心翼翼地用我已经描述过的方式控制着自己的胯部和嗓子，然后把夹扣一合，使它的夹口围住了这个卡津人脚踝上方干瘦白皙的肌肉。又一个炸雷响起，我惊跳起来。汗水流进了我的眼睛，刺得我十分难受。老鼠庄园，出于某种原因，我一直在想着这个。老鼠庄园，得花一角钱才能进去，儿童只要花两分钱，就能隔着"面胶"窗去看它了。

夹扣有点僵，合不上。我能听见德尔的呼吸粗重干涩，那儿片肺叶，现在还努力支撑着充满恐惧的心脏，可不到四分钟后就将变成几只烧焦的口袋。这时候，他杀了五六个人的事实似乎已无关紧要。我这不是要争论对错，只是在陈述事实。

迪安跪在我身边，悄声问道："保罗，出什么事了？"

"我合不上……"我刚一开口，夹扣就砰的一响合上了。它一定是夹着了德拉克罗瓦腿上的一层皮，因为他身体一缩，嘴里嘶了一声。"对不起。"我说道。

"没关系，头儿，"德尔说，"再痛也就一分钟。"

布鲁托尔那边的夹扣接着电极，扣起来时间总要长一些，所以，我们三人几乎是同时站起身来。迪安过去摆弄德尔左边的腕扣，珀西走向右边的那只。万一珀西需要帮助，我随时准备走过去，但是他扣腕扣比我扣脚扣麻利多了。这时，我发现德尔全身都在微微颤抖，好像已经有一道低压电流在通过他的身体似的。我能闻到他的汗味，又酸又冲鼻，让我想起淡腌菜汁。

迪安朝珀西点点头。珀西转过头来，用低沉而坚定的语调说："转一挡！"我看见了他下巴下沿上的那道伤口，是当天他刮脸时割的。

一阵嗡嗡声响起，有点像旧冰箱启动时的声音，储藏室的吊灯都

---

① 原文为法文：C'est moi。

亮了。从观众席上传出轻轻的喘息和模糊的说话声。德尔在椅子上身子一挺，双手紧紧抓住橡木扶手的顶端，腕部关节都发白了。他的两只眼珠在眼眶里左右直转，干涩的呼吸更快了，几乎是气喘吁吁。

“稳住了，”布鲁托尔轻声说道，“德尔，稳住了，你表现得不错。挺住，你表现得不错。”

嘿，伙计们！我暗想，来瞧瞧叮当先生多有能耐！头顶的天空中，炸雷又一次响起。

珀西大模大样绕到电椅正面。这可是他的大好时机，他处在舞台中央，所有的目光都聚集在他身上。也就是说，所有的眼睛，除了一双。德拉克罗瓦看见了来者，便垂下目光看自己的膝盖。我敢用买甜甜圈的一美元和你打赌，珀西在面向观众说那几行字的时候肯定搞砸，可是他却一口气说完了该说的话，连个疙瘩都没打，语气平静得让人觉得怪异。

“埃杜亚德·德拉克罗瓦，你被处以电刑，该判决经由你的同类组成的陪审团通过，由本州法官依法律程序命令执行。上帝拯救本州人民。处决之前你还有什么话要说吗？”

德尔试图说点什么，但一开始，除了惊恐的、只有元音的气声之外，什么话都没说出来。珀西的嘴角上浮现出一丝鄙夷的微笑，我真可以朝他那笑容痛快地开一枪。德尔舔舔嘴唇，又试了一次。

“我犯的事，抱歉，”他说道，“只要能把钟拨回去重新来过，我什么都愿意，但谁也做不到。所以现在……”雷声在我们头顶像迫击炮弹凌空爆炸那样响了起来。要不是被夹扣紧紧绷着，德尔肯定会蹦起来，他汗流满面，双眼圆睁，“所以现在我要为此付出代价了，上帝宽恕我。”他又舔舔嘴唇，看着布鲁托尔，“别忘了你们对叮当先生许下的诺言。”他说话的声音很低，只想让我们听见。

“不会忘的，别担心，”我说着拍拍德拉克罗瓦像黏土般冰凉的手，“他会去老鼠庄园的……”

“去他妈的去，”珀西边说边往德拉克罗瓦胸前绑上一根皮带，扣好，那声音从他嘴角里冒出来。“根本没那样的地方，是这些家伙编出来的童话，让你安静安静的。这下让你明白了吧，这挨捆的东西。”

德尔目光一闪，立即打蔫了似的，我知道他其实已经有些明白了……可他宁愿只当不晓得，如果真能做到的话。我朝珀西看看，吃惊得不知所措，又觉得义愤填膺，他也同样不甘示弱地看着我，一副你能把我怎样的神态。当然啦，他是占了上风。当着这么多见证人的面，德拉克罗瓦又已处在生命的尽头了，我什么都做不了。现在什么别的都做不了，只有把眼前的事继续做下去，把它做完。

珀西把面罩从钩子上取下来，蒙住德尔的脸，把它往下翻出来，紧紧地往这小个子男人突出的下巴下塞，使顶部的洞眼展开。下一步就是从桶里取出海绵，放进头罩去，而正是在这一步上，珀西第一次没按常规办事：他没有像惯常所做的那样弯腰从桶里把海绵捞出来，而是从椅背上摘下铁头罩，双手拿着头罩弯下腰去。也就是说，他没有按本来是十分自然的程序，把海绵弄到头罩里，而是拿着头罩往海绵凑过去。我本该觉察到有什么不对劲的地方，可我当时正心烦意乱的。死刑执行我也参加过，可唯独这一次我觉得自己完全失去了控制。至于布鲁托尔，他根本就没去看珀西，珀西朝那桶弯下腰去（他移动着身体，使我们无法真切地看到他在干什么），然后站起身，拿着已经放有海绵的头罩朝德尔走去，这一切，布鲁托尔都没有注意到。布鲁托尔一直看着遮住了德尔的脸的那层布，看着黑丝绸面罩上的起伏，看着德尔张开的嘴巴的轮廓，看着那部分面罩因呼吸而鼓胀起来。布鲁托尔的额头上、发际线下的太阳穴里，都沁出大颗大颗的汗珠。我从没见他在执行死刑时这样出过汗。在他身后，迪安看上去神不守舍，浑身不舒服的样子，好像在拼命忍住，不让自己呕吐出来。我现在明白了，当时我们都意识到出岔子了，可就是不知道具体是什么。当时谁也不知道珀西一直在问杰克·范哈伊的问题是什么。他问了不少问题，但我觉得大部分问题不过是打掩护的。我相信，珀西想知道的，他唯一想知道的，就是关于海绵的事情，放海绵的目的，为什么要把海绵浸在盐水里……如果不浸在盐水里会发生什么。

假如海绵是干的，会发生什么事情呢。

珀西把头罩往德尔头上猛地一扣。这小个子男人跳了一下，又呻吟起来，这一次呻吟声更大了些。坐在折叠椅上的见证人中，有几个人不安地骚动起来。迪安往前半步，想去帮着扣好下巴处的皮带，但珀西用坚决的手势让他退回去。迪安退了回去，浑身一哆嗦，又一声炸雷震撼了储藏室的顶棚。这次，第一波雨水随之而来，劈劈啪啪地砸在屋顶上，就像有人一把一把地往洗衣板上撒着花生。

各位也曾听人说过见了什么之后“血都冷凝了”这样的话，不是吗？肯定听说过的。我们都听人说过，但是我活到现在，真正感觉到这句话应验了，就是一九三二年十月的那一个电闪雷鸣的凌晨初始，大约午夜过后十秒钟。那不是因为珀西·韦特莫尔从那扣着头罩、绑着夹扣、蒙着面罩、坐在“电伙计”上的家伙身边走开时一脸阴毒的笑容，而是因为我没看到当时应该看到的东西。德尔的头罩里竟没有水顺着他面颊流下来，而这就是我终于体会到这种感受的原因。

“埃杜亚德·德拉克罗瓦，”珀西说道，“根据本州法律，电流将通过你的身体，直到你死亡为止。”

我朝布鲁托尔看去，内心万分惊恐，这使我的尿路感染部位像肥凸的手指一般鼓胀起来。*海绵是干的！*我用唇语向他示意，可他只是摇摇头，没听明白，回头看看这个法国人脸上蒙着的面罩，蒙面人正在做着最后的呼吸，黑色的丝绸面罩随着呼吸一缩一涨。

我伸手去抓珀西的胳膊肘，但是他走开了，还朝我瞪了一眼。虽然只是短短一瞥，我却一切都明白了。事后他准会半真半假地含混其辞，而大部分当事人都会相信他，只有我知道真相。珀西做起他想做的事情来，一向十分认真，这一点我们在演习时就发现了。当时杰克·范哈伊解释说，泡了盐水的海绵使液体带电，把电荷变成电弹一类的东西，射进大脑去，那时珀西听得全神贯注。没错，珀西完全知道自己在干什么。我想，事后他说他并不清楚事态到底会发展到什么程度，这话我信，但即便这样，这一行为也决算不上“出于好意”，不是吗？我认为绝对算不上。但是，除非我当着副监狱长的面大声喊出来，让杰克·范哈伊别合电闸，其他的我什么也做不了。再多那么五秒钟时间，我想我肯定就喊出来了，但珀西没有多给我那五秒钟。

“愿上帝垂怜你的灵魂。”他朝坐在电椅上大口喘息、万分恐惧的人说道，然后抬起目光，朝蒙着网罩的长方形小间看去，哈里和杰克正站在那里。杰克的手放在“梅布尔牌干发器”的开关上。医生站在窗子右边，眼睛盯着两腿间夹着的黑色袋子，一如既往地默不做声，就像隐身了似的。“转二挡！”

起初，一切正常。嗡嗡的声音比原来的稍微响了一点，但也响不太多，德尔的身体一阵痉挛，不由自主地向前拱起。

这时，问题来了。

嗡嗡声失去了惯常的稳定，开始起伏波动，还伴随着一阵轻微的劈啪声，像玻璃纸被人揉着的时候发出的声音。我闻到了可怕的气味，但一开始我还未醒悟到那就是燃烧的毛发和有机海绵的混合气味，直到从头罩下沿冒出缕缕青烟。更多的青烟从头罩顶部电线入口的小孔冒了出来，就像是从印第安人帐篷顶部冒出的烟。

德拉克罗瓦开始在椅子上痉挛起来，来回扭动着，蒙着面罩的脸剧烈地左右转动，像是在拼命抗拒着什么。他脚踝被扣住的双腿开始急促地上下蹬踏。头顶的天空中响起了炸雷，雨下得更猛烈了。

我看看迪安·斯坦顿，他也朝我瞪圆了眼睛。头罩下传来了沉闷的啪啪声，就像着火的松树枝桠在断裂，这时，我看见烟也从面罩里冒了出来，一丝丝，一圈圈。

我朝着横在我们和电闸房之间的网隔冲去，但还没来得及张口，布鲁托尔·豪厄尔就一把抓住了我的胳膊肘。他抓得可真紧，我感到那里一阵痉挛疼痛。他的脸色像牛油般苍白，但还没有到惶恐的地步，还算不上是惶恐。“千万别让杰克停下来，”他低声说道，“不管你做什么，就是别让他停下，已经太晚了。”

德尔开始喊叫的时候，见证人们并没有听见。砸在屋顶上的雨声像在吼叫，而雷声几乎没有间断。但站在平台上的我们却听见了，听得清清楚楚。从冒着烟的面罩里传出夹着咳呛的痛苦号叫，就像是动物被干草打包机夹住后撕拧时发出的号叫。

头罩里的嗡嗡声变得粗重狂野起来，好像受了无线电静电干扰似的时断时续。德拉克罗瓦开始在电椅上像小孩发脾气般猛烈地前冲后仰。平台被震得直颤，捆在身上的皮带几乎要被他撞开了。同时，电流又使他的身体左右扭曲，我听见了他右胳膊折断或裂开时发出的咔嚓声，就像人们在用大锤砸开板条箱。他的裤裆本来就由于两腿剧烈而短促的抽搐而有些潮湿，现在已经发黑了。他开始发出嘶叫，令人毛骨悚然的嘶叫，像老鼠发出的尖叫，声音之大，甚至隔着倾盆大雨也能听见。

“他到底怎么啦？”有人喊了起来。

“那些扣子能撑得住吗？”

“天呐，气味难闻死了！呸！”

两位女性中的一人问道：“这是正常情况吗？”

德拉克罗瓦朝前冲，向后仰，朝前冲，向后仰。珀西圆瞪着眼睛呆呆看着，张大着嘴巴，惊恐万分。他曾盼着出点事，这是肯定的，但没料到会是这样的事。

德拉克罗瓦的面罩喷出了熊熊火焰，烧焦的毛发和海绵气味此时又掺杂着烤人肉的气味。布鲁托尔抓过刚才放海绵的桶（当然，现在里面是空的）朝屋角监狱看守的特深水槽冲去。

“保罗，要不要我把电停了？”范哈伊隔着网罩喊道，声音听起来是完全给吓住了。“要不要我……”

“不！”我冲他喊道。布鲁托尔是最先明白的，我也马上懂了：我们得结束这一切。这辈子接下来还得干的任何事情，和这件事比起来都算不了什么了：我们得把德拉克罗瓦的事干完。“转呀，看在基督的分上！快转呀，转呀！转呀！”

我朝布鲁托尔转过身去，一点没注意到人们在我们背后已是议论纷纷，有的站了起来，还有一对夫妻在尖叫。“别去！”我朝布鲁托尔大声喊道，“别用水！别用水！你犯傻啊？”

布鲁托尔转过身来，一副迷惘若知的表情。往通了电的人身上泼水，哼哼，没错，那可真叫聪明了。他环顾四周，看见墙上挂着的化学灭火器，便一把取下。好家伙。

德拉克罗瓦脸上的面罩已经被撕开，露出了他的面容，此时已烧得比约翰·柯菲还黑。他的眼睛已烧成两团白色胶状小球，从眼眶里迸出来，挂在面颊上。睫毛早已烧没了，我看见连眼皮都着了火，燃烧起来。烟团从他衬衫的V形领子里喷出来，而电流还在嗡嗡作响，胀满了我的头脑，在那里震颤不停。我觉得，这一定是疯子听到的声音，差不多就是这种声音。

迪安冲上前去，恍惚中他以为用双手就能扑灭德尔衬衫上的火，我朝他大吼一声，让他闪开，吼声几乎要使他跳将起来。这时候去碰德拉克罗瓦无疑就像是兔子布莱尔一拳打在沥青小子身上，而且还是个通着电的沥青小子。

我还是没有转身去看身后发生的事，但从声音上判断，那就像是一场大混乱，椅子被推翻了，人们在咆哮，一个女人扯着嗓子哭喊着："住手，住手，难道你们看不见他已经受够了吗？"柯蒂斯·安德森抓住我的肩膀，问到底发生了什么事情，基督在上，到底发生了什么，我为什么不命令杰克关掉电源。

"因为我做不到，"我说，"我们走得太远，没法回头了，你难道不明白？反正再有几秒钟一切都过去了。"

但至少过了两分钟，这一切才结束，这是我一生中最长的两分钟，而且我觉得，在这两分钟的大部分时间里，德拉克罗瓦都是有意识的。他尖叫着，抽搐着，左右猛烈晃动着。烟气从他鼻孔里喷出来，从那张已经变得成熟的李子般黑紫色的嘴巴里喷出来。从他舌端升腾而起的烟，就像从滚烫的烧烤架上冒出的烟那样。他衬衫上的纽扣不是裂了就是化了。他的汗衫倒没怎么着火，但被熏得焦黑，青烟从里面喷涌而出，我们都能闻到胸毛被烧焦的味道。我们身后的人们像受惊的牲口那样朝门口挤去。当然啦，他们出不了门，毕竟我们都在倒霉的监狱中，所以他们只好挤在门边，眼睁睁看着德拉克罗瓦被烧焦（我要烤焦啦，老嘟嘟在我们为处决比特伯克做演习时就这么说的，我要变成烤火鸡了），雷声大作，大雨如注，苍天动怒。

突然，我想起了医生，转身四下寻找。他还在原地，却瘫倒在黑袋子旁边的地上，昏过去了。

布鲁托尔拿着灭火器走过来站在我身边。

"没到时候。"我说道。

"我知道。"

我们转身看看珀西在哪里，发现他此时几乎站到了"电伙计"背后，全身僵硬，双眼瞪得老大，一根手指弯曲着指关节，满满地塞住嘴巴。

终于，德拉克罗瓦往椅背后一瘫，鼓胀得变了形的脸搭在一边肩膀上。他还在痉挛颤动，但我们以前也见过这样的情形，那是电流通过身体的反应。头罩歪斜地搭在脑袋上，可后来我们去摘下它时，大部分的头皮和剩下的那几丝头发好像被什么强力粘胶粘在了金属头罩里，一起被撕了下来。

那团冒着烟的人形焦炭还在电椅上翻来滚去，但只是电击反应了。三十秒钟后，我朝杰克喊道："断了它！"嗡嗡声立刻停止，我朝布鲁托尔点点头。

他转身把灭火器往珀西怀里狠狠一塞，力量之大，使珀西踉跄几步，差点没掉下平台去。"你去干，"布鲁托尔说道，"反正这一切都是你导演的，不是吗？"

珀西冲他一瞪眼，眼神里凶光毕露，令人生厌。他抱起灭火器，压了几下气泵，揭开封口，一股巨大的白色泡沫向椅子上的人喷去。泡沫打到德尔脸上时，我发现他的脚颤了一下，心想，天呐，千万别让我们再来一次。还好，这是唯一的一次颤动。

安德森已经转身朝吓得心惊胆战的见证人大吼起来，说一切正常，一切都在掌控之中，还说那只是雷电引起的电流冲击，没什么大不了的。再这么说下去，他就得告诉他们，大家闻到的不是燃烧的毛发、肉体和烤焦的衬衫的可怕的混合气味，而是香奈尔五号了。

"把医生的听诊器拿来。"灭火器里的泡沫喷完后，我对迪安说道。德拉克罗瓦全身已蒙上了白色，最最难闻的气味此时已被一层淡淡的化学品苦涩味所掩盖。

"医生……要不要我……"

"别管医生，把听诊器拿来就行，"我说道，"快把事情干完……把他弄出去。"

迪安点点头。干完和出去这两个词是他现在最要听的了，这对我俩都一样动听。他朝医生的黑袋子走过去，在里面摸索着。医生的身体开始动弹起来，这么看，他至少没有中风或犯心脏病。这还不错。

但是布鲁托尔看珀西的眼神可就不对了。

“到隧道去，在运尸车边上等着。”我说道。

珀西咽了口唾沫：“保罗，听着，我不知道……”

“闭嘴。到隧道去，等在运尸车边上，现在就去。”

他不作声了，脸上肌肉扭动着，好像受了伤害似的，接着就朝着那扇通向台阶和隧道的门走去。他抱着用完了的灭火器，像抱着个婴儿。迪安从他身边走过，拿着医生的听诊器朝我走回来。我一把拿过听诊器，装好耳塞。我从前在军队时就干过这个，它就像骑自行车，学会了就再不会忘了。

我擦了擦德拉克罗瓦胸部的泡沫，一大块滚热的皮肤竟然从下面的肉上滑脱下来，就像是……唉，你知道的，就像烤熟的火鸡，我强忍着才没呕吐出来。

“天呐！”从我身后传来了几乎是抽泣的声音，我听不出是谁的。“一直都是这样的吗？为什么没人告诉我？不然我怎么也不会来的！”

太迟了，朋友，我暗想。“把那人弄走。”我对迪安或布鲁托尔或随便哪个在听我讲话的人说道。我等到确信自己不会冲着德拉克罗瓦那冒烟的大腿作呕后，才说道：“让他们都到门边去。”

我拼命强忍着，把听诊器的听筒按到刚才在德拉克罗瓦胸部拉出的那圈红黑色的生肉上。我听着，祈祷着千万别听到什么声音。总算，什么声音也没有。

“他死了。”我对布鲁托尔说。

“感谢基督。”

“是的，感谢基督。你和迪安去拿担架，我们把夹扣松开，把他弄走，要快。”

5

我们把他的尸体抬下十二级台阶，抬上了运尸车，一切顺利。我最担心的是当我们把他扔上尸车时，那一身烤熟的肉会从骨头上掉下来：老嘟嘟烤熟的火鸡一直在我脑子里挥之不去。幸好，这事没发生。

柯蒂斯·安德森在楼上安慰着（反正是试图安慰）见证人，这倒对布鲁托尔很有利，因为安德森没在那里看见布鲁托尔朝车头迈了一步，胳膊往身后一扬，打算把拳头狠狠地砸向珀西，站在那里的珀西一时惊呆了。我一把抓住布鲁托尔的胳膊。这一抓，对两人都有好处。对珀西好，是因为布鲁托尔的那一拳，力气之大，看样子是想把他的脑袋给打飞；对布鲁托尔有好处，是因为这一拳要真砸了上去，他也许得丢饭碗，甚至还得坐牢。

“别。”我说道。

“你这‘别’是什么意思？”他满腔怒火地问道，“你怎么能说‘别’？你明明看见他干的好事！你这是什么意思？是说尽管他干了这样的事情，你还打算让这家伙的关系来保护他？”

“没错。”

布鲁托尔朝我瞪起眼睛，嘴张得老大，愤怒得眼睛都噙满了泪水。

“听我说，布鲁托尔，你要是给了他这一下子，咱们大伙很可能都得走人。你、我、迪安、哈里，甚至还可能拖上杰克·范哈伊。其他的人就会顺着阶梯往上爬一两级，从比尔·道奇开始，监狱管委会再去雇三四个救济线上领面包的人来，填上底层的空缺。也许你能受得了，但是……”我竖起大拇指示意着迪安，他正呆呆地看着滴答漏水的砖墙隧道，一只手拿着眼镜，神色几乎和珀西一样迷惘。“但是迪安怎么办？他有两个孩子，一个念高中，另一个也快了。”

“那这事怎么了结？”布鲁托尔问道，“我们就这么放过他？”

“我不知道海绵要浸水，”珀西说话的声音十分微弱、机械。当然啦，这个故事他事先早已排练过了，但他原先预料的是一次让人痛苦的玩笑，而不是我们刚刚目睹的那场灾难。“我们演习的时候海绵从来没湿过。”

“呸，你他妈……”布鲁托尔说着朝珀西冲去。我再次抓住他，把他吼了回去。阶梯上响起了啪嗒啪嗒的脚步声。我抬起头来，生怕看见的是柯蒂斯·安德森，还好，是哈里·特韦立格。他两颊惨白，嘴唇泛紫，像是才吃过黑莓馅饼。

我的注意力又回到布鲁托尔身上。“看在上帝的分上，布鲁托尔，德拉克罗瓦已经死了，什么也无法改变这一点，珀西根本不配你这么对待他。”难道那时候那计划、或计划的初始阶段就已经在我脑海里形成了？说实话，我一直在想这问题。好几年工夫我一直在想这个问题，可从来没找到满意的答案。我想，也许答案不答案的已经不重要了。但是我发现，很多事情并不重要，却总烦扰人心。

“你们这些家伙说起我来好像我是个笨蛋似的。”从珀西说话的声音听起来，他还是有点恍惚和气急，好像有人往他肚子上狠狠给了一拳，才刚回了一点气来。

“你就是个笨蛋，珀西。”我说道。

“嘿，你怎么能……”

我用了最大的努力，才克制住自己，没去揍他。空空的隧道里，水滴不停地从砖壁往下滴答，我们几个人的身影映在墙上，奇形怪状，像爱伦·坡关于摩格街大猩猩的故事里的阴影，在墙上跳动着。雷声滚滚，但在隧道里面，听起来比较沉闷。

“珀西，我只想听你说一句话，那就是你重复说一遍，答应明天调往荆棘岭。”

“你别担心。”他没好气地说完，朝运尸车里盖着被单的东西看看，赶紧移开目光，眼珠一转，看了我一会儿，然后又避开了。

“这样最好，”哈里说，“不然的话，你就有得尝尝野小子比利·沃顿的厉害了。”他略一停顿，“这我们敢担保。”

虽说珀西有点怕我们，虽说他更担心的可能是，如果他还不赶紧走开，一旦我们发现他一直在问杰克·范哈伊关于海绵的事，海绵派什么用场，为什么总得浸在盐水里等等，不知道会把他怎样处置，但哈里提到的沃顿，却使他眼睛里露出了真正的恐惧。我能觉察到，他想起了当时沃顿如何一把拽住他，搓揉着他的头发，对他吼叫着。

“你敢。”珀西悄声说道。

“我就敢，”哈里平静地回答道，“告诉你，谁也不能把我怎样，因为大家都看见了，你太不把囚犯当回事了，而且还这么无能。”

珀西攥紧了拳头，面颊上泛起淡淡的红色：“我绝不是……”

“你就是无能。”迪安也插了进来。我们在楼梯底端围成半圆，堵住珀西，他甚至要往隧道里退回去也不可能了。他身后就是运尸车，旧床单下是那堆还在冒烟的肉。“你刚把德拉克罗瓦活活烧死了，这不叫无能还叫什么？”

珀西眼珠一翻。他原先的计划是假装无知，这下他发现掉进了自设的陷阱。我不知道他接下来想说什么，因为就在此时，柯蒂斯·安德森从楼梯上猛冲了下来。我们听见了他的脚步声，从珀西身边往后稍稍退了一点，以免让他觉得我们在威胁珀西什么。

“这他妈的是怎么回事啊？”安德森咆哮着，“耶稣基督，楼上的地板给吐得一塌糊涂！臭死了！我让玛格努森和老嘟嘟把两扇门都开了，可我敢打赌，那气味他妈的开五年也走不了。那混蛋沃顿还又哼又唱的，我都听见了！”

“柯特[①]，他唱得有调吗？”布鲁托尔问道。明白该怎么用一个火花把煤气灯点亮而不伤到自己吗？得趁煤气浓度还不高的时候。此刻就是这样。我们瞪大眼睛朝布鲁托尔看了看，立刻狂笑起来。笑声很高，有点歇斯底里，在阴暗的隧道里像蝙蝠一般地扑啦扑啦来回游荡。我们的身影在墙上跳跃闪动着。笑到后来，连珀西也随我们一起笑了起来。终于，笑声停止了，大笑过后，我们都感觉好了一些。感觉神智正常了。

“好了，伙计们，”安德森边说边用手帕抹抹笑出了泪水的眼睛，一边还喷着鼻息，间或打着笑嗝。“到底发生了什么事情？”

“一次死刑呀。”布鲁托尔说道。他说话时的平静语气把安德森给吓住了，但我倒没觉得惊讶，至少没到那程度。在匆忙中放慢速度方面，布鲁托尔一直很在行。“执行得十分成功。”

“基督在上，你竟把这样的直流电手术叫做成功！我们那些见证

---

① 柯特是柯蒂斯的昵称。

人得一个月睡不好觉了！呸，那老胖婊子恐怕一年都睡不好了！”

布鲁托尔指指运尸车，示意被单下的东西：“他死了，不是吗？至于你说的见证人，大多数人明晚都会对他们的朋友说，这是一次诗意的正义：那个德尔活活烧死了一大堆人，我们也把他活活烧死。不同的是，他们不会说是我们烧死了他，会说那是上帝的旨意，通过我们而得以实现。也许这话还真有点道理。你想知道会发生什么好事？想知道发生了什么奇妙的事情？他们大部分的朋友都恨不能到场亲眼目睹呢。”他说最后一句话的时候，还用充满厌恶和讥讽的眼神看了看珀西。

“就算他们的羽毛有点哆嗦，又怎样呢？”哈里问道，“是他们自己要来的，谁也没去强请呀。”

“我不知道海绵该浸水的，”珀西的声音听起来像是机器人发出的，“演习的时候从来没浸水。”

迪安用极其厌恶的眼光看着他。“你他妈的要尿多少年，才会有人告诉你得先把盖子掀起来，别尿到那玩意上面去了？”他怒骂道。

珀西嘴一张，想要回应，可我让他闭嘴了。奇怪的是，他还真闭上了。我朝安德森转过身去。

“珀西捅娄子了，柯蒂斯……就这么回事，就这么单纯而简单。”我又转向珀西，看他敢不敢说半个不字。他没敢，也许他从我眼神里读懂了我的意思：与其让安德森听到故意两字，不如让他听到蠢事。另外，在隧道里说什么都没关系，对珀西·韦特莫尔来说，有关系的、这世界上最最有关系的，是记录在案的东西，是那些大家伙、有关系的大家伙听到了什么。这世界上对珀西最有关系的是报纸上会怎么说。

安德森看看我们五个，不知所措。他甚至还看看德尔，但德尔不会说话。“我看事情本来会更糟糕。”安德森说道。

“没错，”我表示同意，“他也许还没死透呢。”

柯蒂斯眼睛一眨，那种念头他脑子里可能根本没有过。“明天把关于整件事的详细报告放在我桌上，”他说道，“我没和穆尔斯监狱长谈这件事时，你们谁也不许向他提起，听见没？”

我们都使劲摇头，表示不会说的。如果柯蒂斯·安德森要去向监狱长说什么，咳，怎么说都成。

“要是那些写新闻的混账谁都不把它在报纸上捅出来……”

“不会的，”我说，“即使他们想写，编辑也会把它们给毙了。这东西一家老小读起来太可怕了，他们连想都不会想去写的。今晚来的都是老手。小纰漏总会有的嘛，就这么回事。这一点他们和我们一样明白。”

安德森又思考了一会儿，然后点点头。此刻他的注意力已转向珀西，平常挺喜气的脸上满是鄙夷。“你真是他妈的捣蛋，”他说道，“我可一点也不喜欢你。”他冲珀西点点头，后者正一脸哑然，惊讶不已。“你要是把我说的话传到你那伙蠢驴朋友耳朵里，我一定会矢口否认，除非罗迪大妈的老灰鹅死而复生①，而这几位也一定会站在我一边。小子哎，你麻烦大了。”

说着他转身走上楼梯。我等他踏了四级台阶，喊住了他：“柯蒂斯？”

他转过脸，眉毛一扬，没说话。

“你别太担心珀西的事，”我说，“他很快要去荆棘岭了，那边更大更好，珀西，是这么回事吧？”

“等调令来了就走。”布鲁托尔补充了一句。

“调令没来之前，他每天晚上都会请病假的。”迪安又加了一句。

这话把珀西惹急了，他到监狱时间不长，没攒下一天带薪病假。他看看迪安，眼神里明摆着讨厌。“你想都别想。”他说道。

6

一点一刻左右，我们回到办公室（除了珀西，他被命令把储藏室

---

① “罗迪大妈”是连环画《罗迪大妈与鹅》中的主人公。

打扫干净，在整个干活过程中一脸阴郁），我有个报告要写。我打算在值班桌上写，要是坐进了更舒服一些的办公椅，我很可能会瞌睡过去。想到一小时前才发生的事，这一点可能听着让人奇怪，可我觉得，自前一天夜里十一点以来，我像是足足过了三辈子彻夜无眠的生活。

约翰·柯菲站在囚牢门前，泪水从他那漠然而空洞的眼睛里不住涌出来，让人觉得像是鲜血从某处无法愈合却又并无痛楚的伤口中流出。靠桌子近处，沃顿坐在自己的铺位上，身体左右摇摆，哼着一支显然是他自己编造的歌曲，而且还并非全然胡诌。就我所能记得的，歌词大概是这样的：

去–烧–烤！我和你！
又红又臭呸呸呸！
不是比利，也不是费城的小菲利，
不是杰基，也不是罗伊！
而是热乎乎的小个子，那条滚烫的篙黄瓜，
那人名叫德拉克罗瓦！

“闭嘴，你这神经病。”我说道。

沃顿一咧嘴，露出一口臭烘烘的牙齿。他不会死，至少还没死；他活着，活得很开心，事实上正在跳踢踏舞。“来呀，进来让我闭嘴，怎么样？”他开心地说着，然后开始哼起了又一段“烧烤歌”，歌词并非完全是唱到哪编到哪的。歌词里似乎有些什么东西，没错。是一种发霉发臭的智慧，从它本身来看还不失几分聪明。

我朝约翰·柯菲走去。他用手掌擦了擦眼泪，双眼通红，看上去像被擦伤了似的。我觉得，他一定也筋疲力尽了。这家伙一天也就绕着操练场跑上两小时，其余时间在牢房里不是坐着就是躺着，怎么会筋疲力尽，我不知道，但我丝毫不怀疑我亲眼所见，太明显了。

“可怜的德尔，”他说话的语调低沉粗重，“可怜的老德尔。”

“没错，”我说，“可怜的老德尔。约翰，你没事吧？”

“他解脱了，”柯菲说道，“德尔解脱了，不是吗，头儿？”

“是的。回答我的问题，约翰，你没事吧？”

“德尔解脱了，真幸运，管他发生了什么呢，他真是幸运。”

我觉得，在此问题上，德拉克罗瓦也许会有不同意见，但我没说出口。我只是朝柯菲的牢房瞥了一眼：“叮当先生哪去了？”

“朝那里跑走了。”他指指铁栏外面，大厅对面的禁闭室。

我点点头：“嗯，它会回来的。”

但是它没有回来；叮当先生在绿里上的日子结束了。我们唯一一次发现它的踪迹，是布鲁托尔在那年冬天看到的：几小片色彩鲜艳的碎木片，加上从屋梁上一个小洞里散发出的薄荷糖气味。

当时我很想走开，却没有走。我朝约翰·柯菲看看，他也看看我，好像很清楚我在想什么。我暗暗命令自己走开，回到值班桌边写报告去，但是我却喊出了他的名字：“约翰·柯菲。”

“在，头儿。”他立刻说道。

有时候，执意想要知道某件事情的人真的会倒霉，那时候的我就是这样。我单腿跪下，开始脱一只鞋。

7

我到家时雨已经停了，北边屋脊上空，亮起了迟暮的月光。我的睡意似乎随着乌云的散去而消失了。我完全清醒了，而且还能从自己身上闻到德拉克罗瓦的气味——“去烧烤，我和你，又红又臭呸呸呸”，我觉得这味道好久都不会散。

詹妮丝还在等我，有死刑任务的夜晚她总要等我。我原来不想把事情告诉她的，觉得这样会让她担惊受怕，可我一走进厨房门，她就从我的脸色察觉到了什么，非要我全部讲给她听。于是我坐下，用冰凉的手掌握住她温暖的双手（我那辆旧福特车里的取暖器几乎不发热，而暴风雨一来，气温就转了个一百八十度），把她想知道的都说了。讲到一半，我竟然失去控制，哭了起来，这我可真没预料到。我感到不好意思，但也就是那么一点点；倒是她，每当我的行为偏离了男人应有的轨道，反正是偏离了我觉得我应该遵循的轨道，她从不给我施加压力。我想，男人要是有个好老婆，那他就是上帝最幸运的造物了，而没有好老婆的，则是最最可怜的家伙，他们一生唯一的幸运就是不知道自己有多可怜。我哭着哭着，她把我的头抱在自己胸前，等我发泄完，感觉好点……反正是稍稍好一点，我觉得那准是在我第一次清醒地认识到自己在想什么的时候。不是鞋子，我并没指那个，是与鞋子有关，但不是一回事。我当时真正的想法是，约翰·柯菲也好，梅琳达·穆尔斯也好，尽管两人的体格、性别和肤色都很不一样，却有着一样的眼睛：充满哀怨、悲伤、漠然，是那种垂死的眼神。

“上床吧，”我妻子最后说道，“保罗，和我一起上床吧。”

我上了床，并做了爱，完事之后，她转身睡了。我躺着，看着暗淡的月光，听着墙上的滴答声，它们终于来了，把夏天换成了秋天，我想起约翰·柯菲说过是他帮了忙。*我救了德尔的老鼠，我救了叮当先生，它是马戏团老鼠。*当然啦，我想，也许我们都是马戏团老鼠，一圈一圈地跑着，隐约地觉得，上帝和所有天堂里的人都隔着明胶玻璃窗，看着木屋里的我们。

我稍微睡了一会，大概两小时或三小时吧，天就开始亮了。睡眠状况和这些天在佐治亚松林的完全一样，那时我可很少这样：睡得很浅，睡一阵醒一下。入睡时脑子里想着的是我小时候的教堂。教堂的名称随我母亲和她姐妹们的欢喜随时改变，但实际上却是一样的，什么赞扬耶稣的贝克伍兹第一教堂啦，上帝全能教堂啦，等等。在这些突兀的方尖塔建筑的阴影里，随着召唤信徒做礼拜的钟声，人们心头时时升起救赎的念头。只有上帝才能宽恕罪愆，能够并的确做出宽恕，用在十字架上受刑的圣子那充满痛苦的鲜血，洗干净所有的罪孽，但这并未免除上帝的孩子只要可能就得赎罪（哪怕只因判断失误而造成的罪）的责任。救赎是强有力的行为，它是关闭你往昔大门的锁。

我想着松林里的救赎，想着埃杜亚德·德拉克罗瓦骑在闪电之火上，想着梅琳达·穆尔斯，想着我那流不完眼泪的大男孩，想着想着就睡着了。这些思绪萦绕在我梦里。在梦中，约翰·柯菲坐在河岸旁，痴呆儿一般冲着初夏的天空口齿不清地发出悲伤的呼喊，对面的河岸上，一列货运列车轰隆隆地永不停歇地朝着特拉平格河上锈迹斑斑的大铁桥开去。这个黑人每条胳膊弯里都夹着一个赤裸的金发女孩的尸体。他紧攥着的拳头就像是胳膊末端的棕色巨石。蟋蟀在他周围鸣唱，吸血蠓在身边飞舞；天气沉闷炎热。梦里，我朝他走去，在他面前跪下，拉住他的手。他松开拳头，袒露出里面的秘密。一个掌心里是一只红黄绿三色线轴，另一掌心里是一只监狱看守的鞋。

“我没办法，”约翰·柯菲说道，“我想制止的，可来不及了。”

这一次，在梦里，我理解了他。

8

第二天上午九点钟，我正在厨房里喝着第三杯咖啡（我妻子嘴上没说什么，但是她给我端来咖啡时，我能看到她脸上写着大大的“不同意”三个字），电话铃响了。我走到门廊上拿起电话，总机在对什么人说他们占了线，然后她对我说了声“诅你好用”（祝你好运），就挂上了……大概是这样吧。在总机，事情从来就说不定。

哈尔·穆尔斯的声音让我大吃一惊，它飘忽而粗糙，像是八十岁老头发出来的。我想，昨天晚上在隧道里柯蒂斯·安德森觉得一切正常，这太好了；让他对珀西的想法和我们的一样，这也太好了，因为正与我通话的人很可能不会在冷山再多干一天了。

“保罗，我明白昨晚出了点事情。我也知道了，我们的朋友韦特莫尔先生与此有关。”

“出了点小麻烦，”我把听筒紧贴着耳朵，嘴凑到话筒边承认道，“不过活儿干完了，这才是最重要的。”

“那当然啦。”

“能问问是谁告诉你的吗？”这样我就能往他尾巴上拴个饮料罐——盯上他？我可没接着往下说。

“你尽管问，但这实在不是你要关心的事情，我还是把嘴巴闭闭牢吧。不过我给办公室打电话，问他们是否有什么消息或紧急事务时，我听说了一件有趣的事。”

“哦？”

“是啊，好像是有一份调动申请搁在了我的文件篮里。珀西·韦特莫尔请求尽快调到荆棘岭去，一定是昨天夜班结束前就把表填好的，你觉得呢？”

“听起来是这样。”我表示同意。

“通常情况下，我就让柯蒂斯来处理了，但是考虑到……最近E区的气氛，我让汉娜在午饭时去看看，再向我报告。她已经欣然答应了。我会签字批准，今天下午就转到州府去。我看，不出一个月，你就能目送珀西走出大门了，没准更快。”

他指望我听到这事会表现得很开心，他也确实有理由这么指望。他省出照顾妻子的时间来处理这件事，而在平时，这样的事情起码得花上半年时间，哪怕珀西在上面有人也快不了。但是，我却心猛地一沉。一个月！也许，反正也不会有太大关系。它打消了一个完全自然的等待愿望，也推迟了一次冒险行动，而我当时正想着要做的事，还真的很冒险。有时候，碰上这样的情况，最好就是一鼓作气跨出去。如果我们还是得同珀西打交道的话（我总认为能让其他人和我一起完成疯狂的事情，换句话说，总是认为我们是一伙的），不如就在今晚。

“保罗，你在听吗？”他稍稍放低了声音，好像他以为是在自言自语似的，“妈的，我以为断线了呢。”

“没有，我在听呢，哈尔。这消息太好了。”

“没错，”他附和道，我再次为他的声音听上去那么苍老而感到震惊，真有点轻薄如纸。“我知道你在想什么。”

不，你不知道，监狱长，我暗想，再过一百万年你也不可能知道我在想什么。

“你在想，处决柯菲时我们的朋友也许还会在这儿，这倒有可能。我觉得，感恩节前柯菲肯定早该上路了。不过你可以把他放在配电间的，谁也不会反对，我觉得，包括他，也不会。”

“我会那么做的，”我说道，“哈尔，梅琳达怎么样了？”

长久的停顿，长得让我以为已经断了线，幸亏还听得见他的呼吸声。他再次开口时，声音又低了很多。“她越发不行了。”他说道。

不行了。这位老朋友用这个冷冰冰的字眼，描写的绝不是一位濒临死亡的人，而是开始与生命分手的人。

“头痛得稍轻了些……至少暂时这样吧……但她没人扶着就走不了路，没办法弯腰去捡东西，一睡着就小便失禁……”又是一阵停顿，然后，哈尔用更低的声音说了句话，听起来像是“她脏了。”

“什么脏了，哈尔？”我皱起眉头问道。我妻子这时来到前廊门口，站在那里，在一块擦碟子的布上擦着手，看着我。

“不是的，”他说话的声音似乎在愤怒和哭诉间摇摆，“她说脏话了①。”

“哦。”我还是不明白他是什么意思，但也不打算继续追问下去。事实上也没必要，因为他自己回答了我。

“她会在一段时间里十分正常，完全正常，谈论她的花圃，谈论在购物目录中看见的衣服，谈论她在收音机里听到了罗斯福的讲话，说他讲得那么的好，然后，突然之间，她就开始说起非常非常可怕的话来，最最难听的……用语。她并不提高嗓音。可我觉得，她真提高了嗓音恐怕还更好，因为那就……你明白的，那就……”

“那就听起来不那么像她了。”

“就是这样，”他口气里充满感激，“但是，听她用那么好听的声音讲着阴沟里的脏话……对不起，保罗。”他的声音渐渐消失了，我听见他在“咳咳”地清嗓子。然后他恢复了常态，声音也稍微有力了一点，不过难受依旧。“她想要唐纳森牧师过来，我知道他来了对她

---

① 原文用了 wear 和 swear 两词，分别是“穿（衣服）”和“骂人 / 说粗话”的意思。译文为求一定的谐音效果，只好用“脏了”和“说脏话”来替代。

有点安慰，可我怎么能去请他？万一他坐在一边给她念着《圣经》，她突然间冲他讲脏话，那怎么办？她会的，昨天晚上她就是这么对我的。她说：‘你这舔鸡巴的，把那本《自由》杂志递给我，好吗？’保罗，这样的话她能从哪里听来的？她怎么会知道这样的词语？”

“我也不知道。哈尔，今天傍晚你在家吗？”

在哈尔·穆尔斯状态正常、头脑清醒、未受担忧或悲伤侵扰时，他的脾性中有着尖刻嘲讽的一面，他的下属也最怕他这一点，这比他发脾气或对他们不屑一顾还要可怕。他的嘲讽常常很不耐烦，非常刺耳，像硫酸般伤人。现在，这硫酸泼了一点点在我身上，这我倒没预料到，但总的来说，我听他这么讲还是挺高兴的。看来，毕竟他身上的好斗性还没有完全消退。

“不在，”他说道，“我要带梅琳达出去跳方块舞。我们要去哆-西-哆，德国舞步向左跳，然后冲着提琴手骂他是个操他妈的鸡奸犯。”

我用手捂住嘴巴，生怕笑出声来。谢天谢地，要笑的冲动很快过去了。

“对不起，近来我一直没睡够，所以才怨声载道的。我们当然在家啦，你问这干吗？”

“嗯，没啥事。”我说。

“你不是想来坐坐吧，是吗？因为如果你昨晚值班，今晚也得值，除非你和谁换班了？”

“没有，我没换班，”我说，“我今晚值班。”

“反正那不是个好主意，看她现在这个样子。”

“也许是吧，谢谢你告诉我。”

“别客气，保罗，为我的梅琳达祈祷吧。”

我说我会的，一边暗想，我能做的也许比祈祷更多得多呢。正如赞美耶稣教会、上帝全能教会里的人说的，自助方得上帝之助。我挂上电话，看看詹妮丝。

“梅莉①怎么样？”她问道。

---

① 梅莉是梅琳达的昵称。

“不太好。”我把哈尔对我说的话向她复述了一遍，包括说粗话的那部分，不过省略了“舔鸡巴”和“鸡奸犯”这些字眼。我最后用了哈尔的话：不行了，詹妮丝难过地摇摇头。然后，她凑近来看看我。

“你在想什么？你脑子里在想什么事情，也许不是好事，都写在你脸上呢。”

我是绝不会说谎的，我们之间从不以谎言相向。我只是对她说，她最好别知道，至少目前别问。

“那……你会惹上麻烦吗？”从她说话的声音里听不出有惊讶的意思，她反倒有了点兴趣，这是我最喜欢她的原因之一。

“也许吧。”我说。

“是件好事吗？”

“也许吧。”我重复着说道。我站在那里，一只手依然拿着电话听筒，心不在焉地转着，用另一只手的手指按住了电话机的接通键。

“你打电话时要我走开吗？”她问道，“乖乖小女子，调头出去吧？洗洗盘子，打打毛线？”

我点点头：“我不会这么说话，不过……”

“保罗，今天午饭有客人吗？”

“大概会有。”我说。

9

我立刻拨通了布鲁托尔和迪安，因为两人都有电话。哈里没有，至少那时候没有，但我有他最近的邻居的号码，那邻居在。二十分钟后哈里来了回电，十分尴尬地说他只好用对方付款的方式给我打电话，还吞吞吐吐保证说，等电话账单来了，一定会“付他那部分”。我告诉他，等鸡蛋孵完了再数那些小鸡吧，关键是，眼下他能不能到我家来吃午饭？布鲁托尔和迪安都会来，詹妮丝答应做她拿手的卷心菜色拉……更别提她更在行的苹果馅饼了。

“纯粹就他妈的吃午饭？”哈里将信将疑。

我承认有点事情想和他们商量，但最好别在电话里说，哪怕声音再轻都不行。哈里就答应了。我把听筒放回电话架上，走到窗边，看着外面，沉思起来。虽然我们刚上了夜班，我并没有把布鲁托尔或迪安从睡梦中叫醒，哈里的声音听起来也不像刚从梦乡回来。看来，我并不是唯一受到昨夜事件困扰的人，考虑到我心里的疯狂念头，这也许是个好兆头。

布鲁托尔住得离我最近，十一点一刻就到了。迪安过了十五分钟也到了，哈里是在迪安之后又过了十五分钟到的，已经穿戴整齐准备上班了。詹妮丝在厨房里为我们准备了冷牛肉三明治、卷心菜色拉，还有冰茶。要在前一天，我们肯定会在室外侧廊上边吃边享受着阵阵微风，可是那场暴风雨之后，温度陡降了足足十五度，从山梁那边吹来的风有点刺骨。

“你也来和我们一起坐吧。”我对妻子说。

她摇摇头：“我才不想掺和你们的事儿呢。不知道，不担心。我就在前廊随便吃点就行了。这星期我随简·奥斯汀小姐出游，她可是个好旅伴。”

“谁是简·奥斯汀？”詹妮丝一走哈里立刻问道，“保罗，是你这边还是詹妮丝那边的？是表妹？漂亮吗？”

“呸，你这笨蛋，她是个作家，差不多在贝齐·罗斯往我们的第一面国旗上绣星星的时候就死了。”

“啊。”哈里一脸尴尬，“我看的书不多，大多是收音机手册。”

“保罗，你在动什么念头？”迪安问道。

“这么说吧，是约翰·柯菲和叮当先生。”他们有点惊讶。这倒在我预料之中：他们肯定以为我不是和他们谈德拉克罗瓦就是珀西，也许两人都谈。我看看迪安和哈里，“叮当先生的事……柯菲干的事……发生得可真快。我不知道你们是否及时到了那里，看到了那只老鼠的惨相。”

迪安摇摇头：“不过我看到了地板上的血迹。”

我朝布鲁托尔看看。

“那狗娘养的珀西把它踩烂了，”他直截了当地说道，“它本该死的，却没死。不知柯菲对它干了什么，反正它没事了。我知道没人相信，可我是亲眼所见。”

“他也治好了我，我不仅亲眼所见，还亲身感受了呢。”我把自己尿路感染的事情告诉了他们，告诉他们我怎么旧病复发，如何痛苦（我指指窗外的那根木桩，告诉他们有天早晨我痛得跪倒在地时不得不紧抓着它），而柯菲一触摸我，疼痛就立刻消除，而且不再复发。

故事不长，我说完后，他们坐在那里，沉思着，嚼着三明治。过了一会，迪安说：“他嘴里有黑玩意儿出现，像虫子。”

“没错，”哈里附和道，“反正一开始是黑色的，后来就变成白色，消失了。”他四下看看，想了想，“保罗，要不是你这一提，我好像早都忘了，真滑稽！”

“这有什么滑稽，有什么奇怪的，”布鲁托尔说道，“我觉得人对想不明白的事情都这么处理，就是忘了它。没什么意思的东西对人没啥用处。保罗，你觉得呢？他给你治的时候有虫子出现吗？”

“有的，我觉得那就是伤病……是疼痛……是伤痛。他先把伤痛吸进去，然后再吐出来，吐到空气中。”

“伤痛在空气中就死了。”

我耸耸肩膀。我不知道伤痛是否死了，也不确定死不死有什么关系。

“他有没有把伤痛从你身上吸出来？”布鲁托尔问道，“他似乎是把伤痛直接从老鼠身上吸走的，那创伤，那……你明白我的意思，就是死亡。”

“没有，”我说道，“他只是碰了碰我，我感觉到了，是一种触动，像电击，但一点不痛。不过我既不是濒临死亡，也没有受伤啊。”

布鲁托尔点点头：“触觉和呼吸，就像你听见密林福音巫师在作法似的。”

“就是赞美耶稣，上帝全能什么的。”我说道。

“我不知道这和耶稣有什么关系，”布鲁托尔说道，“但我觉得约翰·柯菲像是个能力非凡的人。”

“好啦，”迪安说，“如果你们都说这些真发生过，那我想我得相信了。上帝实现奇迹的方式真的十分神秘，不过这和我们有什么关系？”

嗯，这可是个大问题，不是吗？我深深吸了口气，把我的计划告诉了他们。他们听得目瞪口呆，就连喜欢看杂志上关于太空小绿人故事的布鲁托尔也惊呆了。我说完后，大伙好长一阵沉默，谁也不再嚼三明治了。

最后，布鲁托尔用十分温和、理智的语气说：“保罗，要是给逮住了，我们都得丢工作，而且如果仅仅是丢工作的话，我们就算他妈的幸运了。也许我们还会被请入州监狱的A区，在那里做做钱包，两人共享一个淋浴头呢。”

“对，”我说，“有这可能。”

“我理解你的感觉，多少懂一点，”他继续说道，“你比我们更了解穆尔斯……他是你的朋友，也是大老板……我也知道你对他老婆……”

“她是你能碰上的最可爱的女人了，”我说，“而且她是他的命根子。”

“可我们对她并不像你和詹妮丝那样熟悉啊，”布鲁托尔说道，“不是吗，保罗？”

“你们要是我，肯定会喜欢她的，”我说，“至少，如果你们在她挨这玩意折磨之前遇见她，就肯定会喜欢她的。她为社区做了好多事情，她是个好朋友，而且是个虔诚的教徒。还有，她很风趣，反正从前是这样。她能把故事讲得你笑到眼泪哗哗直流。不过这一切都不是我想帮她救她的原因，如果她还能治好的话。看她受折磨是一种打击，妈的，是打击。让我们眼见耳闻心想都难以承受啊。”

“说得很崇高，但我很怀疑这到底是不是你那些古怪念头的真正原因，”布鲁托尔说道，“我觉得是因为德尔的事情，你多少想平衡一下。”

他说对了，他当然说对了。我对梅琳达·穆尔斯的了解远胜于其他人，但说到底，也许还不到要请他们冒着丢工作（甚至还得失去自由）的危险去帮助她的分上，更别说还得搭上我自己的工作和自由。我有两个孩子，这世界上我最最不希望妻子做的事情就是使她不得不给他们写信，告诉他们父亲将受到审判，罪名是……啊，是什么呢？我也说不准，最有可能的似乎是协助和唆使越狱企图。

但是，德拉克罗瓦之死是我至今，不仅是我有工作以来，而是我有生以来，所见的最可怕、最丑陋的死刑，而我却是这一事件的其中一员。我们都是其中一员，因为我们都明白，珀西·韦特莫尔是最最不适合在E区工作的人，却依然默许他继续在那里待下去。我们都参与了这场游戏，就连穆尔斯监狱长也参与了。“不管韦特莫尔干还是不干，德拉克罗瓦的脑袋终归要烧的。”他是这么说的，也许这么说完全有道理，想想那小个子讲法语的家伙都干了些什么就够了。但到头来，珀西干的却远远超过了烧他的脑袋；他使德尔的眼珠爆出眼眶，还把他的整张脸也给烧了。为什么？因为德尔是个杀了五六个人的杀人犯？不，那是因为珀西曾经吓得尿裤子，而这小个子法国佬居然鲁莽到去耻笑他。我们都成了这一可怕事件的共犯，而珀西却会安然无恙。他会乐颠颠地调去荆棘岭，到了那里，又会重操那套残忍手法，把那里的人都整成神经病。我们对此束手无策，但也许现在洗去我们手上的几块污点，还为时不晚。

“在我的教会里，这叫救赎，不是弥补，”我说，“不过我想反正都是一回事。”

“你真以为柯菲能救她？”迪安轻声问道，语气中透着一丝敬畏。“怎么……怎么救？……把脑瘤从她脑袋里吸出来？就像……挖桃核？”

“我觉得他能办到，当然还不肯定，但考虑到他治好了我……还治好了叮当先生……”

“没错，那只老鼠可是伤得不轻。”布鲁托尔说。

“但他愿意干吗？”哈里若有所思地说，“他愿意吗？”

“如果他能，他会愿意的。”我说。

“为什么？柯菲根本不认识她！”

“因为他就是干这个的，因为上帝就是让他这样的。”

布鲁托尔四下环顾着，提醒我们还缺一个人。“那珀西怎么办？你以为他会对此不闻不问？”他问道，于是我把如何处置珀西的计划告诉了他们。等我说完，哈里和迪安满脸惊讶地看着我，而布鲁托尔脸上则隐隐现出了虽不太情愿却充满钦佩的笑意。

“真够大胆的，保罗兄弟！”他说道，“简直让我听呆了！”

“但这不是件天大的好事吗？”迪安几乎是在耳语，然后爆发出一阵大笑，双手直拍，像个小孩。别忘了，迪安对我处置珀西的计划特别感兴趣，因为珀西差点没让迪安被打死，看他当时吓得丢魂落魄的样子。

“没错，但完事后又怎样？”哈里说。他的语气有点阴郁，眼神却透露了他的真实想法。他眼睛一闪一闪的，透出希望能被说服的神色，“完事后怎么办？”

“都说人一死嘴就闭。”布鲁托尔咕哝了一句，我迅速看了他一眼，以确认他这么说只是在开玩笑。

“我认为他会闭嘴的。”我说。

“真的？”迪安一脸怀疑。他摘下眼镜，擦了起来。“说说理由。”

“首先，他不会明白事情的真相。他会按自己的想法来判断我们，以为那不过是一次胡闹。第二，也是更重要的，他会害怕得什么都不说。我凭的就是这一点。我们告诉他，如果他写信打电话，我们也写信打电话。”

“说出死刑的事情。”哈里说道。

“还有关于沃顿攻击迪安时他被吓破了胆的事情，”布鲁托尔说道，“我想，让大家都明白真相，这才是珀西·韦特莫尔最害怕的。”他慢慢地点点头，思考了一会。“能管用，但是，保罗，与其把柯菲带去看穆尔斯太太，让穆尔斯太太去看柯菲不是更合理吗？我们仍然可以用和你讲的差不多的办法制住珀西，然后把她从隧道里带进来，而不是把柯菲带出去。”

我摇摇头：“绝不可能，无论如何都不可能。”

“是因为穆尔斯？”

“对了。他这人太一本正经，都快把疑心重重的多马变成圣女贞德了[①]。如果我们把柯菲带到他家去，我想能让他大吃一惊，至少同意让柯菲试一试。不然的话……"

"关于用车的事，你怎么考虑？"布鲁托尔问道。

"我首先想到的是用那辆客货两用车，"我说，"但它只要离开这大院，就没有不被注意上的，而且方圆二十英里之内，谁都知道它长什么样。我想，也许我们还是用我那辆福特。"

"还没完呢，"迪安说着把眼镜往鼻梁上一架，"就算你剥光了约翰·柯菲的衣服，给他浑身涂上猪油，再用一只鞋拔子，也别指望把他塞进你的车去。你对他熟视无睹，都忘了他体形有多大了吧。"

我无言以对。那天上午我的大部分精力都集中在珀西的问题上，少部分、但并非不重要的部分，集中在野小子比利·沃顿的问题上。这下我意识到，运输问题并非我想象的那么简单。

哈里·特韦立格拿起没吃完的第二个三明治，看了看，又放下了。"如果我们真要干这件疯狂的事情，"他说，"我看可以用我的皮卡，把他放在后面车斗里，那时候路上不会有什么人吧，我是说半夜过后，是吗？"

"是的。"我说。

"各位忘记了一件事情，"迪安说道，"我知道，柯菲自打进了号子，一直十分安静，整天没干什么事，除了躺在板床上眯着眼睛。但他是个杀人犯，再说，他体形巨大，如果他想从哈里的后车厢逃跑，我们能阻止他的唯一办法就是开枪打死他。而且像他这样的家伙，一枪两枪还不一定管用，哪怕是点四五的。如果我们制服不了他怎么办？如果他弄死了什么人怎么办？我是不愿意丢工作，不愿意去蹲班房，我有老婆，有孩子，都等着我往他们嘴里填面包呢，可我也不愿意发生这样的事，我的良心再也承受不了多死一个小女孩了。"

"这绝不会发生。"我说。

---

① "疑心重重的多马"（The Doubting Thomas）：多马是《圣经》中耶稣的十二门徒之一，因不轻易相信耶稣复活而被用于喻指多疑的人；"圣女贞德"（Joan of Arc，1412—1431）是法国抵抗英国入侵的民族英雄，以信仰坚定而著名。

“以上帝的名义，你怎么能这么确定？”

我没有回答。我不知道该怎样开口，我知道会有这样的问题，我当然知道，但我还是不知道该怎样向他们诉说我所知道的情况。布鲁托尔帮了我一把。

“你认为那不是他干的，是吗，保罗？”他面带怀疑地说道，“你认为那大块头白痴是清白的。”

“我肯定他是清白的。”我说。

“耶稣在上，你怎么能这么肯定？”

“有两个证明，”我说，“其中一个就是我的鞋子。”我朝桌前凑凑身子，开始说了起来。

第五部　夜之旅

1

威尔斯先生[1]曾经写过一个故事，说的是一个人发明了一台时间机，而我却发现，我在写这些回忆的过程中，也创造出了自己的时间机。但和威尔斯的时间机不同，我的时间机器只能往回倒，倒回到一九三二年去，当时我只是冷山州立监狱E区的傻帽看守，不过不管怎么说，这还真管用，管用得有点怪异。这台时间机让我回想起当年我的那辆旧福特I型车：你知道车是总能发动起来的，但就是不清楚钥匙的这一转是否足以启动引擎，也不知道是否得钻出车去摇那曲柄直摇到手臂脱落。

自从我开始讲约翰·柯菲的故事以来，那车一直发动得挺顺利，但昨天，我就得爬出车去摇曲柄。我认为那是因为我去执行了德拉克罗瓦的死刑，而我打心眼里不愿意把那段时间重过一遍。他死得太惨了，太可怕了，而之所以如此，是因为韦特莫尔，一个喜欢梳理头发却没法忍受被人嘲笑的年轻人，连那半秃顶的、讲法语的、活不到下一个圣诞节的小个子男人的嘲笑都不行。

不过，和大多数难事儿一样，最难的就是最初的发动。对引擎来说，你发动时用的是钥匙还是曲柄，这没啥关系；一旦发动，它就会一直转下去，和另一种方式的发动没什么两样。昨天就是这样。起初，冒出来的是一个个只言片语，然后是整个句子，最后就如滔滔洪水般一发不可收拾。我发现，写作是一种特殊的、相当可怕的回忆方式，从总体上看，它有点像强奸。我有这种感觉，也许因为我已是耄耋老人（我有时候感觉到，这是在我背后发生的事情），但我并不这

① 即著名英国科幻小说家H.G.Wells（1866—1946）。

样认为。我相信，笔和记忆结合，创造出一种魔力，而魔力是很危险的。我了解约翰·柯菲，也目睹了他的能力（对老鼠和对我所做的事），我觉得自己完全有资格这么说。

魔力十分危险。

不管怎样，我昨天写了一整天，词语简直是从我心头流淌而出，上辈留下的这幢久负盛名的养老院的日光室不见了，取而代之的是绿里尽头的那间储藏室，我的许多问题孩子就在那里坐了最后一程，那里的阶梯通往公路底下的隧道。就在那里，迪安、哈里、布鲁托尔和我一起质问珀西·韦特莫尔，要他解释埃杜亚德·德拉克罗瓦的身体怎么会被烤到冒烟，还要他再次保证申请调动，到荆棘岭州立精神病院去工作。

日光室里总放着鲜花，但昨天中午，我能嗅到的只有被烧焦的死人肉体上发出的令人作呕的气味。楼下草坪上割草机的声音，也被空洞的滴答声取代，那是从隧道拱顶渗出的水在往下滴落。旅行还在继续，我已经回到了一九三二年，回去的即便不是肉体，也是灵魂和内心。

我没吃午饭，一口气写到四点钟左右，放下铅笔时，只觉得手腕生疼。我慢慢走到二楼走廊的尽头。那里有扇窗，向外可以看见雇员停车场。做勤务的布拉德·多兰让我想起珀西，他经常对我散步要去哪里和要做什么表现出过分的好奇。他开的是一辆旧雪佛兰车，防撞杆上贴着一行字：*我看见了上帝，他名叫纽伊特*。车不在，布拉德下班了，开车去了不知哪个他称为家的地方。我想象着一辆拖车，车厢里张贴着大幅招贴，角落里堆着啤酒罐。

我从厨房走了出去，厨房里正开始准备晚饭。“你那袋子里是什么，埃奇康比先生？”诺顿问道。

“一只空瓶，”我说道，“我在那边的林子里发现了忘年泉，每天下午这时候都去一趟，灌一点回来睡觉时喝。味道不错，真的。”

“也许是让你感觉年轻吧，”另一个厨师乔治说，“但对你的长相却没什么用处啊。”

三人听了都一阵好笑，我出了门。我突然意识到，尽管多兰已经走了，我还在四下张望，看看是否有他的踪迹。我真是个笨蛋，不该这么受他困扰的。我边暗暗骂着，边穿过了槌球场。过了球场是一小片凹凸不平的高尔夫推球入洞场，看上去比佐治亚松林的宣传册上印的更漂亮，再过去有一条小径，通往养老院东面的那片小灌木丛。沿路有两三间破旧的棚屋，现在已经不派任何用场了。第二间屋子就在把佐治亚松林地盘和佐治亚 47 号公路隔开的围墙近旁，我走进去待了一会。

那天晚上，我好好吃了顿晚饭，看了会电视，早早上床了。通常的晚上，我总会醒来，悄悄到楼下的电视间，看美国电影频道放的老电影。但是，昨晚我没醒；昨晚，我睡得石头般沉，而且，自打我开始文学创作以来，一直困扰我的那些噩梦也没来打扰我。一定是白天的写作把我累得够戗。说实话，我到底不像从前那么年轻啦。

醒来时，我发现平常早晨六点时投射在地板上的那圈阳光，已经爬到了我的床脚边，我赶紧翻身下床，吓得连大腿和膝盖处因关节炎而起的疼痛也感觉不到了。我以最快的速度穿上衣服，匆匆穿过厅房，来到俯瞰雇员停车场的那个窗前，希望多兰那辆老雪佛兰的停车位依然空着。他有时候会迟到半小时的……

没那么幸运。车就停在那里，在清晨阳光下闪着灰暗的光泽。因为布拉德·多兰先生这些天有事，必须准点到达，不是吗？是的。老保罗·埃奇康比每天一早就不知去了哪里，不知老保罗·埃奇康比在干什么，而布拉德·多兰先生打算弄个明白。*保利，你在那里干吗？告诉我。*他很可能已经在盯我了。最聪明的办法是待着不动……但我没法不动。

“保罗？”

我转身速度之快，几乎要摔倒在地了。是我的朋友伊莱恩·康奈利。她瞪圆了眼睛，伸出双手，像是要来搀扶我。还好我找回了平衡，不然，伊莱恩的关节炎很严重，如果我真倒在她怀里，没准会把她像根干树枝那样一折为二呢。走进了八十岁领地之外的陌生国度，浪漫仍有可能，但就别想着《飘》① 一类的东西了。

---

① 指美国女作家米契尔的名作《飘》(*Gone with the Wind*)。

“对不起，”她说道，“我没想吓着你。”

“没关系，”我说着朝她淡淡一笑，“这比一头冷水更让人清醒啊，我真该雇你每天早晨这么来一下。”

“你是在看他的车，是吗？多兰的车？”

没必要和她开玩笑，于是我点点头：“真希望能确定这家伙是否在西楼里，我得出去溜一会，但不想让他看见。”

她笑了，让人觉得是小顽皮嘲弄人的那种微笑，她小姑娘时准是这么笑的。“那家伙很讨厌，是吗？”

“是的。”

“他也不在西楼。我已经去吃过早饭了，没睡醒的家伙，我来告诉你他在哪里吧，因为我偷偷瞧见了，他在厨房。”

我看看她，满心沮丧，我知道多兰有好奇心，却没想到那好奇心如此之强。

“你不能早晨不散步吗？”她问道。

我想了想：“可是可以的，我想，但是……”

“不应该。”

“是的，不应该。”

我想，这下，她该问我去哪里，到那片树林去有什么重要的事情要做了。

然而她没问，反而又朝我投来顽皮的一笑。那笑容在她憔悴的、备受痛苦折磨的脸上显得十分奇怪，绝对奇妙。“你认识霍兰德先生吗？”她问道。

“当然啦，”我回答道，尽管我和他见面不多。他在西楼，这在佐治亚松林简直就跟邻国差不多。“怎么啦？”

“你知道他有什么特殊的地方？”

我摇摇头。

“霍兰德先生是佐治亚松林仅剩的五个被允许吸烟的居民之一，”她说着，脸上的笑容比刚才更明朗了。“这是因为他在条例改变之前就住这里了。”

祖父条款[①]，我想。还有比养老院更适合此类条例的地方吗？

她把手伸进蓝白条纹外衣口袋里，半掩半掏地拉出两样东西：一支烟和一盒火柴。“绿小偷、红小偷，”她用轻快有趣的声调唱着，“小埃莉要尿床喽。”

“伊莱恩，你要……”

“扶着老女孩下楼吧。”她说着把烟和火柴又塞回口袋，用她关节突出的手抓住我的胳膊。我们返身走回厅堂。我边走边打定主意，一切听她安排。她虽说上了年纪，体质虚弱，但绝不愚蠢。

我们小心翼翼地往楼下走去，像生怕弄碎了自己玻璃文物似的身子。伊莱恩说：“在楼梯底下等我，我要去一趟西楼，去大厅里的洗手间。你知道我说的那地方，是吗？”

“知道，”我说，“就是淋浴房外面的那间吧，去干什么？”

“我有十五年没抽一口烟了，”她说道，“但今天早上觉得很想抽一支。我不知道能喷多少口烟而不触发那里的烟雾探测器，但我想弄个究竟。”

我恍然大悟，钦佩地看着她，暗想，她多让我想起我的妻子：詹妮丝也许会采取完全一样的行动。伊莱恩也朝我看看，又露出了顽皮的笑容。我用胳膊钩住她可爱的后脖颈，拉过她的脸，轻轻在她嘴唇上吻了一下，说了声：“我爱你，埃莉。”

“噢，说得也太好听了吧。”她说，但是我肯定她很开心。

“恰克·霍兰德怎么办？”我问道，“他会来惹麻烦吗？”

“不会，因为他在电视间里，和另外一二十个人一起看‘早安，美国’节目，而我自己，则准备一等烟雾探测器触发了西楼的火灾警报，就溜个无影无踪。”

“女士，你可别跌跤伤了自己啊，我永远不会原谅自己的，如果……”

“好啦好啦，别啰唆了。”她说完，吻了我一下。废墟里的爱。你

---

① 祖父条款（Grandfather Clause），相当于追溯法令，是代表一种允许在旧有建制下已存的事物不变新通过条例约束的特例。

们有些人听起来也许觉得好笑，其余的人更觉得荒诞，但听我说，朋友：荒诞的爱总比没有爱要好。

我看着她走开，步履缓慢而僵硬（但是她只在下雨天或关节痛得厉害了才用手杖，这是她的诸多虚荣之一），我等待着。五分钟过去了，十分钟过去了，正当我觉得她一定是没了勇气，或是发现烟雾探测器的电池用完了时，西楼的防火警报响了起来，很响的一阵蜂鸣。

我立刻朝厨房走去，不过脚步很慢，我得先确定多兰不在那里碍我的事，否则就不能走得太快。一群老家伙吼里哇啦地从电视间（这里叫资料中心，可真荒唐）里走出来，大部分还披着睡袍，他们要弄明白到底发生了什么事情。我很高兴地看到，多兰也在其中。

“埃奇康比！”肯特·埃弗雷粗声粗气地喊道。他一手重重地撑在拐杖上，另一只手用力拉扯着睡裤的裤裆。“是真警报还是又一次假警报？你觉得是什么？”

“我看谁都无法知道。”我说。

就在此时，劈劈啪啪地跑来三个后勤人员，朝西楼方向奔去，边跑边朝挤在电视间门口的人群喊着，让他们赶紧离开室内，等待险情排除的通知。其中第三个是布拉德·多兰。他跑过去时甚至没朝我看一眼，这可让我太高兴了。我边朝厨房走去，边暗想，伊莱恩·康奈利和保罗·埃奇康比这一组合，恐怕十来个布拉德·多兰也不是对手，哪怕再加上半打的珀西·韦特莫尔。

厨房里的厨子继续着早餐后的清理，对号叫着的火警信号充耳不闻。

“喂，埃奇康比先生，”乔治说道，“我觉得布拉德·多兰在找你呢，其实他刚从你身边走过。”

那才叫幸运呢，我暗想。但是我说出来的话却是，也许我迟一点再去见多兰先生吧。然后我问他，早餐上是否还剩下点吐司什么的。

“当然啦，”诺顿说，“不过还冷冰冰地躺在货架里呐，今天早晨你起迟了？”

“迟了，”我顺着意思说道，“不过我饿了。”

“一两分钟就能做个又热又新鲜的。”他说着伸手去拿面包。

“别，别，冷的就行。”我说道。他递给我两片面包（他看上去有点困惑，事实上，他们两人都有点），我匆匆出了门，觉得又回到了孩提时代，用蜡纸包上涂了果酱叠在一起的面包，往胸口衬衫里一塞，就逃课钓鱼去了。

走到厨房外面，我迅速回头看看多兰是否在周围，没发现什么可紧张的情况，便赶紧穿过槌球场和高尔夫练习场，边走边啃着手里的面包片。走进树林荫蔽时，我稍稍放慢脚步，走上了那条小径，思绪突然转到了埃杜亚德·德拉克罗瓦被处决后的第二天。

那天上午我和哈尔·穆尔斯说过话，他告诉我，梅琳达的脑瘤使她间歇性地骂人说脏话……后来我妻子把这称为抽动障碍症（这只是尝试性的说法，她也不确定是否是同一回事）。听着他颤抖的声音，再加上约翰·柯菲治好了我的尿路感染，救活了德拉克罗瓦那只被踩断了脊梁的宠物鼠，我终于被推过了那条分界线，即仅仅考虑一件事和真正去做那件事的界限。

还有别的原因，与约翰·柯菲的手有关，与我的鞋有关。

于是我就叫来了我的同事，我多年来以生命相托的那几个：迪安·斯坦顿、哈里·特韦立格、布鲁特斯·豪厄尔。他们在德拉克罗瓦死刑后的第二天到我家来吃午饭，还倾听了我的计划。当然，他们都知道约翰·柯菲救活了那只老鼠，布鲁托尔还亲眼目睹了。因此，当我提出如果我们把约翰·柯菲带去见梅琳达·穆尔斯的话，可能又会有奇迹发生时，他们并没有立刻大笑起来。迪安·斯坦顿提出了最让人烦心的问题：如果约翰·柯菲在路上逃掉了怎么办？

“如果他弄死了什么人怎么办？”迪安问道，“我是不愿意丢工作，不愿意去蹲班房，我有老婆，有孩子，都等着我往他们嘴里填面包呢，可我也不愿意发生这样的事，我的良心再也承受不了多死一个小女孩了。”

大伙都默不做声，人人都看着我，等着瞧我如何做出反应。我知道，如果我把嘴边的话全说出来，一切都会发生变化，我们已经到了义无反顾的地步。

只是，至少对我来说，回头路已然不可能走了。我开口说了起来。

2

“这绝不会发生。”

“以上帝的名义，你怎么能这么确定？”迪安问道。

我没有回答。我不知道该怎样开口。我知道会有这样的问题，我当然知道，但我还是不知道该怎样向他们诉说我所知道的情况。布鲁托尔帮了我一把。

“你认为那不是他干的，是吗，保罗？”他面带怀疑地说道，“你认为那大块头白痴是清白的。”

“我肯定他是清白的。”我说。

“耶稣在上，你怎么能这么肯定？”

“有两个证明，”我说，“其中一个就是我的鞋子。”

“你的鞋子？”布鲁托尔喊了起来，“你的鞋子和约翰·柯菲杀没杀那两个女孩有什么关系？”

“昨天晚上我脱下了一只，给了他，”我说道，“就是执行死刑之后，事情稍微平息了一点的时候。我把鞋子推过铁栏，他用那双巨大的手拿了过去。我让他把鞋带系好。你们知道，我得弄确实了，因为我们那些问题小子通常穿的都是拖鞋，因为真想自杀的人，用鞋带就能做到，如果他真想死的话。这一点我们都明白。”

他们都在点头。

“他把鞋子放在膝盖上，拿着鞋带的两端，把鞋带交叉起来，但做到这里他做不下去了。他说小时候肯定有人教过他怎么打结，可能是他父亲，也可能是他父亲走后母亲的某一个男朋友，但他忘了该怎么打了。”

“我和布鲁托尔意见一致，我还是不明白，你的鞋子和柯菲是否杀了狄特里克家的那对双胞胎女孩有什么关系。”迪安说道。

于是我又复述了一遍绑架和谋杀的经过，讲了那天我在监狱图书馆里读到的东西，那天天气炎热，我腹股沟痛得要命，还有个吉本斯在角落里打鼾，还讲了记者哈默史密斯后来告诉我的一切。

“狄特里克家的狗不常咬人，但叫的功夫可是世界一流，”我说，“那个绑架了女孩的人先给狗喂了香肠，才使它安静下来的。我想，他肯定是扔一根香肠才往前移一小步，等这条笨狗吃到最后一根香肠时，他就伸出手去，抓住它的脑袋，这样一拧，折断了它的脖子。

“后来，当人们撞见柯菲时，带队的家伙，那个名叫罗伯·麦吉的人发现柯菲身上的工装裤胸袋里有什么东西鼓着。麦吉开始以为是枪。柯菲说是他的午饭，后来证明的确如此，是几片三明治，夹着一点泡菜，包在报纸里，还扎着根肉铺常用的绳子。柯菲不记得是谁递给他的了，只记得是一个扎围裙的女人。”

“三明治和酱菜，没有香肠。”布鲁托尔说。

“没有香肠。”我附和道。

“当然没有啦，”迪安说，“他全喂了狗啦。”

“是啊，法庭上公诉人也是这么说的，”我表示同意地说道，“但要是柯菲打开午餐包，把香肠喂了狗，他怎么再用肉铺麻线打包呢？我看不出他会有什么机会，但是，我们暂时先不说这个，这家伙甚至连奶奶结①都不会打。”

大伙像挨了雷击似的，长久无语，最后布鲁托尔打破了沉默。“真他妈的混账，”他说话的声音很低，“法庭上怎么没人提出这一点呢？”

“没人想到这一点，”我说着又想起了记者哈默史密斯，那个曾经上过鲍林格林学院的哈默史密斯，那个自以为比别人更有知识的哈默史密斯，那个告诉我杂种狗和黑人都差不多、都能无缘无故突然冲上来咬你一口的哈默史密斯。但他老是用你们的黑人这样的字眼，好像黑人依然是某种财产……只不过不是他的财产罢了。是的，不是他的财产，从来就不是。但那时候，整个南方到处都有哈默史密斯这样的

① 一种很松又容易成为死结的结扣。

人。“谁都没有能力去这样思考，包括柯菲自己的律师。”

“但你有，”哈里说，“上帝啊，伙计们，咱们可是和夏洛克·福尔摩斯先生坐在一起啊。”那语调里半是调笑半是钦佩。

“呸，别胡说了，”我说，“我本来也想不到的，直到我把那天他对麦吉说的，他治好了我的伤痛后对我说的，还有他治好了老鼠后说的全合在了一起。”

“说什么了？”迪安问道。

“我走进他的牢房，就好像被施了催眠术似的。我觉得好像不由自主地要按照他的话去做，哪怕竭力不想去做也不成。”

“这语调我听着不舒服。”哈里边说边在椅子上不安地扭动着身子。

“我问他要什么，他说‘就想帮你’。这我记得十分清楚。等一切做完，我感觉好了许多，他知道的。‘帮你’，他说，‘我帮了你，不是吗？’”

布鲁托尔直点头：“就像他对那只老鼠一样。你说‘你帮了它，’柯菲鹦鹉学舌般地回了句同样的话，‘我帮了德尔的老鼠。’你是不是从这时候开始明白的？不是吗？是吗？”

“对呀，我想是的。我记得麦吉问他发生了什么的时候他就是这么对麦吉说的。每一则关于这起谋杀的报道都是这么写的，‘我没办法。我想制止的，可来不及了。’一个人，嘴上说着这种话，怀里抱着两个死掉的小姑娘，都是白人，都是金发碧眼，而他本人的块头房子般巨大，别人怎能不误判。他们听了他说的话，按照能符合他们所见的思路去想，而他们所见的又如此可怕。他们以为他在忏悔，以为他说他出于冲动抢来了这两个女孩，强奸了她们，杀了她们。以为他突然醒悟，试图停下……”

“但为时已晚。”布鲁托尔喃喃道。

“是的。可他真正想说的是，他看见了她们，想把她们救下来，使她们复活，却没能成功，她们已经死了好大一会了。”

“保罗，你真相信这些？”迪安问道，“你老实对上帝说，你真相信他？”

我使出最大的努力，最后一次扪心自问，然后点点头。这一点我不仅现在明白，当初珀西拽着柯菲的胳膊走进囚牢大楼，声嘶力竭喊着“死鬼来了”的时候，我凭直觉就明白，约翰·柯菲的情况有点不对劲。我还和他握过手，不是吗？我从来没和走上绿里的人握过手，但我握了柯菲的手。

“耶稣在上。”迪安说道，“善良的耶稣基督啊。”

“你的鞋子是一个，”哈里说道，“那另一个证明呢？”

“在搜查组发现柯菲和那两个女孩前不久，他们从特拉平格河南岸附近的树林里钻了出来。他们在那里发现有一处草地的草被压平了，还有许多血，还有柯拉·狄特里克的睡衣残片。警犬迷惑了一阵，大多数警犬想沿河岸往东南方向追，但有两条警犬，都是浣熊猎犬，却要沿河岸往上游去。牵着这两条狗的是波波·马钱特，他让这两条猎犬闻了闻睡衣，它们立刻随大流走了。”

“浣熊猎犬搞懵了，是吗？”布鲁托尔问道，他嘴角上漾起一丝奇怪的、嫌恶的笑意，“严格地说，它们天生就不是用来追踪的，它们给搞懵了，不知道自己到底该干什么。”

“没错。”

“我没听明白。”迪安说。

“那两条浣熊猎犬忘了波波放在它们鼻子下让它们闻后去完成的是什么任务了，”布鲁托尔说，“它们来到河岸时要追的是凶手，不是两个女孩。当凶手和女孩在一起时，这不成问题，但是……”

迪安眼睛一亮，哈里则早已会意。

“你们只要想一想，”我说，“就会奇怪，怎么可能，哪怕是希望把罪名定在一个四处游荡的黑人身上的陪审团，怎么可能相信约翰·柯菲就是他们所要找的人，哪怕是有一点点相信。用食物让狗安静下来，以便可以拧断它的脖子，这种念头柯菲是绝不可能想出来的。

“他到过的离狄特里克农庄最近的地方就是特拉平格河南岸，我就是这么认为的。那里离事发地有五六英里远。他只是在闲逛，也许想走到铁路边，爬上一趟货车什么的，随便去个地方，货车从高架桥上下来时通常会减速，足以让人跳上去，这时候，他听见北边传来一阵骚动声。”

“是凶手？”布鲁托尔问道。

“是凶手。他也许已经强奸了她们，也可能柯菲听见的就是强奸时的声音。反正那片有血的草地就是凶手作案的地点；他把她们的脑袋往一块猛撞，扔到地上，然后拼命逃走了。”

“拼命往西北跑，”布鲁托尔说道，“就是浣熊猎犬要去的方向。”

“对。约翰·柯菲是穿过小片桤树丛出来的，树丛就在那两个女孩子的尸体所在地略东南一些的地方。他大概是对那阵骚动声觉得好奇，结果发现了尸体。其中一个当时也许还活着，我觉得很可能两人当时都还活着，尽管谁都没能活很久。如果她们已经死了，约翰·柯菲就不会知道了，这是肯定的。他当时想到的就是他的手有疗伤功能，他试图用它来拯救柯拉和凯丝姐妹俩。结果没起作用，他绝望了，哭得歇斯底里。他们就是在这时候发现他的。”

“他干吗不待在原地，他发现尸体的地方？”布鲁托尔问道，“为什么要抱着她们沿河岸朝南走？谁能说说？”

“我敢肯定他一开始一定停在原地，”我说，“在法庭上，他们一直提到一大片被踩踏的草地，所有的草都被压倒压平了，而约翰·柯菲又是个大个子。”

“约翰·柯菲就他妈的是个大个子。”哈里压低了嗓子，希望我妻子如果碰巧在听的话也听不见他的粗口。

“也许他发现自己的所作所为没有效果后惊恐起来，也可能他突然觉得也许凶手还在附近，在上游的树林里，正盯着他。你知道，柯菲体形巨大，但胆子并不太大。哈里，还记得他求我们在熄灯睡觉后给他留盏亮着的灯吗？”

“没错。我记得当时我还想，这么大的块头，提这样的要求也太可笑了。”哈里看上去受到了触动，若有所思。

“如果不是他杀了那两个女孩，又是谁干的呢？”迪安问道。

我摇摇头：“另有其人，我觉得最有可能的是一个白人。公诉人十分强调指出，狄特里克家的狗很大，要杀死这样的狗，必须身强力壮，但是……”

“那是屁话，”布鲁托尔粗声粗气地说道，“一个十二岁的姑娘，只要有点力气，而且知道从哪里下手，也准能折断一条大狗的脖子。如果不是柯菲干的，那就差不多任何人……随便什么人都有可能了。也许我们永远无法弄清楚了。”

我说：“除非他再次出手。”

“即使那样我们也许还是无法知道，如果他是在德克萨斯或加州干的话。”哈里说。

布鲁托尔身体往后仰着，像一个累坏了的孩子一样用双拳紧紧挤压着眼窝，然后又放到膝盖上。“这真是场噩梦，”他说，“我们关着的人也许是清白的……也许真是清白的，但他却铁定要上绿里。我们该怎么办？如果我们拿他妈的疗伤手指说事，人人都会笑掉大牙，而他到头来还是得上电椅。”

“这一点我们等会再考虑，”我这么说是因为我根本就不知道该怎么回答他，“目前的问题是我们该为梅莉做什么，或者什么都不做。我很想说，咱们退一步，花上几天时间好好想明白，可是我觉得，我们每等一天，柯菲无法帮助她的可能就大一分。”

“还记得他伸出手来要那只老鼠的样子吗？”布鲁托尔问道，“‘把它给我，趁还来得及！’他是这么说的，趁还来得及。”

“我记得。”

布鲁托尔想了想，然后点点头：“算我一个，我对德尔的事也感到很难过，但我想我最主要的是想看看，当柯菲碰了她以后会发生什么情况。也许什么都不会发生，但也许……”

“我甚至怀疑我们是否能把那个傻大个弄出牢去，”哈里说着叹了口气，点点头，“但谁管这个呀？也算上我吧。”

“也算上我，”迪安说，“保罗，谁留在牢里？我们抽签吗？”

“不抽了，伙计，”我说，“不抽签，你留下。”

“就这样？你说得倒轻巧！”迪安回答道，语调中透出受到伤害后的愤怒。他一把摘下眼镜，气冲冲地在衬衫上擦拭着。“这算是哪门子交易啊？”

“你还年轻，还有孩子在上学，这就是你该得的交易。”布鲁托尔说，“哈里和我都是单身，保罗是有家室的，但他的孩子至少都自己成家立业了。我们在这里计划要做的事情非常疯狂非常惊险，我觉得我们差不多准会被逮住的。”他表情阴郁地看着我，“保罗，有件事情你还没提到，那就是，如果我们真把他弄出了笼子，可柯菲的手指没起作用，哈尔·穆尔斯就会亲自把我们送进监狱的。”他给我一个机会来回答，也许是反驳，但我实在说不出什么，只好闭着嘴。布鲁托尔转向迪安，继续说下去，“别误会我的意思，你也会丢了工作，但至少真遇上麻烦的话，你还有机会躲开监狱。珀西会说那是场胡闹，如果你坐在那里值班，你就能说你也以为是场胡闹，而我们从没告诉过你真相。”

“我还是不喜欢这样，”迪安虽然这么说，但很清楚，不管他喜欢不喜欢，他得照办。孩子尚小的念头说服了他。“得今晚就干？你肯定吗？”

“要是打算干，最好今晚就行动，”哈里说，“要让我再想一想，我肯定就吓得缩回去了。”

“让我去医务室走一趟，”迪安说道，“我至少可以做这件事，行吗？”

“爱干啥干啥去，别给逮着就行。”布鲁托尔说。

迪安一脸不高兴，我赶紧拍拍他肩膀：“你一打卡进门就行动……怎么样？”

“没问题。”

我妻子脑袋在门口一探，好像我给了她什么暗号似的。“谁还要凉茶？”她朗声问道，“布鲁托尔，你要吗？”

“不用了，谢谢，”他说道，“我想的是好好来杯威士忌，不过在目前的情况下，这恐怕不是个好主意。”

詹妮丝看看我，嘴角挂着笑意，眼神露着担忧。“保罗，你把这些孩子怎么啦？”但还没等我想好该怎么回答她，她手一扬说道，“好啦好啦，我不想知道。”

3

其他人走后很久，我正穿衣服准备上班，她过来抓住我的胳膊，把我拉转向她，坚定地凝视着我的眼睛。

“是为梅琳达？”她问道。

我点点头。

“你能帮她吗，保罗？是真的帮她，还是因你昨晚所见而起的梦想？”

我想到了柯菲的眼睛，柯菲的双手，还有他要我走过去时我被催眠似的朝他走去的样子。我想象着他伸出双手，去接叮当先生被踩碎了的身体。*趁还来得及*，他说。还有打着旋飘出来的黑色物质，变成了白色，消失了。

“我觉得我们也许是她唯一的机会了。”我终于把话说了出来。

“那就抓住它吧，”她边说边为我扣上了秋季新制服的前排纽扣，制服自我九月份生日以来一直挂在壁橱里，今天只是我第三或第四次穿它。“抓住它。”

她几乎是把我推出了门。

4

那天夜晚在很多方面都是我一生中最最奇怪的一晚。六点二十，我打卡上班。隐约中，我还能闻到空气里那股淡淡的、挥之不去的烧焦的肉体气味。这一定是幻觉，因为这栋建筑的门和储藏室的门白天大部分时间都开着，前两班的人不停地在屋子里擦洗着，但这却没有改变鼻子向我发出的信息，即使我没有因为想到当晚即将发生的事情而担心害怕得要命，也没有一丝想吃晚饭的胃口。

布鲁托尔在七点差一刻的时候来到区里，迪安差十分到。我让迪安去医务室看看，是否能给我拿块热敷贴来，那天凌晨我帮着把德拉克罗瓦的尸体弄下隧道时好像扭了背，想用点热敷。迪安欣然答应。我知道他想对我使个眼色，但他忍住了。

哈里七点差三分打卡进来了。

“车呢？”我问道。

“在我们说好的地方。”

目前为止，一切顺利。接下来的一段时间里，我们都在值班桌边站着，喝着咖啡，闷不做声，大家都不把最希望发生的事情说出来：珀西迟到，甚至今晚不来上班了。考虑到人们对他执行死刑时的举止提出的严厉批评，至少今晚他有可能不来了。

但是珀西显然信奉了从哪里跌倒就从哪里爬起来的信条。七点零六分时，就见他进了门，一身蓝色制服，容光焕发，腰间挂着的手枪贴在一边臀部，山胡桃木的警棍悬在另一边腰间的皮套里，皮套是自制的，样子十分滑稽可笑。他压了一下时间卡，警惕地朝我们扫了一眼（除了尚未从医务室回来的迪安）。“我的火花塞坏了，”他说，“只好用曲柄发动。”

“噢，”哈里应道，“倒霉啊。”

“还不如待在家里把这玩意弄弄好，”布鲁托尔的语气温和而殷勤，“我们可不愿你扭伤了胳膊，不是吗，伙计们？”

“是啊，你最希望那样了，不是吗？”珀西嘲讽着说道，不过我听得出，布鲁托尔相对来说比较温和的语气使他稍微放心了一点。很好。接下来的几小时里，我们得谨慎小心地对付他，既不能太敌对，也不能太友善。那晚之后，他什么都怀疑，哪怕是对他的热情相向。我们绝不可能指望他放松警惕，这我们都明白，可我觉得，只要我们不犯错误，就能控制住他，让他毫不知情。我们必须迅速行动，这很重要，但至少对我来说，同样重要的还有，谁都不能受伤，包括珀西·韦特莫尔。

迪安回来了，冲我一点头。

“珀西，”我说道，“请你去储藏室把地板拖一下，还有通往隧道的楼梯。完事后你就把昨晚的情况写个报告吧。”

“那可得动动脑子喽。”布鲁托尔插嘴道，他说着把双手拇指插进裤腰的皮带后面，仰脸朝天。

“你们几个说话真他妈的好笑。”珀西虽这么说，倒还没有对抗的意思。他甚至没有指出显而易见的事实，即那里的地板当天至少已经拖了两次。我猜想，能不和我们在一起，他准是高兴都来不及呢。

我浏览了一下前一班的值班报告，没发现值得注意的内容，便动身向沃顿的牢房走去。他正在板床上坐着，双膝高高屈在身前，双手围抱着脚踝。他看看我，眼神里透着明显的、敌意的笑容。

“瞧瞧，可不是头儿来了嘛，”他说道，“大小正好，丑陋加倍。埃奇康比头儿，你一脸的开心，真像在屎里打滚的猪。出门前老婆拽了你小头儿下，是不是？”

“乖孩子，你怎么样？”我不动声色地问道，他倒当真了，神情一亮。他松开手，站起身来，伸展一下身体。他笑得更明显了，敌意消退了一些。

“妈的，”他说道，“你只有一次说对了我的名字！你怎么啦，埃奇康比头儿？你有毛病还是脑子灌水啦？”

没有，我没病。我曾经病过，但约翰·柯菲把我治好了。他的双手已经不会打结，即使以前会，现在也不会了，但这双手却另有本事，确实有本事。

“朋友”，我对他说，“你愿意做乖孩子比利还是野小子比利，这与我无关。”

他用力地喷了口气，活像南美河流里一种令人恐惧的鱼，它们背部和腹部的鳍刺能把人扎个半死。我这一生在绿里上和许多危险人物打过交道，但没几个比威廉·沃顿更让人憎恶的。他自认为是个了不起的好汉，但他在牢房里的所作所为，不过是隔着铁栏吐口水或撒尿。我们迄今尚未对他表示过他认为自己应得的尊敬，但在那个特殊的晚上，我需要他驯服一些。如果需要说些拍马奉承的话，我也会乐意的。

“我和乖孩子相同的地方可多啦，你最好还是相信我的话，”沃顿说，“我进这里，可不是因为偷了一角店[①]里的小糖块。”他满脸的傲气，好像是被招进了法国海外军团英雄旅，而不是被人一屁股踢进了离电椅只有七十大步之遥的地方。“晚饭在哪里？”

“算啦，乖孩子，报告说你五点五十分就吃过了。夹肉面包条，配油拌豆泥。你别指望轻易就骗了我。”

他哈哈大笑起来，又坐回到自己的板床上去了。“那，就把收音机开了吧。”他说收音机这个词的发音方式，很像从前人们开玩笑时的发音，和五十年代的俚语“爸爸-地”是押韵的。人内心紧张时，思考都会带着韵，居然还能记得许多过去的东西，想来真让人觉得滑稽。

“等会儿再说吧，浑小子。”我说着离开了他的牢前，朝走廊看去。布鲁托尔已经踱到走廊尽头，检查了一下禁闭室的门锁，确定它目前是单锁而不是双锁锁定的。我知道是单锁，因为我自己已经去检查过了。再过一会，我们得尽快打开那道门。不必再花时间去把多年来在那里积压起来的杂七杂八的东西全搬空：沃顿加入我们这里的那一伙人后不久，我们就把它们都搬了出去，分门别类地存放在其他几处地方。我们觉得，那间软墙房间可以派上许多用场，至少到“乖孩子比利”走上绿里之前。

通常这时候，约翰·柯菲已经躺下了，但此刻，他正紧握双手坐在床头，面对着墙壁，两条粗壮的长腿荡来荡去。他警觉地看着布鲁托尔，这神情对他而言并不常见，他的眼睛也没在流泪。

布鲁托尔推了推通向禁闭室的门，然后走回绿里。他走过柯菲的牢房时朝柯菲瞥了一眼，柯菲说了一句很奇怪的话：“放心，我很乐意搭趟车。”好像是在回答布鲁托尔说的什么话。

布鲁托尔和我目光一碰。*他知道*，我几乎听见他这么说了，*不知怎么的他知道了*。

我耸耸肩，手一摊，似乎在说：*他当然知道*。

---

① 一角店（Dimestore），一种大部分商品的价格都在十美分左右的廉价小店。

5

大约八点三刻，老嘟嘟推着车，在E区走完了当晚最后一趟。我们耐心听了他一大箩废话，让他贪心地笑了起来。

“听着，你们几位看见那只老鼠了吗？”他问道。

我们都摇摇头。

“也许那漂亮小伙见过。”嘟嘟说着头朝储藏室方向一点，珀西正在那里拖地板，写报告，或是在抠屁眼。

“你操什么心？管他谁见了，没你的事，”布鲁托尔说道，“嘟嘟，推车走吧，你把这地方弄得臭死了。”

嘟嘟堆出一脸他独有的、让人很不舒服的笑容，张开无牙的大嘴，脸颊凹瘦。他装模作样地吸了口气。“你们闻到的不是我，”他说，“是德尔，说再见的德尔。”

说完，他嘎吱嘎吱推车出了门，去了操练场。后来他又推了十年车，向还买得起点东西的看守和囚犯叫卖馅饼和汽水，我离开之后他还推了很久，天啊，冷山监狱撤销后他还推了很久。直到现在，我还不时在梦里听见他喊着，他给烤糊了，他给烤糊了，他成了烤熟的火鸡。

嘟嘟走后，时间变得漫长起来，时钟似乎在爬行。我们把收音机开了一个半小时，里面在播弗雷德·埃伦的“埃伦的小径”等节目，沃顿发出了一阵阵狂笑，可我非常怀疑他听懂了里面的多少笑话。约翰·柯菲还坐在床头，双手紧握，眼睛几乎没离开过坐在值班桌前的人。我见过这种神情，一副在汽车站等车来的样子。

十点三刻时，珀西从储藏室来了，递给我一份用铅笔费劲写成的报告，页面上满是橡皮擦的碎屑和污迹。他见我用拇指抹了抹其中的一处污迹，便匆匆说道：“这只是第一稿，我会再抄一遍的。你觉得怎样？”

我觉得这是我有生以来读到的最他妈粉饰太平的报告了。不过我对他说的是，写得不错。他满意了，走开了。

迪安和哈里在玩纸牌，大声吵闹着，经常为了分数争论不休，每隔五六秒钟就抬头看看慢慢爬行的时钟。当晚至少有一局牌戏中，他们似乎在牌板上走了三个来回而不是两个。空气十分紧张，我觉得几乎能把紧张像黄泥一样捏成形了，而唯一没有这种感觉的人就是珀西和野小子比利。

到十点二十分时，我再也忍受不了了，便朝迪安微微一点头。他拿了瓶从嘟嘟的推车上买来的可乐，走进我的办公室，一两分钟后又出来了。此时可乐已倒在一只锡铁杯里，这样的杯子不会被囚犯砸碎了当利器。

我拿过杯子，四下看看。哈里、迪安和布鲁托尔都在注视着我。约翰·柯菲也在看着我。不过，珀西不在其中。他已经回储藏室去了，也许他觉得那天晚上待在那里更舒服些。我拿起杯子嗅了一下，没有其他味道，只有可乐的气味，一种当时闻来有些奇怪但让人愉快的肉桂味。

我拿着杯子来到沃顿的牢房前，他正在床上睡着。他并不在自慰，不过裤裆里面的确硬硬地有东西顶着，他不时轻重适度地用手指去拨弄一两下，好像一个笨手笨脚的提琴手在用力拨弄特粗的E弦。

“乖孩子。”我说道。

“别烦我。”他说。

“好吧，”我顺着说道，“我给你弄了杯可乐，看你这一夜还像个人样，差不多要创纪录了。不过我还是自己喝了吧。”

我把杯子举到嘴边，做出真要喝的样子。那杯子的四周被人愤怒地在牢房铁栏上砸得凹凸不平。刹那间，沃顿就跳下板床，但这并不让我惊讶。这也不是什么高危动作。大多数囚犯，管他是无期的还是强奸犯，还有确定要上“电伙计”的家伙，见了甜食都不要命，这家伙也绝非例外。

“给我，你这呆子，”沃顿说话的腔调好像他是工头，我倒成了苦力，“把可乐给乖孩子我。”

我把杯子拿到铁栏近处，让他伸出手来取。要反过来做，那就等着倒大霉吧，在监狱里做久了，谁都会这么对你说。这样的动作，我们甚至没意识到是否思考过就自然会做的，就像我们决不会让囚犯对我们直呼其名来套近乎，就像每当我们听见有急促的钥匙叮当声就明白区里出事了，因为那是狱警奔跑时发出的声音，而监狱若平安无事，狱警决不会奔跑。而这样的事情，珀西·韦特莫尔从来搞不明白。

然而这天晚上，沃顿却不打算把自己噎死。他抓过杯子，长长地三口喝光了饮料，打了个响亮的嗝。“妙极了！”他说道。

我伸出手：“杯子。”

他拿着杯子不放，眼神里透出调侃：“我要是不给呢？”

我耸耸肩：“我们就进来拿。那你就得到那小房间去了。你刚才喝的就是这辈子最后一杯可乐啦，除非地狱里还有可乐卖。”

他的笑容消失了：“别跟我用地狱开玩笑，住嘴。”他隔着铁栏把杯子扔了出来，“给你，接着。”

我接住杯子。珀西在我背后说道：“老天呐，你干吗还要给这种笨蛋喝汽水？”

因为里面混上了足够的安眠药，好让他不吃不喝睡上两天两夜，我暗想。

“保罗这人呐，”布鲁托尔说道，“慈悲之心并非出于勉强，它像点滴甘霖从天而降。①”

“嗯？”珀西不解地皱着眉头。

“意思是说他是个软心肠的家伙，过去将来，一直都是。珀西，要不要玩一盘疯狂八？”

珀西鼻孔一出气：“除了钓鱼和老处女②，这就是最愚蠢的牌戏了。”

“正因为如此，我才想你也许会愿意玩上几把呢。”布鲁托尔笑容

---

① 原文出自莎士比亚《威尼斯商人》第四幕第四场鲍西娅规劝夏洛克的话。

② “疯狂八”、“钓鱼”、“老处女”：均为牌戏名称。

可掬地说道。

“怎么谁都自作聪明。”珀西说完，拉着脸走进我办公室去了。这讨厌鬼坐在我办公桌前，我老大不愿意，但我没做声。

时钟在爬行。十二点二十，十二点三十，到了十二点四十，约翰·柯菲从床上起身，站到牢房门前，双手搭在铁栏上。布鲁托尔和我走到沃顿牢前，朝里张望了一下。他躺在床上，仰面朝天，微笑着，眼睛是睁着的，眼珠像两只大玻璃球。他一只手搭在前胸，另一只手耷拉在床边，手腕在地面上擦来擦去。

“天啊，”布鲁托尔说道，“不到一小时，乖孩子比利就成了甩泪威利。不知道迪安在汽水里放了多少吗啡片呢。”

“够量。”我说话的声音里有一丝颤抖。不知道布鲁托尔是否听了出来，反正我肯定是听到了。“来吧，行动吧。”

“你不打算等那帅小伙迷糊过去了？”

“布鲁托尔，他早已迷糊过去了。他脑袋晕得连闭眼都嫌费力了。”

“你是头儿。”他四下看看，寻找着哈里，可哈里早在那儿了。迪安正直挺挺地坐在值班桌前，来回洗着牌，力量之大，速度之快，纸牌居然没烧起来，还真让人有点惊讶。他每洗一轮，目光就稍稍朝左边一瞥，朝我办公室看一眼。他一直在注视着珀西的举动。

“是时候了吗？”哈里问道。他那张长长的马脸在蓝色制服的衬托下更显得苍白，但神情十分坚定。

“是，”我说，“如果我们要行动，时候到了。”

哈里在胸前一划十字，吻了吻拇指。然后，他走到禁闭室前，打开锁，进去拿了件约束衣回来了。他把约束衣递给布鲁托尔。我们三人沿绿里走去。柯菲站在牢房门里，看着我们走过去，一言不发。我们走到值班桌时，布鲁托尔把约束衣往背后一掖，他的背十分宽阔，足够把约束衣藏在后面。

“好运。”迪安说道，他的脸色和哈里一样苍白，脸上的神情也一样坚定。

珀西正坐在我的桌前，坐在我的椅子里，眉头紧锁，盯着书看。

近几个晚上，这本书一直没离他左右。不是《大商船》，也不是《男士派对》，而是《精神病院病人护理》。可当我们走进去时，他向我们投来夹杂着内疚和焦虑的一瞥，这反倒让人觉得他在看的是《所多玛和俄摩拉的末日》[①]。

“怎么啦？”他匆匆合上书，问道，“你们要干什么？”

“要和你谈谈，珀西，”我说，“没别的。”

但是他从我们的神色上看出，这可远不止谈谈，便刷地起身，急忙朝那扇敞开着通往储藏室的门冲去，虽不能说是跑，但也差不了多少。他以为我们至少要捉弄他一番，更可能给他一顿好揍。

哈里转身拦住他，挡在门口，胳膊交叉着抱在胸前。

“嘿——！”珀西转身看着我，他有些惊慌，但拼命想掩饰慌张。“这怎么回事？”

“别问，珀西。”我说。我一直以为，这疯狂的行动一旦开始，我就会没事，反正就是恢复常态，可事实并非如此。我不敢相信自己正在做这样的事情。简直像在做梦。我真希望妻子会来把我摇醒，说我一直在睡梦中呻吟。“你一切照办就不会有麻烦。”

“豪厄尔背后藏的是什么？”珀西用声音沙哑地问道，说着他朝布鲁托尔转过身去，想看个仔细。

“没什么，”布鲁托尔说，“嗯……这个，我想是……”

他一把抽出约束衣，在身体一侧甩了甩，就像斗牛士挥舞着红斗篷，挑逗公牛前来冲撞。

珀西眼睛瞪得溜圆，跳将起来。他是想跑，但哈里一把抓住他的胳膊，结果他所做到的只是蹦了一下而已。

“放开我！”珀西喊起来，拼命想从哈里手上挣脱出来。这根本不可能，因为哈里差不多比他重了一百磅，更因为长期耕地砍柴，一身健壮汉子的鼓鼓肌肉，不过珀西还是拼命挣扎，竟然把哈里拖过了半个房间，把我一直想换掉的难看的绿地毯踩得一团皱巴。我觉得他几乎要挣脱出一条胳膊了，恐惧有时候真能激发人的力量啊。

---

① 所多玛（Sodom）和俄摩拉（Gomorrah）均为《圣经·旧约》中的罪恶之城。

“别动了，珀西，”我说道，“一切好说，只要你……”

“让谁别动啊，你们这帮笨蛋！”珀西扯着嗓子嚷道，奋力扭动肩膀，企图把胳膊挣脱出来。“都给我松手！都松手！我有人的！是大人物！你们要是不住手，就等着一路去南卡罗莱纳讨稀粥吃吧！”

他又向前一番挣扎，屁股上端撞到了我的办公桌。他刚才在看的那本《精神病院病人护理》飞了起来，还跳出一本宣传册大小的书，原来这小书一直藏在大书里面。难怪我们进去时珀西显得心里有鬼。那不是《所多玛和俄摩拉的末日》，却是我们有时会给囚犯的那本书，或奖励他们一段时间表现良好，或平抚他们正经受的性冲动的极度折磨。我想我前面提到过的，就是那本小漫画书，书里的奥利弗·奥依尔和所有的人都干过，除了那孩子小甜豆。

珀西居然在我的办公室里看这种低级色情书，我觉得太可悲了。越过珀西紧绷的肩头，我看到哈里一脸淡淡的鄙夷，布鲁托尔却大笑了起来，这倒使珀西停止了挣扎，至少暂时不动了。

“啊哟，珀西啊，”他说道，“你妈会怎么说啊？这件事，州长先生又会怎么说呢？”

珀西脸涨成了酱红色：“给我闭嘴，别提我妈妈。”

布鲁托尔朝我挥了挥约束衣，脸朝珀西凑了过去：“当然啦。你就乖乖把胳膊伸出来吧。”

珀西的嘴唇在颤抖，眼睛显得特别亮。我意识到，他这是快要哭出来了。“决不，”他说话的语气像个孩子，微微颤抖，“你别想强迫我。”接着，他提高嗓门，喊起救命来。哈里露出一丝畏缩，我也是。如果我们打算就此退堂，此刻正是时候。我们差一点就打退堂鼓了，但布鲁托尔却十分坚定，没有丝毫迟疑。他走到珀西背后，正好和反拧着珀西双手的哈里并肩站着。布鲁托尔伸出手去，一手一只捏住珀西的耳朵。

“别叫，”布鲁托尔说道，“除非你想要一对世界上绝无仅有的袋茶罐。”

珀西的喊叫停了一下，他站在那里，浑身颤抖，垂头看着地上那本粗糙的漫画书封面，上面画着波派和奥利弗正用新奇的方式干那事，那姿势我只听说，可从没试过。奥利弗头顶上方的气球上写着“喔……，波派！”波派头顶的气球上则是“哼啊-哼啊-哼啊-哼啊”，还抽着烟斗。

“把胳膊伸出来，”布鲁托尔说道，“别犯傻了，快点。”

“就不，”珀西说，“我就不伸，你别想逼我。”

“那你就大错特错了，知道吗？”布鲁托尔说着捏紧珀西的耳朵使劲一拧，就像在拧微波炉上的开关，而且是台不听使唤的微波炉。珀西发出一声痛苦和惊恐的尖叫，我宁愿自己从没听到过这样的声音。它传达的不仅是痛苦和惊恐，还有领悟。珀西活到现在，终于第一次明白，可怕的事情并不只发生在其他人身上，并不只发生在没有足够的运气与州长攀上关系的人身上。我想让布鲁托尔住手，但我当然不能这么做。我们已经走得太远。我只是一个劲地告诉自己，珀西就因为德拉克罗瓦嘲笑了他，就让德拉克罗瓦受了那么多的苦难煎熬。不过这么想并没有让我好受多少。也许，要是我天性中更多些珀西的因素，情况就不一样了。

“亲爱的，把胳膊伸出来，”布鲁托尔说道，“不然就再来一次。”

哈里已经放开了年轻的韦特莫尔先生。珀西像小孩一样抽泣着，刚才噙在眼角的泪珠此刻顺着面颊淌了下来，他像喜剧电影里的梦游人一样刷地把手直直往前伸出。眨眼间我就把约束衣套上了他的胳膊。我刚把衣服套过珀西的肩膀，布鲁托尔就松开了珀西的耳朵，一把拽住约束衣袖口的皮带。他用力把珀西的手向两旁拉去，使他的两条胳膊交叉着紧紧锁在前胸。与此同时，哈里系好了约束衣背部的带子。从珀西伸出双手到整件活干完，用了不到十秒钟时间。

“好啦，小子，”布鲁托尔说道，“向前开步走。”

但是珀西死活不动，他朝布鲁托尔看看，然后把惊恐万状、泪水涟涟的目光转向我。不再提他的人头关系，也不提要把我们发配到南卡去讨饭了，早不是那么回事了。

“求你了，”他用嘶哑的、带着哭腔的声音说道，“别把我和他放一块，保罗。”

这下我明白他为什么害怕、为什么要拼命抗拒我们了。他以为我们要把他和野小子比利·沃顿关到一起，他以为我们要惩罚他没把海绵弄湿，要让那蹲牢房的疯子用干玉米棒捅他的屁眼。想到这一点，我非但没觉得珀西可怜，反生出厌恶，更坚定了自己的决心。说到底，他还是以小人之心度君子之腹了。

“不到沃顿那里去，”我说道，“去禁闭室，珀西。你得在那里待上三四小时，一个人在黑暗里待着，好好反思你对德尔干的好事。也许已经来不及让你吸取教训，学学该怎么做事，反正布鲁托尔是这么想的，不过我还乐观。好了，走吧。”

他开动了脚步，边走边咕哝着有我们后悔的，大大的后悔，就等着瞧吧，不过总的来说，他松了口气，放心了。

我们把他推进大厅，迪安瞪大了眼睛，一脸无辜，十分惊奇地看着我们，要不是这活儿极其严肃，我真想大声笑出来。就是密林谷仓里的讽刺短剧，演得也比他好。

“咳，难道这玩笑开得不够大吗？”迪安问道。

“你给我闭嘴，除非你不知好歹。”布鲁托尔吼道。这都是我们在午饭时编好的台词，我听到的就是这个效果，编好的台词，但如果珀西已经被吓得够戗，头脑混乱，那这几句话也许还是能让迪安·斯坦顿保住自己的工作。我本人并不相信会如此，但一切均有可能。无论是那时还是后来，每当我对任何事情发生怀疑，我就会想到约翰·柯菲，想到德拉克罗瓦的老鼠。

我们推着珀西走过绿里，一路上他磕磕绊绊，气喘吁吁地要我们走慢点，说要是我们不放慢脚步，他就得跌个嘴啃泥了。沃顿躺在床上，但我们很快就从他牢房走过，我没来得及看清楚他到底是睡着还是醒着。约翰·柯菲站在自己的牢门内看着。“你是个坏蛋，你活该去那个黑暗地方。”他说道，但我觉得珀西没听见。

我们走进了禁闭室，珀西双颊通红，满脸泪水，眼珠在眼眶里乱翻，散乱的头发贴在前额上。哈里一手抽去了珀西的手枪，另一手拿走了他心爱的胡桃木把警棍。“会还给你的，别担心。”哈里说道，声音显得有点尴尬。

“但愿对你的工作我也能这么说，”珀西答道，“你们所有人的工作。你们竟敢把我这样！你们敢！”

显然，他已准备这样嚷上一阵子，但我们却无心听他的说教。我口袋里放着一卷绝缘胶带，是人们现在使用的胶带在三十年代时的前身。珀西一见，便拼命想躲开去。布鲁托尔从后面一把揪住他，紧紧抱定，我用胶带把他的嘴封上，还绕着他脖子围了一圈，以防万一。等胶带取下后，他肯定得少几撮头发，嘴唇也得严重开裂，不过我管不了那么多。我已经受够了珀西·韦特莫尔。

我们从他身边退开。只见他站在屋子中央，头顶亮着一盏装了防护罩的灯，上身绷着约束衣，撑着鼻孔呼吸着，蒙着胶带的嘴里发出沉闷的“呜！呜！”声。从头到脚，他那可笑的模样和被我们揪到这间屋子里来的囚犯没什么两样。

“话越少，出去越早，”我说道，“珀西，记住这句话。”

“你要是觉得孤单，就想想奥利弗·奥依尔吧，”哈里劝说道，“哼啊–哼啊–哼啊–哼啊。”

说完，我们都出了房间。我关上门，布鲁托尔上了锁。迪安正站在稍远的绿里上，就在柯菲牢房外。他已经把总钥匙插进了上锁孔。我们四个相互对视一下，谁也没说话。没有必要了。我们已经发动了车子，现在能做的就是希望它按照我们铺好的轨道走下去，而不要半路脱轨。

“约翰，你还想坐趟车吗？”布鲁托尔问道。

“是的，先生，”柯菲说道，“我想是的。”

“好，”迪安说。他拧动了第一道锁，拔出钥匙，把它插进第二个锁孔。

“要我们把你捆起来吗，约翰？”我问道。

柯菲似乎想了想。“你们想捆就捆吧，”他最后这么说，“但没必要。”

我朝布鲁托尔点点，他打开牢门，然后转向哈里，哈里正用珀西的那把点四五瞄着柯菲，看着他走出牢房。

“把家伙交给迪安。”我说道。

哈里眨眨眼睛，好像被人从短暂的瞌睡中叫醒了似的，发现珀西的手枪竟还在自己手里，赶紧把它递给迪安。与此同时，柯菲迈着沉重的步子上了走道，光秃的脑袋几乎要擦到头顶上方的灯罩。他站在那里，双手交叉放在身前，肩膀松松地垂挂在宽大的胸脯两边，就像我第一次见到他时的样子，他让我想起一头被捕获的巨熊。

“把珀西的玩具锁进值班桌里，直到我们回来。”我说。

“如果我们还回来。”哈里补充道。

“好的。”迪安对我说，并不理睬哈里。

“如果有人来……也许不会有人来，但如果真有人来……你怎么说？”

“说柯菲半夜里闹事。”迪安答道，脸上的认真表情就像学生在回答考试问题，“我们只好给他套上约束衣，关进禁闭室。如果那里有响动，听到的人准会以为那就是他。”他抬起下巴冲约翰·柯菲一指。

“那我们呢？”布鲁托尔问道。

“保罗去管理处，查阅德尔的文件和见证人名单，”迪安说道，“这次特别重要，因为行刑时出了大问题。他说也许得在那里待到下班。你、哈里还有珀西都去洗衣房洗衣服了。”

好了，反正大伙是这么说的。洗衣用品间晚上有时有掷骰子游戏，有时是二十一点或扑克或一点两点①。不管是什么，去玩的看守就说是去洗衣服了。每逢这样的聚会，总有亮堂的月光，有时候，还轮流吸一圈烟枪。我觉得，自打有监狱以来，监狱里就是这么回事了。当你一辈子管理着肮脏家伙时，你自己也难免沾上一点肮脏。反正，对我们这种活动，也不太可能有人认真处理。在冷山监狱，“洗衣服”这样的事情处理起来是十分宽大的。

“一字不差。”我说着让柯菲转身起步，“迪安，万一出了差错，你就说你什么都不知道。”

“说说容易，但……”

就在这时，一条瘦削的胳膊从沃顿的牢房铁栏中突然伸出，掐住柯菲胳膊上的一条肌肉。我们倒吸一口凉气。沃顿本该昏昏沉沉睡得

---

① 一种纸牌游戏名。

死人一般，可眼前的他却站在那里，身体前后摇晃，像被人连续重击似的，一脸似睡似醒的笑容。

柯菲的反应让人惊叹。他没有试图挣脱，但也牙关紧闭，倒吸了口气，就像触到了冰冷的或恶心的东西。他双目圆睁，一时间，他的表情似乎说明，他从来就不是木讷的，更不可能从早上起床到晚上睡下都是木讷的。当他要我走进他的牢房、让他给我治疗时，他充满活力。用柯菲的话讲，他帮了我。他伸出手去接那只老鼠时也是这样的表情。现在，他的脸上第三次焕发出光彩，好像聚光灯突然在他大脑中亮了起来。只不过这一次稍有不同。这一次是冷光。我第一次想到，如果约翰·柯菲突然变成杀人狂，不知道会发生什么样的事情。我们有枪，可以朝他开枪，但要真正制服他可不那么容易。

我在布鲁托尔脸上看出了相同的想法，但沃顿只是表情僵硬地咧嘴笑着。“你要去哪里啊?”他问道，不过那声音就像一连串的咕哝。

柯菲站着没动，先看看沃顿，又看看他的手，然后视线又回到沃顿脸上。我看不懂那表情是什么意思。我是说，我能看出那是智慧的表情，但我无法看懂其中的意思。至于沃顿，我可一点不担心。他事后什么都不会记得，他就像个酒鬼，虽在走动却毫无知觉。

“你是个坏蛋。”柯菲凑着他耳朵说道。我说不出他声音里到底有什么：是痛苦，是愤怒，还是害怕，也许三者都有。柯菲又低头看看抓着自己胳膊的手，就像在看一只会狠狠咬人一口的小虫子，如果虫子也有头脑的话。

“没错，黑鬼，”沃顿说道，他依然睡眼蒙眬，笑容里傲气十足。“坏得没治了。”

我突然间肯定，要出事了，今天上午计划好的事情全要搞砸了，就像一场灾难性地震，会让河道完全改变模样。要出事了，而我也好，我们中任何一个也好，都无法阻止其发生。

这时布鲁托尔伸出手，一把将沃顿的手从约翰胳膊上掰开，刚才的感觉没有了，就像某个潜伏着危险的电路被切断了。布鲁托尔把沃顿的手从我身边的大个子身上拉开时，我感到一阵宽慰流遍全身。我告诉你，我在E区的全部生涯中，州长专线从来没响过。千真万确，但我觉得，如果那时候电话真的响了，我必会感到同样的宽慰。柯菲的眼神立刻变得迟钝起来，似乎他头脑里的探照灯被关灭了。

“躺着去，比利。”布鲁托尔说道，“去休息一会。”这可是我的行话，不过这种情况下，我才不在意布鲁托尔也来用呢。

“好吧。”沃顿答应着。他往后退了一步，一阵踉跄，几乎要跌倒，最后才找回了平衡。“哦哟，老爹，整个房间都在转啊，像喝醉了酒喽。”

他退到自己的床前，一边退，还一边睡眼惺忪地盯着柯菲。“黑鬼该有专用的电椅。”他还在发表意见。随后，他的腿碰到了床沿，一屁股坐下。他头还没沾上那只小小的监狱枕头，就呼呼地睡着了，空洞的眼珠里透出深蓝色的阴影，舌尖探在嘴巴外面。

“天哪，灌了那么多药，他怎么还起得来？”迪安悄悄说。

“没关系，现在他睡过去了，”我说，“如果他又起来了，再给他来一片，溶在水杯里。不过，就放一片。我们可不能把他弄死了。”

“谁信啊，”布鲁托尔粗声粗气咕哝着，轻蔑地看了一眼沃顿。“反正一片药也死不了他那样的猴，他们可是吃那玩意长大的。”

“他是个坏蛋。”柯菲说道，不过这次声音低了些，好像他也不明白自己在说什么，或者不明白说的是什么意思。

“那倒不错，”布鲁托尔说，“罪大恶极。不过现在这与我们无关，我们别再答理他了。”我们再次迈开脚步，四个人环绕在柯菲周围，像崇拜者围着一个跌跌撞撞进入了某种半衰期的偶像。“约翰，告诉我，你知道我们要带你去哪里吗？”

“去帮人，”他说道，“我想……是去帮……一位女士？”他看看布鲁托尔，眼神里半是希望半是不安。

布鲁托尔点点头：“没错，可你是怎么知道的？你怎么会知道的？”

约翰·柯菲仔细想了想，然后一摇头。“不知道，”他对布鲁托尔说，“头儿，实话对你说，我什么都不太知道，从不知道。”

而我们也只好接受这样的回答了。

6

办公室通往储藏室的那扇门在修造的时候，并没有想到有柯菲这样的人，这我早就知道，可我根本没有意识到这一小一大之间会有如此的差距，直到柯菲站在门前，若有所思地看着它。

哈里笑了起来，但约翰本人却并不认为大个子站在小门前有什么可笑。当然啦，他意识不到的，即使他的智商比现在高上几点，也意识不到。他这一生，一直是这么个大块头，而这扇门也就比通常的门小了那么一点。

他坐到地上，很快地挤了过去，又站起来，走下阶梯，布鲁托尔正在那里等着。他停下脚步，看看空荡荡的房间，“电伙计”就在平台上，默默等候着，像古堡里死去的国王的宝座，令人毛骨悚然。头罩挂在平台后面的桩子上，得意地张着大口，看上去不像国王的头盔，而更像是小丑的帽子，小丑戴在头上，摇来晃去，说着笑话逗那些高贵的观众开心。电椅的影子长长的，蜘蛛般爬上墙壁，让人不免有些胆寒。没错，我觉得我还是能闻到空气中肉体烧焦的味道。虽然很淡，但这绝非我的想象。

哈里弯腰出了门，我紧随其后。约翰瞪大了眼睛看看“电伙计”，神色冷冷的，让我很不舒服。更让我不舒服的，是我走近他时在他胳膊上看到的东西：鸡皮疙瘩。

“来吧，大块头。”我说着抓起他的手腕，试图把他往通向隧道的门拉去。开始他没动弹，结果我像是在赤手空拳把一块岩石从地里往外推。

“走吧，约翰，我们得动身了，不然四马大车就得变回大南瓜去了。”哈里说完又神经质地笑笑，抓住约翰的胳膊推了推，但约翰还是没动。紧接着，约翰用很低的、梦游般的声音说了句什么。他不是在对我说，也不是对我们中的任何人说，但这让我一直无法忘怀。

“他们还在那里，他们的碎片，还在那里。我听见他们在嘶叫。”

哈里停下了神经质的笑，挂在嘴角上的笑容就像空无一人的房子外墙上挂着的歪歪扭扭的百叶窗。布鲁托尔从约翰·柯菲身边往后退了一步，朝我看了一眼，眼神里几乎是恐惧。五分钟内，这是我第二次感觉到，整个计划要毁于一旦了。这一次，我挺身而出了；稍后一些，当灾难可能第三次降临时，就轮到哈里。相信我，那天晚上我们人人都得轮一次。

我过去走到约翰和电椅之间，踮脚站着，确保完全挡住了他的视线。然后，我在他眼前打了两次响指，十分响亮。

“走吧！”我说道，“走起来！你说不需要绑链条的，那就证明给我们看看！走啊，大块头！走啊，约翰·柯菲！朝那里走！那扇门！”

他眼神清晰了：“是，头儿。”感谢上帝，他开始走了。

“看着门，约翰·柯菲，就看着门，别看其他地方。”

“是，头儿。”约翰顺从地盯着门看。

“布鲁托尔，”我边说边指了指。

他赶紧上前几步，掏出钥匙圈，找到了要用的钥匙。约翰盯着通向隧道的门，而我则盯着约翰，但从眼角的余光里我发现哈里正不安地朝电椅瞥去，好像他这辈子没见过电椅似的。

他们的碎片，还在那里……我听见他们在嘶叫。

如果此话当真，那埃杜亚德·德拉克罗瓦一定是其中叫得时间最长、声音最响的，还好我没像约翰·柯菲那样能听到。

布鲁托尔开了门。我们走下阶梯，柯菲走在头里。走到阶梯尽头，他阴沉地朝砌着低矮砖顶的隧道看看。这样走到隧道那头，他非脊背抽筋不可，除非……

我拉过滑轮担架。我们运德尔时的那条被单已经掀掉了（很可能火化了），露出了担架的黑皮垫。“上去，”我命令约翰道。他心存疑虑地看看我，我点点头，让他放心，“你方便了，我们也轻松些。”

“好吧，埃奇康比头儿。”他坐上去，躺下，棕色的眼睛忐忑地看着我们。他脚上穿着监狱发的廉价拖鞋，两腿差不多要荡到地面上了。布鲁托尔站到他两腿间，推着约翰·柯菲沿着阴冷潮湿的长廊走去，这样的车他推过许多次，不同的是，这一次滑轮担架上的是活人。走到一半地方，头顶的地面正好是条高速公路，要不是那个时候，我们准能听到路过的汽车发出的沉闷的轰隆声。约翰笑了。“嘿，”他说道，“还真有意思。”他下一次坐滑轮担架就不会这么想了，当时我心里就这么想的。事实上，他下一次再上滑轮担架，已经没有了思想，没有了感觉。会有吗？那些碎片还在那里，他是这么说的，他能听见他们在嘶叫。

我一阵战栗，还好我走在其他人后面，没人看见。

“我希望你别忘了‘阿拉丁’，埃奇康比头儿。”我们走到隧道尽头时布鲁托尔这么说道。

“别担心。”我说。“阿拉丁”和我那些天带着的其他钥匙没什么两样，而我当时带着的一大把钥匙，称称总有四磅重，但“阿拉丁”是总钥匙，能打开所有的锁。那时候，监狱每个区都有一把“阿拉丁”，由该区的负责人保管。其他看守可以借用，但只有当头儿的不需签名就能借出来。

隧道尽头有一扇铁栅栏门。它总让我想起自己见过的古堡，你知道的，古时候骑士十分英勇，骑士精神十分盛行。只是冷山和卡米洛[①]大不相同。栅栏门外是一道长阶，通向一扇很不醒目的斜平顶式门，朝外的一面上写着：**禁止入内，州府地产，铁丝网带电**等字样。

我打开门锁，哈里把门推开。我们往上走去，约翰·柯菲又一次走在头里，耷拉着双肩，低着头。走到顶端，哈里从他身边侧身挤了过去（尽管他是我们三人中个头最小的，但多少还是费了点力气），打开了顶门上的锁。门很重，他推得动，却抬不起来。

“瞧我的，头儿。”约翰说着屁股一顶，把哈里顶到墙边，自己挤到前面，单手把门托了起来。那门简直不像铁打的而是卡片做的。

夜里的冷风吹到我们脸上，空气中夹着从山脊吹来的风，这样的风现在常有，一直要刮到三四月份。随风旋着飞进来一些枯叶，约

---

① 卡米洛（Camelot），传说中亚瑟王宫殿所在地。

翰·柯菲用空着的那只手抓了一片。我一辈子也忘不了他看着枯叶的眼神，以及他把叶子揉碎后放在自己宽大好看的鼻子下嗅它的气味时的模样。

“走吧，”布鲁托尔说道，“咱们走，向前开步。”

我们爬了出去。约翰放下顶门，布鲁托尔把它锁好，这扇门上不需要“阿拉丁”钥匙，但要打开围着这扇门的铁丝网栅栏上的大门需要它。

“从门里走出去时手紧贴身体两边，伙计，”哈里喃喃道，“要想不挨电击，就别碰上铁丝网。”

于是我们都出了大门，站在路肩围成一团（我觉得我们就像三座小坡围着一座大山），朝冷山监狱的围墙、灯光和警卫塔楼看去。事实上我能隐约看见其中一座塔楼内一个警卫的身影，不过也就是一瞥，他正往手上哈着气。塔楼上朝大路的窗户都很小，可以忽略不计。不过，我们仍然必须十分安静。如果这时候真有辆车开过来，我们准得遇上大麻烦。

“来，”我耳语道，“哈里，你打头。”

我们排成康加舞似的一溜直队，沿大路悄悄朝北走去。哈里走在最前面，其次是约翰·柯菲，然后是布鲁托尔，最后是我。我们越过第一道坡，从另一面走了下去，从那里，我们所能看见的监狱就只剩下树顶叶间闪烁的灯光了。哈里依然带队走着。

“你停哪里了？”布鲁托尔虽然在耳语，但还是能隐约听见，嘴边喷出的水汽形成一团白雾。“停到巴尔的摩去了？”

“就在前面了，”哈里回答道，他的声音听起来有些紧张和不耐烦，“布鲁托尔，省省你的口水吧。”

不过根据我的观察，柯菲会很乐意一直走到太阳升起，也许甚至是走到日落。他东看西看，听到猫头鹰的叫声时一阵惊奇，我肯定他不是害怕而是开心。我突然想到，虽说他也许有点害怕监狱里的黑暗，外边的黑暗他却不害怕，一点都不。他是在抚摩着黑夜，用自己的感官摩挲着黑夜，就像男人的脸在女人乳房的高耸低凹之间来回摩挲一样。

“我们要拐弯了。”哈里咕哝道。

那是一条岔路，狭窄的路面未铺沥青，一蓬蓬杂草长在路中央，草茎略朝右边倒去。我们走上这条小径，又走了四分之一英里。布鲁托尔正要再次抱怨，哈里停下脚步，走到路左边，开始把那里一抱抱的松枝移开。约翰和布鲁托尔赶紧上去帮忙，我还没来得及加入，一台老式的法莫尔卡车的车头就露了出来，车头满是凹痕，打开的车头灯像疯子眼睛似的朝我们瞪着。

“我想尽量小心点，”哈里轻轻地对布鲁托尔说道，语气中夹着一丝责备，“布鲁托尔·豪厄尔，你也许觉得这简直是在开玩笑，但是我家人可是非常虔诚的，我在阿巴拉契亚山那边的表亲，都是他妈的虔诚信徒，基督徒个个成了英雄，我干这事要是让人逮着了……”

“好啦，”布鲁托尔说道，“我不就是有点急躁嘛，没别的意思。”

“我也急啊，”哈里正色道，“现在就希望这老家伙能发动……”

他走到车头盖的一边，边走还边咕哝着，布鲁托尔朝我挤挤眼。对柯菲来说，我们早已不存在了。他正仰着脸，贪婪地观赏着爬满了夜空的满天星光。

“如果有必要，我就和他一起坐在后面。”布鲁托尔主动说道。卡车在我们身后短促地嘶叫了一下，像一条上了年纪的狗在一个严冬的早晨试图站立起来，接着，引擎砰地发动了。哈里踩了一下油门，然后让它砰砰地空转着，“不需要两人都坐后面。”

“你坐前面去，”我说，“回程时你可以和他坐一起，那还得看我们到头来是否会不得不把他锁在我们自己的马车后面呢。”

“别这么说了，”听得出他真的生气了，好像他第一次意识到，如果我们被发现的话，后果将十分严重。“保罗，基督在上！”

“去吧，”我说，“坐车头去。”

他服从了。我用力拉了一下约翰的胳膊，这才把他的注意力稍稍拉回到地上。我拉着他走到卡车后面。车厢两边装着铁栏杆，哈里还给蒙上了帆布，这样，在驶过反向而来的汽车或卡车时，情况会好一些。不过哈里对敞开的尾部没法做任何处理。

“上吧上吧，大块头。”我说道。

“现在就坐车走了？”

“没错。”

“好吧。”他笑了。那笑容十分可爱，也许正因为它并不掺杂着太多的思绪，所以更显得可爱。他从尾部爬了上去。我跟着爬了上去，走到车厢前头，在车头顶上敲了一下。哈里把排挡推到一挡，卡车摇摇晃晃地开出了藏身的树丛。

约翰·柯菲两腿分叉地站在车厢中央，又仰面朝天看着星星，他开心地笑着，哈里将卡车转上大路时树枝连连刮在他身上，他都没在意。“看，头儿，”他低声但兴高采烈地边喊边指向黑暗的天空，“那是仙后，就是坐在摇椅上的娘娘！”

他没说错。我能在两排移动着的树影间的星空里看见她，但我想着的不是他说的那位坐在摇椅上的仙后，而是梅琳达·穆尔斯。

“约翰，我看见了，”我说着拉拉他的胳膊，“不过你得坐下，好吗？”

他坐了下来，背抵着车头驾驶舱，眼睛却片刻未离夜空，脸上浮现出不假思索的崇高幸福感。卡车车轮每转一圈，绿里就离我们越远，而约翰·柯菲那似乎流不停的眼泪，至少在这时候停止了。

7

哈尔·穆尔斯的家在奇姆尼山中，有二十五英里的路程，可哈里·特韦立格那辆又老又破的农用卡车却跑了一个多小时。我和约翰·柯菲坐在后车厢里，身上裹着细心的哈里带来的毛毯，看上去像两个印第安人。一路上真是让人惊魂不定。每一次拐弯、每一次颠簸、每一次下冲、还有两次有卡车迎面开来时我们都觉得胆战心惊，我想，虽然每一个细节至今仍清晰地印刻在我的记忆中，但我依然没法巨细描写出当时的感受。

那感觉主要是迷失感，深深的、可怕的迷失感，就像小孩子意识到自己不知怎的走错了路，所有的路标都是陌生的，不知道该怎么回家了。我和囚犯一起在外过夜，而且不是一般的囚犯，那囚犯被控谋杀了两个小女孩，为此受到审判，被判了死刑。如果我们被人发现了，无论我是否相信他的无辜都没有用处，我们自己都得进监狱，甚至可能包括迪安·斯坦顿。就因为一次糟糕的处决，就因为相信坐在我身边的这个体形巨大的笨蛋能治好一位女士不治的脑瘤，我就把一生的工作和信仰都丢开了。但是，看着约翰仰头凝视星空，我沮丧地意识到，我已不再相信那些东西了，哪怕我曾经相信过。我的尿路感染现在似乎已是遥远的、无关紧要的事情，就像那些艰难和痛苦，一旦过去了，就不再重要了（母亲曾说过，如果女人真能记得生头胎时痛得多厉害，就决不会生第二个）。至于叮当先生，情况难道不是这样吗，我们不也错误判断了珀西对它伤害的严重程度？再说约翰，他是真有某种催眠魔力的，至少这一点确实无疑，难道他就没有欺骗我们，让我们以为看见了其实我们根本没看见的东西？还有哈尔·穆尔斯的事。那天我贸然闯进他办公室时，我见到的是颤抖瘫软、眼泪汪汪的老人。但我觉得这根本不是真实的监狱长。我觉得，真正的监狱长，是折断想要袭击他的狱犯手腕的那个人，是对我说无论谁负责行刑都会把德拉克罗瓦烤死的那个人。难道我真以为哈尔·穆尔斯会俯首帖耳站在一边，听任我们把被判杀害了两个女孩的死囚犯带到他家里，去碰他的妻子吗？

一路上，我疑虑重重，就是想不通自己为什么会这么干，想不通为什么我会劝说其他人与我共谋，走上这趟疯狂的黑夜之旅，我也不相信我们会不被发现而逃过惩罚，我一点侥幸都没有。但是，我也没有试图去叫停，虽然我本可以这么做，因为在到达穆尔斯的家之前，事情还不会发展到无可挽回的地步。一定是有什么力量阻止了我，不让我敲着驾驶室顶冲哈里大声喊叫，让他赶紧掉头回去。我觉得，那力量就是坐在我身边的这个巨人发出的某种兴奋波。

想着想着，我们下了高速，拐进 5 号县级公路，又从 5 号公路上了奇姆尼山路。大约十五分钟后，我看见星空下突然现出屋顶的轮廓，我们到了。

哈里把车从两挡变成低速（我觉得在整个旅程中，他只挂过一次全速挡）。引擎笨重地转动着，卡车全身一颤，好像它见了眼前的景象也感到害怕似的。

哈里一下转上穆尔斯家铺着卵石的车道，摸索着把轰轰作响的卡车停在监狱长那辆黑色别克后面。在我们眼前略偏右一点的地方，是一幢外形十分齐整的房子，我觉得那建筑风格就是人们所谓的“鳕鱼角”。本来，这种房子与我们山区也许会格格不入，但它却显得十分得体。此时，月亮已经升起，今天凌晨的月亮显得略大一些，月光下，庭院清晰可见。我发现，往日收拾得十分漂亮的庭院，现在似乎已无人照管。满地都是树叶，没人清扫。在通常情况下，这是梅莉的活，但这个秋天梅莉一直未能出来扫落叶，也许她再也看不到树叶飘落了。事实就是这样，可我却相信这眼神呆滞的家伙能改变这一点，我真是疯了。

也许，我们还来得及拯救自己。我做出了要站起来的动作，身上蒙着的毯子从肩膀上滑落下来。我可以侧身出去，敲敲驾驶座边的窗，让哈里赶紧掉头回去，以免……

约翰·柯菲的一只大手一把拽住我的前臂，把我拉回去坐下，那轻而易举的程度，就像我拉一个学步儿童那样。“看，头儿，”他说着指指对面，“有人起来了。”

我朝他手指的方向看去，只觉得一沉，不仅是身体，更是心里。后面的一扇窗内亮着一点灯火。很可能是梅琳达现在从早到晚都待在那个房间。现在她再也不能走下楼梯，出去清扫最近一场暴风雨后的落叶了。

他们肯定听见了卡车声，哈里·特韦立格这辆该死的法莫尔，又喘气又放屁，排气管上连个小小的消声器都没有。算了，反正这些天穆尔斯夫妇恐怕也睡不踏实。

靠近屋子前部有盏灯亮了（厨房），接着，楼上的卧室、前厅、门廊的灯先后亮起。看着直冲我们射来的灯光，我就像面对水泥墙站着，吸着最后一支烟，看着行刑队一步一步朝自己走来。然而，即使那时候，我还是觉得还有时间回头，直到法莫尔停止了不规则的轰呜，车门嘎地打开，哈里和布鲁托尔跳了下来，踩得卵石地面嘎吱直响。

约翰站起身，把我也拉了起来。在微暗的灯光下，他神情生动而热切。为什么不呢？我记得当时就是这么想的。他干吗不热切呢？他什么都不知道。

布鲁托尔和哈里并肩站在卡车边，像两个站在风雨中的小孩，两人和我一样，一脸恐惧，惶惑不安。这使我感觉更加糟糕。

约翰下了车。对他来说，这不过是跨一步，而不是一跳。我跟着下去了，两腿僵硬，跌跌撞撞。要不是他一把抓住我的胳膊，我真得在卵石路面跌个大马趴。

“这是个错误，”布鲁托尔倒吸着气，低声说道。他眼睛瞪得老大，满是惊恐，“万能的上帝啊，保罗，我们是怎么想的？”

“太迟了。”说着我使劲一推柯菲的一边屁股，他顺从地走过去站在哈里身边。接着，我抓起布鲁托尔的手肘，好像在约会似的，两人一起朝灯光通亮的门廊走去。“让我来说话。明白吗？”

“明白，”布鲁托尔说，“现在这时候，我明白的就只有这件事了。”

我扭头看看：“哈里，和他一起待在卡车边等我叫你，我准备好了才能让穆尔斯看见他。”可是我根本准备不好，这一点我很明白。

布鲁托尔和我刚走到台阶前，前门猛地被拉开了，力量之大，几乎要把门上的铜把手撞到边板上。哈尔·穆尔斯下穿蓝短裤，上套汗背心，一头铁灰色头发乱蓬蓬的。他这人一生职涯中和成百上千人结下冤仇，对此他十分明白。他右手紧攥着的枪，枪管特别长，枪口并不完全朝着地面，那支枪就是被称为“本特林特种枪”的那种，平时经常搁在壁炉架上，是他祖父的东西，而此刻，枪已上膛（明白了这一点，我更觉得体内一沉）。

“谁他妈的凌晨两点半到这里来啊？”他问道。我听不出他声音里有任何的害怕。而且，他的颤抖也暂时停止了，举枪的手如磐石般坚定。“快回答，不然……”枪筒渐渐抬了起来。

“别举枪，监狱长！”布鲁托尔举起双手，掌心向外，冲着拿枪的人。我从未听见过他说话有这样的声音，就像是穆尔斯手上的颤抖不知怎么地转移到他的喉咙里去了。“是我们！是保罗和我还有……是我们！”

他先出一步，门廊上的灯光完全照到了他的脸上。我也跟上一步。哈尔·穆尔斯看看他，看看我，神情由坚定的愤怒变成了目瞪口呆。“你们到这里来干什么？”他问道，“不光是这半夜凌晨，你俩小子还当着班的。我知道你们在当班，我办公室墙上贴着值班表。你们这到底是……，噢，天哪。你们不是在恶作剧吧？还是要暴动？”他说着朝我俩的中间看过去，眼神严厉了起来，“卡车那边还有谁？”

让我来说话。我刚才就是这样指示布鲁托尔的，可现在该说话了，我却无法开口。那天下午上班路上，我仔细计划好了到这里后要说些什么，而且还觉得要说的话不太过分。虽不能说是正常（这件事本来就没一点正常），但也许十分接近正常，至少能让我们进门，给我们一个机会，给约翰一个机会。可现在，我所有仔细准备好的话都被一阵咆哮弄得乱七八糟。德尔被活活烤死，老鼠奄奄一息，嘟嘟在“电伙计”上扭着身体喊着他是只烤熟的火鸡。各种念头，各种意象，就像被掸帚掸起的灰尘，在我头脑里乱转。我相信世界上有善良存在，所有的善都从满心爱意的上帝那里以各种方式流淌出来。但我相信也有另一股力量，它和我一生都在祈祷的上帝一样真实，但它却故意让我们所有的善良动机毁于一旦。那不是撒旦，我指的不是撒旦（尽管我同样相信他真的存在），而是某种造岔子的恶魔，喜欢恶作剧的蠢货，看到老头想点烟时烧到了自己，看到备受宠爱的孩子把圣诞礼物放进嘴里噎死了自己时，他就会开怀大笑。这一点，我想了有好多年了，从冷山监狱想到佐治亚松林，我相信，那天凌晨这股力量就控制着我们，雾一般地到处打旋，试图阻止约翰·柯菲，不让他接近梅琳达·穆尔斯。

“监狱长……哈尔……我……”任我想说什么，什么话都说不出来。

他再次抬起枪口，指着我和布鲁托尔之间的方向，并没有理睬我，血丝满布的眼睛瞪得大大的。偏偏哈里·特韦立格过来了，他多少是被那大块头拖来的，大块头满脸迷人的蠢笑。

“柯菲，”穆尔斯开口了，“约翰·柯菲。”他猛吸口气，用尖利而有力的声音高声喊道：“站住！别动，不然我开枪了！”

一个孱弱游丝似的女性声音在他背后响起：“哈尔？你在外面干什么？在和谁讲话，你这舔鸡巴的家伙？”

一瞬间，他朝那声音转身过去，脸上露出惶惑和绝望的神情。我说了，就一刹那，但足够让我一把从他手里把那支长筒枪夺下来。可我却怎么也抬不起手来，就像有杠铃绑在手腕上似的。我脑袋里好像满是静电噪音嗡嗡作响，好像电闪雷鸣中依然试图进行广播的电台。我记得当时的唯一感受就是惊惧，还有为哈尔感到隐隐的尴尬。

哈里和约翰·柯菲走到了台阶前。穆尔斯转身又举起了枪。后来他说，是的，当时他真的想朝柯菲开枪；他怀疑我们都是监狱囚犯，而眼前不管发生着什么，真正的幕后还躲在卡车后面，潜伏在阴暗处。他想不明白我们怎么会被弄到他家门前的，但最有可能的是来复仇。

没等他开枪，哈里·特韦立格抢先走到柯菲前面，挡住了他大部分的身体。柯菲并没有让他这么做，是他自己这么做的。

“别开枪，穆尔斯先生！”他说道，“没事的！谁都没带枪，谁都不会伤害谁，我们是来帮忙的！”

“帮忙？”穆尔斯浓眉紧锁，眼里闪着火光。我的视线一刻不敢离开那支长枪上竖起的撞针。“帮什么？帮谁？”

老妇的声音又响了起来，好像在回答这个问题似的，声音显得十分暴躁，虽然吐字清晰，情绪却完全失去了控制：“狗娘养的，来抠我的臭水洞吧！把你狗日的朋友也带进来！让他们都来抠啊！”

我看看布鲁托尔，内心深深一颤。我知道她会说脏话，知道是脑瘤害她这么说的，可这样的话已经超过了脏话的限度，远远超过了。

“你们来干什么？”穆尔斯又问了一遍，口气中的坚定消退了许多，是他妻子刚才那番叫喊造成的结果。“我不明白，是越狱暴动还是……”

约翰把哈里移到一边，就这样把他拎起来往边上一放，径自走上门廊。他站在我和布鲁托尔中间，巨大的身体几乎要把我们朝两边挤下去，差点没跌进梅莉最心爱的灌木丛中。穆尔斯抬起目光，就像在盯着高高的树梢一样，盯着他的一举一动。突然间，我觉得事态回到了正轨。那造岔子的精灵，刚才还像在沙土或米堆下搅动的手指，把我的思绪搅得乱纷纷的，现在不见了。我觉得我也明白了为什么刚才哈里敢于当着头儿的面站出来，而我和布鲁托尔却干站在那里，束手无策。哈里一直和约翰在一起，无论抗拒着那个恶魔的精灵是什么，那天晚上它一定就在柯菲的体内。当约翰·柯菲向前一步，面对着穆尔斯监狱长时，控制着局面的就是那个精灵，那个白色的精灵，白色的，我就是那么想的。恶魔并没有离开，但我能感觉它像阴影一般，在强光面前退缩了。

“我想帮忙。”约翰·柯菲说道。穆尔斯仰头看着他，眼睛惊讶地瞪得老大，嘴巴怎么也合不拢。我觉得，柯菲从他手里拿过那支特种枪递给我时，哈尔甚至没感觉到枪已经不在手上了。我小心翼翼地拨下撞针。事后我查了查枪膛，发现它竟然一直是空的。我有时候在想，哈尔本人是否知道这一点。这时，约翰还在喃喃说道：“我来帮她的，只是来帮忙，我要做的就是帮忙。”

“哈尔！”梅琳达在里头的卧室里喊着。此时她的声音稍有了点力气，但依然充满恐惧，好像刚才让我们头脑混乱丧失勇气的东西，现在退到了她的房里。“让他们走开，不管是谁！我们半夜里不要叫卖的来上门！什么伊莱克斯电器，什么胡佛吸尘器，什么法国女裤还带送支架！让他们滚出去！叫他们他妈的赶紧滚……”什么东西打碎了，可能是一只玻璃水杯，接着她抽泣起来。

“就是来帮忙的。”约翰·柯菲说话的声音低得像在耳语。那女人在哭泣，在说脏话，他都不在意。“就是来帮忙，头儿，就这么回事。”

“你帮不了的，”穆尔斯说，“谁都帮不了。”这语调我曾经听见过，过不多久我意识到，那晚我被催了眠，走进柯菲的囚牢，让他给我治好尿路感染时，我就是这么说的。你管好自己的事，我有数，我就是这么对德拉克罗瓦说的……不同的是，当时管我事的却是柯菲，就像他现在正在管着哈尔·穆尔斯的事一样。

“我们认为他能治，”布鲁托尔说道，“我们冒着丢工作的危险，也许还得被扔进铁笼去，可不就是为了到这里走一遭，难道连试都不努力试一下，就转身回去？”

三分钟前，我可是准备好了要这么做的，布鲁托尔也是。

约翰·柯菲把我们的事情接过去了。他挤进门，穆尔斯抬起一只手想去阻止，但力气太小，那只手只在柯菲一边屁股上滑过，便落了下来，我肯定这大块头根本就没有感觉到。他从穆尔斯身边走过，穿过客厅，朝起居室走去，经过厨房，再过去就是后卧室，那尖利的、无法辨认的声音又响了起来：“你别进来！不管你是谁，别进来！我没穿戴好，我的奶子还露在外面，我的屁股还在吹风哪！”

约翰不理不睬，坚定不移地朝前走去。他低着头，生怕把一路上的什么灯盏碰碎了，圆溜溜的棕色脑袋闪闪发光，双手在身体两边摇晃。我们迟疑片刻，便跟了进去。我领头，布鲁托尔和哈尔并肩跟上，哈里断后。有一件事，当时我完全明白了：现在一切都不在我们掌控之下，一切都在柯菲手中。

8

后卧室里的那个女人斜倚在床头板上，瞪大了眼睛，看着进入她昏花视线的巨人。她完全不像我认识了二十多年的梅莉·穆尔斯，甚至也不像在执行德拉克罗瓦的死刑前不久，詹妮丝和我去拜访时看到的梅莉·穆尔斯。在床上从被子里探出身来的这个女人，更像是万圣节夜晚装女巫的病孩子。她皮肤青紫，像垂挂着的皱巴巴的面团；右眼周围的皮肤挤在一起，似乎总想眨眼睛；同一边的嘴角耷拉下来，一颗苍黄的上犬齿抵在酱紫色的下嘴唇上；脑壳上是一头稀疏凌乱的白发。整个房间里弥漫着一股臭味，那是人的身体功能还照常运行时排泄出来的东西。床边的痰盂里积着半坛子令人作呕的黄兮兮的黏液。我们来得太晚了，一想到此，我感到万分恐惧。没几天前，尽管她病得不轻，但依然神智清醒，尚且可以辨认。可几天下来，她大脑里的东西一定生长得飞快，越长越坚实了。我觉得就算是约翰·柯菲恐怕也束手无策了。

看见柯菲走进去，她又是担心又是惊恐，似乎她内心认出这是来了医生，会把那病痛释放出来，最后……往病痛上撒盐，就像人们往虱子身上撒盐使它松开脱落一样。仔细听我说，我没说梅莉·穆尔斯被符咒镇住了，而我也很清楚，尽管那天晚上我情绪极度紧张，充满了怀疑。但是，我也从来没有完全打消魔鬼附身的可能性。真的，她眼神里有某种东西，某种看上去像是害怕的东西。这一点你完全可以相信我；这样的神情我见得太多，不会弄错的。

不管那神情是什么，它很快就消失了，取而代之的是一种莫名的热切。那张说不出话的嘴巴颤抖着，可能是在微笑。

"喔，这么大啊！"她大声说道，那声音很像刚得了咽喉感染的小女孩。她从床单下抽出和脸色一样惨白的手，合掌拍着："把你的裤子拉下去！我一直听人说黑人的鸡巴了不起，就是没见过！"

穆尔斯在我身后，轻轻发出一声痛苦而绝望的呻吟。

约翰·柯菲根本不予理睬。他一动不动地站了一会，好像在隔着一定距离仔细观察她，然后走到她床前，床头只亮着一盏灯，灯光在她颈口的床单花边上投下了一个明亮的光圈。在床另一边阴影处，我隐隐看见原本是放在门廊前的躺椅。梅莉在快乐时光里亲手编织的那条毛线毯，一半搭在躺椅上，一半搭到地上。我们开车进去时，哈尔就是睡在这里的，至少是在这里打盹的。

约翰向梅莉走近时，她的神情出现了第三次变化。突然间，我认出了梅莉，那个多年来总是以善良折服我、更折服詹妮丝的梅莉：特别是那些年，当孩子们一个接一个离巢而去，在詹妮丝感觉无比孤单、无奈、沮丧的时候。此刻的梅莉仍然神情热切，是那种神智清醒、明明白白的热切。

"你是谁？"她问话时声音清晰，有条有理，"你手上和胳膊上为什么有这么多伤疤？谁这样伤害你的？"

“夫人，我几乎不记得这些伤疤是怎么来的了。”约翰·柯菲用卑微的语气说着，在她的床沿坐了下来。

梅琳达尽最大努力微笑着，因耷拉而显出嘲弄表情的右嘴角颤抖起来，但还是提不上去。她抚摩着柯菲左手背上一道弯刀般的白色伤疤，“这真是你的福气了！你明白为什么吗？”

“我想，如果不记得谁伤了你、害了你，你晚上就不会睡不着觉了。”约翰·柯菲用他那几乎是南方的口音回答道。

听他这么一说，她笑了，笑声在这气味难闻的病房里银铃般荡漾开去。此时，哈尔正站在我身边，呼吸很急促，但他并没有试图去干涉。在梅莉笑的时候，哈尔急促的呼吸停顿了一会，倒吸着气，一只大手紧紧掐住我的肩膀。第二天我发现，他在我肩膀上掐出了痕迹，但当时，我一点都没感觉到。

“你叫什么名字？”她问道。

“夫人，叫约翰·柯菲。”

“就像喝的那个咖啡。”

“没错，夫人，不过拼法不一样。”

她仰靠在枕头上，斜倚着，并没坐直，一边端详着他。他坐在她身边，看着她，那圈灯光把两人像舞台上的演员那样包围着，一边是体形粗大的黑人囚犯，一边是个子娇小、濒临死亡的白种女人。她凝视着约翰的眼睛，闪亮的眼光中流露出满足。

“夫人？”

“怎么，约翰·柯菲？”这几个词几乎是随呼吸出来的，顺着难闻的空气向我们飘来。我感觉到自己胳膊和大腿上肌肉在一鼓一抽，模模糊糊能感觉到监狱长掐着我的胳膊，从眼角边我看见布鲁托尔和哈里相互抓抱在一起，就像在黑夜中迷路的小孩子。要出事了，要出大事了。我们每人都以自己的方式感知了这一点。

约翰·柯菲冲她凑得更近了些。床的弹簧吱吱作响，床单窸窣抖动，月亮冷笑着透过卧室窗户的上玻璃照了进来。柯菲布满血丝的双眼盯着她仰起的、憔悴的脸。

“我看见了，”他说道。他不是在对她说话，反正我觉得不是，而是在自言自语，“我看见了，我能帮忙。别动……一点别动……”

他凑得更近了些，越凑越近。他的脸在离她不到两英寸的地方停住了，一只手向身体一边伸出，五指张开，好像在让什么东西等一下……就等一下……然后他的脸继续向前凑去。他用宽厚滑润的嘴唇紧贴在她的嘴唇上，迫使她张开嘴唇。一时间，我看见她一只眼睛凝视着柯菲身后的什么地方，似乎充满了惊讶。接着，他移开了自己的光脑袋，她眼里的惊讶也随之消失。

他使劲吸着深藏在她肺部的空气，发出一阵轻柔的嘶嘶声。这只持续了两三秒钟，紧接着，我们脚下的地板颤动起来，整个房间都颤动了起来。这不是我的想象，他们都感觉到了，后来他们都提到了这个经历。它好像是一阵起伏的波动。门廊上传来一声似乎是很重的东西跌碎的声音，事后发现，就是那口古老的钟。哈尔·穆尔斯后来想找人修修，可那钟走上十五分钟就总要出毛病。

近处又是啪的一声碎裂，随后一声哐当，刚才透着月光的那扇窗玻璃碎了，墙上挂着的一幅画（在大海上航行的一艘快帆）从挂钩上掉了下来，砸碎在地板上，前面放着的一只玻璃杯也碎裂了。

我闻到了热乎乎的东西，看见一股青烟从她盖在身上的白色被单下冉冉升起。靠近盖着她右腿的那部分突起的被单处，部分烟雾变黑了。我感觉自己就像在梦境中，就一把拉开穆尔斯的手，朝床头柜走去。柜上有一杯水，周围放着的四五瓶药片，都在刚才那阵震动中倒翻了。我拿起水杯，把水倒在冒烟的地方，一阵嘶嘶声。

约翰·柯菲继续唇贴唇深深地吻着她，吸着吸着，一只手仍然向外伸出，另一只手撑在床上，支持着自己巨大的身躯。手指展开，看上去就像是棕色的海星。

突然，梅莉的背部一弓，一只手甩向空中，手指痉挛着一下捏紧、一下展开，双脚在床上踢蹬着。接着，响起了什么东西的尖叫声。不仅我听到，其他人也都听到了。布鲁托尔觉得那声音像是被夹住了腿脚的野狼或郊狼发出的；我觉得像是老鹰，那时候，人们在宁静的清晨，时常能看见它们紧绷着双翅，在雾蒙蒙的林梢空处飞翔，它们发出的就是这种叫声。

屋外狂风大作，足以再让屋子来一次震动，而奇怪的是，在那之前，屋外都根本没起过什么风。

约翰·柯菲从梅莉身边移开，我发现梅莉的神情变舒缓了，右嘴角也不再耷拉，眼睛恢复了原来的形状，人看上去年轻了十岁。柯菲全神贯注地朝她看了一会，开始咳嗽起来。他扭转头去，以免对着她咳嗽，于是一下失去了重心（这很好解释，他体形巨大，又只是半个屁股坐在床沿上），一下跌到地上，这样的体重，足以让房子震动第三次了。只见他垂头跪在地板上，咳嗽起来就像是晚期肺结核病人。

我暗想，该有虫子了。他会把虫子都咳出来，而这一次，该有多少虫子啊。

可是没有。他不断剧烈地咳着，几乎无法停下来吸口气，深巧克力色的皮肤泛起了青紫。布鲁托尔吓坏了，赶紧单腿跪下，用胳膊搂住他正在抽搐的宽阔后背。布鲁托尔的动作似乎打破了什么魔咒，穆尔斯立刻冲到妻子床前，在刚才柯菲坐着的地方坐下。他似乎根本没注意到身边还有个巨人在咳嗽不止，几乎噎气。尽管柯菲就跪在他脚边，穆尔斯的眼睛却只盯着他妻子，梅莉正一脸惊奇地注视着他。他看着梅莉，就像看着蒙尘的镜子突然间被擦得明亮如新。

“约翰！”布鲁托尔喊道，“吐出来！就像你从前那样把它吐出来！”

约翰继续撕心裂肺地咳着。他眼眶湿润，不是眼泪，而是因为过度用力。嘴里喷吐着细微的唾沫，但别的什么都没有。

布鲁托尔往他背上重重地拍了几下，扭头看看我：“他呛了！不管他从她身体里吸出了什么东西，他呛坏了！”

我赶紧向前走去，没走两步，约翰跪行着躲开我，缩进屋子的角落里，他边移动身体，边厉害地咳着，困难地喘着气。他用额头抵着糊了壁纸的墙，壁纸上画的是一面爬满玫瑰的花园围墙；他发出一阵可怕的、深重的咳声，好像是要把自己喉咙里的表层皮膜都咳出来似的。这样的咳，肯定会把虫子咳出来的，我记得自己当时就是这么想的。可是没有虫子的踪影。不过，他的剧烈咳嗽似乎稍微平息了一点。

“我没事，头儿。”他说道，头依然倚在那一墙野玫瑰上，双目仍旧紧闭着。我不清楚他是怎么知道我在那里的，反正他显然知道。“我真的没事了，去照顾夫人吧。”

我疑虑重重地看看他，接着转向床边。哈尔正抚弄着梅莉的眉毛，我朝她眉毛上方一看，发现了让人惊奇的情况：她的一些头发（不很多，但的确有一些）竟然又变黑了。

“发生什么事了？”她问他。我看着看着，她面颊上重新泛起了红晕，就像是径直从墙纸上偷摘了几株玫瑰似的。“我怎么到这儿来了？我们不是要去印第安诺拉的医院吗？有个医生要给我头部照 X 光，给我的大脑拍片子的。”

“嘘……”哈尔让她安静，“嘘……亲爱的，现在那些事情都不重要了。”

“可我弄不明白！”她几乎在哭诉，“我们在一个路边车站停了下来……你给我买了一角钱一束的花……然后……我就在这里了。天都黑了！哈尔，你吃过晚饭了吗？我怎么会在客房里？我拍 X 光片了吗？”她目光扫过哈里但几乎没看见他（我想，那一定是因为极度震惊的缘故），然后落在我身上，“保罗，我拍了 X 光片了吗？”

“拍了，”我说，“很干净。”

“他们没发现肿瘤？”

“没有，”我说，“他们说头痛现在可能会停止了。”

坐在她身边的哈尔泪水夺眶而出。

她身体向前倾了倾，吻了吻他的太阳穴，目光随之移向屋内角落：“那个黑人是谁？他怎么会在角落里？”

我转过身，发现约翰正试图站起身来。布鲁托尔上前扶了一把，约翰一挺身，站直了。他面对着墙壁，就像一个犯了错误的小孩。他还在一阵阵地咳嗽，但似乎一声比一声轻了。

“约翰，”我说道，“大块头，转过身来，见见夫人。”

他慢慢转过身，脸色依旧是土灰色，看上去老了十岁，像一个曾经十分强壮的汉子，终于受不了肺炎的长期折磨，要倒下似的。他垂头看着脚上监狱里穿的拖鞋，那神情好像是希望能有只帽子拿在手里拧着。

“你是谁?”她又问道，“你叫什么名字?”

“夫人，叫约翰·柯菲。”他回答，她脱口而出道：“不过和那喝的东西拼写不一样。”

身边的哈尔一惊，她感觉到了，拍拍他的手，让他放心，目光却始终没有离开那个黑人。

“我梦见你了，”她说话的口气十分柔和，充满惊奇。“我梦见你在黑暗中游荡，我也是。我们相互碰上了。”

约翰·柯菲一言不发。

“我们在黑暗中相互碰上了，”她说道，“哈尔，站起来，别把我按在这里。”

他站起身，简直不敢相信她竟然掀开了床罩。“梅莉，你不能……”

“别傻了，”她说着两腿一抬，“我当然能啦。”她一抚睡衣，伸展了一下身体，下了床。

“上帝啊，”哈尔悄声道，“我亲爱的上帝啊，看看她现在的样子吧。”

她朝约翰·柯菲走去。布鲁托尔站在一边，一脸惊讶的神情。她迈出了第一步，有些趔趄，第二步时最多也就是右脚稍微多用了点力，接着连这样的动作也没有了。我记起了布鲁托尔把那只彩色线轴递给德拉克罗瓦，说：“把线轴丢出去……我想看看它跑得怎么样。”当时叮当先生也是先趔趄了一下，可第二天，就是德尔走上绿里的那天，那老鼠就一切正常了。

梅莉双臂搂住约翰，拥抱着他。柯菲站在那里，听任自己被她拥抱着，接着举起一只手，轻轻在她头顶抚摩起来，动作中充满无限的温柔。他依然脸色铁灰。我觉得他一定病得不轻。

她往后一步，仰起脸看着他：“谢谢你。”

“没关系，夫人。”

她转身朝哈尔走去，哈尔抱住了她。

“保罗……”说话的是哈里。他伸出右腕，点点手表的表面。时针差不多指在了三点。四点半天就开始有亮光了。如果我们要趁天还没亮把柯菲弄回冷山去，就得赶紧走了。我也的确想把他弄回去。部分原因是，在这里待的时间越长，就越难不让人发现。不过我还希望能把约翰放到合适的地方，必要时可以合法地请医生去看看。从眼前情况看，我觉得可能有必要。

穆尔斯夫妇相互搂着坐在床沿上。我有点想把哈尔叫到起居室去，和他私下谈两句，但很快意识到，无论我怎么叫，都不可能把他喊出来。只有等太阳出来了，他的目光也许能离开妻子一会儿，至少几秒钟吧。但现在不成。

“哈尔，”我说道，“我们得走了。”

他点点头，并没有看我。他正端详着妻子脸颊的颜色，嘴唇圆润的弧线，还有她头上新生的黑发。

我拍了拍他的肩膀，那力气至少能使他暂时把注意力转到我身上。

“哈尔，我们从未来过这里。”

“什么……？”

“你只当我们没来过这里，”我说道，“其他的我们以后再谈，目前你要记住的就这一点。我们从来没来过这儿。”

“是的，没错……”他迫使自己暂时把注意力集中到我身上，显然是做出了很大的努力。“你们把他弄出来的。能把他弄回去吗？”

“我想能的，也许吧，不过我们得走了。”

“你怎么知道他有这本事？”说完他摇摇头，似乎明白现在不是时候。“保罗……谢谢你。”

“别谢我，”我说，“你该感谢的人是约翰。”

他看看约翰·柯菲，然后伸出一只手，就像那天哈里和珀西押着约翰走上绿里时我做的一样。“谢谢你，太谢谢你了。”

约翰盯着这只手看，布鲁托尔悄悄用肘一顶他的腰。约翰一惊，抓住那只手，使劲甩了一下。上，下，又回到中间，然后松了手。“不用谢，”他嗓音粗哑地说道。我听着就像梅莉刚才拍着手要约翰把裤子拉下去时的声音。“不用谢，”他说道，可按规矩，面前的这个人却会用他握过的手在约翰·柯菲的死刑令上签字的。

哈里又敲了敲表面，这一次敲击声更急促了。

“布鲁托尔？”我问道，“准备好了吗？”

“你好，布鲁托尔，”梅琳达的声音十分欢快，好像她这时才注意到他似的。“见到你太好了。各位先生要喝茶吗？哈尔，你要喝茶吗？我来泡茶。”她说着又站起身来，“别看我一直在生病，现在已经好了，好几年都没这么好过了。”

“谢谢你，穆尔斯太太，但我们得走了，”布鲁托尔说道，“约翰早该上床睡觉了。”他笑了笑，表示这是在开玩笑，但是他朝约翰看去的眼神中却充满了焦虑，这种焦虑我也感同身受。

“呃……如果真是这样……”

“是的，夫人。来吧，约翰·柯菲。”他一拉约翰的胳膊让他动身，约翰迈动了脚步。

“等一等！”梅琳达挣开哈尔的手，像小姑娘一样脚步轻快地跑到约翰站着的地方。她展开双臂，又给了他一个拥抱，然后，伸手往自己颈项背后一拉，从胸衣里拉出一条精致的链子，链子的一端挂着一个圆形的银饰。她把它递给约翰，约翰不解地看看。

“是圣克里斯托弗①，”她说道，“我要你收下，柯菲先生，戴上它。它会保你安全，请戴上它吧，为了我。”

约翰看看我，不知该怎么办，我看看哈尔，他先是两手一摊，然后点点头。

“拿着吧，约翰，”我说，“这是件礼物。”

约翰接过链子，套在粗壮的脖子上，把圣克里斯托弗的银像塞进衬衣的胸袋。现在他的咳嗽完全停止了，但是我觉得他脸色更灰白，病容更加沉重。

“夫人，谢谢你。”他说。

“不，”她回答道，“要谢谢你，谢谢，约翰·柯菲。”

---

① 圣克里斯托弗（St. Christopher），基督教殉道者，传为皈依基督教的巨人，常背人过河。

9

回去路上，我坐在车的前面，和哈里在一起，能坐在那里，我心里高兴极了。暖气是坏了，但我们至少不用担风受雨了。车走了十来英里，哈里看准了一处岔道，把车拐了进去。

“怎么回事？”我问道，“是轴承出问题了吗？”在我看来，反正不是这里出问题就是那里出问题，这辆法莫尔的引擎和传动部分的每一个部件发出的声音，都像是要出大毛病似的，甚至要完全瘫痪了。

“没事，”哈里的语气里带着几分歉意，“我得放放水呀，就这么回事。我的后排牙齿都松动了。”

事实上，我们都这样，除了约翰。布鲁托尔问他是否想和我们一起下车帮我们浇浇花草，他头都没抬，只是摇了摇。他倚靠在车斗后面，肩上搭着一条军用毛毯。从他脸上我看不出任何表情，但我能听见他的呼吸，干燥而急促，像风吹过麦草。我觉得有点不对劲。

我走进一处柳树丛，解开扣子，放水。我刚摆脱尿路感染不久，所以体内消除疼痛记忆的功能尚未完全发挥作用，不过，能把小便解出来而无需喊痛，就足以使我心怀感激的了。我站在那里，尽情放个彻底，仰头看着月亮；我几乎没有注意到布鲁托尔就在我身边，做着同样的事情，直到听见他悄声对我说：“他肯定坐不了‘电伙计’了。”

我扭头看看他，听他语气竟然十分肯定，觉得很是惊奇，甚至有点害怕：“你什么意思？”

“我是说，他把那些东西吞了下去，而不是像以前那样吐出来，那是有目的的。可能得一星期吧，他这么个大个子，又那么粗壮，不过我肯定用不了那么久。总有一天，我们中的一个人会在巡查时发现他死在床上，像块僵硬的石头。”

我以为自己的小便已经放完了，可听他这么一说，脊梁末梢一阵痉挛，又挤出些许尿来。我边扣好裤扣边暗想，布鲁托尔说的还真有道理。不管怎么说，我都希望他没说错。如果我关于狄特里克家两个姑娘的推测没错，约翰·柯菲命不该死，但即便他得死，我也不希望由我的手来做这件事。真到了那一步，我不知道是否能下得了手。

“走吧，”哈里从暗处咕哝道，“时候不早了，快点完事吧。”

我们一起往回朝卡车走去，我意识到我们刚才把约翰一个人留在那里了，简直是珀西·韦特莫尔级别的蠢事。我以为约翰也许溜走了，以为他一见没人看管，就会把虫子都吐出来，像大沼地的哈克和吉姆①那样溜之大吉。我们所能找到的只有他一直披在身上的毯子。

但是他还在那里，依然背靠车斗双臂抱膝坐着。听到我们的脚步声，他抬起头，费力地冲我们挤出一道笑容。笑容在他憔悴的脸上停留了一小会，然后消失了。

“你怎么样，大个子约翰？”布鲁托尔问道，他再次爬上后车斗，披上了自己的毯子。

“没事，头儿，”约翰恹恹地回答道，“我没事。”

布鲁托尔拍拍他的膝盖：“我们很快就回去了，等我们彻底完事了，你知道会怎样？我一定要给你弄一大杯热咖啡，还放上糖和奶油。”

那还用说，我暗想着，绕到了车头副驾驶座一边，爬了进去，可条件是我们自己首先得不被人逮捕，不被扔进监狱去。

不过，自从我们把珀西扔进禁闭室那一刻起，这念头就一直在我脑子里转悠，不过也没让我焦虑得无法入睡。我迷糊了过去，梦到了卡尔瓦莱山。西边天空在打雷，空气中弥漫着杜松子浆果的味道。布鲁托尔、哈里、迪安和我像德米尔②电影中头戴铝盔身披斗篷的人物那样，站成一圈。我想，我们就是罗马军团的百夫长。那里竖着三座十字架，珀西·韦特莫尔、埃杜亚德·德拉克罗瓦分立在约翰·柯菲两旁。我低头看看自己的双手，发现手里正拿着一柄鲜血淋漓的

---

① 马克·吐温小说《哈克贝里·费恩历险记》里的主人公和他的黑奴朋友。

② 塞西尔·B. 德米尔（Cecil B. DeMille, 1881—1959），默片时代的美国导演，代表作有《埃及艳后》、《十诫》等。

锤子。

保罗，我们得把他弄下来！布鲁托尔在嘶喊，我们得把他弄下来！

只是，我们做不到，别人已经把梯子搬开了。我把这一情况告诉了布鲁托尔。这时，卡车一阵剧烈颠簸，把我弄醒了。我们已经回到了哈里藏卡车的地方，那是前一天早些时候的事，但似乎已是很久很久以前、最初的事情了。

我们两个跳出驾驶室，绕到车后。布鲁托尔一跳，顺利地下了车，但约翰·柯菲却膝盖一软，差一点跌倒。我们三人协力，才扶住了他。可是他刚站稳脚跟，立刻又开始剧烈咳嗽起来，这一次咳得更加厉害。他弯下腰，用手掌蒙住嘴巴，使咳嗽声沉闷了一点。

等他咳嗽稍稍平息了一点，我们用松枝再次把车头挡好，按原路返回。这一趟短暂、几乎是超现实的差事中（至少对我来说）最令人难熬的部分，就是最后沿着大路路肩急匆匆往南赶的两百码路。我能看见（或者说我以为能看见）东方出现了第一抹微光，肯定有几个早起出来摘南瓜或挖最后几垄山药的农民会过来看见我们。即使这样的事情没发生，我们也会在我用“阿拉丁”钥匙打开通往地道侧门的围墙门时，听见有人（我想象中是柯蒂斯·安德森）喊：“站住别动！”接着，二十多个挂着卡宾枪的警卫会冲出树林，我们小小的冒险就此完蛋。

等我们真的来到围墙边，我的心狂跳起来，脉搏每搏动一次，眼前就有几颗白色小点在爆炸。我的双手冰凉麻木，简直不属于自己，摸索了好久好久，都无法把钥匙插进锁孔里。

“天哪，车头灯！”哈里呻吟道。

我抬头一看，发现路面上两道扇形灯光越来越亮。手中的钥匙圈几乎要掉到地上，还好在最后关头我还是一把抓住了它。

“给我，”布鲁托尔说道，“我来开。”

“不，我拿好了。”我说。钥匙终于插进锁孔，转动了。我们很快走了进去，缩在侧门后面，注视着一辆阳光面包房的卡车不紧不慢地从监狱前驶过。我能听见身边约翰·柯菲痛苦的呼吸声，听上去就像几乎耗尽了油的引擎。我们从这里出去时，他几乎毫不费力地为我们托着侧门，但现在我们甚至连问都不问一声，也知道他已经不可能帮这样的忙了。布鲁托尔和我托起了门，哈里领着约翰走下台阶。大块头步履蹒跚，但还是走了下去。布鲁托尔和我尽快跟在后面走进去，然后放下身后的侧门盖，锁好。

“天哪，我以为我们要……”布鲁托尔刚一开口，我就冲他肋部狠狠一顶，打断了话头。

“别说，”我说道，“连想都别去想，直到他安全回到自己的牢房。”

“还得考虑珀西呢，”哈里说道。在砖砌的地道里，我们的话音响着单调的回声，“不等我们和他了结，这个夜晚不算完。”

事实上，这个夜晚远没有完。

第六部　柯菲上绿里

1

我坐在佐治亚松林的日光室里，手里拿着父亲留下的水笔，回想着哈里、布鲁托尔和我把约翰·柯菲从绿里带走，去见梅琳达·穆尔斯并拯救她生命的那个晚上，此刻，时间似乎不存在了。我写到如何用药麻翻了整天想着自己是比利小子再世的威廉·沃顿，写到我们如何把珀西强套进约束衣，把他塞进绿里尽头的禁闭室，写到那夜我们进行的神奇之旅，既令人毛骨悚然又让人惊奇万分，写到最后发生的那件奇迹。我们目睹了约翰·柯菲把一位女士从坟墓边缘、其实更应该说是从坟墓的最底部拉了回来。

我写着写着，隐隐约约感觉到正在我身边进行着的佐治亚松林的生活。老伙计们下楼去吃晚饭，然后三五成群去资料中心（没错，你有权利笑话一下），消受每晚必看的情景喜剧。我似乎还记得我朋友伊莱恩给我拿了个三明治，我谢了谢她，吃了，但是我说不上她是傍晚什么时候拿来的，也说不上三明治里夹了什么。我的大部分记忆回到了一九三二年，那时候，我们通常都是在老嘟嘟那辆快餐车上买三明治，五分钱的夹冷猪肉，一角钱的夹腌牛肉。

我记得，这地方渐渐安静了下来，住在这里的那些耄耋老人纷纷准备着度过又一夜浅浅的、不安宁的睡眠；我听见米奇边挨个分发着夜服药，边用他好听的男高音哼着“红河谷”：“人们说你就要离开村庄……怀念你明亮的眼睛，还有那甜蜜的微笑……”米奇也许不算是这地方最好的勤务，但肯定是最心地善良的一个。歌声让我想起了梅琳达，还有奇迹发生后她对约翰说的那番话。我梦见你了。我梦见你在黑暗中游荡，我也是。我们相互碰上了。

佐治亚松林一片静谧，午夜来了，又过去了，我还在写着。我写到哈里提醒我们，虽然我们神不知鬼不觉地把约翰弄回了监狱，还有珀西在等着我们呢。“不等我们和他了结，这个夜晚不算完。”哈里大概就是这么说的。

我用父亲的笔奋力写了整整一天，最后就写到了这里。我放下笔，心想，就一小会，可以重新活动一下手指。于是，我把额头枕在胳膊上，闭目养起神来。等我睁开眼睛，抬起头，明亮的阳光透过窗户照在我身上。我看看表，过八点了。我一定像老酒鬼似的头枕胳膊睡了六个小时。我站起身，眨眨眼，舒展一下，让背部充满活力。我想下楼去厨房弄点吐司，再去散趟步，一低头，看见了三三两两散布在书桌上写满了字迹的稿纸。我立刻决定暂时不去散步了。我还有事要做，没错，不过还能等等，那天早晨我并不想和多兰玩捉迷藏。

我不去散步，我要把故事写完。有时候，不管你心里多么不愿意，体力多么不支，最好还是把事情进行到底。有时候，这是唯一能把事情办成的途径。关于那天早晨我记得最清楚的，是我拼命想把约翰驱之不散的阴魂赶走。

“好吧，”我说，“再写一程，但首先……”

我走到二楼大厅尽头的洗手间。当我站在里面排解小便的时候，一抬头看见了天花板上的火警探头。这使我想起了伊莱恩，想起了前一天她把多兰引开，好让我完成散步，做完我每天要做的事情。我解完小便，脸上带着笑容。

我走回日光室，感觉好了一些（而且我的下身也感觉舒服多了）。有人在我稿纸边放了一壶茶，是伊莱恩，我对此毫不怀疑。我贪婪地喝了起来，先喝了一杯，接着再喝一杯，这才坐下。我坐回原位，拔掉了笔帽，又开始写了起来。

我刚把注意力集中到自己的故事中，就发现背后有个阴影罩住了我。我一抬头，心往下一沉，是多兰，他就站在我和窗子之间，一脸奸笑。

“保罗，没见你早晨散步，”他说道，“所以过来看看你在干什么，生怕你病了什么的。”

“看你说哪里去了。”我答道。我说话的声音没有丝毫不对劲，至少到此刻为止是这样，心脏却咚咚跳个不停。我真有点怕他，而且有这样的感觉也不是一天两天的事了。他让我想起了珀西·韦特莫尔，可我却从来没怕过珀西……不过，认识珀西的时候，我还年轻着呢。

布拉德的嘴咧得更大了，但这笑容依然让人感觉很不舒服。

“保罗，人家告诉我你彻夜都在这里，在打你的小报告。行了，这没好处。你这样的老家伙就需要好好睡觉。”

“珀西……”我刚一开口，发现他笑脸上眉头一皱，我立刻意识到自己犯了错误。我深深吸了口气，继续说道，“布拉德，你在找我什么茬子？”

他愣了一下，也许是有点不知所措，然后又笑了起来。“老伙计，”他说道，“也许我就是不喜欢你这张脸。你写什么呢？写什么浑球遗嘱？”

他身体凑了过来。我用手一把盖住了正在写的那一页，其他的几页我赶紧用另一只手摞摞，皱巴巴地往胳膊底下塞，把它们遮住。

“好了好了，”他就像在对小孩子说话似的，“没用的，亲爱的老小孩，要是布拉德想看，布拉德就能看到，哪怕你把它放到什么他妈的保险柜里都一样。”

他很年轻，又极其强壮，他捏住我的手腕，使劲掐着，痛得我就像手掌心被牙齿咬了进去。我发出阵阵呻吟。

“放手。”我死撑着说道。

“先给我看你写了什么。”他答道。他脸上的笑容消失了，不过依然是开心的表情，这种表情只有在那些为自己的卑鄙而洋洋得意的人的脸上才能看到。“保罗，让我看看。我想知道你在写什么。”我的手开始从最上面的那页稿纸上移开。那一页的内容是带着约翰回到地面下的隧道那段。“我要看看是否和你当年有什么……”

“放开他。”

这声音就像是高温干旱的大白天里一阵响鞭，而多兰跳起来的样子，让人觉得那一鞭抽的就是他的屁股。他一松手，我的手砰地掉回到稿纸上。我们两人都朝门口处看去。

伊莱恩·康奈利站在那里，精神焕发，精力饱满，好久没见她这样了。她一身牛仔，显露出瘦削的臀部和修长的双腿，头发上系着一根蓝丝带，害着关节炎的手上端着一个盘子，放着果汁、炒蛋、吐司和茶。她怒目圆睁。

“你知道自己在干什么吗？”布拉德问道，“他不能在这里吃东西。”

“他能，他就要在这里吃。”她用同样干巴巴的命令口气说道。我以前从未听到过她这样说话，不过现在听了觉得很开心。我在她眼神里寻找害怕，却一星点也找不到，那里只有愤怒。“而你要干的就是赶紧从这里滚出去，免得你这令人讨厌的蟑螂进一步变成更大的害虫，比方说，变成人称美洲耗子的那种东西。”

他朝她走近一步，有点不知所措，却怒火中烧。我觉得这两种情绪混合在一起十分危险，可见他走过去，伊莱恩却丝毫不在意。“这下我明白是谁弄响了那个火警探测器了，”多兰说道，“很可能就是某个手像爪子一样的老母狗干的。你给我出去，我和保利的谈话还没结束呢。”

“他叫埃奇康比先生，”她说，“让我再听见你喊他保利，多兰先生，我想我可以向你保证你在佐治亚松林打工的日子就结束了。”

“你以为你是什么人？”他追问道。此时他面对着她，想笑，却没能笑出来。

“我以为，”她说话的语气十分平静，“我是现任佐治亚州众议院议长的祖母。多兰先生，他很爱自己的家人，特别是上了年纪的长辈。”

布拉德脸上强挤出来的笑容消失了，就像写在黑板上的字迹被湿海绵一擦，没了。我看出他的迟疑不决：有可能他被讹诈了，但也担心这并非讹诈。最后我做出了某种推测：她一定知道这事很容易查证，因此她说的是真话。

突然，我大笑起来，尽管笑声很粗哑，但笑得正是时候。我想起了在往日的坏时光里，珀西·韦特莫尔多少次这样用他的关系来威胁我们。此时，在我长长的一生中第一次，又有人在这样威胁别人了……不过这一次是为了我。

布拉德·多兰看看我，气得双眼圆瞪，然后又看看伊莱恩。

“我真会这么做，”伊莱恩说，“起先我觉得就对你听之任之吧，我也老了，这么做看来最简单。可现在我的朋友们都被你威胁，被你欺负，我就不能听之任之了。好了，滚出去，别再说一句话。”

他的嘴唇像鱼那样动了动，哦，他多想再说一遍那个词啊（也许就是那个和“巫婆”压韵的词[①]）。但是他没说。他最后看了我一眼，大步从她身边走过，去了大厅。

我长长地、断断续续地舒了一口气，伊莱恩把托盘放在我面前，隔桌坐下。“你的孙子真是州众议院议长？”我问她。

“的确是的。”

“那你为什么在这里？”

“州议院议长是很有权力，足以对付像布拉德·多兰这样的蟑螂，但并不使他很有钱啊，”她说着笑了，“再说了，我喜欢这地方，我喜欢这里的伙伴。”

“我可把这句话当赞扬听喽。”我说道，我的确是这么理解的。

“保罗，你没事吧？你看上去很累。”她隔着桌子伸出手，把我的头发从前额和眉毛上拨开去。她的手指关节扭曲，但那触觉却十分凉爽奇妙。我闭上了眼睛。过了一会，我重新睁开眼睛时，已暗暗做了一个决定。

“我没事，”我说，“也快写完了。伊莱恩，你愿意看点东西吗？”我把刚才慌乱中胡乱整在一起的那几页递给她。也许顺序已经乱了，多兰真把我吓得不轻，还好都标着页码，她很快就能整理好。

她审慎地看看我，并没有接过我递给她的东西，但还是问了一句：“你写完了吗？”

“这里的东西够你读到下午的，”我说，“如果你能读懂的话。”

这一下，她真的接过了那几页东西，低头看看。“你的字迹很清秀，虽说看得出来写字的手很累了，”她说道，“我看这个不会有问

---

① 和“巫婆”压韵的词指“母狗”，这两个英文单词分别为“witch”和“bitch”。

题的。”

“等你读完了这些，我也全写完了，”我说，“你再花上半小时左右把剩余部分读完，然后……如果你还是愿意的话，我带你去看一样东西……”

“是和你每天早晨和下午都去做的事情有关的吧？”

我点点头。

她坐在那里，似乎想了很长一段时间，然后点点头，站了起来，手里拿着那些纸页。“我回去了，”她说，“今天早晨太阳很暖和。”

“恶龙也被消灭了，”我说，“这一次是被美女消灭的。”

她笑了，弯下腰，吻了吻我眉心上面十分敏感的地方，那样的吻常让我浑身一颤。“但愿如此吧，”她说道，“不过根据我的经验，像布拉德·多兰这样的恶龙很难消灭。”她迟疑了一下，“保罗，祝你好运。我希望你能把一直在心里骚扰你的东西消灭掉，不管是什么。”

“我也希望如此。”我说道。我想起了约翰·柯菲。*我没办法，*约翰这么说过，*我试图制止，可来不及了。*

我吃了她带来的炒蛋，喝了果汁，把吐司往边上一推留着一会再吃，然后拿起笔，又开始写了起来，希望这是我最后一次写了。

最后一英里。

绿色一英里。

2

那天晚上我们把约翰·柯菲带回E区时，滑轮担架已是必须，而非奢侈。我十分怀疑他凭自己的力气是否能走完隧道，因为弯腰走路比挺直了更费力，而对约翰·柯菲这样的人来说，隧道的拱顶简直是太低了。我很不愿意出现他瘫倒在隧道里的情况。要解释我们为什么要给珀西套上疯子饭兜把他扔进禁闭室，这已经不容易了，再怎么解释柯菲倒在隧道里？

谢天谢地，我们有滑轮担架，约翰·柯菲躺在上面，像一条搁浅在海滩上的鲸鱼，我们把他推回到储藏室楼梯口。他翻身下了担架，踉跄着，垂头站定，呼吸十分粗重，全身肤色青灰，好像刚在面缸里滚过似的。我觉得中午时分他一定得进医务室了……就是说，如果中午时分他还活着的话。

布鲁托尔冲我看了一眼，神色严峻而绝望。我也同样看看他。“我们没法把他抬上去，不过可以扶着他，”我说道，“你架着他右胳膊，我架左边的。”

“我呢？”哈里问道。

“跟在后面。如果他看上去要向后倒了，就往前推一把。”

“要是挡不住，你就蹲在估摸他会倒下的地方，缓冲一下嘛。”布鲁托尔说道。

“嘿，”哈里略显不快地说道，“布鲁托尔，你真该去奥菲姆马戏团，你说话可真逗。”

“没错，我可是很幽默的。”布鲁托尔顺着说道。

最后，我们还真把约翰弄上了楼梯。我最大的担心是怕他晕过去，不过他没有晕倒。“走前头去，看看储藏室里是不是有人。”我气喘吁吁地对哈里说。

“如果有人我该怎么说？”哈里问道，说着掐掐我的胳膊，“‘埃文河呼叫’，然后退回来？”

“别自作聪明啦。”布鲁托尔说。

哈里小心翼翼地把门推开一条缝，脑袋探了进去。我觉得他似乎看了很长的时间。终于他抽回脑袋，一脸欢喜地说：“岸上无人，没有响动。”

“但愿别出意外，”布鲁托尔说，“来吧，约翰·柯菲，快到家了。”

他靠自己的力气撑着走过储藏室，不过我们不得不扶他走上通往我办公室的三级台阶，最后，差不多是把他推进了那扇小小的门。他站定了，呼吸粗得像在打鼾，两眼泛出玻璃似的浑浊反光。而且，他的右嘴角耷拉了下来，就像我们刚走进梅琳达的卧室、看见她靠着枕头坐在床上时的样子，这使我感到万分恐惧。

迪安听见我们的声音，从绿里尽头的那张值班桌边走了过来。“感谢上帝！我以为你们再也回不来了呢，我几乎肯定你们给逮住了，不然就是监狱长让你们挨了枪子，或者……”他住了口，第一次真正看见了约翰，“天哪，他怎么啦？看上去他要死了！”

“他不会死的……是吗，约翰？”布鲁托尔说着冲迪安瞪了一眼，让他住口。

“当然不会啦，我不是说真的死，”迪安忐忑地笑了笑，“可是，天哪……”

“别管那么多了，”我说，“帮我们把他弄回牢房去。”

我们再次成了围着大山的四座小丘，但这一次，山是经历了几百万年风雨侵蚀的山，山岩破败，一片凄惨。约翰·柯菲缓慢地移动着脚步，呼吸声听上去像上了年纪的老烟鬼，但至少他在走动。

“珀西怎样了？”我问道，“有没有又踢又闹的？”

“开始是踢闹了一会，”迪安答道，“你给他嘴巴缠了胶带，他还是拼命喊叫，我想大概是在骂人。”

“谢天谢地，”布鲁托尔说，“还好咱们在别处，没让耳朵遭殃。”

“后来就不时踢一下门，驴子尥蹶似的。”迪安见了我们，大大放了心，开始喋喋不休起来，眼镜也滑落到汗溜溜的鼻尖，他赶紧往回推推。我们走过沃顿的牢房，这一文不值的浑小子平躺在床上，鼾声大作。这次，他的眼睛可真是闭着的。

迪安见我在看着沃顿，笑了起来。

“这家伙没惹什么事！自打躺下后没动弹过，死人似的。至于珀西不时踢一下门，我根本没在意。老实说，还高兴着呐。他要是真没响动了，我还得担心他是不是被你蒙在他嘴巴上的胶带给捂死了呢。不过这还不是最妙的。你知道最妙的是什么？今晚这地方安静得像新奥尔良的圣灰星期三①！整个晚上没一个人到这里来过！”说最后那句话时，他声音里充满胜利的喜悦：“我们没给人发现，伙计们！我

① 复活节前第七个星期三，基督教习俗于此日以灰抹额以示忏悔。

们成功啦！”

这句话使他想起了我们上演这整出喜剧的缘由，于是他问起了梅琳达。

“她很好。”我答道。我们走到了约翰的牢房前。迪安刚才那句话这才真正开始起作用了：我们没给人发现，伙计们！我们成功啦！

“是不是像……呃……那老鼠一样？”迪安问道，说着他瞥了一眼德拉克罗瓦曾经和叮当先生一起住过、现在已经空了的牢房，然后朝禁闭室看看，叮当先生好像是从那里出现的。他压低了声音，就像人们走进一座宏大的教堂，在里面哪怕寂静无声都会让人感觉在窃窃私语。“是不是……”他吞下了后半句话，“咳，你知道我是什么意思……是个奇迹吗？”

我们三个相互看看，确定我们都看到了同样的事实。“他把她从坟墓里带了回来，”哈里说道，“没错，是个奇迹。”

布鲁托尔打开了牢门上的双重锁，轻轻把约翰往里一推，“好了，大块头，进去吧，休息一下，这是你该得的。我们要去解决珀西这堆杂碎……”

“珀西是坏蛋。”约翰的声音低沉，语调机械。

“没错，毫无疑问，像巫师一样邪恶。”布鲁托尔努力用最让人舒心的语气说道，“不过你一点都别管他了，我们决不让他接近你，你就放心躺到自己床上去吧，我马上把那杯咖啡给你拿来，又热又浓，你会觉得焕然一新的。”

约翰沉重地坐到床上。我以为他会像通常那样仰面躺倒，侧过身面对墙壁，可是眼下他就坐在那里，双手松松地抱住膝盖，垂着头，吃力地用嘴呼吸着。梅琳达给他的圣克里斯托弗银饰从衬衣口袋里掉出来，挂在脖子上晃来晃去。它会保佑你平安，这是梅琳达对他说的，但约翰看上去一点也不平安。他看上去好像在哈里说的那个坟墓里取代了梅琳达的位置。

但是那时候我顾不上约翰了。

我转身对着其他人：“迪安，把珀西的手枪和警棍拿来。”

“是。”他走回到值班桌，开了装着手枪和警棍的抽屉锁，把它们拿了过来。

“准备好啦？”我问他们。他们点点头。这是我的部下，好样的，那一晚是我最为他们感到自豪的时候。哈里和迪安有点紧张，布鲁托尔则和往常一样坚定。“好，我来和他谈。你们各位说得越少越好，事情就可能结束得越早……无论是好是糟。好吗？”

他们又点点头。我深深吸口气，顺着绿里走到禁闭室。

珀西抬起头，眼睛一斜，躲开了照在他身上的灯光。他坐在地上，正舔着我绑在他嘴上的胶带。我绕在他后脑勺的那部分胶带已经松开（也许是因为出汗，还有他头发上的润发油，胶带滑开了），而且他也有办法把剩下的胶带全弄掉。再有一小时，他就会扯着嗓子大喊救命了。

见我们走进去，他蹬着脚使身体往后挪了一些，很快就不动了，他肯定意识到，屋子里无路可走，除了东南角落。

我从迪安手里拿过手枪和警棍，冲着珀西递了过去。“想要吗？”我问道。

他警惕地看看我，然后点点头。

“布鲁托尔，”我说道，“哈里，扶他站起来。”

两人弯下腰，胳膊顶在帆布约束衣的袖窝下，把他扶了起来。我走过去，几乎和他鼻尖冲鼻尖。我能闻到他浑身汗水的酸臭味。部分的汗可能是他奋力想挣脱身上的束缚流下的，或是蹬门时流的（就是迪安听到的那几声），不过我觉得，大部分汗是因为他内心确凿的恐惧：他不知道我们回来后会对他如何处置。

我不会有事的，他们并不是杀手，珀西会这样想……然后，也许，他会想到“电伙计”，他心里会升起这样的念头：没错，在某种意义上，我们是杀手。我本人就干过七十七次，比任何一个我给扣上胸带的人都要多，比约克中士[①]在第一次世界大战时受到表彰的次数还要多。杀珀西当然不合逻辑，但我们的所作所为本来就不合逻辑了。珀西坐在那里，双手反绑在背后，拼命用舌头舔着嘴上的胶带

① 约克（1887—1964），美国陆军中士，第一次世界大战时的英雄。

时，心里一定是这么想的。另外，一个人坐在有缓冲墙的屋子地板上，像被蜘蛛缠住的苍蝇一样浑身上下被紧紧绑定，这时，对这样的人，逻辑很可能起不了什么作用。

这就是说，如果我现在不制住他，就再没机会了。

“如果你答应不喊叫，我就把胶带拿掉，”我说，“我要和你谈谈，不是比嗓门。你看怎么样？你会安静点吗？”

从他眼睛里我看见了一丝放松的神情，他明白，如果我要和他谈谈，他就很可能不会受到任何伤害了。他点点头。

“你要是乱叫，我就把胶带再次贴上，”我警告说，“你明白吗？”

他又一次点头，这一次有点不耐烦了。

我伸手抓住已经给他舔松下来的胶带一端，使劲一拉，胶带发出很响的一声嘶啦。布鲁托尔身子一缩，珀西痛得叫了起来，眼睛里涌出了眼泪。

“给我把这混蛋衣剥了，白痴。”他边吐唾沫边说道。

“就脱。”我说。

“马上脱！马上脱！立刻……”

我啪地一巴掌。巴掌飞出去时，我甚至还没想到要这么做……不过我当然知道，事情很可能会到这个地步。甚至早在我第一次和穆尔斯监狱长谈论珀西时，也就是哈尔劝我让珀西负责执行德拉克罗瓦的死刑那次，我就知道事情会到这一步。人的手就像是半野性半驯服的动物，大部分时间都很听话，可有时候它会逃脱，第一眼看见东西就会扑上去撕咬。

那是一声清脆的“啪”，就像折断了一根树枝。珀西完全被打懵了，他呆呆看着我，圆瞪的眼睛看上去像要从眼眶里滚落出来。他的嘴巴开了又合，合了又开，活像水族馆里的鱼。

“闭嘴，听我说，”我说道，“你对德尔干下的，现在你活该，我们让你罪有应得。我们只能这么办了。我们是商量好的，除了迪安，而他也得跟着我们干，因为他不干的话，我们会让他后悔的。是不是这样，迪安？”

“是的，”迪安的声音很低。他一脸惨白，“我想是的。”

“我们会让你一辈子后悔，”我继续说下去，“我们会让所有人都知道，你是如何蓄意搞砸了德拉克罗瓦的死刑……”

“蓄意搞砸……！”

“还有，是如何差一点让迪安被人害死的。我们会到处宣扬，看你姑夫还能给你什么活儿干！”

珀西剧烈地摇晃着脑袋。这一切，他不相信，也许是没法相信。我的巴掌印清晰地显现在他苍白的脸上，像占卜师的印章。

“而且，无论如何，我们都要把你揍个半死。我们不需要自己干，我们也有关系，珀西，你真笨得想不到这一点吗？他们虽然不是州府那边的，却知道有些事情该怎么处理。那些人，在这里有朋友，有兄弟，有父辈。你这样的浑蛋，他们割鼻子、割鸡巴，可乐意着呢。他们会这么干，让他们所关心的人每星期可以在操练场多放三小时风。”

珀西的头不摇了，眼睛依然瞪着。眼泪在他眼眶里，但没有掉下来。我觉得那是愤怒和挫败的眼泪。也许这只是我的一厢情愿。

“好了，现在来看看好的一面，珀西。我看，虽说撕掉胶带时你的嘴唇有点痛，不过除了你的傲气，什么都没受到伤害……而且，除了这屋子里在场的几个，谁都不会知道。我们不会传出去的，对不对，伙计们？”

他们都点点头。“当然不会啦，”布鲁托尔说，“绿里的事情到绿里为止，一直都这样。”

“你要去荆棘岭，在此之前，我们不来管你的事了，”我说道，“珀西，你打算就这样了结，还是要和我们来硬的？”

长长的一段沉默，他思量着，我几乎能看见他脑子里轮盘飞转，计算着一个个可能，又排除了一个个念头。最后，我觉得准是一条更为基本的道理占了上风：胶带是从嘴上撕下了，可约束衣还绑在身上，而此时他也许小便已经憋得不行了。

“好吧，”他说，“这件事情就这么算完了。快把这身衣服弄掉，我的肩膀都快……”

布鲁托尔一步上前，肩膀一抵把我推向一旁，他的一只大手捏住珀西的脸，四根手指深深掐进珀西的右脸颊，大拇指在他左脸上留下了深深的凹陷。

“马上就好，”他说，“首先，你听我说，这里保罗是大头儿，他有时候得说点文雅的话。”

我努力回想着自己是否对珀西说过任何文雅的话，可怎么也想不出来。不过，我想我最好还是别做声。珀西看上去被吓住了，正好，我不想破坏这一效果。

“人们并不总能明白，文雅和软弱不是一回事，我要说的正是这个。我才不管文雅不文雅，我这人心直口快。就这样，心直口快：你要敢不守诺言，我们很可能就要操你的屁眼。哪怕你躲到俄罗斯，我们也会找到你。等我们找到了你，我们就会狠命地操你，不仅操你的屁眼，还要操你身上的每一个洞。要操得你生不如死，然后你身上哪里流血，我们就往哪里喷醋。你听明白了吗？”

珀西点点头。布鲁托尔的手指这样掐着他的脸，使珀西看上去模样怪异，有点像老嘟嘟。

布鲁托尔松开手，往后退了一步。我朝哈里点点头，他走到珀西背后，动手解扣松纽。

“记住了，珀西，”哈里说，“好好记住了，既往不咎。”

一切都恰到好处地令他害怕，三个穿着蓝制服的精怪……可是我却暗暗地感到有一股绝望的思绪席卷而来。他也许会老实上一天或一个礼拜，继续算计着各种情况和得失，但到最后，两件事情会合并起来：他坚信自己关系强大，他无法接受自己在这个场合成了失败者。等这两个念头合到一块，他就会决定告发。我们把约翰带到梅莉·穆尔斯那里，也许的确救了梅莉一命，这一点我决不后悔（就像当年我们常说的，“把中国所有的茶都给我也不会”），但到头来，我们一定会倒在拳击台上，裁判一定会读秒判我们失败。我们的行为差一点就是谋杀，一旦珀西从我们身边走开，重拾起他所谓的胆量，就根本别指望他信守诺言。

我稍稍一斜眼，朝布鲁托尔投去一瞥，发现他也想到了这一点。这倒没让我惊讶。豪厄尔太太的孩子布鲁特斯很精明，一向精明。他朝我稍稍一耸肩，一只肩膀往上抬了那么一英寸，然后又放下，但这就足够了。他耸肩的意思是：那又怎么样？保罗，还能怎样？我们干了该干的事，而且干得很漂亮。

没错，而且结果还相当不错。

哈里解开了约束衣上的最后一个扣子。珀西面部扭曲，又恨又恼，甩下衣服，听任它落在脚边。他故意不朝我们任何一个人看。

“把枪和警棍还给我。”他说道。我递了过去。他把手枪放回枪套，把胡桃木警棍塞进棍环。

“珀西，如果你想一想……”

“是啊，我是要想一想，”他说着气哼哼地从我身边推搡着走过，“我是要好好想一想，现在就开始想，回家路上就想。你们随便哪个下班时帮我打一下卡吧。”他走到禁闭室门前，回身扫视着我们，蔑视的神情中夹杂着愤怒和尴尬，这对我们想要保守的秘密来说，可真是十分危险。“当然啦，除非你们想说明我为什么提早离开。”

他离开屋子，大步走上绿里，气恼中忘记了这条绿色的中央走廊为什么留得那么宽。他曾经犯过一次错误，侥幸没造成后果。他不可能再侥幸一次了。

我跟随着他走出门，试图想个办法劝慰他。他现在浑身臭汗，头发散乱，我那一巴掌的红印子还留在脸上。我不想让他这个样子离开E区。其他三人也跟了上来。

接下来的事情发生得极其迅速，差不多一分钟，也许还不到一分钟，一切就过去了。可是，直到今天，我还记得所有的一切，大部分都记得，因为我回家后把一切都告诉了詹妮丝，于是这一切就刻在了我的记忆里。后来发生的事情是：天亮时与柯蒂斯·安德森见面、调查询问、哈尔·穆尔斯为我们安排的记者会（那时候他当然已经回来了），以及随之而来的州政府调查委员会，这一切就像我记忆中许多的其他事情一样，随着年代的久远而模糊了。不过在绿里上真真切切发生的事，没错，我可是记得清清楚楚。

珀西正垂头在绿里的右边走着，我要这么说：普通的犯人不可能够到他。不过，约翰·柯菲不是普通的犯人。约翰·柯菲是个巨人，他的胳膊是巨人的胳膊。

我看见他两条棕色的长胳膊嗖地射出铁栏，嘴里喊着："看好了，珀西，看好了！"珀西准备转身，左手已经落到警棍顶端。这时，他被一把抓住，重重地直冲着约翰·柯菲的牢房撞去，右边的脸正好打在铁栏杆上。

他发出一声呻吟，转过来面对柯菲举起警棍。约翰当然无法躲避，他自己的脸也用力挤在中间两根铁栏杆之间，看上去像要把整个大脑袋挤出去。当然，这是不可能的，不过当时看上去就是这样。他一伸右手，抓到了珀西的脖子，一拧，把珀西的头转向前面。珀西的警棍在栏杆之间砸下来，砸在约翰的太阳穴上。鲜血涌了出来，但约翰毫不在意。他的嘴紧贴在珀西的嘴上。我听见一阵嘶嘶的冲击声，一股气息流动的声音，好像是长长的一口气。珀西像上了钩的鱼那样浑身抖动，试图挣扎开去，但是他根本做不到。约翰的右手压着他的后脖颈，把他牢牢按定。两人的脸似乎焊在了一起，就像我看见过的恋人隔着铁栏热烈亲吻。

珀西尖叫起来，不过叫声有些沉闷，就像被胶带蒙住了似的。他又一次试图挣脱开去，两人的嘴唇稍稍分开了一小会，我看见一股黑色的东西旋转着从约翰·柯菲的嘴里涌进珀西·韦特莫尔的口中。那些没能进入他颤抖的嘴巴去的，就从他的鼻孔里涌了进去。接着，在珀西后脖颈上抓着的手一弯，珀西又被拉向了约翰的嘴，简直给钉在了上面。

珀西的左手一松，他心爱的胡桃木警棍掉到了铺着绿油毡的地面。他再也没有把它拾起来。

我试图冲向前去，我想我也的确向前冲了，但行动迟重蹒跚。我伸手去掏枪，可枪带却还卡在胡桃木夹上，我无法把它从枪套里拿出来。我感到脚下的地板仿佛在颤动，就像我先前在监狱长那幢简朴的鳕鱼角式房子里感觉到的一样。这种感觉我并不是很确定，但我看见，头顶天花板上铁丝罩内的一个灯泡碎了，玻璃碎片洒了一地。哈里惊叫起来。

最后，我终于用拇指顶开了点三八口径手枪枪把上的安全扣，但我还没来得及把枪拔出来，约翰就猛地推开珀西，自己退回到牢房里去了，他一脸痛苦表情，不停擦着嘴角，好像尝到了什么难吃的东西。

“他要干什么？”布鲁托尔喊着，“保罗，他要干什么？”

“不管他从梅莉那里吸出了什么，现在都进了珀西的身体了。”我答道。

此时，珀西正靠在德拉克罗瓦曾住过的牢房的铁栏杆上。他两眼瞪得滚圆，目光呆滞，就像两个零。我小心地走上前去，以为他会像约翰治完梅琳达后那样又噎又咳的，但是这并没有发生。他只是站在那里。

我在他眼前打了个响指：“珀西！嘿，珀西！醒醒！”

什么动静都没有。布鲁托尔也过来，伸出双手在珀西毫无表情的脸前晃晃。

“这样没用的。”我说。

布鲁托尔没答理我，他双手用力在珀西鼻尖前拍了两下。居然有反应了，或者说似乎有反应了。珀西眼皮一翻，左右环顾起来，他眼神昏花，像被人砸了脑袋后奋力想恢复知觉的样子。他看看布鲁托尔，再看看我。事隔这么多年，现在我确信他肯定谁都没看见，但当时我觉得他是看见的，我以为他正在恢复知觉。

他一推手，身子摇晃着离开了铁栏。布鲁托尔扶他站稳了，“当心，小伙子，你没事吧？”珀西没有回答，径直从布鲁托尔身边走过，转向值班桌。确切地说，他并没有步履蹒跚，但有点站立不稳。

布鲁托尔伸出手想帮他一把，被我推开了，“别管他。”要是我知道接下来会发生什么，我还会说同样的话吗？自从一九三二年的秋天以来，这个问题我已经自问了成百上千遍，可从来没有过答案。

珀西走了十二三步，又停下，垂着头。这时他站在野小子比利·沃顿的牢房外。沃顿还在酣睡着。整个事件发生时他一直在酣睡。现在我想起来，其实他到死都还睡着，这倒使他比其他在那里结束生命的人幸运许多，肯定比他该有的下场幸运得多。

我们还没有明白过来发生了什么，珀西就拔出枪，走到沃顿牢房的铁栏杆前，枪膛里六发子弹朝熟睡的人全数倾泻而去。就听得砰-砰-砰-砰-砰-砰，扳机扣得飞快。在封闭空间里，那声音震耳欲聋。我第二天早晨把这件事讲给詹妮丝听的时候，耳朵里依然响个不停，几乎连自己的声音都听不见了。

我们四个朝他冲过去。迪安是最先到的，我不知道他怎么会最先到，因为柯菲抓住珀西时，他还在我和布鲁托尔身后，但他的确是第一个赶过去的。他抓住珀西的手腕，准备把枪从他手上夺下来，但已经没这个必要了。只见珀西一松手，枪掉到地板上。他的目光从我们身上扫过，就好像我们都是冰面，而他的目光则是溜冰的冰刀。珀西的膀胱一松，大家只听得一阵低沉的嘶嘶声，就闻到一股刺鼻的尿骚味，接着，声音更响了，臭味更重了，他把另一边裤子也尿湿了。他的目光定格在走廊远处的角落里。据我所知，这双眼睛就再没有看见过我们这一真实世界里的东西。我刚开始写的时候，曾说过，当布鲁托尔几个月之后发现了叮当先生彩色线轴的碎片时，珀西已住进了荆棘岭，我并没有说谎。他压根没进那个屋角落里放着风扇的办公室，也没能把精神病人推来搡去。但我想，他至少有了独用的房间。

他毕竟是有人头关系的。

沃顿侧着身子背靠在牢房墙上躺着。我看不太清楚，但大量的鲜血浸透了床单，喷溅在水泥地面上。但验尸官说，珀西的枪法就像安妮·奥克利[①]。想到迪安说的，那次珀西把警棍朝老鼠扔过去，几乎准确命中，我对此并不惊奇。这一次，射程更近，目标又不在移动。一枪打中鼠蹊部，一枪打中小腹，一枪打中胸部，三枪打中头部。

布鲁托尔边咳嗽，边挥手驱赶着开枪造成的烟雾。我自己也在咳，只不过到那时才注意到罢了。

“一切结束了。”布鲁托尔说道。他的声音还算平静，但眼神里绝对充满惊慌。

---

① 安妮·奥克利（Annie Oakley，1860—1926），美国女神枪手，其绝技是在三十步外击中抛在空中的一角硬币。

我朝走道那边看去，看见约翰·柯菲坐在板床的一端。他的双手又抱着膝盖，但头却挺了起来，看上去一点病容都没有了。他朝我微微一点头，我居然也朝他点了一下头，这让我自己都十分惊讶，就像那天我神不知鬼不觉地朝他伸出手去一样。

“我们该怎么办？”哈里叽里咕噜地喃喃着，“天哪，我们该怎么办？”

“什么都干不了，”布鲁托尔用与刚才一样的平静语调说道，“我们要倒霉了，是吗，保罗？”

我的脑子开始急速开动起来。我看看哈里和迪安，他俩像吓破了胆的小孩，直盯着我。我朝珀西看看，他站着，双手和下巴不住颤动。然后，我看看我的老朋友布鲁特斯·豪厄尔。

“我们不会有事的。”我说。

终于，珀西开始咳嗽了。他弯下身子，双手撑在膝盖上，几乎在干呕。他的脸色开始变红。我张开嘴，示意其他人往后退，但根本就没来得及。珀西嘴一张，发出一种介于干号和牛蛙鼓噪之间的声音，吐出了一大团黑色的打着旋的东西。密度之高，有那么一会儿我们几乎看不见他的头了。哈里用虚弱颤抖的声音说着“上帝啊，来救救我们吧”。随后，这团东西变成了耀眼的白色，就像一月的阳光照在皑皑白雪之上。一会儿工夫，烟雾消散。珀西慢慢站直了，眼睛里重新出现了空虚的神色，直顺着绿里看去。

“我们没看见，”布鲁托尔说道，“是吗，保罗？”

“是的。我没看见，你没看见。哈里，你看见了吗？”

“没有。”哈里回答。

“迪安？”

“看见什么啦？”迪安说着摘下眼镜擦拭起来。我以为眼镜会从他颤抖的手上掉下去，还好他捏住了。

“‘看见什么啦’，这很好，就这么说。伙计们，现在仔细听你们的队长说，时间有限，大家都先得搞明白，事情很简单，我们别把它弄复杂了。”

3

那天上午十一点左右，我把这一切都告诉了詹妮丝。我差点写成了次日上午，但事实上就是同一天。毫无疑问，那是我一生中最长的一天。当时我讲的和我现在写的差不多，讲到威廉·沃顿不明不白死在床上，身中珀西手枪里打出的六发铅弹。

不对，实际上我最后说到的是珀西嘴里飞出来的那些东西，飞虫之类的什么东西。那真是很难讲清楚的事情，即使听者是自己的妻子。但我还是讲了。

在我讲述的时候，她给我端来了半杯黑咖啡，因为刚开始讲述时，我的手抖得十分厉害，要是端整杯咖啡就准得泼在地上。喝完这半杯咖啡后，颤抖稍微好了些，我甚至觉得可以吃点东西了，也许吃个鸡蛋，或是喝碗汤什么的。

“真正救了我们的是，我们并不需要说谎，谁都不用说谎。”

“最多留几件事情不说罢了，”她点点头说道，“大部分是小事，比如你们把死刑犯弄出监狱，他救了个濒临死亡的女士，那囚犯把珀西弄疯了，因为……什么？……强迫他吞下了脑瘤脓水？”

“我也不知道，詹妮丝，”我说，“我只知道，你如果一直这样说下去，到头来你得自己喝下这碗汤，或拿它去喂狗。”

“对不起。不过我说得没错，是吗？”

“是啊，”我说，“除了一点：我们没给人逮到干了这件事……”什么事？不能说潜逃，临时休假也不对。“……这趟差事。就算珀西真回来了，他也没什么可说的。”

“就算他回来……”她应和着，“这又有多大可能？”

我摇摇头，意思是我也不知道。不过其实我知道，我觉得他不可能再回来了，一九三二年内不可能，一九四二年不可能，一九五二年也不可能。这一点上，我想对了。珀西·韦特莫尔在荆棘岭待到一九四四年，后来一场大火把那地方夷为平地，十七人死于火灾，但珀西不在其中。当时他依然终日沉默无语，我了解到，描述这种病症的词是“紧张性精神病”。大火烧到他那侧病房前，他被一位看护拉了出去。接着他又进了另一家疗养院，我记不得名字了，但我想这已经无关紧要。他死于一九六五年。据我所知，他最后一次说话，就是让我们帮他在下班时打卡……除非我们想解释他为什么提早下班。

讽刺的是，我们永远不需要解释任何事情了。珀西脑子出了问题，并枪杀了沃顿。我们就是这么说的，就此而言，句句确凿。当安德森问布鲁托尔关于珀西在开枪之前的状况时，布鲁托尔用一个词作答：“很沉默。”当时我拼命忍着，差点没放声大笑起来。因为这句话也是千真万确，那晚大半的值班时间里，珀西确实十分沉默，因为他嘴上缠满了胶带，最多只能发出“呜呜呜”的声音。

柯蒂斯把珀西一直留到八点钟。珀西就像烟杂店门口放着的印第安人木雕像似的一言不发，但神色要诡异得多。后来，哈尔·穆尔斯到了，他脸色严峻，果断有力，一副整装待发的样子。柯蒂斯·安德森顺势就把处理权交了过去，自己则松了口气，声音虽小，我们却差不多都能听得到。哈尔不再是那个老迈、惶惑、饱受惊恐的人了，只见监狱长大步走到珀西面前，两只大手抓住珀西一阵猛摇。

“小子！”他冲着珀西毫无表情的脸喊着，我觉得那张脸已开始像蜡一样地软化了。“小子！告诉我出什么事啦！”

当然，珀西那里没有丝毫反应。安德森想把监狱长拉到一旁，讨论一下该怎么处理这件事情，这肯定是件纠结复杂的麻烦事，但穆尔斯把他一推，至少暂时把他撂在一旁，反而把我拉着走上了绿里。约翰·柯菲正脸朝墙壁躺在床上，两条腿像往常一样，在床外伸得老长老长。他看上去睡着了，也许真睡着了，但他的表面现象并不总是真实情况，这我们已经领教过了。

“在我家里发生的事和你们回来后在这里发生的事有关系吗？”穆尔斯悄声问道，“我会尽量为你们开脱，哪怕要赔上我的官职，但我得知道真相。”

我摇摇头。当我开始说话时，我同样把声音压得很低。此时，走道前端差不多有十好几个看守在转来转去，有一个在拍摄牢房里的沃顿。柯蒂斯·安德森转身去注意他了，只有布鲁托尔在看着我们。“没有，长官。我们把约翰弄回了牢房，你也看见了，然后把珀西放出了禁闭室，我们把他绑起来关在那里，是出于安全考虑。我以为他会怒气冲天，谁知他并没发火，只是要回了自己的手枪和警棍。他别的什么都没说，就走开了，去了走廊。等走到沃顿的牢房前，他扣动扳机，开起枪来。”

“你觉得被关在禁闭室……会对他脑子产生什么影响吗？”

“不会，长官。”

“你们有没有给他套上约束衣？”

“没有，长官，没有这个必要。”

“他很安静？没有挣扎？”

“没有挣扎。”

“哪怕他发现你们要把他关进禁闭室去，他还是没说什么，也没有反抗？”

“是的。”我觉得有一股冲动，想给这段话来点添油加醋，多说几句关于珀西的情况，但还是克制了下去。越简单越好，我明白。“没闹。他径直走到里面的一个角落，坐了下来。”

“当时没提到沃顿？”

“没有，长官。”

“也没提柯菲？”

我摇摇头。

“难道珀西一直在瞅着沃顿？他对那人有什么过节吗？”

“这倒可能有，”我说着把声音压得更低了些，“哈尔，珀西巡视时很马虎，不注意自己走的位置。有一次沃顿伸出手抓住他，把他拉到铁栏杆前，把他一顿猥亵。”我顿了顿，“可以说，把他上下摸了个遍。”

“没比这更严重的了？就……‘一顿猥亵’……就这样了？”

“是的，不过珀西可是难堪极了。沃顿甚至说了宁愿操他也不愿操他妹子之类的话。”

“唔。”穆尔斯不停地斜眼看看柯菲，好像他不断地需要使自己确信，眼前的柯菲是真人，是真实存在于这个世界上的。“这个情况无法解释他出的事，不过倒能说明为什么他打死的是沃顿，而不是柯菲，或你们中的一个。说到你的人，保罗，他们的口径会一致吗？”

“是的，长官，”我对他说，“他们准会这么说的。”当时我对詹妮丝也是这么说的，边说边开始喝她端上桌来的汤。“我保证。”

“你的确撒了谎，”她说，“你对哈尔撒了谎。”

唉，老婆总是这样的，不是吗？总要在你最漂亮的西装上挑来挑去找不是，而且经常真能挑到一两处。

“就算是吧，如果你这么看的话。不过，凡是我们双方都无法接受的事情我就没告诉他。我想，此事哈尔没插手。反正他根本没在场。他在家里照顾妻子，是柯蒂斯把他叫来的。”

“他有没有说梅琳达的情况？”

“当时没说，没时间，不过我和布鲁托尔离开前我们又谈了一会。很多事情梅莉都不记得，不过她情况不错，起床走动了，还说起要准备下一年的花床。”

妻子坐着看我吃了一会，然后问道：“哈尔知道那是个奇迹吗，保罗？他明白吗？”

“是的。我们都明白，在场的所有人都明白。”

“我真有点希望自己当时也在场，”她说，“不过我想我还是更庆幸自己没在。我要是亲眼看见扫罗在去大马士革的路上眼睛里落下鳞片来[①]，我也许就发心脏病死了。”

“不会吧，”我说着把碗斜了斜，舀出最后一勺汤。“没准你会给他熬一碗汤呢。亲爱的，汤真的很好喝。”

“那好啊。”但是她想的并不是汤啊煮啊扫罗在大马士革路上的皈依啊等等的事情。她看着窗外的山脊，手托着脸颊，眼神迷蒙，就像

---

① 扫罗（Saul）又称保罗（保罗），参见《新约·使徒行传》：保罗在大马色（大马士革）被光照失明，亚拿尼亚受耶稣之命将手按于保罗身上，保罗眼睛上似乎有鳞片掉下，随即复明。

笼着山峦的那层雾霾，它们往往出现在行将大热的夏日清晨，就像狄特里克家双胞胎被害那个夏季的早晨，我不知怎么的就有了这种联想。我不明白她们为什么没有喊叫。凶手伤害了她们，因为门廊上、台阶上有血迹。可她们为什么不喊叫呢？

“你认为的确是约翰·柯菲杀了那个叫沃顿的人，是吗？”詹妮丝的目光终于从窗外转了回来，她问道，“其实那并不是意外，根本不是。你觉得他是把珀西·韦特莫尔当枪使，杀了沃顿。”

“是的。”

“为什么？”

“我也不知道。”

“再对我说一遍当时你押着柯菲走过绿里时的情况，好吗？就那一段。”

于是我复述了一遍。我说到那条精瘦的胳膊突然从栏杆间射出，抓住了约翰的二头肌，那胳膊让我想起蛇，我们小时候在河里游泳时都怕得要命的那种水蛇；我说了柯菲几乎用耳语说的那句沃顿是个坏蛋的话。

“那沃顿说……？”妻子的目光又移向了窗外，不过她依然在听着。

“沃顿说：‘没错，黑鬼，坏得没治了。’”

“就这些？”

“是的。我当时觉得要出事，可是什么都没发生。布鲁托尔把沃顿的手从约翰身上拉开，叫他躺倒，沃顿服从了。之前他是从床上跳起来的。他还说什么黑鬼该坐另外的电椅，就这些。后来我们就没理睬他了。”

“约翰·柯菲管他叫坏蛋。”

“对，也这么叫过珀西一次，也许不止一次吧。我不记得确切是什么时候了，不过我知道他这么叫过。”

“但沃顿从来没对约翰·柯菲有过身体伤害，是吗？我是指像他对珀西干的那样。”

“没有。他俩的牢房隔得很开，沃顿在靠近值班桌的一头，约翰的远在另一头，他们连见面都不大可能。”

“说说当沃顿抓住柯菲时柯菲有什么反应。”

“詹妮丝，这么问来问去不会有结果的。”

“也许没有，也许有。告诉我当时他什么表情。”

我叹了口气：“我想也许可以说是大吃一惊。他倒吸一口气。就像你在海滩上晒太阳，我偷偷走到你身后，往你背上滴凉水。或者说他像被人掴了一巴掌。”

“好吧，”她说道，“突然间被人一把抓住，把他吓坏了，使他突然间惊醒过来。”

“是的，”我说，接着又补充道，“不。”

“到底是什么？是还是不是？”

“不是。那不是被吓坏，倒很像他要我走进他牢房接受他治疗，或是他要我把那老鼠递给他时的情形。是惊奇，但不是惊吓……不完全是……天哪，詹妮丝，我说不清楚。”

“好吧，我们不说了，”她说，“我只是想不明白约翰为什么要这么干，仅此而已。他天性似乎并不暴烈，这就引出了另一个问题，保罗，如果你对那两个女孩的事情的判断是正确的，你们怎么可以把他送上电椅？如果是其他人……？”

我在椅子上猛一转身，胳膊肘撞到了碗，碗掉到地板上砸碎了。突然间，我起了一个念头。这时候，这念头更多是出于直觉而非逻辑推论，虽阴森可怖却合情合理。

“保罗你怎么啦？”詹妮丝吓了一跳，问道，“出什么事了？”

“我也不知道，”我回答道，“我什么都说不准，但我要去尽力弄明白。”

4

枪击事件发生后，整个事件就像是一个有三个表演区的马戏台。

州长是一区，监狱是二区，可怜的丢了魂的珀西・韦特莫尔是三区。这三个区的表演指导是谁呢？唉，轮流担任这一职位的就是来自媒体的各位先生了。当时的媒体没有现在的那么糟糕，他们不允许自己糟到这种程度，不过，即使在当时，在杰拉尔多和迈克・华莱士[1]之辈尚未出现之前，他们抓到点东西总能处理得相当不错。那一次就是如此，表演在继续，而且表演得不错。

但是，再生龙活虎的马戏团，再让人心悬喉咙的特技，再滑稽可笑的丑角，再不可思议的动物，到头来总得离开。而这一次，调查委员会一走，马戏团也随之离开。调查委员会的名称听起来不同寻常，不免让人胆战心惊，可事实上却草木不惊，草草了事。换了个场合，州长无疑会要了某人的脑袋，可这一次不同了。这侄子是他妻子的唯一血亲，但他脑子出了问题，杀了人。珀西杀了凶手，感谢上帝，还好是这样，但他杀的这个是躺在牢房里的家伙，这就不大好玩了。如果再加上这样的问题：即出事的小伙子像三月里发情的兔子那样疯了，那就不难理解为什么州长一心只盼着事情快点过去，越快越好。

我们坐着哈里・特韦立格的卡车去穆尔斯监狱长家的事情从未被提起过。我们外出期间珀西被套上约束衣锁在禁闭室的事也未被提起。珀西开枪打死沃顿时后者是被下了药蒙翻在床上的事更未被提起。为什么要提这些呢？官方除了沃顿身上的六颗子弹，没有任何其他可怀疑的东西。验尸官排除了其他原因，殡仪馆来的人把他装进松木棺材，这个左胳膊上留着野小子比利的刺青图案的家伙，就这样了结了。可以说，这恶人还算有个善终。

反正，此事闹腾了两星期左右。这期间，我话不敢说，屁不敢放，更别提找时间去调查一下事发后那个早晨在厨房餐桌上突然想起的念头了。快到十一月中旬的一天，我想是十一月十二号吧，但不十分肯定，我上班时觉得，马戏团肯定走了。就在这天，我在办公桌中央发现了自己一直在担心的那份文件：约翰・柯菲的死刑执行令。签字的是柯蒂斯・安德森而不是哈尔・穆尔斯，不过这么做也完全合

---

① 迈克・华莱士（Mike Wallace, 1918—2012），美国记者、主持人。

法，而且这文件必须经哈尔之手才能到我这里。我能想象哈尔坐在行政楼的办公桌前，手里拿着这份文件，心里想着他妻子。在印第安诺拉综合医院的医生眼里，梅莉几乎是又一次“九日奇迹”[①]。这些医生把她的死刑执行令递到她本人手里，但约翰·柯菲把执行令撕得粉碎。可现在，轮到约翰·柯菲上绿里了，我们有谁能阻止这件事？有谁会去阻止这件事呢？

执行书上的日期是十一月二十日。拿到执行书三天后（我想是十五日），我让詹妮丝替我打电话请病假。一杯咖啡之后，我开着那辆颠簸得厉害但其他方面依然可靠的旧福特车，朝北驶去。临走时詹妮丝和我吻别，祝我好运，我谢谢她，但一点也不知道到底会有什么好运，是找到一直在寻找的东西，还是根本找不到。我所能肯定的，就是开车时我一点没有哼歌曲的心情。那天根本没有这样的心情。

那天下午三点，我开车已经在山里走了很远。我赶在普东县法院关门之前到了那里，查看了一些记录，随后，县治安官来了，县里的职员告诉他有个陌生人在翻看本地档案。卡特利特治安官想搞清楚我是否明白自己在干什么。我告诉了他。卡特利特仔细想了想，然后告诉了我一些有意思的情况。他说，如果我把他的话传出去，他就会否认自己说过这样的话，反正那些情况也不是结论性的，虽然的确很有意思。回家路上我一直在想着他的话，那天夜里我睡在床上，辗转反侧，前思后想，没睡几个小时。

第二天我早早起床，开车向南往特拉平格县去时，东边天际还只微露着一抹太阳光。我绕过那脑满肠肥的霍默·克里布斯，径直去见了副治安官罗伯·麦吉。麦吉不愿听我说的情况，很不愿意听。有一会儿，我甚至觉得他肯定要一拳砸在我嘴上，以免再听我说话。不过他最后还是同意去找克劳斯·狄特里克问几个问题。我觉得，主要是他不希望我去问。“他才三十九岁，可这些天来，他看上去就像个老头了，”麦吉说，“悲伤刚淡一点，他可不欢迎某个自以为是聪明侦探的监狱看守去搅乱他的心情。你给我待在县里，不许你靠近狄特里克

---

① 指昙花一现的事情或人物。

家的农庄，但等我和克劳斯谈完话后，我得找得到你。你要是觉得烦了，就到餐厅去吃块馅饼，让自己镇定一下。”结果我吃了两块，压得还真够沉的。

麦吉回来后，在我身边的桌台边坐下，我试图从他脸色上看出点名堂，可什么都看不出。“怎么样？”我问道。

“和我一起回家去，我们在那里谈，”他说，“我不喜欢这地方，人太杂。”

我们在罗伯·麦吉家的门廊上谈着。两人都裹着厚厚的衣服，但依然感到阵阵凉意。麦吉太太不允许家里有人抽烟，她可真是个走在时代前面的女人。麦吉谈了一会，看他说话时的神态，好像很不愿意听见从自己的嘴里讲出的话来似的。

“这什么都证明不了，你明白的，是吗？”他差不多说完时这么问道，语调中带着挑战的味道，边说边把家制的卷烟往我手里塞，推都推不掉，不过他脸色很难看。我俩都很清楚，他说的并不都是在法庭上听到的证词。我觉得，这可能是副治安官麦吉一生中唯一一次，希望自己和上司一样做个乡下哑巴。

“我明白。”我说。

“如果你打算根据这一件事就给他来个重审，你最好先想清楚了，先生。约翰·柯菲是个黑种，在特拉平格县里，我们对重审黑人案子的事可特别着呢。”

“这我也知道。”

“那你打算怎么办？”

我一弹指，烟蒂飞过门廊栏杆，落在街上。然后我站起身。回家的路又长又冷，越快动身，行程越早结束。“麦吉长官，但愿我知道该怎么办，”我说，“可是我不知道。今晚我能肯定的事实只有一个，我不该吃第二块馅饼。”

“听我说，聪明家伙，”他说话的语调还是充满挑衅意味，“我觉得你一开始就不该打开那潘多拉魔盒。”

“打开它的不是我。”说完我开车回家了。

我很晚才到家，过午夜了，但妻子还没睡，在等我。我本来就猜测她会等我的，但看见她，任她伸出双臂把我拥在怀里，任她的身体结实而温柔地贴在我身上，我心里感觉好了许多。“嘿，稀客，”她说着摸了摸我的下面，“这家伙现在没问题了吧？他好像很健康了嘛。”

“没错，夫人。”我说着把她抱了起来，抱进卧室，尽情地做了一番爱。到达高潮时，那喷涌而出和放任流淌的感觉妙不可言，这时，我想起了约翰·柯菲泪流不止的眼睛，想起了梅琳达·穆尔斯的那句话：我梦见你在黑暗中游荡，我也是。

我还在妻子身上，她的双臂依然抱着我的脖子，我们的腹部紧贴在一起，但我却突然痛哭起来。

“保罗！”她大吃一惊，吓坏了。我们结婚几十年来，她似乎没看到我哭过几次。在一般情况下，我不是个爱流泪的男人。“保罗，怎么啦？”

“该知道的我都知道了，”我泪流满面地说道，“如果你要我讲实话，那就是我他妈的知道得太多了。不到一星期，我就得把约翰·柯菲送上电椅，可杀害了狄特里克家两姑娘的是威廉·沃顿，是野小子比利。”

5

第二天，跌跌撞撞执行完德拉克罗瓦的死刑后在我家厨房里吃午饭的一拨人，又在同一地方一起吃午饭。这一次，我们这个战争委员会有了第五位成员：我妻子。是詹妮丝说服了我把真相告诉其他人，而我最初的反应是守口如瓶。我问她，大家都知道了，不是更糟糕吗？

“你没把问题想清楚，”当时她这么回答道，“可能是因为你情绪还没恢复过来。最糟糕的情况他们都知道了，就是约翰出现在他并未犯罪的现场。如果还有什么，那就是，这事实会使情况稍微好一点。”

我不太肯定，不过我听了她的。我把实情（我无法证实，但我知道那是事实）告诉布鲁托尔、迪安和哈里时，原以为他们会一阵惊叫，但听完话他们都陷入沉思，默默无语。过了一会，迪安又拿了一块詹妮丝端来的饼干，往上面涂了很多很多的奶油，然后问道："你觉得约翰看见他了吗？他看见沃顿扔下那两个姑娘，甚至看见他在强奸她们？"

"我觉得，如果他看见了，肯定会试图阻止，"我说，"至于是否看见沃顿，也许是在他逃走的时候，我想他也许看见了。即使看见了，他后来也忘记了。"

"那是，"迪安说，"他很特别，但并不怎么聪明。沃顿从牢房栏杆后面伸手抓住他时，他才认出沃顿。"

布鲁托尔不住点头："难怪约翰看上去十分惊讶……大吃一惊。还记得他睁圆了眼睛的样子吗？"

我点点头："他把珀西当枪使，杀了沃顿，詹妮丝就是这么说的，我也一直这么想。约翰·柯菲干吗要杀野小子比利呢？杀珀西，也许有原因，因为是珀西一脚踩在德拉克罗瓦的老鼠身上，是珀西把德拉克罗瓦活活烧死，约翰都知道，但沃顿呢？沃顿和我们每个人都过不去，可是在我看来，他从没惹过约翰，两人住在绿里上，从头到尾没说上四五十个字的话，而且有一半是在最后一天说的。他为什么要那样做？他是普东县的，就那里的白人小孩而言，他们根本看不见黑人，除非黑人碰巧出现在路上。他干吗要这么干？沃顿抓住他胳膊的时候，他看到了什么，感觉到了什么，竟然会如此憎恶，甚至于要把从梅莉身上吸出的毒留下来给他？"

"而且自己还差点送了半条命。"布鲁托尔说。

"差不多送了七成命。我想，能解释他杀沃顿的原因的，只有狄特里克家女孩的事了。最初我觉得这想法很荒唐，太巧合了，根本不可能。后来我想起柯蒂斯·安德森在我看到的关于沃顿的第一份报告里写的东西，说沃顿十分狂野，说他在最后的拦路抢劫杀了那些人之前，在该州到处游荡。在该州到处游荡。这引起了我的注意，还有他刚来时差点勒死迪安的事情。这让我想起了……"

"那条狗，"迪安边说边揉着脖子，当时沃顿的链条就是卡在那里的。我觉得迪安根本没意识到自己的动作。“狗的脖子就是这样给拧断的。”

“反正，我去了趟普东县，查看沃顿的审判记录，我们这里的全是关于让他进绿里的杀人案报道。换句话说，就是有关他人生的最后一程，可我要的是开始。”

“惹过很多麻烦？”布鲁托尔问道。

“是啊，毁坏公物，小偷小摸，放火烧草垛，甚至还偷了颗炸弹：他和一个同伙偷了根雷管，在一条小河边引爆了。他犯事很早，十来岁吧。正看到这里，县治安官来了，问我是什么人，问我要干什么，我可真走运了。我扯了个小谎，说查牢房时在沃顿床垫下翻出一沓照片，都是没穿衣服的小姑娘。我说我要查一下，看看沃顿从前是否犯过强奸罪，因为我听说在田纳西还有几个案子没破。我小心翼翼地对狄特里克双胞胎女孩一案只字不提。我觉得他也没想到那一点。”

“当然不会啦，”哈里说，“他们怎么会想得到呢？毕竟那案子都结了。”

“我说我觉得再追下去没什么意思，反正沃顿的档案里也没什么东西。我是说，档案里东西很多，但没有一份和那事有关。那治安官，他叫卡特利特，听了哈哈大笑起来，说沃顿这样的坏小子干的事情，不见得每一件都会存在法庭文档里。再说了，那又怎样？他不是死了吗，是吧？

“我说我是想满足自己的好奇，没别的意思，这句话使他放松了许多。他带我回到他办公室，让我坐下，给了我一杯咖啡和一个炸面圈，并告诉我，十六个月前，当时沃顿才十八岁上下，他在县里西边的一个谷仓里搞人家的女儿，被主人发现了。说不上是强奸，那人对卡特利特的描述是‘差不多就是用手指捅捅’。对不起，亲爱的。”

“没事。”詹妮丝说道，但她脸色惨白。

“那女孩多大？”布鲁托尔问。

“九岁。”我答道。

布鲁托尔一惊。

“当时要有其他人在一旁，什么老大哥或堂表兄弟之类的，能给他帮帮忙，那人就追上去了，可是没有。所以他向卡特利特报了案，但说得很明白，他只想警告沃顿一下。这样丢脸的事情，谁都不想张扬出去。反正，治安官卡特利特处理沃顿的旧事已经有日子了，沃顿十五岁时还被他送去教养所蹲了八个月左右。后来他觉得实在不行了，便带上三个人，一起去了沃顿家，把哭喊着的沃顿太太往边上一推，警告威廉·'野小子比利'·沃顿说，别学那些一脸烂疮的蠢货，尽在干草棚里乱搞小姑娘，那些姑娘们连月经都没听说过，更别说来过了。卡特利特对我说，'我们狠狠地警告了那小子一番，直到他脑袋开花，肩膀脱臼，屁眼爆裂。'"

布鲁托尔不由自主地笑了起来。"听来正像普东县的套路，"他说，"太像了。"

"大约三个月后，沃顿逃了出去，开始到处乱来，直到发生了那件抢劫案，"我说，"抢劫和杀人，把他送到了我们这里。"

"这么说，他曾经搞过小姑娘，"哈里说着摘下眼镜，朝镜片呵了口气，擦拭起来。"很小的女孩。不过干一次不能算习惯，是吗？"

"干这样事情的人，绝不会只干一次。"我妻子说道，说完，便紧紧抿起嘴巴，嘴唇都几乎消失了。

随后，我又把去特拉平格县的事告诉了他们。我对罗伯·麦吉要坦率得多，说实话，我也只能如此了。直到今天，我还是不知道他对狄特里克先生编了套什么话，但在餐厅里我身旁坐下的那个麦吉，看上去像是老了七岁。

五月中旬，就是结束沃顿逃窜犯生涯的抢劫案发前一个月，克劳斯·狄特里克油漆了自家的谷仓，而鲍泽的狗屋碰巧就在谷仓边。狄特里克不想让儿子爬到高高的脚手架上，再说了，孩子那时正上学，所以就雇了个帮工。挺不错的家伙，话也不多。就三天的活。噢不，那家伙没睡在他家，狄特里克还没傻到把不错和沉默等同于安全，特别是那时候，路上经常会有一群群穷乡僻壤来的盲流，有家室的人总会十分谨慎。不过这人不需要住的地方，他告诉狄特里克，说自己在镇上有地方住，在伊娃·普莱斯家。特夫顿的确有位伊娃·普莱斯女士，她也的确有房间出租，不过那年五月，她的房客全穿格子花呢外衣，戴礼帽，拉着一箱箱样品，也就是说，都是旅行推销员，没有一个符合狄特里克家雇佣的那人的长相。麦吉能告诉我这些，是因为他在从狄特里克农场回来的路上，去普莱斯太太家查过，这就是他感到十分不安的原因。

“即使这样，”他说道，“法律也不禁止人在树林里过夜，埃奇康比先生。我自己就在林子里睡过一两夜。”

雇来的帮工没在狄特里克家过夜，但他和全家人一起吃过两顿晚饭。他有可能见过霍伊，也可能见过柯拉和凯丝两姐妹。他可能听见了她俩的聊天，其中可能谈到她们多么盼望即将到来的夏天，因为如果她们乖，如果天气好，妈妈有时候会允许她们睡在门廊上，她们可以想象自己是拓荒者的妻子，坐着大篷马车穿越大平原。

我能想象他坐在饭桌边，吃着烤鸡和狄特里克太太做的黑麦面包，听着，把恶狼的凶光掩饰得好好的，点点头，微微一笑，把一切全装在心里。

“保罗，这听起来不像你说的刚走上绿里的那个家伙，”詹妮丝满怀疑虑地说道，“一点也不像。”

“夫人，你没见他在印第安诺拉医院时的样子，”哈里说道，“就这么站着，张着嘴巴，光屁股戳在病号服下摆外面，要我们给他穿裤子。当时我们觉得他不是嗑了药就是个蠢蛋，是这样吧，迪安？”

迪安点点头。

“他漆完谷仓走后第二天，一个用大手帕蒙面的家伙打劫了贾维斯镇上的汉佩货运公司，”我告诉他们，“抢了七十美元后逃走了，他还拿走了货运员当吉祥物带在身边的一枚一九八二年的一美元银圆。那枚银圆沃顿被捕时在身上被发现了。贾维斯离特夫顿只有三十英里。”

“所以这起抢劫……这个流窜犯……你认为他停了三天，帮克劳斯·狄特里克家漆谷仓喽，”我妻子说，“和他们一起吃晚饭，像正常人一样说着请把青豆递给我。”

“他这种人，最让人害怕的就是你无法预料他的行动，”布鲁托尔说道，“他也许计划杀了狄特里克全家，再行洗劫，然后，不知是因为飘来一团乌云挡住了太阳，还是别的什么原因，就改变主意了。也许他只想先消停一阵，但最有可能的是他早就盯上了狄特里克家的双胞胎女孩，打算好了要折回去的。你看呢，保罗？”

我点点头，我当然想到了这一点。“还有他对狄特里克说的名字。”

“什么名字？”詹恩问道。

“威尔·邦尼。”

“邦尼？我不……”

“那是比利小子的真名。”

“啊。”詹妮丝瞪圆了眼睛，“噢！这么说你们可以为约翰解脱干系了！感谢上帝！你们只要把威廉·沃顿的照片给狄特里克一看……他的正面照就行……”

布鲁托尔和我不安地交换了一下眼色。迪安看上去还抱有希望，但哈里只低头看着自己的手，好像突然之间他对自己的指甲大感兴趣起来。

“怎么啦？”詹妮丝问道，“你们干吗这样你看我我看你的？麦吉这人肯定得……”

“罗伯·麦吉给我的印象是个好人，而且我觉得他是个不折不扣的执法官，”我说道，“可是他在特拉平格县无权左右局势。真正有权的是治安官克里布斯，要他根据我发现的事实重审狄特里克的案子，那地狱里都得下雪。”

“但是……如果沃顿在那里……如果狄特里克能辨认出他的照片，他们就能明白他在那里……”

“他五月在那里并不等于他六月回去杀了那两个姑娘。”布鲁托尔说道，他说话声音很低，很温和，就像在对什么人传达其家庭成员的死讯。“一方面，这家伙帮克劳斯·狄特里克漆了谷仓，然后就走了。事实证明他的确四处犯事，但五月份他在特夫顿时没有任何对他不利的证据。另一方面，这大黑个，这巨大的黑个子，被人发现时就在河边，抱着两个死掉的姑娘，两个女孩都赤身裸体。”

他摇摇头。

“詹妮丝，保罗说得对，麦吉也许自有怀疑，但他无足轻重。克里布斯是唯一一个能重审这案子的人，可他决不愿意搅了自己心目中皆大欢喜的结局。他会这么想，‘是个黑鬼，反正不是我们这类的。太好了，我要去冷山，在大妈饭店来一份牛排，来一扎啤酒，然后看他上电椅，一切就这么了结了。’”

这一切，詹妮丝越听脸上的恐惧表情越严重，她朝我看看，“但麦吉是相信这一点的，是吗，保罗？我从你脸上能看出来。麦吉明白自己抓错了人，难道他不能在治安官面前挺身而出吗？”

“他挺身而出的唯一结果，就是丢掉自己的饭碗，”我说，“是的，我想他心里明白杀人的是沃顿，但他这么对自己说，如果他保持沉默，把游戏一直玩下去，直到克里布斯退休或吃得撑死了自己，那位子就是他的。那时，情况就不一样了。我想，他就是这么想着入睡的。而且在一点上，也许他和霍默并没有大的不同。他会这么想，‘反正那是个黑鬼，他们又不是要电死一个白人。’”

“那你就得去见他们，”詹妮丝说，她的语气毅然决然，我听着心里一凉。“把你发现的情况告诉他们。”

“詹妮丝，我们该怎么把发现的情况对他们说？”布鲁托尔问道，声音还是低低的。“要不要告诉他们，我们把约翰从监狱里弄出去为监狱长的妻子施奇迹时，沃顿伸手抓住过他？”

“不，当然不啦，不过……”她意识到此处脚下的冰层很薄，便转了个方向。“那就说假话。”她说着用挑衅的目光看看布鲁托尔，然后眼神落到我身上。她的目光灼热，简直能在报纸上烧出一个洞来。

“假话，”我重复道，“什么样的假话？”

“就是你去查探的原因，你先去了普东县，后去了特拉平格，就对那胖子治安官克里布斯说，沃顿亲口告诉你是他强奸并杀害了狄特里克家的姑娘，说他招了。”她灼热的目光又转向布鲁托尔，“布鲁特斯，你可以支持他。你可以说，他在招供时你在场，你也听见了。咳，也许珀西都听见了，也许这就是让他发疯的原因。他杀了沃顿，就因为他无法忍受沃顿对那两个孩子犯下的罪孽，他实在承受不了了。只要……怎么啦？又怎么啦？天哪，说呀！”

不仅是我和布鲁托尔，这时连哈里和迪安都用惊恐的眼神看着她。

“夫人，我们从来没报告过这样的情况，”哈里像对一个小孩子说话那样说道，“别人首先就会问，我们为什么不报告。关在牢房里的家伙，无论说了什么以往犯罪的情况，我们都必须报告。无论是他们自己的还是别人的。”

“而且我们也不会轻易相信他，”布鲁托尔插话道，“像野小子比利·沃顿这种人，什么谎都能说的，詹妮丝。自己犯下的罪，认识的什么大人物，睡过的女人，高中时赢过的本垒打，甚至他妈的天气。”

“但是……但是……”她显出极度痛苦的神情。我走过去伸出胳膊搂住她，她猛地把我的胳膊甩开了。“但是他的确在那里！他刷了他们家那该死的谷仓！**他和他们一起吃了晚饭！**”

“那他就更有理由为这桩杀人案自吹了，”布鲁托尔说，“反正没什么大不了的，干吗不拿来吹嘘一下？反正人不能死两回。”

“让我把情况想想清楚。我们坐在这桌边，大家都明白约翰·柯菲不仅没杀那两个姑娘，反而试图把她们救活。当然，副治安官麦吉并不了解全部真相，但他肯定很明白，被控杀人而被判了死刑的这个人，其实并不是杀人犯。但是……但是……你们还是不能重审这个案子，甚至提出重审都不行。”

“没错，”迪安边说边更用力地擦拭着镜片，“情况大概就是这样。”

她低头坐在那里，思考着。布鲁托尔想说些什么，我一抬手，让他别开口。我不相信詹妮丝能想出什么法子，把约翰从这个杀人盒里救出去，但我也不相信完全没可能。我妻子，她是个聪明得让人害怕的女人，决心之坚定也让人害怕。这两者一结合，有时候真可以排山倒海。

“那好，”她终于开口了，“那你们得自己把他弄出来。”

“夫人？”哈里大惊失色，给吓住了。

“你们能办到的，你们不是干过一次吗？那就能来第二次。只不过这一次不必把他弄回去了。”

“埃奇康比太太，你难道要我向孩子们解释，他们的父亲为什么进的监狱吗?”迪安问道，“被控协助杀人犯越狱?”

“迪安，不会发生这种情况的。我们能想出个办法，使它看上去就像真的越狱。”

“这家伙连怎么系鞋带都记不住，你还能想出什么办法来?”哈里说，“还指望谁能相信啊。”

她有些迟疑地看看他。

“逃走也没用的，”布鲁托尔说，“即使我们能想法子让他逃了，也没用处的。”

“为什么?”她说话的语调听起来像要哭出来了，“为什么他妈的没用?”

“因为他是个六英尺八的秃顶黑人，笨得连自己都喂不饱，”我说，“你觉得他能躲多久才会被人重新抓住?两小时?六小时?”

“他从前四处走动，不也没引起人注意嘛。”她说道，一颗泪珠滚下了面颊，她一甩手掌，把它抹掉了。

此话不假。我曾经给南边的一些亲朋好友写过信，向他们打听是否在报纸上看到过任何关于符合约翰·柯菲特征的人物的报道。什么都行。詹妮丝也写信问过。迄今为止，我们只得到一起可能的目击报告，那是在亚拉巴马州的马斯尔肖尔斯。一场龙卷风袭击了一座教堂，里面的人正在排练合唱，那是一九二九年的事，一个大个子黑人从瓦砾中拉出两个人。起初在旁观者看来，这两人都已死了，可后来，他俩居然连毛发都没怎么损伤。有个目击者说，那简直像是个奇迹。那个黑人是教堂牧师临时雇来干一天杂活的，大伙喧闹之际，他消失了。

“你说得对，他是在四处走动，”布鲁托尔说，“但你别忘了，他的走动大都是被控强奸并杀害了那两个女孩之前的事。”

她坐着没有回答，这样坐了足足一分钟，然后做了一件让我震惊的事情，其严重程度几乎和我突然流泪让她大吃一惊一样。她一伸胳膊，把桌上所有的东西一下全横扫在地：盘子、杯子、银器、那碗甘蓝叶、那碗南瓜、那碟切过的熏火腿、牛奶、那壶冰茶，全给扫下桌子，砸在地板上，乒乒乓乓碎了一地。

“天哪！”迪安惊叫着身子往后猛地一仰，差一点仰面朝天跌下去。

詹妮丝没理睬他。她眼睛瞪着布鲁托尔和我，主要是我。“胆小鬼，你的意思是要杀了他？”她问道，“你是要杀了这个救了梅琳达·穆尔斯的命、还试图救那两个女孩的命的人？好吧，至少这世界上少了一个黑人，是吗？你可以这样来安慰自己，少了一个黑鬼。”

她站起身，看了看那把椅子，飞起一脚把它朝墙上踢去。椅子反弹回来，掉在洒了一地的杯盘狼藉中间。我抓起她的手腕，她猛一甩挣脱开去。

“别碰我，”她说道，“下星期的这个时候你就是一个杀人犯，和那个沃顿没什么两样，别碰我。”

她走出门，站在门口平台上，用围裙捂着脸，开始抽泣起来。我们四人面面相觑。过了一会，我站起身，动手收拾起来。布鲁托尔首先过来帮忙，然后哈里和迪安也加入了。等这地方看上去多少恢复了原样，他们就走了。整个过程中谁都没说一句话。实在没什么可说的了。

6

那晚我休息。我坐在自家小屋的起居室里，抽着烟，听着收音机，看着那片黑暗从地面升起，渐渐吞噬了整个天空。电视没问题，我对它没什么意见，可我就是不喜欢它把人的注意力从周围的世界吸引开，只盯着它那层玻璃表面，而收音机至少在那一点上比它强。

詹妮丝走了进来，在我扶手椅边跪下，拉起我的手。有那么一会儿，我俩谁都没说话，就这么待着，听着“凯依·凯瑟音乐知识”节目，看着星星一颗颗地出现。我觉得这样很好。

“对不起，我不该骂你是胆小鬼，”她说道，“自打结婚到现在，我从来没对你说过这样的话，自己感觉糟透了。”

“那次我们去野营你叫我臭山姆就不算了？”我问她，随后，我俩都笑了起来，相互吻了一两下，又和好如初了。我的詹妮丝，她那么美丽，我依然在梦里见到她。尽管我现在老了，也活腻了，我还是希望在梦里见到她走进这个孤零零被人遗忘的地方，这个走廊里弥漫着尿臭和烂菜帮子气味的地方，我梦见她依然年轻美丽，蔚蓝的眼睛，高耸的乳房，简直让我的手不愿拿开。希望她说，咳，心爱的，我没遭遇那次车祸呀。你弄错了，真的。直到今天，我还做着这样的梦，有时候我醒来，明白那是场梦，就哭了，而我年轻时候从来不哭的。

“哈尔知道吗？”她终于问道。

“知道约翰是无辜的？我不明白他怎么会知道。”

“他能帮一把吗？他能对克里布斯施加影响吗？”

“一点都不能，亲爱的。”

她点点头，好像她早已预料到似的。“那就别告诉他，如果他帮不上忙，那千万别告诉他，看在上帝分上。”

“不会的。”

她仰起脸，看看我，目光坚定：“那天晚上你不会请病假，你们谁都不会，你们不能请假。”

“是的，不能请假。如果我们在场，至少能弄得快一点。最多这样了。不会像德拉克罗瓦那样。”一瞬间（还好只是短短的一瞬间），我似乎看见德尔脸上那张丝绸面罩被烧得千疮百孔，露出了两颗煮熟的胶冻状物体，那是他的眼球。

“你们别无他路了，是吗？”她拉起我的手，放在她天鹅绒般丝滑的脸上擦着。“可怜的保罗，可怜的家伙。”

我一言不发。我一生中从未如此希望躲开某件事情，只带着詹妮丝，就我们两人，再带上一只旅行袋，随便去什么地方。

“可怜的家伙，”她重复着，然后说，“和他谈谈。”

“谁？约翰？”

“是的，和他谈谈，问问他有什么愿望。”

我想了想，点点头。她说得对，她一向是对的。

7

两天后，十八号，比尔·道奇、汉克·比特曼，还有一个——我不记得是谁了，反正是个临时的，他们一起把约翰·柯菲带到D区洗澡，趁他不在，我们演习了一遍行刑过程。我们没让嘟嘟来扮约翰，我们提都没提，人人都明白，用他简直就是亵渎。

我来扮。

我坐上“电伙计”，扣上夹钳。布鲁托尔用颤巍巍的声音说道：“约翰·柯菲，你被判处以电刑，该判决经由你的同类组成的陪审团通过……”

约翰·柯菲的同类？开什么玩笑？据我所知，这星球上没有一个人像他。然后，我想起了约翰站在通往我办公室的那几级阶梯下，看着“电伙计”时说的话：*他们还在那里，我听见他们在嘶叫。*

“把我弄出去，”我嘶哑着嗓子喊道，“解开这些扣子，让我站起来。”

他们解开了扣子，可我一时间却觉得自己被凝固在那里了，好像“电伙计”不让我起来。

我们转身往E区走的时候，布鲁托尔对我说：“我这辈子做过几件自己都觉得没脸的事情，但这可是第一次觉得自己真的有可能掉进地狱去。”他说话时声音压得很低，以免让在身后收拾椅子的迪安和哈里听见。

我看看他，不知道他是否在开玩笑。我意识到他是认真的。“你这是什么意思？”

“我意思是，我们在准备杀一件上帝的礼物，”他说道，“他从来没伤害过我们，也没伤害过其他任何人。当我最终站在万能之父上帝的面前，他问我为什么要这么干，我怎么说？说我就是干这个的？就干这个？”

8

约翰洗完澡回来，临时帮手都走了，我打开他的牢房，走进去，坐到床上，坐在他身边。布鲁托尔正坐在值班桌旁。他抬起头，发现我单独进了牢房，但什么都没说，注意力又回到手上的什么文件去了，边看边舔着铅笔尖。

约翰看着我，眼神十分奇怪：眼睛里满是血丝，有一些冷漠，泪水隐约可见，但依然十分平静，似乎哭泣也不是什么不好的生活方式，习惯了就没什么不好。他甚至还笑了笑。我记得，他身上散发着象牙牌肥皂的味道，像晚上刚沐浴过的婴儿，浑身清香。

“你好，头儿。”他说着伸出双手拉住我的双手。他的这一举动极其自然，没有任何做作。

“你好，约翰。”喉咙里有什么东西堵着，我试图把它咽下去。“我想你明白时候到了。两三天之后吧。”

他一言不发，只是拉着我的手坐在那里。现在想起来，当时我身上就开始发生什么情况了，但我思想上和情感上都太专注于自己要做的事情，没能够体会到。

“约翰，那天晚饭你有什么特别的东西要吃吗？你要吃什么，我们总能办到。如果你想要，还能给你弄杯啤酒，只是得倒在咖啡杯里，就这样。”

“我不挑剔。”他说。

“那有什么特别想吃的？”

他眉毛高高扬起，一直抬到刮得干干净净的棕色颅顶之下。接着，皱纹消失，他笑了起来：“夹肉面包就行。”

“那就夹肉面包，涂上肉汁和肉泥。”我心里一紧，就像侧身睡觉时把手臂压着了一样，不同的是，这一次的挤压感传遍全身，传到体内，“还要加点什么？”

“不知道，头儿。我想，有什么加什么吧。也许可以来点豆荚，不过我不挑的。”

“好吧。”我说着想到，也许可以让詹妮丝·埃奇康比太太给他做点桃子馅饼当甜点。“牧师的事怎样？找个后天晚上你可以对他念几句祷告的人？念祷告可以给人安定心情，我见过许多次。我可以去联系舒斯特牧师，他就是那天给德尔……”

“什么牧师都不要，”约翰说，“头儿，你对我一直很好。你愿意的话，你来念祷告吧。这样就可以了。我想，我可以跪下来的。”

“我！约翰，我不能……”

他略微使劲压了压我的手，体内的感觉又明显了一些。“你能的，”他说，“对吗，头儿？”

“我想是吧，”我听见自己这么说道，我的声音似乎有了回音，“要真是那样，我想我可以的。”

体内的感觉非常强烈，就像上次他治我的尿路问题一样，但又有点不同。倒不是因为这一次我身上一点毛病没有，而是因为，这一次他自己都没意识到自己在这么做。突然，我感到十分害怕，几乎想赶紧离开那地方。我从未有过亮光的内心突然亮起了灯，不仅在我头脑里，而且亮遍全身。

“你和豪厄尔先生还有其他头儿一直对我很好，”约翰·柯菲说道，“我知道你们一直在担心，但现在不要再担心了，因为我自己想走了，头儿。”

我试图说话，但就是开不了口。但是他能。他接下来讲的那段话，是我听过他讲的最长的一段话了。

“头儿，我真的厌倦了我听到和感到的痛苦了。我厌倦了整天在大路上流浪，孤独得像雨天的小鸟。没有朋友和我在一起，告诉我我们来自哪里，要到哪里去，又为了什么。我厌倦了人们你恨我我恨你。我感觉就像脑袋里扎满了玻璃碎片。每次我都想帮人一把，可总是帮不上，对这我也厌倦了。我不想再待在黑暗中。大部分时间我都很痛苦。太多痛苦了。如果我能了结这一切，我愿意。可是我做不到。”

别说了，我试图这么说，别说了，把我的手放开，你再不放手我要淹死了，不淹死也得爆炸了。

“你不会爆炸的。”他说着微微一笑……但还是放开了我的手。

我身体前倾，大口喘气。通过双膝间的缝隙，我看得见水泥地面上的每一条缝隙，每一条凹槽，每一片云母的闪光。我抬头看看墙壁，看见了一九二四、一九二六、一九三一年写在那里的名字。那些名字实际上早已被清洗掉了，说起来，写这些名字的人也早不存在了，但我想，任何东西都永远不可能被彻底清除，不可能从这黑暗的世界上彻底消失，而现在，我就重新看见了他们，一大堆相互重叠着的名字，我看着它们，就像在听死者说话、唱歌、呼喊着乞求怜悯。我觉得眼珠在眼眶里搏动，听见自己的心脏在狂跳，感觉到血液在我体内条条通渠中呼啸着涌向各处，就像信件被投递到四方。

我听见远处响起了火车汽笛，我想，是三点五十分到普莱斯福德的那趟车，不过我也不能十分肯定，因为我以前从来没听见过。自到冷山来后就没有，因为离州监狱最近的火车站也在东边十英里外。人人都会说，我不可能从州监狱这里听见火车声，而且直到一九三二年的十一月，我也是这么认为的，但那天我的确听见了。

不知什么地方，一个灯泡炸裂了，声音响得像一次爆炸。

“你对我干了什么？”我悄声问道，“约翰，你对我干了什么？”

“对不起，头儿，”他用平静的口吻说道，“我不是有意的，我想，我没想太多，你很快就会感觉正常的。”

我站起身，走到牢房门口，像是在梦游。等我走到那里，他说：“你想不出她们没有喊叫的原因，这就是你唯一还在想的事情，是吗？那两个小女孩还在门廊上的时候，她们为什么不喊呢？”

我转身看着他。我能看清他眼睛里每一根血丝，我能看清他脸上每一个毛孔……我能感觉到他受到的伤害，还有他像海绵吸水那样从别人体内吸出的痛苦。我也能看见他刚才提到的那种黑暗。黑暗在他眼中的世界里充斥着全部的空间，想到这里，我既对他感到同情，又为他感到宽慰。是的，我们要做的是一件可怕的事情，无论怎样，这一点是无法改变了……但同时我们也在帮助他实现心愿。

“那坏蛋抓住我胳膊的时候，我就明白了，”约翰说，“我就是那时候明白是他干的。那天我看见他了，我躲在树丛里，我看见他扔下女孩逃走的，但是……”

“你忘了。”我说。

“没错，头儿，直到他抓我的时候才想起来。”

“约翰，她们干吗不喊呢？他把她们都弄出血来了，而她们的父母就在楼上，她们干吗不叫呢？”

约翰看看我，眼睛里一片惶惑。“他对其中一个说：‘你要喊，我不杀你，我杀你妹妹。’他对另一个也说了同样的话，明白吗？”

“明白了。”我几乎耳语道。我看见了，我看见黑暗中狄特里克家的门廊。沃顿像个偷尸体的人那样俯身下去。其中一个女孩也许哭了，沃顿一拳上去，她鼻血直流。门廊上的血，大部分就是它了。

“他利用她们的爱杀了她们，”约翰说道，“她们相互的爱。你明白是怎么回事了吗？”

我点点头，但说不出话来。

他笑了，眼泪又流淌起来，但他在微笑。“这样的事情天天发生，”他说，“世界上到处在发生。”说完，他躺下来，脸转向墙壁。

我踏上绿里，锁上牢房，走到值班桌前。我还是感觉自己像在梦游。我意识到自己能听见布鲁托尔在想什么，一个非常轻微的声音在问，问某个单词该怎么拼写，是 receive，我觉得是这个词。他在想，i 总在 e 之前，除非 i 在 c 后面，这乱七八糟的东西是这样的吗？他仰起脸，笑了，看到我站在他面前，笑容又消失了。“保罗，”他问道，“你没事吧？”

“没事。”然后我把约翰告诉我的事告诉了他，没全说，当然也没说他的触摸对我产生的影响（我从来没把这件事说出来，对詹妮丝都没说；如果伊莱恩·康奈利读完全稿的其他部分后还想读最后几页，她就是第一个知道此事的人），但是我重复了约翰想去了的愿望。这句话似乎让布鲁托尔稍感宽慰，反正多少有点宽慰，但我感觉到（还是听到？）他在想，我是不是故意编出来让他安心的。然后我感觉到他决定打定主意相信我的话，因为这么做可以使他到时候心里好受些。

“保罗，你那个感染又复发了吗？”他问道，“你脸上一片潮红啊。”

“没有，我没事。”我说。事实并非如此，但我已肯定约翰没说错，我会没事的。我觉得那阵感觉正开始消退。

“不管怎样，你去自己办公室躺一会总没坏处。”

躺一会是我当时最不愿做的事情，这建议太滑稽，我差点没笑出来。我真想做的事情也许是为自己造一幢小屋，铺上木瓦，在屋后开上一个小花园，种上花草。一切在晚饭前完成。

就这么回事，我想道，天天如此。全世界如此。一片黑暗。遍及全世界。

“我到行政楼去一趟，查点东西。”

“你去吧。”

我走到门口，打开门，然后扭头看看。“你对了，”我说，“r-e-c-e-i-v-e，i 总在 e 之前，除非 i 在 c 后面，反正大多数情况下是这样。我想，凡是规则总有例外。”

那晚当班剩下的时间里，我来回走动，坐不到五分钟又站起身来。我去了趟行政楼，在那里空无一人的操练场上走来走去，直到塔楼里的卫兵觉得我发了疯。但到下班时，我开始平静下来，脑子里像树叶沙沙般的纷乱思绪也大半安静了下来。

那天凌晨，在回家的半路上，那感觉又回来了，搅得厉害，就像我的尿路感染。我不得不把车停到路边，跳下车，快跑了半英里路，我低着头，胳膊上下晃动，一喘一喘的，滚烫的呼吸就像胳膊下夹着的什么东西。跑到最后，我终于感觉恢复了正常。我往回小跑了半程、走了半程，回到了停车的地方，呼吸在寒冷的夜间化成团团雾气。回到家中，我告诉詹妮丝，约翰·柯菲说他准备好了，说他想去。她点点头，看上去松了口气。真是这样吗？我说不准。六小时之前，甚至三小时前，我会知道，但到了那时候，我说不上了。这样也不错。约翰一直说他累了，现在我明白他为什么这么说。他所过的生活，任何人都会累垮的，任何人都会盼望休息，盼望平静。

詹妮丝问我为什么脸红红的，一身臭汗，我告诉她我回家路上停了车，跑了一会步，跑得很猛。我只告诉了她这些，但没说原因，正如我也许说过的（写到这里已经有好多页了，我不想再翻回去查证了），自结婚以来，谎我是不说的。

她也没问原因。

9

轮到约翰·柯菲走绿里的那天晚上没有下雷雨，倒是当地那段时间（我想，那是三十年代）相当凉爽宜人的一夜，千万颗星星划过天际，农田耗尽了地力，庄稼收割完毕，篱笆桩顶蒙上了一层白霜，亮闪闪的，像套在七月玉米干枯枝头上的钻石。

这一次是布鲁特斯来主持，由他来套头罩，时间一到就命令范哈伊合电闸。十一月二十日当晚十一点二十左右，迪安、哈里和我一起走进牢房，约翰·柯菲坐在床头，双手抱膝，蓝色囚服衣领上沾着一小块夹肉面包的油渍。他透过铁栏看着我们，看上去，他的神情比我们想象的要平静得多。我双手冰冷，太阳穴直跳。知道他愿意去死是一件事，这至少使我们有可能去完成任务，但我们还明白，是别人犯了杀人罪，我们却要把他送上电椅，这就完全是另一回事了。

当晚七点左右我最后一次见到哈尔·穆尔斯。他在自己的办公室，正扣着外衣纽扣。他脸色苍白，手嗦嗦直抖，怎么都扣不好。我差点想一把推开他的手指，亲自上去帮他扣一下，就像大人对小孩所做的那样。讽刺的是，上周末詹妮丝和我去看梅琳达时，梅琳达的气色都要比执行约翰·柯菲死刑那晚早些时候的哈尔好一些。

“我不看这次的执行了，”他说，“柯蒂斯会在场，而且我知道，有你和布鲁特斯在，柯菲不用担心了。”

“是，长官，我们尽力而为，”我说，“珀西有什么消息吗？”他还会回来吗？当然，这才是我想问的。他现在是不是坐在什么地方的一处房间里，告诉什么人——很可能是医生——说我们给他绑上了约束衣，把他像问题儿童（用珀西的话来说就是白痴）一样扔进禁闭室？如果是这样，人们会相信他吗？

但据哈尔说，珀西还那样，一言不发的，而且大家都觉得，他似乎已不在这个世界上生活了。他还在印第安诺拉，“接受检查。”哈尔就是这么说的，说这句话时神秘兮兮的，但如果情况不见任何好转，很快会让他转院。

“柯菲情绪怎样？”哈尔当时问道。他终于扣上了大衣上最后一颗纽扣。

我点点头：“监狱长，他挺好的。”

他也点点头，走到门边，显得苍老、痛苦。“如此的善良和如此的凶恶怎么能合在同一个人身上呢？治好了我妻子的人怎么可能去杀那两个小姑娘呢？你弄明白了吗？”

我告诉他我也不明白，上帝的行动向来神秘而不可知，该发生什么，不该发生什么，不是我们可以去探究的。我对他说的主要内容，都是我在赞美耶稣、上帝万能教会里听来的，哈尔一直在点头，看上去有些激昂。点头他还是能做到的，不是吗？而且，还情绪高昂。可他脸上却显露出深深的悲伤，他受到了震动，肯定是这样，但此时没有眼泪，因为他回到家里还有妻子，还有伴侣，他妻子安然无恙了。由于约翰·柯菲，她病好了，康复了，在约翰死刑执行令上签了字的这个人可以下班回家见她了。他不必观看接下来发生的事情。他可以在妻子温暖的怀抱里度过今晚，而约翰·柯菲则得躺在县医院地下室的石板地面上，身体渐渐冷去，没有朋友，无话可说，等待着时间一分一秒走向黎明。就因为这些，我恨哈尔。有那么一点恨，但已经过去了，可那真的是恨，千真万确的恨。

这时，我走进牢房，迪安和哈里跟在后面，两人都脸色苍白，垂头丧气。“准备好了吗，约翰？”我问道。

他点点头：“是的，头儿，我想是的。”

“那好，出去之前我还有话说。”

“你该说什么说什么，头儿。”

“约翰·柯菲，作为法庭官员……”

我一口气说到头，说完，哈里·特韦立格向前一步，站到我身边，伸出手。约翰一开始有点吃惊，然后笑了，握了握他的手。迪安的脸色更加苍白，随后也伸出了手。“你不该受这个的，”他嗓音嘶哑，“真对不起。”

“我没事的，”约翰说，“现在是最难受的时候，一会儿就好了。”他站起身，梅莉给他的圣克里斯托弗银饰从衬衣里晃了出来。

“约翰，那东西得给我，”我说，“我可以再放回到你脖子上，如果你愿意，但得等到……现在得让我拿着。”挂饰是银的，如果杰克·范哈伊推上电闸后它还贴在皮肤上，就可能把它融化渗进皮肤里，而且即使不融化，它也会放电，在约翰的胸口留下一处焦黑的烙印。我在绿里上的那些年，差不多什么都见过。见得太多，害了自己。现在我明白了。

他从脖子上取下链子，放在我手心。我把它放进衣袋，让他走出牢房。没必要检查他的头颅以确保接触良好、导电顺畅，他的脑袋和我的掌心一样光滑。

“知道吗，今天下午我睡着时做了个梦，头儿，”他说，“我梦见了德尔的老鼠。”

“真的，约翰？”我站在他左边，哈里站在右边，迪安在身后，我们就这样走上了绿里。对我来说，这是我最后一次押着犯人走在绿里上。

“对，”他说，“我梦见它去了豪厄尔头儿说的那个地方，那个老鼠庄园。我梦见那里有孩子，看它玩把戏开心得直笑！天哪！”说到这里他自己都笑了起来，然后又变得认真了。“我梦见那两个金发小姑娘也在那里，她们也在笑呢。我抱住她们，她们的头发里没有流血，她们很好。我们都看叮当先生推线轴，我们笑得真开心，肚子都要笑破了，头儿。”

“真的？”我觉得我听不下去了，真不行了，没法听下去。我快要哭出来、喊出来，不然我难过得心要碎了，一切都完结。

我们一起走到我办公室。约翰四下张望一下，没等命令就跪了下来。他身后的哈里眼神凄惨地看着我，迪安面如纸灰。

我在约翰身边跪下，觉得此时出现的转变真有点可笑：我这辈子帮过多少囚犯，使他们有勇气走完这段路程，这一次我自己倒需要人帮助了。反正这就是我当时的感觉。

“头儿，我们要祈祷什么？”约翰问道。

“勇气。”我想都没想就答道。我闭上眼睛说：“我主上帝，请帮助我们完成已经开始的事情吧，约翰·柯菲，他的名字听起来像那种饮料但拼写不同，请欢迎此人进入天堂并赐他安宁。请帮助我们用他应得的方式送他上路，不要出任何差错。阿门。”我睁开眼睛，看看迪安和哈里，两人看上去好了一些。也许是因为有时间喘口气了，但我觉得是因为我的祷告。

我想要站起来，约翰拉住我的胳膊。他看着我，眼神中流露出怯意和希望。“我想起了小时候别人教我的一段祷告，”他说，“至少我觉得我想起来了。能让我念一下吗？”

“你就放心念吧，”迪安说，“有的是时间，约翰。”

约翰闭起眼睛，专注地皱起眉头。我以为会听到诸如“现在我躺下睡觉”，或其他什么胡编的主祷文，却不是。他念出来的祷告，我以前从未听见，后来也再没听见过，这倒不是说那情感、那措辞，有什么独特之处。约翰·柯菲闭上眼，双手伸向前方，念道：“圣婴耶稣，温顺又温柔，请为我这个孤儿祈祷。请给我力量，请做我的朋友，请陪我直到最后。阿门。”他睁开眼睛，准备站起身，却仔细端详起我来。

我用胳膊擦了擦眼睛，边听他念祷告，边想起了德尔。德尔死前也希望再说一段祷告。*圣母玛利亚，神的母亲，请为我们祈祷，在我们将死之时。*“对不起，约翰。”

“别这样。”他说道。他捏捏我的胳膊，笑了。接着，正如我所预料的，他拉我站了起来。

10

现场见证人不多，大概共有十四个吧，其中一半曾经在处决德拉克罗瓦时来过这储藏室。霍默·克里布斯来了，他胖大的身躯像往常一样墩坐在椅子上，不过我没看见麦吉副治安官，显然，他和穆尔斯监狱长一样，决定缺席这一次了。

坐在前排的是一对人过中年的夫妻，一开始我没认出来，尽管到十一月第三周的那天为止，我在好多报纸上见过他们的照片。后来，等我们走近放着“电伙计”的平台时，那女的吐了口唾沫骂道：“你这狗娘养的，就慢慢地死去吧！”我这才意识到，那是狄特里克夫妇，克劳斯和玛乔丽。我没认出他们，是因为四十岁未到就老成这样还真是很少见。

约翰听见那女人的声音，也听见了治安官克里布斯表示同意的一声咕哝，便向前缩了缩肩膀。汉克·比特曼担任警戒，他站在为数不多的几个目击证人前，眼睛不离克劳斯·狄特里克一步。那是我的指示，不过当晚狄特里克没朝约翰的方向动过半步，他似乎身在另一星球。

布鲁托尔站在“电伙计”一边，我们走上平台时他悄悄对我摆了摆手指。他把手枪插进枪套，拉住约翰的手腕，搀着他慢步朝“电伙计”走去，就像男孩子挽着恋人第一次以情侣的身份走进舞池跳舞。

“约翰，一切都好吗？”他问话的声音很低。

“好的，头儿，可是……”他的眼珠在眼眶里来回转动，第一次听到他语调里有害怕的意思。“可是，这里有好多人都恨我，好多呢。我能感觉到的，感觉到痛，就像给蜜蜂蛰了，很痛。”

“那就感觉一下我们的感受吧，”布鲁托尔用同样低沉的声音说道，“我们一点不恨你，你能感觉到吗？”

“能的，头儿。”但他的声音颤抖得更厉害了，眼睛里也开始慢慢渗出泪水。

“小伙子们，让他死两回！”玛乔丽·狄特里克突然尖叫起来，这尖利刺耳的声音就像一记巴掌。约翰身子一缩靠在我身上，呻吟起来。“就这么干，让这强奸杀人犯死上两回！”克劳斯依然像个在做白日梦的人，他一把把妻子拉到自己身边，她则抽泣了起来。

我很沮丧地发现，哈里·特韦立格居然也在流泪。还好，观众中没人知道他在哭，因为他背对着他们，但他的确是在哭。我们还能怎么办？我的意思是，除了赶紧完事，还能怎样？

布鲁托尔和我让约翰转过身来。布鲁托尔往大块头一边肩膀上一按，他坐下去，抓住“电伙计”的胡桃木把手，眼睛来回转动，伸出舌头，先舔舔一边嘴角，再舔舔另一边嘴角。

哈里和我跪下身。约翰·柯菲的脚踝差不多有普通人的腓骨那么粗大，所以一天前，我们让一家模范店①来给电椅的脚扣焊上一节临时加长环。有那么一会儿，我认为可能还不够长，十分担心，因为那样一来，我们就得把他送回牢房，再去找当时的店主山姆·布罗德里克，让他再加焊一节。我用手掌狠劲一推，我这边的搭扣扣上了。约翰的腿一阵痉挛，他倒吸了口气。我夹痛他了。

“对不起，约翰。”我喃喃道，朝哈里瞥了一眼。他倒没太费事就把搭扣扣上了（或许是他那边的扣绊长一些，也许是约翰的右脚踝略细一些），但他看着锁上的搭扣的神情却疑虑重重。我想我知道其中原委：加焊过的搭扣看上去狰狞可怖，张大的钳口就像鳄鱼的嘴巴一般。

“会没事的。”我说道，希望自己的话能说服他，希望他能相信我说的是真话。“哈里，擦擦脸。”

他用胳膊一抹，抹去面颊上的汗水和前额上的粒粒汗珠。我俩转过身去。霍默·克里布斯刚才还一直在高声和坐在身边的男子（从他细细的领带和暗黑的外衣来看，他就是公诉人）谈得起劲，一下就住了口。时间快到了。

---

① 专为监狱提供各种服务的比较可靠的店铺。

布鲁托尔夹上了约翰的一个手腕，迪安夹上了另一个。我越过迪安的肩膀看去，看见医生靠着墙，一如既往地缩在一边，黑口袋放在他两腿之间。我想，现在的医生差不多都会急赶着把自己的事做完，特别是用静脉滴注的。但我那时候，要医生到前面来时得大声喊。也许那时候他们心里很清楚，医生该怎么做，而什么样的行为是违背诺言的，即他们决不害人的誓言。

迪安朝布鲁托尔点点头。布鲁托尔扭过头去，似乎想瞥一眼那台根本不可能为约翰这样的人响起来的电话机，他对杰克·范哈伊喊道："开一挡！"

那阵嗡嗡声又来了，就像旧冰箱在启动，灯光更明亮了些。我们的身影也显得更加清晰，暗黑的阴影爬在墙上，似乎像秃鹫在电椅的影子周边盘旋。约翰猛吸了口气，指关节发白。

"已经让他难受了吗？"狄特里克太太嘶哑的尖叫声从她丈夫肩头处响起。"但愿是的！我要他生不如死啊！"她丈夫使劲掐了她一下。我看见，他的一个鼻孔在流血，一缕细细的红色淌下来，消失在那一抹稀疏的胡子里。次年三月，我从报纸上读到他死于心脏病的消息，我差不多是这世界上最不感到惊讶的人了。

布鲁托尔走到约翰眼前。他边轻拍着约翰的肩膀，边说起话来。这举动是违反常规的，但在见证人席上，只有柯蒂斯·安德森明白这一点，而他似乎根本没注意到。我觉得他就像一个只想着赶紧把眼下的差事干完的人。不顾一切地干完它。珍珠港事件后他参了军，但没能去成海外，他死于布拉格堡的一次车祸。

这时候，约翰在布鲁托尔手指的轻叩下情绪开始放松。我觉得，布鲁托尔在对他讲的话，他能听懂的并不多，但布鲁托尔放在他肩膀上的手，着实让他感到些许宽慰。布鲁托尔在二十五年后离世（他妹妹说，他是边吃鱼排三明治边看电视转播的摔跤比赛时死的），他是个好人，也许是我们几个中最好的。他完全能理解，一个希望离开世界的人，仍然会对这趟旅行恐惧万分。

"约翰·柯菲，你被判处以电刑，本判决经由你的同类组成的陪审团通过，由本州法官依法律程序命令执行。上帝拯救本州人民。处决之前你还有什么话要说吗？”

约翰再次舔舔嘴唇，然后一字一句地说了六个词：“我为自己难受。”

“你活该难受！”两个死去的小姑娘的母亲叫喊着，“你这个恶魔，你就该难受！你他妈的活该难受！”

约翰的目光转向我。我在这目光中看不见顺从的神情，看不见对天堂的希望，看不见安宁在降临。我多么想告诉你我看见了这一切，我多么想这样告诉我自己。我看见的是害怕、悲惨、破碎和迷惘。这是身落陷阱满怀恐惧的野兽的眼神。我想起他讲到沃顿把柯拉和凯丝姐妹弄下门廊而没把屋内大人吵醒的原因：他利用她们的爱杀了她们。这样的事情天天发生，世界上到处在发生。

布鲁托尔从椅背的挂钩上取下新面罩，但约翰一见就明白是怎么回事，两眼因恐惧而睁得老大。他朝我看看，此时，我看见他光溜溜的脑壳上渗出了巨大的汗珠，看上去有知更鸟蛋那么大。

“头儿，请不要把那东西放在我脸上，”他呻吟着悄悄说，“请不要把我放在黑处，别让我到暗处去，我害怕黑暗。”

布鲁托尔看看我，眉毛扬起，停滞了，手里拿着面罩。他眼神的意思是该我发话了，他反正怎么都行。我思绪飞快地转着，而且尽可能不出差错，可我脑袋里怦怦直响，要不出差错还真不容易。戴面罩是这里的传统，并非法律规定。事实上是为见证人考虑。突然间，我觉得这次不需要为他们考虑。反正约翰一生没做过任何该戴面罩去死的事情。见证人不知道，但我们知道，我决定同意他最后这次请求。至于玛乔丽·狄特里克，她也许还会因此而给我寄张感谢卡呢。

“好吧，约翰。”我喃喃道。

布鲁托尔把面罩放了回去。从我们身后传来了霍默·克里布斯愤懑而嘶哑的声音：“嘿，伙计！给他戴上面罩！想要我们看他的眼珠子爆出来啊？”

“别吵，先生，”我头都没回地说道，“这是在执行死刑，不由你负责。”

“你连抓他都没负责，你这脑满肠肥的家伙。”哈里悄声说道。哈里是一九八二年死的，死时快八十了，年事还算高。当然和我不能比，不过能和我比的几乎没有。他死于某种肠癌。

布鲁托尔弯下腰，把海绵块从桶里拽了出来。他用一根手指压进去，舔舔指尖，不过他其实不必这么做的，我早看见那恶心的棕色物体在往下滴水。他把海绵塞进头罩，把头罩套到约翰头上。这时候我第一次看见布鲁托尔的脸色也变得惨白，面糊似的白，人几乎要晕过去了。我想起他说过，他有生以来第一次感到自己会下地狱，因为我们是在杀死上帝送来的礼物。我突然感到一种强烈的要呕吐的感觉。我忍住了，但是用了很大的努力。海绵里的水正顺着约翰两边脸颊往下滴。

迪安·斯坦顿把皮带放到了最长的限度，绑住约翰的胸部，把另一端交给我。那天晚上，我们竭力想保护迪安，因为他有小孩，可我们并不知道他只有四个月好活。约翰·柯菲的事情完结后，他申请调动离开“电伙计”，并获得了批准，去了C区，那里的一个囚犯用钉子刺穿了他的喉咙，一腔鲜血洒在肮脏的地板上。我一直不知道其中原委，我觉得谁都不会知道。回想起那些日子，“电伙计”真像一件乖戾的玩意，要人命的东西。而我们，即使在最好的情况下也像玻璃器皿一般脆弱。我们难道不是在凭着冷血心肠，用电和毒气相互残杀？真愚蠢啊，太可怕了。

布鲁托尔检查了一下皮带是否扣好，退后一步。我等他开口，可他就是不说。他双手交叉放在背后，以队列操稍息的姿势站着，我明白他是不会开口了，也许是无法开口。我觉得我也开不了口，但我看见约翰充满恐惧和泪水的眼睛，我明白不开口也得开口了。哪怕要永远下地狱，我也得开口。

“打开二挡。”我的嗓音嘶哑粗糙，几乎听不出是自己的声音。

头罩嗡嗡地轰鸣起来。八根长长的手指和两根拇指从电椅的胡桃木扶手末端伸展开来，紧绷着朝不同方向伸去，指尖颤抖。两个膝盖虽然被绑住了，却仍然看得出挣扎的样子，不过脚踝上的搭扣没松开。头顶上的三个灯泡“啪！啪！啪！”地炸裂了。玛乔丽·狄特里克一声尖叫，晕倒在丈夫的怀里。十八年后，她在孟菲斯去世。哈里把讣告寄给了我。她死于电车交通事故。

约翰上身向前一冲，撞击着紧绷的胸带。那一瞬间，他的目光与我的相遇了。那目光还有意识，在我们把他推下世界边缘的时候，我是他看见的最后一样东西。随后，他身子往后一仰，头上的罩子稍稍歪了一点，一股像点着了木炭般的青烟从罩子下冒了出来。不过总的来说，进行得很快。我不知道他死时是否真的没有痛苦，就像支持使用电椅的人们一向声称的那样（甚至他们当中最激烈支持的人似乎也从未想过要去调查一下是否真的无痛苦），不过进程很快。那双手再次瘫了下去，指甲底部先前呈蓝白色的月牙形部分，现在已是一片茄紫，两边面颊上升起细细的烟雾，脸上依然流淌着从海绵上滴下的盐水……还有他的眼泪。

约翰·柯菲最后的眼泪。

11

直到回家之前，我还算一切正常。到家已是天亮时分，鸟儿也开始鸣唱了。我停好那辆破车，钻出车子，走上后门的台阶，这时候，有生以来的第二次巨大悲哀涌了上来。那是因为我想起了他曾经那么惧怕黑暗，记得第一次和他见面时，他问我是否可以在晚上留盏灯亮着。我两腿一软，瘫坐在台阶上，头枕着膝盖，哭了起来。这哭泣似乎不仅为约翰，也是为我们所有人。

詹妮丝出来坐在我身边，一只胳膊搂住了我。

“你们尽量没让他受罪，是吗?”

我点点头。

“他的确愿意去了。”

我点点头。

“进屋去吧。”她说着把我扶了起来。这使我想起和约翰一起祷告后他扶我起来的情形。“进屋喝杯咖啡吧。”

我进去了。过了第一天上午，过了第一天下午，接着是第一个轮班。时间掌控着一切，不管你是否愿意。时间掌控一切，时间消磨一切，到头来，只有黑暗。有时候，我们在那片黑暗中发现了什么人，有时候，我们又在黑暗中失去他们。我所知道的就是这些，另外就是：这一切发生在一九三二年，当时州立监狱还在冷山。

当然了，还有电椅。

12

下午两点一刻左右，我的朋友伊莱恩·康奈利来日光室看我，把我给她的那沓稿纸理得整整齐齐，放在我面前。她脸色非常苍白，眼睛下方有一些闪亮的痕迹。我想她是哭过了。

至于我，我一直在眺望。就这样，眺望着窗外东边的山坡，右手手腕突突跳个不停。不过，不知为何，这跳动很安详。我觉得空虚，觉得被剥去了虚饰。这种感觉，既可怕又奇妙。

很难正视伊莱恩的目光，我害怕从中看到愤恨和蔑视，不过还好。她的眼神悲哀而迷惘，没有愤恨，没有蔑视，没有怀疑。

“你要把故事看完吗？”我边问边用隐隐作痛的手轻拍着那一小沓稿纸，“在这儿，不过我能理解，如果你不……”

“这不是我要不要的问题，”她说，“我必须知道到底怎么了，尽管我想，你们无疑是处死了他。我看，在普通人生命中，说什么带大写字母 P 的‘Providence’[①]会时时显现，这显然是言过其实了。但是，保罗，在我拿起这几页稿纸前……”

她没往下说，似乎自己也不明白要说什么。我等着。有时候，你是无法给别人帮助的。有时候，甚至最好连试都别试。

“保罗，你这里好像说你在一九三二年就有了两个成年的孩子，

① 指“上帝的旨意”。

不是一个，是两个。如果你不是在十二岁时和你的年方十一岁的詹妮丝结婚的话，这样的事情……”

我微微笑了：“我们结婚时还年轻，许多山里人都这样，我自己的母亲就是，不过没那么年轻。”

“那你现在多大岁数了？我一直以为你刚八十出头，和我差不多，没准还小一点呢，可是这样算起来……”

“约翰走绿里那年我四十岁，”我说，“我一八九二年出生。现在是一百零四岁了，除非我算错了。”

她看着我，目瞪口呆。

我把剩下的手稿递给她，又一次想起约翰触摸我的情形，就在他牢房里。当时他说，你不会爆炸的，说着还笑了，我的确没爆炸……可我身上还是发生了一些情况，它们伴随了我一生。

“把剩下的读完吧，”我说，“我的答案全在那里。”

“好吧，”她几乎在耳语，“我是有点害怕，这我不能撒谎，但是……好吧。你会在哪里？”

我站起身，伸展一下，听见背上的脊椎嘎嘎直响。现在我唯一能肯定的事情就是：我已经烦透了日光室。“在槌球场，我还有样东西要给你看，就在那个方向。”

“那东西……很吓人吗？”从她怯怯的眼神中，我看到了还是小姑娘时候的她，那时候，男人夏天戴着硬草帽，冬天穿着鳄鱼皮外套。

“不，”我笑着说，“一点不吓人。”

“那好。”她拿起那沓稿纸，“我把这些带回自己房间去。到时候我去槌球场找你，大概在……”她翻翻稿纸，估计了一下。“四点？行吗？”

“很好。”我说着想起了那个好奇心极重的布拉德·多兰，那时候他已经下班走了。

她伸出手，轻轻捏了下我的胳膊，离开了屋子。我一动不动站了一会，看着桌面，意识到，那些乱七八糟的稿纸一走，桌子又空了，除了早晨时伊莱恩送来的早餐盘。但不知怎么的，我觉得我没有把东西全写完……你看，所有这些都是我在处决约翰·柯菲之后记录下的，而且最后一沓稿纸也给了伊莱恩，但我没写完。即使在当时，我内心也隐隐知道其中的原因。

亚拉巴马。

我把盘子上最后一片冷吐司拿在手里，下楼来到槌球场。我坐在阳光下，脑子里转着老人的思绪，听任阳光温暖着一身老骨头，看着六七对打球人和一队步履缓慢但兴高采烈的四人组挥着球棒从我面前走过。

两点四十五分，三点到十一点班的工作人员开始接二连三从停车场过来，三点时，白天班的人们离开了。大部分人都成群结队，但我发现，布拉德·多兰是独自一人。这倒挺让人开心的，也许，这世界毕竟还没有全变成地狱。一本笑话书从他屁股后面的裤袋里露出了一角。通往停车场的小路经过槌球场，所以他看见了我，但他既没有朝我挥手，也没有冲我板脸。我对此毫不在意。他钻进那辆防撞杆上贴着“我见过上帝，他名叫纽伊特”的旧雪佛兰车，接着就去了他不在这里时去的地方，车后留下一道细细的廉价汽油痕迹。

四点左右，伊莱恩如约来了。从她眼神里，我看出她又哭过了。她紧紧抱住我。“可怜的约翰·柯菲，”她说道，“同样可怜的保罗·埃奇康比。”

可怜的保罗，我听见詹妮丝在说，可怜的家伙。

伊莱恩又开始哭了。我扶着她，在下午的阳光中坐在槌球场边。我们的身影似乎在跳舞，也许是在那时候经常从收音机里听到的想象舞厅里。

最后，她控制住情绪，推开了我，从外衣口袋里找出一片纸巾，擦了擦泪水涟涟的眼睛。“监狱长的妻子后来怎样了，保罗？梅莉怎样了？”

“大家都认为她是时代的奇迹，至少印第安诺拉医院的医生们是这么说的。”我说着挽起她的胳膊，开始朝那条从工作人员停车场通往树林的小径走去，朝隔开佐治亚松林和年轻人世界的那堵墙边的那个小屋走去。“十一二年后她死了，不是死于脑瘤，而是心脏病。我想，是四十三岁吧。哈尔在珍珠港偷袭日[①]前后死于中风，就我记得，也许正是珍珠港偷袭日，所以她比他多活了两年。真有点讽刺。"

"那詹妮丝呢？"

"今天我没思想准备要谈到她，"我说，"下次再告诉你吧。"

"这可是你答应的。"

"我答应的。"可是这个承诺未能实现。我们一起（要不是我担心会弄痛她肿痛的手指，我一定会拉住她的手）走进树林的三个月后，伊莱恩·康奈利安详地死在床上。就像梅琳达·穆尔斯，死因是心肌梗死。发现她的护理员说她神色安详，似乎病起得很快，没有引起什么痛苦。我希望他没说错。我爱伊莱恩，我很想念她，想念她、詹妮丝、布鲁托尔和他们所有人。

我们走到小径上的第二座小屋，墙边的那个。屋子矗立在一丛矮松旁，下陷的屋顶和钉着木板的窗户上布满条条阴影。我朝它走去。伊莱恩迟疑地没有抬脚，一脸害怕的神色。

"没事的，"我说，"真的，来吧。"

门上没有栓，曾经有过，但已被扭掉了，我是用一片折叠的硬纸板把它插牢的。现在，我拉开门，走进屋子。我尽量让门开大点，因为里面很暗。

"保罗，什么？……啊，啊！"这第二声"啊"几乎是在尖叫。

里面有张桌子，被推到了一边。桌上有一盏灯，一只牛皮纸袋。肮脏的地板上有一只"抽一口"烟的烟盒，那是我问专门装填家用软饮料机和售糖机的人要的。我特地问他要了这牌子的，既然他的公司也卖烟草产品，他很容易就弄了个来。也许我该告诉你，我是要付钱给他的，因为我在冷山工作时，这些东西都很贵，但是他对此一笑了之。

烟盒上露出了一对油亮的小眼睛。

---

① 珍珠港偷袭日，一九四一年十二月七日星期天，当时，日本飞机偷袭了美国位于夏威夷的珍珠港海军基地，摧毁或重创了十九艘海军舰船和大约二百架飞机，次日美国卷入第二次世界大战。

“叮当先生，”我悄声喊道，“过来，过来呀，老伙计，来见见这位女士。”

我蹲下身去，有点疼，不过我挺住了。我伸出手去。开始，我觉得这一次它不大可能爬出盒子了，可是它最后一冲，还是爬了出来。它先是肚子贴地，然后站直了腿，朝我走来。它的一条后腿有点一跛一拐的，叮当先生老了，珀西给它造成的伤害又回来了。它老了，上年纪了。除了头顶和尾梢，浑身的毛都变灰了。

它跳上我的手掌，我把它举在半空，它的头伸出我的掌握，用力嗅吸着我的呼吸，两耳后贴，小小的黑眼睛里露出渴望的神情。我朝伊莱恩伸出手去，她惊奇地瞪大了眼睛，嘴唇半开，盯着小老鼠。

“不可能，”她说着抬起目光看看我，“保罗，这不是……这绝不可能！”

“你好好看着，”我说，“然后再下结论。”

我从桌上的一只袋子里掏出一个线轴，上面的彩色是我自己涂上去的，但用的不是蜡笔，而是一九三二年时做梦都想不到的发明“神奇记号笔”，尽管效果还是一样的。色彩之鲜艳和当年德尔涂的一样，也许更鲜艳些。我心里默默念道：女士们先生们，欢迎前来老鼠马戏团①！

我再次蹲下身，叮当先生跑下我的手掌。它是老了，但神情亢奋依然。自我把线轴从袋子里拿出来的那一刻起，它的眼睛就没往别处瞧过。我把线轴一扔，让它在棚内高低不平、满是裂缝的地板上滚去，它立刻就跟了上去。速度不及从前了，而且一跛一跛的，让人看得心疼，不过，为什么要指望它跑得还是那样快、那样稳呢？我已经说了，它年岁已高，简直是老鼠中的寿星②，至少六十四岁了。

线轴撞到远端的墙，反弹回来，它赶到线轴边，绕了一圈，在边上躺下。伊莱恩要走过去，我把她拉住了。过了一会，叮当先生又站了起来，慢慢地、慢慢地，用鼻尖推着线轴回到我面前。它第一次出

① 原文是法文：Messieurs et mesdames. Bienvenue au cirque du mousie！

② 原文是 Methuselah（玛土撒拉），《圣经·旧约》中的人物，据说活了九百六十九岁。

现，是我发现它以同样的姿势躺在通往厨房的台阶上，看上去好像经历了长途跋涉，筋疲力尽的样子。当时它还能用前爪推线轴，就像在绿里时一样。现在它做不到了，它的后腿已经无法支撑身体，不过鼻子还是训练有素，只是它得在线轴两端来回走动，以此来保持方向。等它走到我面前，我一手托起它，一手拿起线轴；它已轻如羽毛，但黑亮的眼睛一直盯着线轴不放。

“别扔了，保罗，”伊莱恩颤抖着声音说道，“我实在不忍心看它这样。”

我理解她的心情，但觉得她这么要求其实错了。叮当先生就爱追线轴，抓线轴，这么多年来，它这份热爱始终没有消退。我们若能这样保持热情，那真是很幸运的。

“袋子里还有薄荷糖，”我告诉她，“加拿大薄荷，我觉得它还是很喜欢的，如果我拿一块给它，它就不停地嗅着，不过它的消化能力不行了，吃不了。我给它另带了吐司。”

我又蹲下，从日光室带来的那片吐司上掰了一小块，放在地板上。叮当先生嗅嗅，用前爪抓起面包碎片，吃了起来，尾巴整齐地弯曲在身体边上。吃完后，它抬起渴望的眼睛看着我。

“有时候，我们老家伙的胃口真让人吃惊呢，”我说着把吐司递给伊莱恩，“你试试。”

她也撇下一块，扔到地上。叮当先生走上前去，嗅了嗅，看看伊莱恩，然后抓着吃了起来。

“看见了吧？”我说，“它知道你不是临时工。”

“保罗，它是从哪里出来的？”

“不知道。一天早晨我正要出去散步，就看见它在那里，躺在厨房台阶上。我立刻就明白了它是谁，但我还是从洗衣房的临时衣筐里拿了个线轴，想确认一下。我还给它弄了个烟盒，垫上最软的东西。埃莉，我想，它就像我们，大部分日子都过得很痛苦，但它依然没有失去生活的热情，依旧喜欢线轴，喜欢老房友去看它。六十年来，我一直把约翰·柯菲的故事藏在心里，六十多年，而现在，我全说出来了。我想这大概是它终于回来的原因。这让我明白，应该趁还有时间赶紧说出来，因为我也像它一样，在往那里去了。”

“去哪里？”

“噢，你知道的。”说着我们默默地观察着叮当先生。接着，不知道出于什么原因，我再次把线轴抛了出去，尽管伊莱恩让我别这样做。也许这完全是因为，它去追线轴，有一点像老人缓慢而小心的性生活，有人也许不愿意看，那些年轻人，他们相信等自己老了，情况肯定会有例外，但老人们依然喜欢这样做。

叮当先生再次撒腿去追线轴了，看得出，它跑得很痛苦，但同样明显的是，虽然上了年纪，它专注的热情丝毫未减。

“明胶玻璃窗。”她边注视着它边悄声说道。

“明胶玻璃窗。”我附和着，笑了。

“约翰·柯菲触摸这只老鼠，就像触摸你的时候一样。他不仅让你摆脱了当时的病痛，他还使你……怎么说来着……产生了抗力。”

“我看这词用得特别好。”

“抵抗那些最终让我们倒下的东西，以免自己就像被白蚁蛀空的大树般倒下，你……还有它，叮当先生，当约翰把叮当先生捧在手中的时候。”

“没错，当时通过约翰所产生的力量，不管那是什么，现在终于开始消退了，我就是这么想的。白蚁已经蛀穿了树皮，这比通常花的时间要多一些，但它们还是咬穿了。我也许还能再活上几年，我想，人总比老鼠活得久一点，但叮当先生的时候快到了。”

它走到线轴前，跛着脚绕到另一面，腹部贴地倒在地上，急促地呼吸着（我们能看见汗珠在灰色的绒毛间闪亮），然后站起来，坚强地用鼻子推着线轴往回走。它全身绒毛发灰，步履蹒跚，但油亮的小眼睛和从前一样熠熠闪光。

“你觉得是它让你写这些东西的，”她问道，“保罗，是这样吗？”

“不是叮当先生，”我说，“不是它，而是那股力量……”

“咳，保利！伊莱恩·康奈利也在！”敞开的门口响起了一声呼喊，讽刺的语气里带着恐惧。“怎么会有这种事情！你们两个在这里干什么？”

我转过身，看见布拉德·多兰站在门边，却一点也不觉得诧异。他那龇牙咧嘴的笑容，是有些人把别人狠狠捉弄了一番后就会有的样子。他下班后先开车走了多远？也许只走到牧马人酒吧，喝上一两杯啤酒，来上一段大腿舞，然后再回到这里。

“滚出去，”伊莱恩冷冷地说，“马上滚出去。”

“你这个一脸皱纹的老女人，竟敢让我滚出去，”他还在笑着，“在上面的时候你也许能让我滚，可你现在不在上面啊。你到了不该到的地方，出界了。保利，是爱的小窝吧？你是为这来的吧？倒真是老东西的花花公子场所啊……”突然他瞪圆了眼睛，因为他看见了棚子里的住客，“这他妈的是什么？”

我没扭头去看。一来我知道他在那里，二来因为突然之间，过去的事情重叠到了现在的上面，显现出一个可怕的形象，像真实生活中的一样，是三维的。站在门口的不是布拉德·多兰，而是珀西·韦特莫尔。他立刻就会冲进小屋，用穿皮鞋的脚一脚把叮当先生踩死（它现在已经不可能跑过他了）。而这一次，已没有能把它从死亡边缘带回来的约翰·柯菲。就像那个亚拉巴马的雨天，我需要有个约翰·柯菲，却没有了。

我站起来，这一次，无论是肌肉还是关节都没有感觉到一丝疼痛。我冲向布拉德·多兰。“别碰它！”我大声喊道，“你别碰他，珀西，不然的话我向上帝发誓……”

“你叫谁珀西？”他边问边用力把我往后一推，我差点仰面摔倒，幸亏伊莱恩一把抓住我的胳膊，扶住了我。但这一动作一定也让她吃了不少痛苦。“你不是第一次这么喊我了，别吓得要尿裤子，我才不会碰它呢。没必要，不就是只死老鼠嘛。”

我扭过头去，以为叮当先生只是肚子贴地躺着喘气，有时候它就是这样的。没错，它的确是躺着，但毛发间不再有汗珠渗出。我试图使自己相信的确看见了汗珠，可伊莱恩紧接着呜咽起来。她忍着疼痛弯下腰去，捡起了这只老鼠，这只我第一次在绿里上看见的、当时毫无畏惧地朝值班桌跑去、就像朝同类……朝朋友跑去的老鼠。它软软地躺在她手心里，眼睛呆滞不动。它死了。

多兰令人厌恶地咧嘴一笑，露出一排很少得到牙科医生照料的牙齿。“喔，可怜啊！”他说道，“死了的是不是家庭宠物啊？要不要办个葬礼，送个纸花什么的……”

“闭嘴！”伊莱恩朝他嚷道，声调很高，语气很重，多兰不由得往后退了一步，脸上的笑容消失了。**“给我滚出去！滚，不然你别想在这里多干一天！连一小时都别想！我发誓！”**

“等你排队领面包时连一片都拿不到。”我说道，但我的声音太低，他俩谁都没听见。我无法把视线从叮当先生身上移开，它躺在伊莱恩的掌心里，像世界上最小的熊皮毯。

布拉德打算回敬她几句，说她竟敢如此放肆。他没错，按规定，佐治亚松林里的人是不能到这里来的，就连我都知道。但他没有说下去。从内心说，他是个孬种，就像珀西一样。他也许真的查实过她说的话，她的孙子的确是某位大人物。也许更重要的是，他的好奇心已经得到满足，再想知道什么的欲望也消退了。他好奇了这么好长一阵子，最后的结果并没什么大不了。看来，就是一个老头的宠物鼠一直生活在这屋子里，现在翘辫子了，在推线轴时发了心脏病什么的。

“真不明白你们发什么火，”他说，“两个都一样，看你们的样子好像那是条狗什么的。”

“滚开，”她吐了口唾沫，“滚出去，你这白痴。你那丑陋的小脑袋，只会胡思乱想。”

他立刻涨红了脸，上高中时长痘痘的地方早已变成一粒粒的暗红。一眼看上去，红斑还不少。“我走了，”他说，“但你明天再来这里的时候，保利，会发现这门上多了把新锁。这地方疗养院的人是不准来的，不管这坏脾气的臭老太婆说我些什么。看看地板上！木板全开裂了，烂了！你要是来这里走走，你那两条老瘦腿肯定会像火柴那样裂成几半的。因此，拿上你那死老鼠走吧，爱的小屋正式关闭。”

他转身大步离开了，脸上的神色像是相信自己终于和对方打了个平手。我等他走远，轻轻地把叮当先生从伊莱恩手里拿过来。我的目光碰巧落在装着薄荷糖的袋子上，最后一根弦绷断了，眼泪涌了出来。我也不知道，反正那些天，我很容易哭。

“你愿意和我一起去把老朋友葬了吗?”我等布拉德·多兰沉重的脚步声消失之后问伊莱恩。

“愿意,保罗。”她伸出胳膊抱在我腰间,头靠在我肩膀上。她抬起苍老扭曲的手指,抚摩着叮当先生一动不动的腹部。“我很乐意这么做。”

于是,我们从园丁棚里拿了把泥铲子,把德尔的宠物埋葬了。林间,午后的阴影越拉越长,我们步行回去吃了晚饭,继续苟延残喘。我发现自己一直在想着德尔,想着他跪在我办公室的绿色地毯上,合着双手,光秃秃的脑袋在灯光下闪亮,想着他求我们照看好叮当先生,别让坏蛋再来伤害它。只是到头来,坏蛋把我们都害了,不是吗?

“保罗?”她叫了一声,语气既温和又疲惫。我想,哪怕用泥铲子挖个坑让老鼠安息,也够让我们这样的老年伴侣情绪激荡一阵的了。“你没事吧?”

我正搂着她的腰,用力搂着。“很好。”我说。

“看,”她说,“落日肯定很美丽,我们就留在室外看夕阳怎么样?”

“好的。”我说。我们在草地上逗留了好大一会,相互搂着腰,看着明亮的色彩慢慢升上天空,再看着它们渐渐消退,留下一片灰暗。

圣母玛利亚,啊,我的母亲,神的母亲,请为我祈祷,请为我们祈祷,我们是可怜的罪人,此时此刻……我们将死之时,我将死之时。[①]

阿门。

13

一九五六年。

---

① 此段祷告语原文为法文。

雨中的亚拉巴马。

我们的第三个孙女要从佛罗里达大学毕业了，她是位美丽的姑娘。我们是坐“大灰狗”① 去的。当时我六十四岁，看上去还像个年轻人，詹妮丝五十九岁，美貌依旧，至少对我来说是这样。一路上我们都坐在后排，她不停地唠叨，责怪我没给她买个新相机，好把这幸福时刻拍下来。我开口告诉她，到那里后我们有一天时间可以去逛商店，如果她想要照相机的话就可以去买一台，预算没问题的，另外我还在想，她唠叨是因为她厌烦了旅途，而且不喜欢她买的那本书，是梅森探案的。就从这时候起，我记忆中的一切瞬间都变成了空白，就像照相底片暴露在日光之下。

你们还记得那次车祸吗？我想，少数读者可能还记得，但大部分人都忘记了。但当时，这场车祸成了从东海岸到西海岸全国报纸的头条新闻。我们进了伯明翰市郊，天下着大雨，詹妮丝正抱怨着旧照相机，汽车的一个轮胎爆裂了。车摇摇晃晃地撞上路边行人道，被一辆运肥料的卡车拦腰撞上。卡车以每小时六十英里的速度把汽车撞向一处桥墩，汽车在水泥桥墩上撞得断成两截，两截闪亮的、雨水淋漓的车身朝两个方向腾空而起，有油箱的那截在半空中爆炸，一团红黑色的火球在灰色的雨天上升腾而起。刚才詹妮丝还在抱怨她那台旧柯达相机，转眼间我就发现自己躺在雨中桥下公路的远端，盯着眼前一条从什么人的手提箱里飞出来的蓝尼龙裤，那上面还用黑线绣着“星期三”的字样。到处是碎裂的箱包，还有尸体，以及尸体碎片。车上共有七十三人，只有四人活了下来。我就是其中之一，唯一一个没有严重受伤的。

我站起来，蹒跚地穿行在敞开的箱包和碎裂的尸体之间，哭喊着妻子的名字。我记得我踢开了一只钟，记得自己看见一个大约三十岁的死人躺在一堆玻璃碎片中，脚上还套着漫步鞋，半边脸没了。我感到雨水击打着自己的脸，就钻进桥洞，雨水暂时没有了，等我从另一

① 大灰狗（Grayhound）美国一家长途客运公司的名字，其客车车厢上印着大灰狗的图案。

头钻出来时，它又猛烈地砸在我前额和面颊上。我看见詹妮丝躺在四脚朝天的肥料车边，我是从她的红外套上认出来的，那是她第二件最好的衣服，当然，是她特地留在毕业典礼上穿的。

她还有一丝气息。我一直认为，如果她立刻就死了，即使不是对她，至少对我也会稍好一些。我也许能更早一点、更自然一点放下她。也许我这只是在给自己开玩笑。我能肯定的只是，我从来就没放下她，没真正放下过。

她浑身在颤抖，一只鞋不见了。我看见她的脚在抽搐，眼睛是睁着的，但毫无表情，左眼满是鲜血。我在她身边跪下，雨中弥漫着烟雾焦煳的气味，我脑子里想的只是，她的脚在抽搐，说明她身上通电了。她触电了，而我必须赶紧拉开电闸。

“救命！”我喊叫着，“救命！快来人救命！”

没人响应，没人来。大雨滂沱，如注的雨水使我尚且乌黑的头发紧紧贴在脑壳上，我把她抱在怀里，可没有人来。她空洞的眼睛看着我，一副惊讶迷惘的样子，鲜血从她碎裂的后脑勺汩汩流出。在一条颤抖着、痉挛着的胳膊旁，有一块镀着克罗米的牌子，上面有一个“灰”字，再旁边，大概是曾经穿着棕色羊毛大衣的商人的四分之一躯体。

“救命！”我再次嘶喊着，朝桥下看去，看见站在阴影里的约翰·柯菲，他本人也只是个影子，大块头，长长的胳膊耷拉在身体两边，光光的脑袋。“约翰！”我叫喊道，“约翰，来救我！来救救詹妮丝！”

雨水淋进我的眼睛，我眨眨眼，把水挤出去，约翰不见了。我还能看见刚才误以为是约翰的那个影子……但那绝不仅仅是幻影，这我十分肯定。他就在那里，也许只是个幽灵，但他在那里，脸上的雨水与永不间断的泪水交织汇流。

她死在我怀抱里，死在雨中，死在那辆肥料车边，燃烧的汽油味塞满了我的鼻孔。她始终没有清醒过来：眼神清澈起来，嘴唇翕动着，似乎在做最后一次爱的宣示。我怀抱中的肉体僵硬地微微抽搐，她去了。这时，我多年来第一次想到梅琳达·穆尔斯，想到印第安诺拉综合医院所有的医生都认为她必死无疑，可她坐在床上，神清气爽，精力充沛，用明亮、惊羡的眼神看着约翰·柯菲。梅琳达说我梦见你在黑暗中游荡，我也是。我们相互碰上了。

我把妻子可怜的、被撞碎的头放到湿漉漉的州际公路地面上，站起身来（这并不困难，我只是左手侧面割了一个口子，其他什么伤都没有），冲着立交桥下的阴影喊着他的名字。

“约翰！约翰·柯菲！你在哪里，大块头？”

我朝那些阴影走去，踢开了一只沾着鲜血的泰迪熊，踢开了一副金属眼镜框，镜片已经打得粉碎，还踢开了一只断开的手，淡红色的手指上套着染成深红的戒指。“你救了哈尔的妻子，为什么不来救我妻子？为什么不救詹妮丝？**为什么不救我的詹妮丝？**”

没有回答，只有燃烧的汽油和燃烧的尸体味，只有雨水不间断地从灰色的天空倾注而下，敲打着水泥地面，而我的妻子死在了我身后的地上。没有回答，当时没有，现在也没有。当然，一九三二年时，约翰救下的不仅是梅莉·穆尔斯，不仅是德尔的老鼠，那只能借助线轴玩把戏的老鼠，它似乎在德尔出现前很久就在寻找德尔了……甚至在约翰·柯菲出现前很久。

约翰也救了我，但多年以后，当我站在亚拉巴马的滂沱大雨中寻找并不存在于立交桥下的阴影中的那个人时，当我站在四处散落的行李和身首异处的尸体中时，我明白了一个可怕的道理：有时候，拯救和诅咒之间根本没有任何差别。

一九三二年十一月十八日那天，我们一起坐在他床上时，我感觉到了这种力量涌入我体内，也许是拯救，也许是诅咒。那力量从他体内涌出，涌入我的体内，不管是他体内的什么奇异力量，都通过我们的手传递了过来，而我们通常的爱、希望和善意都无法做到这一点，这种感觉，一开始只是一种麻刺，随后它像潮水汹涌，变成一种超越了我此前此后所体验的一切力量。从那一天起，我再也没得过关节炎，没得过流感，甚至连咽喉炎都没得过。我再没得过尿路感染，连伤口感染都没有。我有过感冒，但很少，隔上六七年才有一次，尽管不常感冒的人感起冒来通常都很厉害，我却从来不是这样。那可怕的一九五六年上半年，我得过一次肾结石。尽管我觉得，有一些读者可能依然会为此感到奇怪，但当肾结石消失时，我内心真有点喜欢那种疼痛。那是我二十四年前尿路出问题以来唯一一次真正的疼痛。我的朋友和我爱着的同代人一个个走了，死于中风、癌症、心脏病、肝病、血液病等等，可这些病我一样都没患上，它们都绕开了我，就像人们开车拐着弯躲开路上的鹿或浣熊似的。在那次严重车祸中，我却毫发未损，除了划破了手。一九三二年，约翰为我注入了生命抗体，也许可以说，他用电击为我注射了生命。最后我终将死去，我当然会死，叮当先生一死，任何永垂不朽的幻象都消失了，但事实上，没等死神来找我，我早就在找它了。说真话，自从伊莱恩·康奈利死后，我已经在找它了。还用我解释吗？

我把这些稿纸重新看了一遍，我那满是斑点的手颤抖着一页一页地翻去，不明白在那些表达崇高和高尚思想的书里是否真存在什么意义。我回想着童年时代在赞美耶稣、上帝万能教会里听过的布道，那些确定无疑的断言，我想起牧师常说上帝的眼睛就在麻雀头上，能注意到他创造的最不起眼最渺小的东西。当我想起叮当先生，想到我们在房梁上那个洞里发现的碎木屑，我觉得牧师的话没错。可同一个上帝却把约翰·柯菲拿来当祭品，就像《旧约》里的先知野蛮地拿羊做牺牲，就像如果上帝真对亚伯拉罕下命令，亚伯拉罕就会把自己的儿子当献祭一样，而这个约翰虽一生懵懂，却只想做好事。我想到约翰说沃顿是借狄特里克姐妹相互的爱杀了她们，说这样的事情每天都发生，世界各地都发生。如果真发生了，是上帝让它发生的，当我们说“我不明白”时，上帝回答道，“我不在乎。”

我想到叮当先生死的时候我正转过身去，注意力被一个心地很不善良的人夺过去了，若要说这家伙还有点不是恶意的东西，就是那似乎带着报复心态的好奇。我想到詹妮丝，我在雨中跪在她身边，看着她抽搐着死去。

别说了，那天在他牢房里时我试图这么对他说，把我的手放开，你再不放手我要淹死了，不淹死也得爆炸。

“你不会爆炸的。”他听到了我的思想，微笑着回答道。可怕的是：我真的没有爆炸，一直都没有。

我至少还是患了一种老年病：我失眠了。每天深夜我躺在床上，听着孱弱的男女老人无望的咳嗽声，听他们咳着咳着，渐入耄耋。有时候，我听见一声呼叫铃，或走廊里传来的叽里嘎啦的皮鞋声，或贾维兹太太把小小的电视调到晚间新闻的声音。我躺在这儿，如果月亮就在窗外，我就看月亮。我躺在这里，想到布鲁托尔，想到迪安，想到有时威廉·沃顿说没错，黑鬼，坏得没治了。我想到德拉克罗瓦说，埃奇康比头儿，看这个，我教会了叮当先生一个新把戏。我想到伊莱恩站在日光室命令布拉德·多兰别来烦我。有时候，我在瞌睡中看见雨中那座立交桥，约翰·柯菲站在桥下的阴影里。在这样片段式的梦境里，我绝没有看花眼，肯定是他，是我的大块头，他就站在那里看着。我躺着，我等着。我想到詹妮丝，想到我失去了她，她在雨中浑身鲜红，从我手指缝里消失了，我等着。我们都得死，没有例外，这我知道，但上帝啊，有时候，这条绿里真的太长了。

作者后记

我不想再写另一部系列小说了（哪怕只是因为怕遭受批评的几率急剧增多），不过我绝不会错失这样的体验。我写这篇后记，恰逢《绿里》第二部将要出版前一天，连载的尝试势头不错，至少销量不错。为此，忠实的读者，我要感谢你们。也许，些微的不同都让我们稍觉振奋，让我们看到讲故事这个老行当还刮起了新风。反正，我是这么感觉的。

我写得很急，因为这一模式的要求使然。这是让我兴奋的一部分原因，不过它或许也会造成一些年代错误。看守和囚犯收听 E 区电台的“埃伦的小径”节目，而我怀疑弗雷德·埃伦是否真的在一九三二年做过节目。凯依·凯瑟的音乐知识节目也有同样的问题。我这不是为了撇清自己，我觉得，有时候发生不久的历史会比中世纪或十字军东征都更难把握。我能确定，布鲁托尔真的会称那只绿里上的老鼠为“汽船威利”，迪斯尼动画那时已经有四年历史了，但是我内心有一种怀疑，即这本刻画波派和奥利弗·奥依尔的色情小漫画书是不合时宜的编造。如果我决定把《绿里》作为全本出版，到那时我或许会删掉这些内容……可是也许我会保留这些失误。总之，在机械钟还远远没被发明前，伟大的莎士比亚不也是在《尤利乌斯·恺撒》中弄错了年代，放进了一只挂钟？

我已经意识到，把《绿里》全本出版，自有其特殊的挑战。部分原因在于全书的出版和分册的发行不可能一样。由于我把查尔斯·狄更斯视为楷模，我问过一些人，关于狄更斯如何能在每个新连载问世之初，重新激活读者的回忆。我曾经希望是像自己所喜爱的《星期六晚邮报》系列那样，在每期连载前都出类似于概要的东西，可我发现狄更斯做得更巧妙，他把概要都融进了故事中。

在我尝试究竟要怎么做时，妻子对我说（她倒不是真的爱唠叨，不过有时候她提起意见来很不留情面），我从来没有把叮当先生，即那只马戏团老鼠的故事真正写完过。我觉得她说的有道理，而且发现，把叮当先生写成保罗·埃奇康比晚年时的秘密，我就能写出一个比较有趣的“前传”。（这结果和电影《油炸绿番茄》所采用的形式有点类似。）事实上，保罗的前传，即他在佐治亚松林养老院的生活经历，我写好后对所有内容都很满意。我尤其喜欢养老院的工作人员多兰和珀西·韦特莫尔在保罗脑海里混淆在一起。这并非我的设计或有意的安排；小说最令人愉悦之处在于，它闲庭信步地自然就走到了胜境。

我要感谢拉尔夫·维西纳扎，是他首先提出了“系列惊悚”的主意，还要感谢企鹅和悉格耐的所有朋友的支持，虽然他们起初都害怕得要死（作家都很疯狂，他们当然明白这一点）。我同样要感谢玛莎·德菲利普，她为我誊抄了整本的速记笔记，里面尽是我潦草难懂的字，而她毫无怨言。嗯……几乎没有怨言。

不过，最重要的是，我要感谢我的妻子塔比莎，她阅读了故事，还说很喜欢。我想，作家们写作时总是心怀某个理想读者，而我心中的此人就是她。在对待彼此的作品时，我们并不总是意见一致（唉，我们在超市一起买东西时几乎没法意见一致），不过她要是说自己很喜欢，那就错不了。因为她很苛刻，一旦我想要赖或偷懒，她总能看穿。

还有你们，忠实的读者。谢谢你们，如果你们对《绿里》的全书出版有任何意见，尽请告知。

斯蒂芬·金

一九九六年四月二十八日

纽约

译者后记

张琼负责翻译本书第一部至第四部第二节，张冲负责翻译第四部第三节至全书结束。全书翻译完成后，两位译者相互校读了一遍，最后由张琼统稿。特此说明。

译者

二〇〇七年七月二十七日